KB082862

황인수기

황인수기

荒 人 手 記

세상 끝에 선 남자

주톈원 장편소설 | 김태성 옮김

아시아

작가의 말

세기말의 기억

1994년에 쓰인 이 소설이 번역자인 김태성 선생의 사랑과 열정 덕분에 이제 한국어판을 출간하게 되었습니다. 저는 한국의 독자분들이 이 세기 말적인 책을 어떻게 받아들이실지 정말 궁금합니다. 세기말이라는 주제 는 제게 무척이나 각별합니다. 제게는 『세기말의 화려함』이라는 제목의 단편소설집도 있지요. 이 제목은 19세기말 오스트리아의 화가 구스타프 클림트의 그림에서 따온 것입니다. 당시 수도인 비엔나의 풍경은 어땠을 까요? 밀란 쿤데라는 그의 소설 『불멸』에서 잊기 어려운 서술을 하고 있 습니다.

"수치심과 수치심을 모르는 상태가 똑같은 세력으로 서로 대치하면서 교류하고 있다. 욕정의 처리가 이상할 정도로 긴장되어 있는 순간, 비엔 나는 세기가 전환되는 시기에 이런 순간을 경험하고 있다. 이 순간은 한 번 가면 다시 돌아오지 않는다. 루벤스는 수치심을 가르치는 환경에서 성장한 마지막 세대의 유럽인일 것이다……."

만일 황인(荒人, 일차적으로 동성애·동성애자를 지칭하며 나아가서는 황량하고 황폐한 사람이란 뜻)이라는 신분이 하나의 은유라면, 만일 한 문명이 더 이 상 후대를 생식할 필요가 없는 단계로 발전한다면, 욕정이 욕정 그 자체가 목적인 단계로 발전한다면, 그리하여 생식의 동력이 전부 욕정의 소비에 집중된다면, 모든 감각기관의 강도와 정교하고 섬세한 디테일만을 추구하게 된다면, 욕정이 영혼을 대체하게 될 것이고 모든 것이 황인화 될 것입니다. 이 소설에서 판단력을 상실한 황인은 이런 물음을 던집니다.

"지금 우리는 황인화 된 문명 속에서 살고 있는 게 아닌가요?"

어쩌면 이 수기는 이처럼 수치를 모르는 상태에서 시작된 것인지도 모릅니다.

타이완에서 성장한 저와 같은 세대의 사람들은 수치심을 가르치는 환경에서 성장한 마지막 세대의 타이완 사람들일 것입니다.

수치심과 수치심을 모르는 상태가 똑같은 세력으로 서로 대치하면서 교류하고 있고, 욕정의 처리가 이상할 정도로 긴장되어 있는 순간, 타이베이(臺北)도 세기가 전환되는 시기에 이런 순간을 경험했습니다.

그렇다면 누군가는 이런 순간을 기록해야 하지 않을까요? 순간이니까요. 이 순간은 한 번 가면 다시 돌아오지 않으니까요.

2013년 3월 25일
타이베이에서
주톈원

6

차례

일러두기

1. 이 책은 장편소설 『황인수기(荒人手記)』를 우리말로 옮긴 것이다.
2. 본문 각주는 원문에는 없던 것으로 모두 옮긴이와 편집자의 주이다.

황인수기

지금은 퇴폐의 시대, 예언의 시대다. 나는 이 시대와 하나로 꽁꽁 묶여 가장 낮은 곳으로 가라앉았다. 맨 밑바닥이었다.

나는 적나라한 나의 몸으로 인간 세계가 받아들일 수 있는 가장 폐륜적인 도덕의 밑바닥이 되고자 했다. 내 위로는 어둠에서 빛까지 종횡하는 인간의 욕망이 존재했고 요염한 자태가 치달았다. 내 밑으로는 심연외에 또 다른 심연이 있었다. 하지만 나는 한 번도 천국을 믿어본 적이 없었고 당연히 지옥도 존재하지 않을 것이라 생각했다. 그랬다. 정말로 내 밑은 악마의 세계가 아니었다. 단지 영원히, 영원히 측정할 수 없는, 심연뿐이었다.

이것으로 끝이었다. 내게서 모든 것이 멈췄다. 성경에서도 주 너의 여호와를 시험하지 말라고 했다. 모든 것이 여기까지였다.

나는 마흔 살로 인간 세계의 가장 왕성한 시기에 도달해 있다. 하지만 어찌 된 일인지 나는 이미 인간이 경험할 수 있는 생로병사의 모든 역정을 다 겪고 나서 바싹 마른 나무의 모습을 하고 있다.

누군가는 마른 나무가 죽어서 재가 되고 그 나무에 다시 싹이 날 때까지 마음을 닦으라고 말했다. 하지만 나는 그럴 사람이 못 된다. 나는 홍이(弘一) 법사[1]처럼 인생 전반기에 화려하고 빛나는 색의 세계를 이슬로 만들어 후반기에 평온하고 적막하여 색의 기운이라고는 조금도 찾아볼 수 없는, 꽃과 가지를 공양할 수 있는 그런 사람도 못 된다.

내가 나를 그리워한 까닭은 한때 반복적으로 불 속에 뛰어드는 나방처럼 정욕에 휘말리는 것을 두려워했으나 정욕이 지나간 뒤에는 죽음 같은 고독에 맞닥뜨려야 했고, 그 지독한 고독이 정말로 두려웠기 때문이다. 하지만 이제는 고독과 함께 살아갈 수 있게 되었다. 아주 평안하고 조용하게 고독과 함께 살다가 고독과 함께 죽을 것이다. 죽음의 얼굴을 담담한 마음으로 바라보면서 더 이상 두려워하지 않을 것이다.

1) 중국 근대 불교계의 사대 고승 중 한 사람.

2

서둘러 비행기를 타고 도쿄로 가서 오메(青梅)선 열차로 갈아타고 훗사(福生)에 도착한 나는 훗사병원에서 침대 이불 속에 푹 파묻혀 있는 아야오(阿堯)를 만나 그의 생명에 남은 마지막 닷새를 함께 했다. 그는 에이즈도 여전히 끔찍하지만 고독이라는 대가가 더 크고 무섭다고 말했다.

사람을 시켜 내게 보내준 비디오에서 아야오는 시위 군중들과 함께 손짓을 해가면서 "행동하자, 맞서 싸우자, 에이즈에 맞서 싸우자(Act up, Fight back, Fight AIDS)"라고 외치고 있었지만 이런 모습은 내 마음을 움직이지도 못했고 나를 설복시키지도 못했다. 아야오는 조직과 운동을 믿었지만 나는 비교적 비관적인 성격이라 세 사람 이상이 모이는 어떤 집회에도 참가하지 않았다. 일찍이 그레타 가르보는 자신을 그냥 내버려두라고 말했지만 그녀처럼 씩씩하지 못한 나는 의기소침하게도 세상이 나를 잊어주는 게 최상이라고 말하고 싶을 뿐이었다. 아야오는 용감하게 에이즈에 맞서 싸우고 있었지만 그의 생명은 모래시계 속 모래알처럼 눈앞에서 미끄러져 내려가고 있었다. 나는 갠지스 강의 모래알만큼이나 무수한 오징어 떼가 미친 듯이 교미하며 바닷물까지 붉은 노을빛으로 물들이는 모습을 텔레비전 화면 속에서 바라보며, 문득 상대를 가리지 않고 섹스하면서도 만족할 줄 모르던 아야오의 인생을 보는 듯한 느낌이 들었다.

나는 밖에 나가 좀 걸어야 했다. 아야오의 어머니는 그의 침대 옆에 단정하게 앉아 졸고 있고 밀폐된 창문 밖에서는 소리 없이 열대성 폭우가 쏟아지고 있었다. 아야오는 성품이 따뜻하고 정이 많은 사람이었지만 모든 난폭함을 자기 어머니에게 전부 발산했다. 나는 시종 그가 아무런 거리낌 없이 노골적인 태도로 자기 어머니를 대하는 것이 싫었다. 그는 당당하게 애인을 데리고 집으로 돌아오곤 했다. 내가 말했다.

"아야오, 집이 너 혼자만의 것은 아니잖아."

우리는 이런 일로 여러 차례 다투었다. 나는 그가 다른 사람들의 감정을 침범하는 것을 나무랐다. 모든 것을 자기 어머니 탓으로 돌리는 행동은 애당초 방어능력도 없고 껍질도 없는 달팽이를 날카로운 물건으로 끊임없이 찔러대는 것과 마찬가지였다. 내가 말했다.

"아야오, 우리가 사는 세계는 너무나 거칠고 황폐해져 있어. 어머니는 평생 이런 세계를 이해하지 못하실 거라고. 이해하고 싶지 않은 게 아니라 이해하실 수가 없는 거야. 이해할 수 없는 건 보통 사람들도 마찬가지지. 그들의 질서 있는 우주도 우리가 살고 있는 세계처럼 연약하기 짝이 없거든."

영원히 결론이 나지 않는 논쟁 속에서 꽃이 지면 사람도 죽게 된다는 사실을 우리 둘 다 알지 못했다.[2] 운명은 정해져 있었다. 시간과 줄다리기를 하면서 환락에 모든 것을 투입하던 아야오는 동지(同志)[3]들 간의 사랑과 동지들 간의 반격, 동지들의 공간, 동지들의 권리를 고취시키고 있

---

2) 화락인망양부지(花落人亡兩不知), 청대 소설 『홍루몽』에 나오는 구절.
3) 홍콩 학자가 게이(gay)를 동지로 번역했고 이후 동성애자·동성애를 뜻하는 단어로 쓰인다.

었다. 그는 '포지티브 필름'으로 거리를 당당하게 걸어 다녔다. 그리고 나는? 언행이 일치하지 않고 시비를 분명히 가리지 못하는 나는 '네거티브 필름'이라 유약하게 어두운 옷장에 숨어 낮을 밤으로 삼은 채 세상의 일상적인 윤리와 규범 속에서 비겁하게 살아가고 있었다.

아야오의 어머니는 나를 친아들처럼 대해주셨다. 아주 오래 전에는 나도 그녀를 '황백모(黃伯母)'라고 불렀었지만 나중에는 아야오와 마찬가지로 '어머니'라고 부르게 되었다. 일종의 서술문으로, 존경할 자격조차 없는 사람이 무척이나 존경하는 사람을 허상에 기탁하여 불러대는 것 같았다. 나는 어머니와 아야오의 병상을 빠져나왔다. 그리고 눈이 내리는 것처럼 조용한 병원을 나서 강풍과 폭우에 몸을 맡겼다. 우산을 폈지만 몸은 이미 흠뻑 젖어 있었다. 그래도 밖으로 나와 좀 걸어야 했다.

나는 있는 힘을 다해 우산을 받쳐 들고 비바람을 막았다. 비는 마치 풀무질로 날려 보내는 우주의 먼지처럼 한 차례 또 한 차례 날리다 잠시 멈추기를 반복하면서 하늘과 땅 위로 폭포처럼 쏟아졌다. 그러다가 갑자기 방향을 바꾸더니 내 머리가죽 전부를 벗겨버릴 듯한 기세로 우산을 뒤집어버렸다. 그래도 나는 밖을 좀 걸어 다녀야 했다.

어제 오전에 아야오는 숨조차 쉴 수 없을 정도로 연약해진 상태로 잠에서 깨어났다. 내가 깨어났다고 말하는 것은 그의 푹 꺼진 두 눈에 물기가 점점 비치기 시작하더니 아주 얕은 웅덩이가 이루어졌고 그 웅덩이 위로 내 모습이 반사되기에 충분했다는 뜻이다. 그도 나를 바라보았다. 나는 이 순간을 너무나 오래, 아주 긴 시간 동안 기다렸다. 정신과 호흡을 한데 모으면서도 나의 미세한 숨결이 그의 얼굴에 나타난 물빛을 날려버리지는 않을까 두려웠다. 지난 시절, 지난 시절은 이슬 같기도 하고 번개 같기도 했다. 아야오가 없었다면 나의 십대는 완전한 공백이었을 것이다. 깨어난 아야오의 눈길이 내 얼굴을 스쳐 지나갔다. 아마도 내 등 뒤의 밝은 그림자를 보고 싶어 하는 것 같았다. 하지만 때는 너무 늦었다. 태풍이 오기 전, 구름도 없고 재도 없고 먼지도 없는 눈부신 순백의 햇살은 아야오를 주저앉히기에 충분했다. 그의 눈이 잠시 어두워지더니 이내 빛이 사라져버렸다. 그러고는 혼수상태에 빠져 지금까지 깨어나지 못하고 있다. 그가 깨어났던 순간은 따라 잡을 수 없을 정도로 너무나 짧았다. 다행히 우리는 그 순간을 놓치지 않았다. 찰나의 시간에 이생의 모든 것들에게 작별을 고했다. 나는 이미 눈물이 말라버려 더 이상 얼굴이 젖지 않았다.

1990년, 아야오는 감기로 몸이 몹시 수척해졌다. 검사를 해 보니 아니나 다를까 병에 걸려 있었다. 1988년에 약간의 일이 있었다. 당시 그는 뉴욕과 샌프란시스코에 거주하고 있었다. 상대가 누구였는지는 기억이 나지 않았다. 일곱 달 동안 AZT[4]를 복용했고 머리가 다 빠졌다. 입맛도 없었고 자주 구토에 시달렸다. 약을 끊자 병세는 어느 정도 안정을 되찾는 것 같았다. 식욕도 다소 회복되었다. 지난해 봄에 그를 보기 위해 도쿄에 왔다. 당시 그의 체력은 뜻밖에도 나를 붙들고 이틀 저녁 내내 이야기꽃을 피울 수 있을 정도로 호전되어 있었다. 얘기는 전부 우리의 소년 시절과 청춘기를 회상하는 내용이었다. 우리가 함께 보았던 모든 영화와

---

4) 에이즈(AIDS) 치료제의 일종.

주제곡들이 마치 쇠락한 왕가의 후손들이 햇살 따스한 겨울날에 말리려고 널어놓은 화려한 능라와 주단처럼 나열되었다. 내가 피터 오툴과 소피아 로렌이 주연한 영화 〈돈키호테(The Man of La Mancha)〉의 주제가를 불렀다.

"바로잡을 수 없는 착오를 바로잡고 만질 수 없는 별을 만지려 하네. 이길 수 없는 전쟁에서 이기려 하고 이룰 수 없는 꿈을 이루려 하네."

우리는 항상 저들의 노래를 부르면서 우리의 마음속 일을 생각했다. 벚꽃이 6할쯤 피었을 무렵 뉴스들은 날마다 앞다투어 꽃소식을 전하고 있었다. 우리도 마침내 지난 날 있었던 한 가지 사건의 수수께끼를 풀게 되었다.

대학교 입학시험을 치른 여름방학에 우리는 그의 스즈키 100 오토바이를 타고 스펀(十分) 폭포로 놀러 갔었다. 둘이서 자리를 바꿔 가며 오토바이를 몰았다. 폭포 인근 구역은 바비큐로 유명해서 검게 그을린 돌담이 구불구불 이어져 있었다. 동굴 앞까지 올라가 안을 들여다보니 동굴 안은 마치 선사시대에 사람들이 살던 주거지 같았다. 무성한 양치류 식물 시보티움 바로메츠 잎사귀가 우산처럼 하늘을 가리고, 몇 가닥 햇빛이 정령처럼 은은하게 숲 속에서 장난치듯 잠시 머물다 사라지곤 했다. 햇빛은 때로 아야오의 머리 위에 내려앉았다가 이내 그의 뺨 위로 날아가기도 했다. 그러다가 또 내게로 불어와 속눈썹을 가려 앞을 볼 수 없게 했다. 우리는 갈수록 걸음이 빨라졌다. 신발 밑으로 두툼하게 썩은 나뭇잎이 으깨지면서 거품과 함께 지지직거리며 요란한 소리를 냈다. 우리는 어지럽게 발자국을 흩트리면서 앞서거니 뒤서거니 걸었다. 걸음이 서로

겹치는 때도 있었다. 질식할 것 같은 브라이언 드 팔마의 카메라에 쫓기 듯이 우리는 물가를 향해 달려갔다. 더 이상 물러설 데도 없었다. 나는 걸음을 크게 내디뎌 물 위로 솟아난 바위 위에 올라섰다. 잠시 숨을 고르다 가 또 다른 바위로 건너뛰었다. 그런 다음 또 다른 바위로 옮겨 가면서 고개를 돌려 그를 찾았다. 뜻밖에도 그는 내 그림자를 밟고 바싹 뒤를 따라오고 있었다. 우리는 서로 다른 바위를 디디려 하다가 동시에 앞쪽에 있던 이끼 낀 바위 위로 떨어졌고 미끄러지지 않으려고 서로를 꼭 껴안았다. 머리 위로 주렴처럼 물이 흩뿌려졌고 햇빛이 정령처럼 비춰 들어와 수천수만 개의 환상 같은 무지개를 만들었다. 얼굴 위로 얼음처럼 차가운 물기가 느껴졌다. 우리가 물에 그대로 빠지면 치익 하는 소리와 함께 하얀 수증기가 피어오를 것이라는 생각이 들었다. 하지만 나는 미끄러지지 않고 바위를 벗어나 물가로 기어 올라가서는 활엽수 군락 아래 섰다. 심장이 쿵쾅쿵쾅 심하게 뛰는 바람에 현기증이 났다. 주위에는 어둡고 달콤한 향기가 가득했다. 뱀 같은 덩굴이 흰 난초꽃을 토해내고 있었다. 아야오는 내 뒤를 제대로 따라오지 못하고 폭포 사이에서 걸음을 멈춘 채 쉬면서 고개를 들어 커다란 물방울을 받아 마시고 있었다. 우리는 아주 오랫동안 그러고 있었다. 그의 숨이 꺼지고 나도 호흡을 멈출 것처럼 그렇게 오래 그러고 있었다. 나는 내가 무엇을 기대하고 있는지 알지 못했다. 그저 확실한 공허감이 뱃속 깊숙이 고통스럽게 내려앉는 것을 느꼈을 뿐이다.

우리는 아무 말도 없이 그 축축한 숲을 걸어 나왔다. 나는 더 말이 없어졌고 그는 더 의기소침해 있었다. 여행객들이 모두 즐겁게 놀고 있을 때 우리는 총총히 타이베이로 돌아왔다.

그 뒤로 아주 긴 세월 동안 나는 끊임없이 당시의 광경을 회상했다. 전광석화 같은 한순간에 아야오의 콧바람이 내 얼굴에 닿았다. 하지만 그는 내게 입을 맞추지 않았다. 왜일까?

그 순간 내 마음속에서 동성에 대한 그 강렬한 느낌이 일었다. 나 자신도 화들짝 놀랄 정도였다. 그 두려움은 신의 비밀이 누설되는 것과 다르지 않았다. 나는 보아서는 안 될 것을 보았고 재빨리 눈을 가리려 했지만 때는 너무 늦은 뒤였다.

숨 막히게 덥고 길기만 했던 그 해 여름 전체를 나는 내 자신의 어둠을 안은 채 보냈다. 방사성 물질이 담긴 상자를 안고 있는 것처럼 너무나 조심스러웠다. 그 어둠의 에너지가 내 가슴속에서 마구 날뛰었고 폭포수 아래에서 있었던 일을 회상할 때마다 핵폭발이라도 하듯이 순간적으로 강력한 빛을 뿜어내 모든 인과관계와 서술의 질서를 산산조각 내버렸다. 기억해낼 수 없었다. 기억할 수 있는 것이 아무것도 없었다. 나는 기력이 고갈된 채 대문 건너편에 사는 그 여자아이가 한 번 또 한 번 반복해서 〈오래된 떡갈나무에 노란 리본을 달아 주세요(Tie a Yellow Ribbon Round the Old Oak Tree)〉라는 노래를 틀어놓고 춤을 연습하는 여름 속에 내던져져 있었다.

아야오를 마주 보면서 나는 스스로를 부인했다. 그래, 난 아무것도 보지 못했어. 나는 무고했다. 아무것도 몰랐다. 나는 아무 일도 일어나지 않았던 것처럼 행동했다. 이렇게 단념해버리자 뜻밖에도 기억이 점점 수정되기 시작했다. 나는 인정하고 싶지 않은 진상을 지워버리고 텍스트를 다시 쓰려 했다. 그리하여 정말로 스펀 폭포에서 있었던 일을 잊어버리려 했다. 잃어버린 지평선이 하루하루의 그래프로 바뀌었다. 하루가 아무런 흔적도 없이 사라졌다. 나와 아야오 사이에는 아무 일도 일어나지 않은 것이 되었다.

지난해에 우리가 밤늦도록 얘기를 나눌 때까지는 그랬다. 아야오는 편안한 표정으로 물었다. 기억 나? 스펀 폭포 말이야.

그랬다. 확실히 그런 날이 있었다. 그때만 해도 그는 아직 건강했고 나는 아직 젊었다.

그때 하마터면 너에게 키스할 뻔했어. 아야오가 말했다.

아! 그랬던가? 나는 무척 의아하다는 표정을 지었다.

아야오가 말했다. 하지만 너는 발기가 되지 않았어. 나는 아주 잠깐 흥이 났다가 금세 식어버렸지.

발기라, 그래, 발기. 이 두 글자가 주문처럼 울리면서 사라져버린 그날을 아무것도 없는 세계에서 다시 불러냈다. 폭포 사이에서 우리가 아주 잠시 뒤엉켜 있었을 때 나는 아야오의 발기된 힘이 주먹처럼 단단하게 내 배에 와 닿는 것을 분명하게 느낄 수 있었다. 하지만 그 짧은 접촉은 이내 멀어져 갔고, 그 뒤로 그 일을 떠올리는 과정에서 나는 그 상태를 딱딱하게 결빙시켜 유지하면서 눈으로 보고 관찰하고 확실하게 알 수 있게 해주는 고정제가 없음을 한탄했다. 혼란스런 각성이었다. 이런 느낌에 대해 나 자신도 놀라지 않을 수 없었다. 이런 느낌을 몸 깊숙한 곳에 감춰두고 있었다. 그로부터 육 년이 지나 제(傑)를 만나면서 그 느낌이 다시 땅을 헤치고 나와 나를 지배하게 되었다. 당시 스무 살도 채 안 된 아야오가 이 모든 것을 이미 다 경험했을 줄 내가 어떻게 알았겠는가.

아야오는 오토바이를 타고 산길을 달릴 때 자기 뒤에 타고 있던 나와 항문성교를 하는 상상을 했었다고 내게 말했다. 그런 생각을 하다 보니 손발이 마비되는 바람에 결국 하는 수 없이 오토바이를 세워야 했다는 것이었다. 그는 내게 그때 일을 기억하느냐고 물었다. 그때 우리는 절벽 가까이 오토바이를 세우고 멀리 바닷물 속에 거북 등처럼 솟아 있는 작은 암초를 바라보고 있었다. 지금은 싼댜오자오(三貂角)라고 불리는 그 절벽은 옛날에 스페인 사람들이 산티아고라고 명명했던 곳이었다. 잠시 쉬다가 자리를 바꿔 이번에는 내가 오토바이를 몰고 산길을 오르게 되었다. 그는 팔을 내 허리에 꼭 감은 채 땀을 흘리며 어쩔 줄 몰라 하다가 바람이 불어와 땀이 마른 뒤에야 비로소 조금 얌전해졌다. 그는 막 그 일을 한 번 끝낸 기분이라고 말했다.

그가 바다를 향해 얼굴을 돌리던 모습을 이제야 이해할 수 있을 것 같았다. 내가 그 뒤로 얻은 풍부한 경험에 따르면 그때 그의 모습은 격렬하게 일을 치른 직후의 얼굴이었기 때문이다. 붉게 끓어오르던 열기는 땀과 함께 물러갔지만 피부의 세포에는 미처 산소가 충분히 공급되지 않아 기름이 응고된 것 같은 하얀 얼굴이었다. 검은 눈썹과 붉게 반짝거리는 입술이 그림처럼 하얀 얼굴에 선명하게 돌출되었다. 그리고 속눈썹 안쪽으로 깊이 드리워진 그의 두 눈은 아득하게 바다 저쪽을 바라보고 있었다. 격정이 남긴 온기가 하늘가의 노을처럼 조금씩 어두워져 가는 것 같았다. 이런 얼굴을 볼 때마다 나는 항상 불안감을 감추지 못하고 그의 눈길을 피해 열심히 바다를 바라보곤 했다.

알고 보니 바로 그것이었다. 나는 출토된 사료를 곱씹고 있었다. 이십 년이 지나 되돌아온 기억이 올리브처럼 달콤하면서도 떫었다. 내가 아야 오에게 말했다. 알고 보니 그런 것이었군.

그러나 아야오의 체력은 이미 긴 대화를 할 수 없을 정도로 고갈되어 있었다. 한참이 지나자 그는 겨우 몇 마디만 토해낼 수 있을 정도로 무기 력해졌다. 하지만 나는 영원히 아야오가 무엇을 말하려 하는지 알 수 있 었고 스스로 문장을 완성하도록 그를 도울 수 있었다. 그가 말했다. 위층 이야. 내가 보충해서 말했다. 노인들은 위층으로 올라가야 한다는 뜻이 군. 아, 〈8과 2분의 1〉 그 영화 말이야, 우리들의 실험영화 시대에는 타이 완 영화회사(臺映) 골목에 굴국수집이 아주 많았지. 진짜 굴을 우려낸 국 물이 정말 맛있었어. 지금의 생선 창자와는 비교도 할 수 없는 맛이었지. 아야오, 그런데 말이야, 페데리코 펠리니(Federico Fellini) 감독은 이미 구 식이야. 그 위대한 감독도 늙었으니 우리도 곧 위층으로 올라가야 하는 처지가 되겠지. 이렇게 말하고 나서 나는 영화 〈8과 2분의 1〉의 대사를 군데군데 암송하면서 일련의 장면들을 재현했다. 내가 말하는 암송이란 카메라가 연결되는 순서대로 한 번 쭉 서술하는 것에 다름 아니었다. 아 야오는 눈을 감고 귀만 열어놓은 채 전통극 마니아들이 전통극의 창 (唱)5)에 귀를 기울이는 것처럼 열정적으로 쏟아내는 창과 대사(白)에 빠 져들어 갔다. 온고지신이었다. 나와 아야오는 백발이 성성한 궁녀들처럼 날이 밝아 올 때까지 수다를 떨어댔다.

---

5) 노래. 중국 전통극의 삼대 요소는 노래(唱)와 대사(白), 동작(科) 등이다.

일본에 있는 아야오의 집은 이 층짜리 작은 서양식 건물로 집 뒤에는 오래된 벚꽃 그늘 속에 다른 집 서너 가구가 숨어 있었다. 나는 도쿄에 갈 때마다 어머니 집에서 묵었다. 봄이었기 때문에 아야오를 만나기 위해 도쿄를 찾았던 이번 여행에서 마침내 둘이 만날 수 있었다. 이전에는 내가 도쿄에 가면 그는 타이완에 가 있었고, 내가 타이베이로 돌아오면 그는 또 유럽 방문 여행단을 이끌고 암스테르담에 가 있었다. 병에 걸린 뒤로 아들이 좀처럼 아래층으로 내려오지 않자 어머니는 타이베이로 국제 전화를 걸어 내게 아야오에게 전화 좀 해줄 것을 부탁하셨다. 어머니는 일본어와 타이완 사투리를 섞어 가면서 전화요금은 당신이 다 낼 테니 수신자 부담 전화로 걸어달라고 하셨다. 그러면서 아야오에게 운동도 좀 하고 아무리 피곤해도 몸을 많이 움직이도록 당부해 달라고 하셨다. 과연 아야오는 내 말대로 다다미 위를 걸어 다니고 목도 열심히 움직였다. 이리저리 고개를 돌리거나 손을 흔들기도 했다. 특별히 이런 동작들을 내 앞에서 해 보이기도 했다. 자기를 만나기 위해 도쿄까지 와준 나의 성의에 대한 보답인 셈이었다.

그는 자신을 '죽어가는 영혼'이라 불렀다. 밖으로 나가려고 할 때는 문고리를 잡고도 돌릴 힘이 없어 한참 동안이나 서 있었다. 그가 쇠약해진 것은 알고 있었지만 그 정도일 줄은 몰랐다.

나는 그를 부축하여 공원 안에 있는 강둑까지 걸어갔다. 세 걸음에 한 번씩 쉬면서 갔는데도 그는 눈을 뜨는 것조차 힘들어했다. 그가 힘겹게 발을 옮기는 동안 그의 눈은 코끝을 내려다보고 있었고, 그 코가 다시 가슴에 파묻힐 듯 얼굴을 깊숙이 숙이고 있었다.

갑자기 벚꽃이 그의 몸 위로 쏟아져 내렸다. 그는 숨을 멈추고 쏟아지는 꽃의 무게에 자신의 몸이 내려앉지 않도록 쇠약해진 몸을 추스르느라 안간힘을 썼다. 굳게 앙다물어 직선이 된 그의 입술만 봐도 그가 얼마나 안간힘을 쓰고 있는지 충분히 알 수 있을 것 같았다.

그를 만질 엄두가 나지 않았다. 내가 할 수 있는 일이라고는 고작 곁에 서 있는 것뿐이었다. 소나기처럼 떨어지는 벚꽃 아래서 바람이 잔잔해지기를 하염없이 기다렸다. 마치 수천 년 전, 유혹을 이기지 못하고 불타는 도시 '소돔'을 돌아보는 바람에 소금 기둥으로 변해버린 롯의 아내가 된 심정이었다.

차와 음식을 나르거나 잠자리를 봐주기 위해 위층에 오실 때마다 어머니는 나에게 '주님의 은총'에 대해 말씀하셨다. 그녀가 진정으로 원하는 이야기 상대는 아야오였지만, 그는 들은 척도 하지 않았다. 어머니는 어머니대로 아직 죄를 고백하지도, 참회하지도 않는 아들에게 화가 나 있었다. 그녀의 남은 인생의 유일한 목표는 아야오를 신앙인으로 만드는 일이었다. 하지만 아야오가 당신 생각대로 움직여주지 않자, 어머니는 자신의 생각을 전할 마지막 통로로 나를 선택했다.

항상 그랬다. 어머니는 종이 미닫이문을 열고 조심스럽게 들어오셨다. 나이가 들면서 거동이 느려졌지만, 그녀에게는 여전히 노가쿠(能樂)[6]의 배우가 보여주는 우아함이 있었다. 그녀의 몸짓은 의식(儀式)을 위한 춤사위 같았다.

6) 일본의 전통 가면극.

어머니는 내 앞에 차를 놓기 위해 몸을 구부리셨다. 다도에 따라 차를 건네기 전에 당신 잔을 반 바퀴 돌려놓으셨다. 모든 찻잔은 앞과 뒤가 있었다. 어머니가 어떻게 앞뒤를 구별하는지는 알 수 없지만 찻잔의 앞면이 손님을 향하도록 내려놓는 것이 그녀에게는 중요한 일이었다.

어머니는 언제나 정성 들여 차를 끓여주셨다. 그래서 나는 늘 시주 받은 음식을 먹는 중처럼 차를 마시곤 했다. 일본차에서 나는 미역 냄새가 타이베이의 창안동로(長安東路)에 있는 아야오의 집을 생각나게 했다. 병원에서 사용하는 살균제의 상쾌한 냄새가 늘 테라초 바닥에 바로크식 외관으로 꾸며진 이 층 건물을 휘감고 있었다. 그 집에서는 가장자리에 예쁘게 홈이 파인 옥색접시 위에 말린 미역이 박힌 황금빛 쌀과자를 준비해 두곤 했다. 내가 처음으로 쌀과자를 맛본 곳도 바로 그 집이었다. 그때 나를 어른처럼 대해주시던 어머니에게선 평온함이 느껴졌고 형언할 수 없이 그윽한 향내가 묻어났다.

일본인 어머니이자 타이완인 며느리로서 그녀는 『성경』의 「유다서」를 언급하면서 남자는 자신의 순성(順性)을 역성(逆性)으로 뒤집어 사용할 경우 지옥의 불에서 고통을 받게 된다고 말씀하셨다.

아야오는 그녀를 '끝없는 모성'이라고 불렀다.

도쿄에 있을 때 나는 늘 마지막 전철을 타고 홋사로 돌아가곤 했다. 어머니는 항상 거실에 불을 켜놓고 차를 마실 수 있도록 뜨거운 물을 준비해놓으셨다. 아침에 일어나 보면 어머니는 자리에 안 계셨다. 간밤에 내 옷을 빨아 말려놓고 탁자에는 과일을 놓아두셨다. 어머니는 내가 아침에 차 한 잔 외에는 아무것도 먹지 않는다는 것을 알고 계셨다. 언젠가는 어머니를 실망시키지 않으려고 내 식사량을 초과하여 사과 한 개와 딸기 몇 알, 혹은 여름 감귤 등을 먹은 적도 있었다. 어머니는 감귤을 먹을 때 필요한 꿀과 칼, 스푼을 놓아두는 것도 잊지 않으셨다.

찜 요리를 좋아하는 나는 어머니가 만들어주신 부추 찜과 콩나물볶음이 맛있다고 칭찬한 적도 있었다. 아야오에게 보내는 편지에서 감사의 표시로 한 인사치례였다. 그때부터 어머니는 내가 이런 음식을 좋아한다는 것을 잊지 않으셨다. 그래서 내가 올 때면 오전 혹은 오후 내내 부엌에 틀어박혀 자수를 놓듯 콩나물을 하나하나 다듬으면서 머리와 꼬리는 잘라버리고 부드럽고 싱싱한 가운데 부분만 남기셨다. 게다가 일본인들은 잘 먹지 않는 오리찜과 닭찜도 해주셨다. 그럴 때마다 어머니는 애써 누런 겉껍질을 다 벗겨내셨다. 마치 예술 작품을 제작하시는 것 같았다. 나는 무척이나 고마워서 할 말이 없었지만 아야오는 '끝없는 모성'에게 이런 음식을 만드는 일은 영광이라고 빈정거리듯 말했다. 어머니가 이런 일을 굉장히 좋아하신다는 것이었다.

가끔씩 어머니와 함께 방에 있을 때면 노가쿠를 공연하는 무대 위에 있는 듯한 기분이 들곤 했다. 아주 오랫동안 아무 말도 하지 않으면서 일종의 열반의 경지에 잠겨 있다가 노래하듯 뭔가 읊조리기도 하고 탄식하기도 했다. 사실은 아무 말도 할 필요가 없었다. 다다미와 미닫이문, 울타리, 처마, 그리고 비스듬히 서 있는 소나무도 너무나 익숙한 오즈 야스지로(小津) 감독 영화의 정지된 한 장면처럼 거의 움직임이 없었다. 만년으로 접어들면서 그의 카메라는 완전히 고정되어 움직이지 않는 것 같았다. 건너뛰는 화면만이 유일한 구두점이었다. 이처럼 조용히 바라보는 듯한 시선과 노카쿠의 리듬 속에서 나는 내 자신이 오즈 감독의 카메라 안에 들어가 있는 것 같은 느낌을 즐겼다.

어머니는 일찍이 한 친척의 편지에 답장을 쓰신 적이 있었다. 아야오가 결혼하지 않는 것을 비웃는 그 친척에게 어머니는 이렇게 쓰셨다.

"내 아들이 결혼을 안 한 건 그저 결혼을 안 했다는 한 가지 문제에 불과하지만, 댁의 아들은 결혼을 하고도 수없이 많은 문제를 일으키고 있지 않나요."

어머니는 무척 즐거운 표정으로 내게 편지 내용에 관해 설명해주었다. 일본어와 타이완 사투리를 섞어 말씀하시는 통에 절반 밖에 알아듣지 못했지만 아마도 그런 뜻이었을 것이다.

어머니는 전화로 아야오를 찾는 남자들을 몹시 미워하여 전부 연결을 거부하면서도, 예의를 갖춰 미안하지만 아야오는 집에 없다며 공손하게 말씀하곤 하셨다. 아야오가 집에 애인을 데려오면 물건을 사러 나간다며 겸손하게 물러나주셨다. 짚신과 벌레, 물 등이 수놓인 핸드백을 들고 교회에 가서 일을 도와주거나 좀 더 멀리 전차로 십오 분 거리에 있는 다치카와(立川)에 가기도 하셨다. 그곳에 있는 다카시마야(高島屋)백화점에서 식사를 하고 차를 마신 다음 일곱 시에 문을 닫는 이세탄(伊勢丹)슈퍼에 들러 아직 싱싱하지만 반값에 떨이를 하는 연어회를 사기도 했다. 그렇게 잔뜩 장을 봐온 다음에는 냉장고에 버드와이저 맥주를 가득 채워 넣으셨고, 그런 다음 아래층 한 구석에 발을 치고 조용히 숨어 계셨다. 문득 계단에서 요란하게 발걸음 소리가 들리면 이는 영락없이 아야오와 그의 애인이 음료와 먹을 것을 찾아 내려오는 소리였다. 그럴 때면 그녀는 텔레비전 볼륨을 크게 높여 발 안쪽에 사람이 있다는 것을 알렸다. 그러나 그들이 가지 않고 어슬렁거리는 것을 막을 수는 없었다. 그녀는 너무나, 너무나 괴로워서 다다미 바닥에 엎드려 중얼중얼 기도를 했다. 이런 일은 하룻밤으로 끝날 때도 있고 이삼일 지속될 때도 있었다. 그러다가 그 낯선 사람이 떠난 뒤에야 어머니는 자신의 은신처에서 나와 위층으로 올라가서는 전염병을 소독하기라도 하듯이 대대적으로 방을 청소했다.

어머니가 위층으로 올라오셨다. 몸을 웅크리고 한 계단씩 천천히 올라오는 그림자가 종이문 위에 희미하게 보였다. 거대한 유령 같은 그림자, '끝없는 모성'의 모습이었다.

아야오가 말했다.

"내 생각에는 우리가 쥐들이 다니는 길에 들어선 것 같아."

그곳은 죽은 자가 자기 해골을 잃어버리는 곳……, 내가 조용히 읊조렸다. 우리가 젊었을 때 가장 좋아했던 T. S. 엘리엇의 시「황무지」의 한 구절이었다.

어머니는 종이문 앞에 이르러 무릎을 굽히셨다. 나는 거대한 그림자가 점점 작아져 결국 어머니의 실제 몸과 합쳐지는 모습을 바라보고 있었다. 기억하지 않을 수 없었다. 나는 아직도 그의 이름이 샤오위(小獄)라는 것을 잊지 않고 있었다. 우리가 둘이서 원목 바닥에 무릎을 꿇고 뜨겁게 서로를 애무하고 있을 때 그가 갑자기 몸을 일으키며 뒤로 넘어졌다. 그곳에는 메마른 산수화가 한 폭 그려져 있었고 바닥에 놓인 등불 빛이 위로 내려쬐면서 그림 속의 부서진 바위와 가는 대나무를 돋보이게 해주었다. 그가 손을 뻗어 등불의 방향을 바꾸자 우리의 그림자가 벽과 천장에

번지면서 거대한 신의 형상을 만들었다. 그는 그렇게, 그렇게 거대하고 검은 우리의 그림자가 서로 흥분하여 뒤엉키는 것을 바라보고 있었고, 나는 아무것도 돌보지 않고 그에 동조했다.

나는 후지 사과 모양의 도자기 잔을 손에 받쳐 들고 있었다. 유약을 바르지 않아서 그런지 거칠고 껄끄러운 질감이 느껴지면서 번성함과 화려함이 다했음을 의미하고 있는 것 같았다. 나는 잔의 얼굴과 등을 알 수 있을 것 같았다. 도자기 잔은 소나무 장작을 때는 가마 안에서 구워지다 보니 열의 분포가 달라, 한쪽 면은 비교적 많은 열기를 흡수하여 색이 더 그윽하고 윤기가 났다. 찻잔의 얼굴은 이렇게 부처의 불꽃과 신선의 화염으로 만들어지는 것이었다.

봄 4월이면 나는 벚꽃이 불처럼, 차처럼 피어나는 것을 보게 된다. 가장 아름답게 죽어가는 벚꽃의 철학에서는 너무나도 그윽한 풍격이 느껴졌다. 나는 아야오의 입과 팔목 주변에 돋아나 있는 어혈 같은, 갈색과 푸른빛이 섞인 반점과 시퍼렇고 자줏빛이 도는 카포시(KAPOSI) 육종을 눈으로 훑었다. 육종은 곧 그의 내장으로 번져 임파선이 부어오르게 할 것 같았다. 나는 긴 한숨을 내쉬었다. 아야오, 넌 아직도 용서를 구하지 않는구나.

아야오가 말했다. 용서를 구하는 건 더 큰 회피야.

나이가 마흔이 되면서 우리는 점차 상대방을 설복하여 자신의 생각에 동의하게 만들려는 노력을 포기하게 되었다. 그는 자신의 음란한 삶이 이제 올 데까지 다 왔고 곧 지옥에 떨어질 것이라고 생각했다. 그것 말고는 전부 거짓말이었다.

그리하여 그날 밤 우리의 나머지 대화는 미처 클라이맥스에 도달하기 전의 백열화 상태에서 끝나버리고 말았다. 그의 몸이 문제였다. 그는 더 이상 아무것도 할 수 없었다.

전구가, 갑자기 밝아졌다. 내가 방향을 바꿔놓은 전등의 광원이 창밖의 벚나무를 비추고 있었다. 불빛을 받은 벚나무는 가지가 하얗게 변해 있었다. 어머니가 아주 작은 목소리로 우리에게 『신약성서』의 구절을 읽어 주는 동안 아야오는 창문을 열고 손을 뻗어 벚꽃을 따먹었다. 차가운 냉기가 밀려 들어왔다. 몸을 떨게 하는 봄 추위였다. 창문을 닫으러 다가갔다가 나는 죽음이 드리워진 아야오의 잿빛 얼굴을 보았다. 그는 연노랑 꽃가루가 묻어 있는 입술을 떨면서 꽃을 씹었다. 깊은 밤 유리창에 비친 모습은 말 없는 꽃과 창백한 사람의 얼굴이었다. 아야오는 아무 말없이 조용히 혼수상태로 빠져들었다. 그의 굳은 얼굴이 칼날처럼 내 가슴을 파고들었다.

나는 이미 해가 지는 것을 보았는데 사람들은 해가 뜨기를 기다리고 있었다.

태풍으로 인한 폭우를 맞으면서 나는 몸이 흠뻑 젖은 채 홋사 시내 거리를 쏘다녔다.

거리는 무척 이상했다. 집집마다 문 앞 울타리 안, 비스듬히 솟아 있는 대나무 가지 끝에 화사한 리본이 매어져 있었다. 거리 한쪽 끝에서 반대편 끝까지 이어진 리본은 하늘을 가리고 있었다. 아마도 우란절(盂蘭節)[7]

---

7) 음력 7월 15일에 죽은 자를 공양하는 걸신축제.

을 위해 매어둔 것 같았다. 며칠 전에는 또 구름을 뚫고 들어가기라도 할 듯이 요란한 북소리와 날카로운 피리 소리를 들었다. 그렇게 죽은 귀신들에게 공양하는 춤의 대열이, 조수가 팔딱팔딱 뛰는 물고기들을 강물로 몰아 들여보내듯이 거리 양쪽에서 춤을 구경하고 있는 상점과 행인들을 휩쓸고 지나갔다. 그러나 이제 거리는 텅 비어버렸다. 비바람만이 대나무 잎을 쓸면서 요란한 소리를 내고 있고 리본은 공중에서 거세게 휘날렸다. 나는 그 밑을 뚫고 지나가면서 자연의 위력이 정말 놀랍다고 생각했다. 갑자기 비바람이 멈추자 리본들은 일제히 아래로 쳐져 흰 리본은 흰 빛을 발하고 주홍색 리본은 주홍빛을 발했다. 요염하게 아름다운 색깔들이 마치 인간 세계의 색깔이 아닌 것 같았다. 나는 그 사이를 걸으면서 걸음을 돌리고 싶었다. 돌아가고 싶었다.

내가 지금처럼, 이렇게 간절히 사람을 만나고 싶어 했던 적은 단 한 번도 없는 것 같았다. 누구라도 상관없었다. 등 뒤에서 발걸음 소리를 내면서 다가오고 있는 사람이라도 좋았다. '사람들, 사람을 필요로 하는 사람들은 세상에서 제일가는 행운아'라고 바브라 스트라이샌드도 노래했었다. 고독한 승려 같은 내가 뜻밖에도 세속을 벗어나지 못하고 있었다. 나는 눈물을 흘렸고 잠시 멈췄다가 다시 불기 시작하는 태풍과 폭우 속에서 오열했다.

그때 이미 아야오는 이 세상에 없었다.

3

아야오는 없다. 너무나 분명한 사실이 나로 하여금 자신을 돌아보게 했다. 없다는 것은 무엇을 의미할까? 내가 이 세상에 태어난 것은 장생불사하기 위한 것이다. 마이클 잭슨은 이렇게 말했었다.

달 위를 걷는 이 서방불패(西方不敗)[8]는 다섯 살 때 보컬그룹 잭슨파이브의 일원이었다. 신비하고 아이 같은 천진함을 간직했던 그는 밀랍인형 같은 얼굴을 갖기 위해 돈을 아끼지 않았다. 수백만 달러나 되는 대가를 지불해야 했다. 아주 가끔 그가 매체에 모습을 드러낼 때면 나는 긴장된 마음으로 화면을 뚫어지게 바라보곤 했다. 쉴 새 없이 번쩍이는 그 휘황찬란한 플래시와 몰려든 사람들로 인해 과열된 실내 온도가 그의 얼굴을 녹여버리지나 않을까 하는 두려움 때문이었다. 코와 이마, 두 눈, 얼굴 양쪽으로 해초처럼 어지럽게 말려 있는 그의 머리칼을 보면서 혹시 저 머리카락이 열상을 가리기 위한 게 아닌가 하는 의심이 들곤 했다. 어느 날 내 악몽 속에서 전 세계 사람들의 시선이 집중된 가운데 그가 정말로 녹아내렸다. 마치 전설에 나오는 '동굴의 여왕' 같았다.

그의 은밀한 저택에는 모든 통로와 구석마다 경비원들이 배치되어 있

8) 진용(金庸)의 무협소설 『소오강호(笑傲江湖)』에 나오는 일월신교의 교주이자 무공의 일인자인 동방불패(東方不敗)를 패러디한 이름.

었다. 귀신을 무서워하다 보니 그는 주로 침실 안에서만 돌아다녔고 감시 카메라로 집 안의 모든 구석을 살필 수 있었다. 레이저 음향시설이 집 안에 사통팔달로 연결되어 있어 귀신이 놀라서 도망가기에 충분한 음악을 쏟아내고 있었다. 어린이들을 제외하고 그는 어떤 손님도 받아들이지 않았다. 그는 어린 친구들과 함께 물총놀이를 하거나 전자게임 시합을 즐겼고 베개싸움으로 방 안에 온통 깃털이 날리게 하곤 했다. 그는 영화 〈나 홀로 집에〉가 미국 전역에서 흥행에 크게 성공하면서 개런티가 폭등한 꼬마 악동 매콜리 컬킨과 막역한 친구 사이이기도 했다. 그의 보디가드들은 그가 잠든 사이에 악령들이 몰래 들어와 영혼을 훔쳐가는 것을 미연에 방지하기 위해 온갖 유형의 신으로 분장한 채 침실을 지켰다. 그의 최근 앨범 표지에는 영화 〈바로코〉9)와 『아라비안나이트』에 나오는 특이한 민족적 색채의 거대한 얼굴들이 잔뜩 들어가 있어 비밀스런 종교의 성스러운 장소 같은 모습을 연출하고 있었다. 나는 뜻밖에도 오늘날과 같은 세상에서 이처럼 늙는 것을 두려워하고 죽는 것을 무서워하며 존재가 사라지는 것을 너무나 두려워한 나머지 파라오처럼 자신만의 피라미드를 짓고 사는 사람을 직접 보게 된 것이었다. 그 절망과 비참함은 금세기의 대단히 보기 드문 광경이 아닐 수 없었다.

죽는 것에 대해, 잉마르 베리만(Ingmar Bergman)은 존재가 없어지는 것이라고 말했다. 핑계도 없고 피할 수도 없는 것이다. 죽는다는 것은, 영원히 존재하지 않는 것을 의미했다.

9) 1976년에 프랑스에서 제작된 앙드레 떼시네 감독의 낭만적인 스릴러물.

루이스 부뉴엘(Luis Buñuel)은 하루하루 늙어가면서 조금도 죽음을 두려워하지 않았다. 단 한 가지 이해할 수 없었던 일은 자신이 죽은 뒤에도 이세상은 어떤 형태로든 계속 변해가겠지만, 자신은 더 이상 이 세상에 존재하지 않기 때문에 어떻게 변했는지 알 수 없다는 사실이었다. 그는 자신이 죽은 뒤에도 십 년에 한 번씩 관 속에서 일어나 그 날짜 신문을 읽을 수 있기를 갈망했다.

이 두 사람은 늙어서 죽었다. 일찍 요절하는 사람들도 있는데 말이다.

얼마 전에 나는 멜 깁슨이 리메이크한 옛날 영화를 한 편 보았다. 이 영화에서 햄릿은 죽음을 앞두고 친한 친구의 품에 안겨 이렇게 말했다. 나는 죽는데 그대는 아직 살아 있군. 내가 원수를 갚고자 하는 이유를 알지 못하는 사람들에게 제대로 알려주기 바라네. 그러면서 그는 한마디 더 반복했다. 그대가 정말로 나를 사랑했다면 이 참혹한 세상에 나의 일을 널리 전해주기 바라네.

너무나 사소하면서도 장엄한 기원이었다! 중요한 말 한마디가 전달되는 과정에서 "고양이가 피아노 위에서 기절했다"[10]라는 사소한 말로 잘못 읽힐 수 있다는 사실을 그가 어떻게 알았겠는가! 게다가 친구가 전해야 하는 것은 한 사람의 일생이었다. 햄릿은 매우 특이하고 모든 사람에게 골칫거리였던 인물이었다. 하지만 임종 직전 자신의 행동과 명성에 대해 심각하게 고민한 흔적이 역력한 그 멋진 말이, 나로 하여금 몹시 슬프게도 "호랑이는 죽어서 가죽을 남기고 사람은 이름을 남긴다"라는 속

---

10) 햄릿의 이 말을 중국어로 잘못 들으면 마치 '고양이가 피아노 위에서 기절했다'로 들린다.

담의 뜻을 이해하게 해주었다.

이름, 이름은, 영원한 부호다. 사람은 일생의 시간을 들여 이름을 주조하고 연마한다. 그러면서 그 이름이 다이아몬드가 되어 억만 광년 시간의 복도를 뚫고 나와서도 여전히 빛날 수 있기를 기대한다. 이름은 종교인이 없는 종교이자 이교도들의 천국이다. 하지만 나는 이런 이름에 대해서조차 희망을 품지 못한다. 나와 아야오, 우리는 이름이 없는 사람, 기적이 없는 사람으로 운명에 정해져 있기 때문이다.

사는 것은 어렵지만 죽는 것도 쉽지 않았다. 내가 키우던 이름 없는 물고기처럼.

맨 처음 그 물고기들은 한 무리를 이루고 있었다. 크기는 다 손톱만 했다. 어릴 적 도랑에서 흔히 볼 수 있는 작고 배가 통통한 물고기였다. 학생들은 뒷산에 올라가 고기를 구워 먹은 다음, 나비를 잡는 그물을 들고 개울로 가서 이 물고기를 잔뜩 잡아 오곤 했다. 집으로 돌아가는 길에 학생들은 내가 묵고 있는 곳에 찾아와 문을 두드렸다. '크루프' 커피메이커로 내린 커피를 마시기 위해서였다. 학생들은 제법 예의바르고 사려가 깊었던 편이라 커피를 마신 뒤에는 조용히 앉아 있다가 설거지를 해놓고 떠났다. 아이들은 모두의 동의를 거치지도 않고 물고기가 담긴 비닐봉지 하나를 내게 건넸다. 내가 기르던 고양이 '지지'에게 특별 음식으로 대접하라는 당부도 잊지 않았다. 실제로 그중 한 아이가 물고기를 한 마리 꺼내 '지지'에게 주려고 다가갔다. 너무 난폭한 행동이라는 생각이 들어 내가 얼른 저지했다. 이리하여 물고기들은 내 차지가 되었다. 물고기들의 생명이 내 손 안에 있는 셈이었다. 내가 이처럼 물고기들의 생명을 완전히 책임지게 된 것은 일종의 혹형이었다. 나는 한 번도 학생들의 야유회에 함께 참여한 적이 없었다. 야유회에 가 보면 모든 사람들이 먹을 것만 기다리는 지루한 과정에서, 두세 사람만 아주 숙련된 솜씨로 불 앞에서 고기를 굽는다. 나머지 사람들은 한가하게 여기저기를 어슬렁거리며 천천히 구워지는 고기 냄새에 안절부절 못하다가 먹을 게 모자랄 것 같으면 초조함을 이기지 못하고 끊임없이 심한 농담과 언어폭력을 이어나가곤 했다. 아이들은 한창 혈기가 왕성할 때라 물고기나 게를 발견하면 곧장 그대로 물속으로 뛰어들어 쫓아가기 시작했다. 그렇게 야성을 드러내면서 진흙을 파헤쳐 기어이 그 운 없는 게의 다리를 끄집어내곤 했다. 그것으로도 성이 안 차면 누군가 오토바이를 타고 재빨리 근처 가게에 가서 어망을 사가지고 와서는 본격적으로 물고기를 잡았다. 고기 굽는 불 때문에 바위에는 검게 그을음 자국이 생겼고 피어오르는 연기에 나무 가지가 늘어져 누렇게 변했다. 그런 다음 학생들은 물고기와 어망을 우리 집에 맡겨두었다. 아직 새 상표도 떼어내지 않은 어망 세 개와 살아 있는 물고기가 함께 맡겨졌다. 그들은 자신들의 청춘도 한 번 사용한 뒤에는 쉽게 포기했다. 이 모든 것들이 내게는 감당하기 어려운 고통이었다.

나는 먼저 비닐봉지에 담겨 있던 물고기를 세숫대야로 옮겼다. 어디서나 볼 수 있는 자주색과 회색 줄무늬가 있는 비닐봉지는 추한 것 중에서도 가장 추한 것이었고 악 중에서도 악이었지만 일단 제조되면 만 년이 지나도 썩지 않았다. 나는 쓸 만한 용기를 구하러 여러 가게를 돌아다니다가 뜻하지 않게 유리어항을 파는 대형문구점을 발견하게 되었다. 다양한 크기에 연꽃잎 같은 소용돌이 모양의 주둥이를 가진 어항은 몸체가 반원형에 부인네들의 엉덩이 모양을 하고 있었다. 허리춤에는 또 나비매듭이 매어져 있었다. 어항 위에 쌓인 두터운 먼지를 보니 싸움용 물고기를 기르는 것이 한창 유행일 때 들어온 물건임에 틀림이 없었다. 물고기들은 어항에 옮겨주기 전에 이미 몇 마리가 죽어 있었다. 나는 거름이 되라고 죽은 물고기를 테라스에 있는 화분에 골고루 뿌려주었다. 극도로 제한된 상식만 갖고 있던 나는 양동이에 수돗물을 가득 채운 다음 염소 성분이 가라앉을 때까지 기다렸다. 그런 다음 양동이 윗부분의 물을 조심스럽게 어항에 부어주었다. 새로 부은 물은 절반이 조금 안 됐고 고향의 물이 절반 조금 넘었다. 물고기들이 새로운 생존 환경에 잘 적응하기를 기대하면서 먹이는 또 무엇을 주어야 할지 곰곰이 생각해야 했다.

물고기들은 곧장 사방으로 흩어져 마음대로 헤엄을 치고 다녔다. 어항 위에서 내려다볼 때는 칙칙한 회색 물고기들이었는데 옆에서 보니 반짝이는 줄무늬도 있는 것이 마치 열대어 같았다. 하룻밤이 지났는데도 놀랍게도 물고기들은 생생하게 살아 있었다. 단 두 마리만 배를 뒤집은 채 어항 바닥에 가라앉아 있었다. 젓가락으로 꺼내 보니 한 마리는 물고기라 부를 수 없을 정도로 너무나 작았다. 나는 이 물고기도 화분에 던져주었다. 흙에서 태어났으니 다시 흙으로 돌아가야 했다. 나는 특별히 산 아래로 내려가 물고기 용품 가게에 들러 물고기 먹이를 샀다. 가장 흔한 벽돌색 과립형 먹이 한 캔이었다. 주인 말로는 새우를 갈아 만든 것이라 했다. 내친 김에 수정 공 모양의 커다란 어항도 하나 샀다. 물고기들을 장기간 길러볼 요량이었다.

나는 물고기 먹이 한 알을 꺼내 손톱으로 눌러 가루를 낸 다음 어항 위로 뿌려 보았다. 뜻밖에도 물고기들은 순식간에 수면으로 올라와서는 먹이를 놓고 다투느라 정신이 없었다. 너무나 기분이 좋았다. 아마도 아주 평범하고 비천한 물고기들이라 기르기가 쉬운 것인지 몰랐다. 나는 대지의 어머니 같은 부인네로 변해 아이들과 남편이 자신이 만든 음식을 하나도 남기지 않고 깨끗이 먹어치우는 모습을 행복하게 바라보았다. 다 먹으면 양을 두 배로 더 주고, 도저히 먹을 수 없을 지경이 될 때까지 끊임없이 음식을 공급하곤 했다. 물고기들이 먹기도 많이 먹었고 그만큼 배설도 많이 하다 보니 물은 금세 뿌옇게 흐려졌다. 나는 혹시라도 질소량이 많아질까 걱정되어 부지런히 물을 갈아주었다. 어항에 있던 물을 절반 정도 떠내고 깨끗한 물을 절반 정도 새로 부어주는 방식이었다. 헌물과 새 물이 교체될 때마다 물고기들은 무리를 지어 어항 가장자리를 헤엄쳐 다녔다. 새 물에 익숙지 않은 것인지, 아니면 깨끗한 물이 들어와 너무 기쁜 것인지 나로서는 알 수가 없었다. 이윽고 물고기들이 천천히 얌전해지고 다시 평형을 되찾아 각자의 수역을 헤엄치는 모습을 보고서야 나도 마음이 편해졌다. 나는 먹이의 양을 조절하여 물고기들이 소동을 일으키는 빈도를 줄이기로 마음먹었다.

한 주가 지나면서 나와 물고기들은 함께 잘 지내기 위한 일종의 법칙을 찾은 것 같았다. 그러나 느닷없이 하루 사이에 여러 마리의 물고기가 죽어나갔다.

징조는 먼저 중심을 잃는 것으로 나타났다. 물고기들은 몸의 평형을 잃지 않으려고 안간힘을 썼다. 사십오 도 이상 기울어지면 앞으로 나아가면서 몸의 중심을 잡으려고 발버둥을 쳤다. 그러나 평형을 되찾아 유유히 헤엄을 치는가 싶으면 이내 다시 기울어졌다. 이런 일이 여러 번 반복되다가 결국 물고기들은 포기하고 말았다. 어떤 물고기는 거꾸로 처박혀 입을 바닥으로 향한 채 헤엄치다가 결국 입을 크게 벌리고 수면 위로 떠올랐다. 그러고는 마치 슬로우 모션으로 공중제비 동작을 보여주듯이 천천히 몸을 뒤집고는 배를 수면 위쪽으로 향한 채 바닥으로 가라앉아 더는 움직이지 않았다. 그 죽음과 삶 사이의 힘겨루기 과정이 돌로 비벼대기라도 하는 것처럼 내 마음을 아프게 문질러댔다.

나는 죽음의 기운이 전염될까 두려워 더 자주 물을 갈아주었다. 그럴 때마다 물고기들은 황급히 어항 벽을 타고 미친 듯이 움직였다. 빙빙 돌면서 달걀흰자 같은 안개 속을 휘젓고 다녔다. 나는 물고기 수가 너무 많아 이들이 죽음에 이르게 된 것이 아닌가 하는 추측에 몇 마리를 못생긴 연꽃잎 모양의 어항으로 옮겨주었다. 바다를 뒤집고 산을 옮기는 것 같았다. 마치 위험한 화학 실험을 하는 것 같은 기분이었다. 내게는 물고기들의 변화에 대응할 수 있는 충분한 지식이 없다는 생각이 들었다. 물을 바꿔야 하는지 말아야 하는지, 먹이를 줘야 하는지 말아야 하는지, 시시각각으로 이어지는 고민에 좌절하지 않을 수 없었다. 결국 나중에는 더 이상 새우가루를 뿌려주지 않기로 마음먹었다. 물고기들은 이미 먹이를 먹지 않기 시작했다. 새우가루가 물속에서 불어나 마치 독성을 가진 곰팡이처럼 보였다.

물고기들이 한 무리씩 죽어갔지만 나는 더 이상 죽은 물고기들을 화분에 옮겨놓을 수가 없었다. 비린내 때문에 파리를 비롯한 각종 벌레가 들끓게 될 것이 두려웠기 때문이다. 죽은 물고기들을 손에 받쳐 들고 자세히 살펴보니 반짝이는 무늬는 그대로 남아 있었다. 나는 냉담하게 죽은 물고기들을 하수구에 던져버렸다. 결국에는 단 두 마리만이 살아남게 되었다.

그 가운데 큰 놈은 불가사의하게도 창틀에 놓여있었다. 얼마 동안이나 그곳에 그렇게 있었는지 알 수 없었다. 내가 종이카드로 물고기를 떠서 다시 어항에 넣어주었지만 오래 살리라는 기대는 할 수 없었다. 물고기는 정신을 잃은 듯, 한동안 전혀 움직이지 않았다. 그러더니 놀랍게도 지느러미가 꿈틀거리고 이어서 꼬리를 움직이기 시작했다. 나는 잉어가 신통력을 발휘하여 용문(龍門)[11]을 뛰어넘듯이, 이 물고기가 어항을 뛰쳐나와 잠시 전염병을 피해 있다가 다시 재앙의 고비를 넘기고 살아났다는 사실을 이해할 수도 없었고 쉽게 믿을 수도 없었다. 어항에 남은 작은 놈에 대해서도 최고의 경의를 표하지 않을 수 없었다. 어쩌면 이 물고기는 유전자 안에 뛰어난 항체를 지니고 있는 것인지도 몰랐다.

어쨌든 나는 이 두 마리 물고기의 생존에 감탄을 금치 못하면서 기쁜 마음으로 계속 잘 돌보기로 마음먹었다.

나는 어항 안에 황금빛 갈색 조류를 심어서 물고기들에게 규룡[12]의 수염이 어지럽게 흩날리는 모양의 수풀을 조성해주었고, 복숭아 모양의 잎사귀가 어항 입구를 덮고 아래로 퍼져 나가게 했다. 사람들이 보기에도 대단히 만족스러운 주거 환경이었다. 며칠이 지나자 어항 가장자리에 얇

---

11) 중국 황허 강 중류에 있는 여울목으로 잉어가 이곳을 뛰어오르면 용이 된다고 전해진다. 입신출세를 뜻하는 등용문(登龍門)이라는 말이 여기서 유래했다.
12) 용의 새끼로 전설에 등장하는 상상의 동물.

은 녹조 층이 형성되면서 수초 뿌리가 은녹색으로 변했다. 그리고 물고기 배설물이 바닥에 쌓이면서 어항 안에는 저절로 하나의 생태계가 형성되었다.

나는 종종 이 두 마리 물고기를 바라보느라 밥 먹는 것도 잊고 잠자는 것도 잊었다. 수초 잎사귀 사이를 미끄러지듯 지나갈 때면 물고기들의 몸이 보석 조각처럼 반짝거렸다. 물고기들은 때로는 청소부가 되어 오후 내내 열심히 자신들의 주거 환경을 청소하기도 했다. 입으로 가라앉은 침전물을 한쪽으로 옮기고 수초 끝을 쪼아 깨끗이 청소하는가 하면, 어항 옆면을 위아래로 깨끗이 핥아 반짝거릴 정도로 닦아놓았다. 때로는 두 마리가 서로 반대 방향에서 대치하다가 있는 힘을 다해 충돌하기도 했다. 검도의 고수들처럼 내공의 장력을 모아 한순간에 폭발시킴으로써 상대방을 향해 격렬하게 돌진했다가 누가 어떤 수법을 썼는지 모르게 어느새 각자의 위치로 돌아와 있곤 했다. 그러고는 또다시 겨루기에 나서는 것이었다. 이런 모습을 지켜보던 나는 결국 참지 못하고 웃음을 터뜨리면서 어항에 물결을 일으켜 자기장을 교란시켰다. 그렇게라도 하지 않으면 물고기들은 싸움을 멈추지 않을 것만 같았다. 물고기들이 지느러미를 거둬들이고 물 위에 떠 있을 때면 마치 외부의 방해를 거부하고 명상에 잠겨 있는 것 같았다. 그러다가 내가 새우가루를 뿌려주면 곧장 탐욕스럽고 비루한 본색을 드러냈다.

자세히 보니 큰 녀석이 신체적 우세를 이용하여 작은 녀석을 공격해 어항 바닥으로 밀어버린 다음 재빨리 물 위로 솟아 올라와 입으로 수면의 새우가루를 전부 빨아들이는 것이었다. 잔혹한 패도(霸道)가 아닐 수 없었다. 나는 여러 차례 어항에 손을 집어넣어 먹이를 공평하게 분배해주었다. 일본에서도 천황이 잉어에게 먹이를 줄 때 이런 일이 있었다는 얘기를 들은 것 같았다. 잉어가 아니라 백조였던가? 어쨌든 몸집이 가장 큰 놈이 먹이를 가장 많이 가로채 먹었다고 했다. 이런 모습을 지켜보던 신하들이 불공평하다고 상소를 올렸지만 천황은 그 백조를 탓하지 않고 다른 백조들에게도 먹이를 골고루 뿌려주었다고 했다. 해가 선한 자와 악한 자를 모두 비추어주는 것과 다르지 않았다. 천황은 어릴 때부터 싫어하거나 두려워하는 것이 없도록 교육을 받는다. 때문에 그는 세상에 어떤 두려움과 위험이 있는지 모른다. 그는 커다란 코브라를 만난다 해도 예의를 다해 대했을 것이다. 나 같은 범인이 어찌 그런 천황의 경지에 미칠 수 있겠는가.

나는 일부러 테라스에 있는 화분에 모기 유충을 키워 매일 몇 마리씩 어항에 넣어주었다. 붉은빛이 도는 모기 유충이 물속에서 잠시 꿈틀거리는가 싶으면 눈 깜짝할 사이에 물고기 두 마리가 야구 경기의 뛰어난 외야수처럼 달려들어 삼켜버렸다. 아주 맛있었을 것이다. 내가 물고기들을 너무 총애하고 있는 것 같다는 생각도 들었지만 이런 행동을 자제하기 어려웠다. 초여름은 모기 유충이 많은 시기라 매일 숟가락 가득 어항에 넣어줄 수 있었고 그에 따라 물고기들은 눈에 띌 만큼 잘 자랐다. 그림처럼 선명한 비늘무늬가 물고기들이 아주 건강하다는 것을 잘 말해주고 있었다. 혹시 한 놈은 암컷이고 한 놈은 수컷이 아닌지 알고 싶었다. 정말 그렇다면 기분이 더 좋아질 것 같았다.

그러던 어느 날 큰 놈이 뜻밖에도 몸이 한쪽으로 기울어진 채 헤엄치고 있는 것을 발견하게 되었다. 나는 기겁했다.

작은 놈이 입으로 큰 놈을 쪼아대고 있었다. 큰 놈은 앞을 향해 헤엄쳐 가려고 두어 번 힘들게 몸을 움직였다. 취객이 애써 정신을 차리는 척하면서 껄껄거리며 말이라도 하는 것 같았다.

"나 안 취했어. 안 취했다고."

작은 놈이 큰 놈을 공격하고 있는 걸까? 작은 놈은 큰 놈에게 두 걸음 가까이 다가갔다가 한 걸음 물러서면서 입으로 한 번 쪼고는 재빨리 도망치곤 했다. 나는 속수무책으로 큰 놈이 몸을 뒤집고 흰 배를 드러내더니 점차 이상한 모습으로 변해가는 것을 속수무책으로 지켜보아야 했다. 작은 놈이 큰 놈을 공격한 것이 분명했다. 한 차례 몸싸움을 거친 뒤로 덩치가 큰 놈이 별로 위협 대상이 되지 못한다는 것을 알게 되었는지 작은 놈은 큰 놈을 거들떠보지도 않고 유유하게 헤엄쳐 다녔다.

아무래도 원인은 한 가지일 것 같았다. 내가 녀석에게 너무 많은 모기 유충을 먹인 탓이었다. 게다가 녀석은 그걸 전부 독점했었다. 배 속에 집어넣는 속도가 방출하는 속도를 따라잡지 못하다 보니 너무 배가 불러 죽은 것이다. 완전히 인위적인 재난이었다. 후회가 막급이었다.

나머지 한 마리는 이듬해 2월 한파가 몰아쳤을 때 동사했다. 그 동안 나는 매일 홀로 남은 물고기를 바라보면서 너무 외로운 물고기라고 동정했다. 그 녀석을 볼 때마다 나는 여호와 같은 탄식을 내뱉곤 했다.

"그가 홀로 거하는 것이 좋지 못하니 내가 그를 위해 돕는 배필을 지어 주리라."

나는 뒷산 계곡에 가서 이 녀석과 같은 종류의 물고기를 한 마리 잡아다가 배필을 삼게 해줘야 하는 게 아닌지 진지하게 고민해 보았다.

공 모양의 유리어항에는 창 밖 하늘과 구름이 그대로 담겨들었다. 물고기와 어항의 비례는 태양계와 그 안에 있는 행성과 같았다. 물고기는 놀이와 게임의 경쟁 대상이 없어졌다. 한때는 경쟁 상대가 폭력적으로 자신을 억눌렀지만 이제는 물속에서 수영하는 자태가 완전히 바뀌어 있었다. 녀석은 성공적으로 발사된 인공위성 같았다. 무중력, 무의지 상태였지만 일단 궤도에 진입하면 저절로 움직였다. 물고기는 계속 헤엄쳐 다녔다. 내가 어항을 깨뜨리지 않는 한 이 놈은 계속 죽지 않고 살아남을 것이었다. 물에 떠 있는 녀석의 모습은 노여움도 없고 기쁨도 없으며 적의나 사랑의 감정도 없는 것 같았다. 열반의 상태였다. 하지만 이런 불사어(不死魚)의 삶은 너무 무료하지 않을까? 나는 수시로 허리를 구부려 어항 위에 입김을 불어 수많은 물결을 만들어주었다. 심지어 비교적 낮은 층까지 파동을 일으켜 잠시나마 물고기가 격렬하게 움직이도록 유도하기도 했다. 이것도 나쁘지 않았다.

어항에 담긴 물고기 한 마리는 내가 글쓰기를 멈추고 잠시 생각에 잠길 때 시선이 머무는 고정 장소였다. 그럴 때면 물고기는 내 시선이 미치는 원호 안의 풍경 속에서 내 시선이 굴절되는 각도에 따라 모습이 마구 바뀌었다. 유성 같은 환영으로 멋진 꼬리를 움직이며 시야 밖으로 나갔다가, 모네의 그림 〈일출〉에 나오는 신비한 빛 무리로 변해 다시 나타나곤 했다. 곧이어 내 기다림의 한계를 넘어설 정도로 아주 길게 빈 영상만 남기고 사라져 모습을 찾을 수가 없었다. 그럴 때면 나는 뭔가 불길한 느낌을 감지하고 화들짝 의자에서 일어나 어항 앞으로 달려갔다. 혹시 물고기가 어항에서 뛰쳐나와 어딘가에 떨어져 있지나 않는 신경질적인 두려움에 갑자기 땀구멍에서 식은땀이 솟아 나왔다. 하지만 물고기는 유유하게 수면 위에 뜬 채, 표면 장력을 받는 반짝이는 잿빛의 수면과 하나로 융화되어 형체를 분간할 수 없었다. 녀석은 전과 다름없이 환경을 청소하고 입으로 계속 퇴적물을 어항 바닥에 옮겨다 놓았다. 드넓은 광한궁(廣寒宮)13)을 혼자 청소해야 했던 외로운 항아(嫦娥)의 처지가 된 것 같아 물고기가 한없이 불쌍하게 여겨졌다.

나는 이 물고기가 당연히 계속 살아 있을 것이고, 결국 나와 마지막을 함께 하게 될 것이라고 생각했다. 녀석은 이미 내 생활의 일부가 되었고, 그렇게 시간이 지나면서 오히려 서로를 잊어버리게 되었다. 때문에 어느 날 갑자기 물고기가 배를 뒤집고 죽어 있는 것을 발견했을 때 도저히 믿어지지가 않았다. 그때 마침 남부 지방에서 사바히14) 떼가 대규모로 동사했다는 신문 기사를 읽었지만 나는 따뜻한 내 집 안에 있는 물고기를 연상하지는 못했다. 사별이란 이런 것이었다. 내가 아무 일도 없어 가장 방심하고 있는 순간에 난데없이 찾아오는 것이었다. 육신은 단 일격에 무너질 정도로 연약한 것이었다.

나는 화분에 손가락으로 구덩이를 파고 그 안에 물고기를 묻어주었다. 그런 다음 나뭇잎으로 덮어줌으로써 우리가 함께 생활했던 지난 일 년의 세월을 기념했다.

---

13) 달 속 항아가 산다는 상상 속의 궁전.
14) 동남아 일대에 서식하는 식용 물고기.

나는 어항에 계속 황금빛 수초를 길렀다. 식물의 집요한 광합성을 깊이 즐기기 위해서였다. 그리고 이틀에 한 번씩 에메랄드빛 잎이 나를 향하도록 어항을 돌려놓았다. 생명이란 이토록 강하고 질긴 것이었다.

BBC가 찍은 어느 코끼리의 죽음에 관한 기록을 본 적이 있었다. 쇠약해진 코끼리가 무너지는 성탑처럼 주저앉자 동료 코끼리들이 그를 한가운데 두고 둥그렇게 에워싼 다음, 더없이 길고 멋진 코를 서로 연결하여 쓰러진 코끼리를 일으키려 했다. 계속되는 시도 끝에 몇 번이나 거의 성공하는가 싶더니 결국 코끼리는 다시 주저앉고 말았다. 기력이 다한 코끼리들은 갑자기 이리저리 흩어지면서 큰 소리로 울부짖기 시작했다. 그런 다음 소란 속에서도 둘씩 짝을 지어 몸을 비벼대기 시작했다. 성적인 전율을 통해 동료로 하여금 다시 한번 삶에 대한 열정을 느끼게 하려는 것이었는지 어떤 코끼리는 육중한 앞다리를 동료의 등짝에 올려놓고 교미하는 시늉을 하기도 했다. 그러나 죽어가는 코끼리는 땅바닥에 누워 멍하니 앞만 바라볼 뿐이었다. 관목이 무성하게 자라 있는 대지가 절망에 빠진 그의 동료들의 발에 무참하게 짓밟히고 있었다.

나는 굶어 죽기 직전의 사람이 이 세상을 마지막으로 응시하는 눈빛도 본 적이 있었다. 그녀는 완전히 탈진한 몸으로 들판에 쓰러져 유난히 크고 검은 눈을 크게 치켜뜨고 있었다. 이때 그녀가 본 지상의 작은 풀들은 봄날의 아지랑이가 천천히 하늘가로 흘러가듯이 바람에 흐느적거리고 있었다. 잠자리 한 마리가 날아왔다. 따스하고 부드러운 저녁 바람이 그녀에게 남은 마지막 생명의 불을 꺼버렸다. 아주 멀리서 쿠르릉― 천둥소리가 들려 왔다. 사티야지트 레이(Satyajit Ray) 감독이 찍은 죽음이었다.

북부 인도의 한 숲 속 마을에서는 일본군이 버마군의 식량 보급로를 차단해버리자 물도 있고 풀도 있었지만 사람들은 굶주림을 견디지 못하고 풀이 말라 죽듯이 힘없이 쓰러져 갔다. 인도식 죽음이었다.

한 부인이 말했다.

"살아 있는 동안 최대한 즐거워야 해요. 죽음은 아주 오래 지속되니까요."

파우스트도 비슷한 말을 했다.

"증명된 것도 없고 증명할 수 있는 것도 없다. 내가 전수하는 모든 학설마다 결국 새로운 오류가 발견되었다. 유일하게 확실한 것은 우리가 세상에 존재하는 것이 그저 한 번 세상을 스쳐가기 위한 것이라는 사실이다. 그 사이에 경험하는 모든 것은 전부 우연에 지나지 않는다."

내가 태풍과 폭우 속을 미친 듯이 걷고 있을 때 아야오는 가버렸다.

도로 표지판에 적힌 신가쿠인(淸若院)[15]이라는 이름이 선명하게 눈에 들어왔다. 나는 곧장 앞으로 갈 생각이었다. 절이나 신사(神社)가 있을 것이라는 추측에서였다. 아무런 심리적 준비가 되어 있지 않은 상태에서 내 앞에 울타리로 둘러싸인 묘지가 나타났다. 너무나 놀란 나는 빗물에 흠뻑 젖은, 감정의 범람을 재빨리 거둬들였다. 이때 눈앞에 어떤 풍경이 펼쳐졌다. 주변의 온갖 사물들 속에 나의 모습이 보였다. 나는 이미 뼛속까지 흠뻑 젖은 채 어떤 의식이라도 치르는 것처럼 손에 든 우산을 놓지 않고 있었다. 정말 바보 같은 모습이었다.

15) 가톨릭 신학교.

하지만 이번에는 맑은 정신으로 바보짓을 계속하기로 했다. 나는 비석을 하나하나 돌아보면서 그 위에 새겨진 비문도 세세히 살폈다. 너무 정신이 또렷해서인지 갑자기 등골이 서늘해졌다. 고개를 들어 멀리 사방을 둘러보기 시작했다. 저쪽에는 다리와 넓은 길이 있고 이쪽에는 아파트와 사람들의 모습이 눈에 들어왔다. 나쁘지 않았다. 나는 지금 아주 환하게, 현대사회 속에 살고 있는 것이다. 내가 그토록 저주하는 현대사회도 이 순간만은 뜻밖에도 무척 따스하고 사랑스럽게 느껴졌다. 이리하여 나는 침착하게 비문을 읽기 시작했다. 비바람이 몰아치는 거대한 묘지에 나 혼자였다. 나는 이처럼 거의 자학에 가까운 묘지 순례 과정을 통해 맨 처음의 날카로운 고통을 이겨낼 수 있었다.

아야오가 이미 죽었다는 것은 생명 속에서 나와 그가 함께 나누었던 커다란 덩어리도 함께 사라져버렸다는 것을 의미했다. 아무도 알지 못하고 함께 나눌 수도 없는 기억이 무슨 의미가 있단 말인가. 그런 기억은 연기처럼 사라질 뿐이다. 나는 거센 비와 찬바람에 완전히 노출된 직후에 한 바탕 몹시 심하게 앓았다. 이런 식으로나마 너무나 무거운 상처와 슬픔을 넘겨보려 했다.

비석에 새겨진 것은 전부 몸이 노쇠하여 편하게 죽음을 맞은 사람들의 기록이지만 아야오는 너무 젊었다. 이런 묘지에는 아야오 같은 친구가 묻힐 땅이 없었다. 예견할 수 있는 미래에 이 세상에는 아야오보다도 더 어린 남자와 남자, 여자와 여자들이 죽어서 묻히게 될 것이고, 심지어 어린아이들도 그렇게 될 것이다. 지난해 12월 1일의 추모대회 때에는 광장에 커다란 깃발을 들고 개미 떼처럼 모여 있는 군중의 모습이 조감 카메라에 잡힌 적이 있었다. 괴상하면서도 화려한 천을 이어 만든 깃발들이 대열을 이루고 있었다. 에이즈로 목숨을 잃은 환자의 가족들이 기부한 옷이나 담요를 기워서 만든 것이었다. 깃발의 대오가 거대한 면적으로 확대되는 속도에 모든 사람들이 경악을 금치 못했다. 아야오도 그 찬란한 추도 깃발 어딘가에 자신의 적절한 자리를 찾게 될 것이었다. 장수 아야오의 자리를.

신가쿠인을 떠나 시내로 돌아왔다. 기차역 앞에는 맥도날드 점포의 거대한 M자가 도시의 요사스런 괴물처럼 허공에 쭈그리고 앉아 있었다. 예전에 나는 맥도날드에 가는 것을 꺼리는 사람 중의 하나였다. 그러나 지금 나는 마치 오랫동안 만나지 못했던 친척을 만나기라도 한 듯이 그리로 달려갔다. 이번이 내가 세상에 태어나 처음으로 맥도날드에 가 보는 것이었다. 이렇게 비바람이 불어 아무도 밖에 나다니지 않은 날이면 사람들은 온실처럼 조명을 밝힌 패스트푸드점으로 모여 든다는 사실을 깨닫게 되었다.

나는 아주 뜨거운 커피를 마셨다. 그 온기로 몸을 데우려는 생각에서였다. 양말을 벗어 말리고 싶었다. 시체처럼 푸르스름하게 변한 내 두 발을 보니 온몸에 소름이 돋았다. 어제 식사를 하기 위해 병원을 나왔다가 세이유(西友)백화점에서 산 양말이었다. 무지(無印) 제품인데도 물에 젖으면 이렇게 탈색이 될 줄은 몰랐다. 항의의 뜻을 담아 투서라도 해야 할 것 같았다. 나는 창가 쪽 자리에 앉아 태풍이 도시를 유린하는 광경을 말없이 바라보았다. 도시는 태풍 앞에서 고개를 들지 못했지만 나는 밀폐된 공간에 안전하게 웅크리고 앉아 체취가 가득한 사람들 가운데 하나가 되어 있었다. 나는 태풍에 놀라지도 않았고 피해를 입을까 걱정할 필요도 없었다. 나는 살아 있었다. 나는 원시시대의 초기 인류처럼 번개가 내리치는 폭풍을 피해 동굴로 들어와서는 자신의 손과 발이 아직 무사한 것을 확인하고는 이를 큰 다행으로 여기는 셈이었다. 나는 뜻밖에도 내가 HIV[16]의 양성반응자가 아니라는 사실에 정말 다행이라고 안도하고 있었다. 뉴욕시만 해도 HIV 양성반응자가 거의 삼사십만 명에 달했다. 아야오는 죽었지만, 나는 아직 살아 있었다.

얼마 전에는 일본에 쿈(KYON)이 에이즈에 걸렸다는 소문이 널리 확산된 적이 있었다. 쿈(KYON), 즉 고이즈미 교코(小泉今日子)는 일본의 제1대 광고여왕으로, 텔레비전 화면에서는 언제든지 그녀의 다정하고 포근한 미소를 볼 수 있어 나라 전체가 그녀의 매력에 푹 빠져 있었다. 그녀는 그동안 문제를 일으킨 적도 없었고 스캔들을 만든 적도 없었다. 아무리 대단한 뉴스 기자나 주간지 기자라 해도 그녀의 흠집을 찾아낼 수 없었다. 에이즈만 아니었다면 그 누구도 모든 일본인들의 마음을 완전히 사로잡고 있는 이 왕관 없는 여왕을 권좌에서 끌어낼 생각을 하지 못했을 것이다. 가장 무서운 것은 소문이었다. 소문은 치명적인 살상력을 지니고 있었다. 소문은 세기말의 흑기사였다.

나는 언젠가 고이즈미 교코가 바르셀로나 올림픽 경기장에서 찍은 기린맥주 광고를 본 적이 있었다. 광고 문구는 이랬다.

"제게 바르셀로나의 추억을 가져다주실 분은 지금 일본 어딘가에서 땀

16) 인간 면역 결핍 바이러스, 에이즈를 일으키는 원인 병원체.

을 흘리고 있습니다."

그러면서 그녀의 목소리가 흘러나왔다.

"저는 향긋한 기린 라거를 마시고 싶어요!"

나는 또 긴(金)할머니와 긴(銀)할머니에 관한 뜨거운 소문도 들은 적이 있다. 지금 나고야(名古屋)시에 살고 있는 백 살 된 쌍둥이 자매 나리타 긴 (成田金) 할머니와 가니에 긴(蟹江銀) 할머니의 나이를 합치면 이백 살이 된다. 긴(金) 할머니는 이가 전부 빠져 말에 힘이 없고 잘 알아들을 수 없지만 긴(銀) 할머니는 그나마 앞니가 남아 있어 거침없이 세상사를 토해 냈다. 두 할머니는 경로절(敬老節)에 처음 소개된 뒤로 하룻밤 사이에 매체의 총아가 되었다. 두 할머니는 텔레비전 광고에 출연하기도 했다. 제법 재미있는 광고였다.

긴(金) 할머니가 말한다.

"나는 여태껏 한 번도 아픈 적이 없었다오."

긴(銀) 할머니가 말을 받는다.

"나도 늘 건강하기만 했지."

"나는 붉은 살 회를 좋아해."

"나는 흰 살 회를 좋아하지."

"나는 평소에 세탁도 직접 한다오."

"나도 마찬가지야. 지금도 집안일을 도맡아 한다니까."

옆에서 남성의 멘트가 이어진다.

"백 살이 되신 이 두 할머니들은 아직도 주부입니다. 이름을 합치면 길상의 상징인 금은이 되지요. 사왕(獅王)회사도 올해에 만 백 살이 됩니다.

메이지(明治) 이십사 년에 설립되었으니까요. 당시에는 어디서든지 사무라이 두발 형태를 고수하고 있는 사람들을 볼 수 있었습니다. 사왕이 생산하는 주방세척 및 욕실용품은 모든 일본인들과 백 년을 함께해 왔습니다. 앞으로도 여러분의 일상생활에 아주 좋은 친구가 되도록 노력하겠습니다."

긴(金) 할머니가 말한다.

"앞으로도 아주 재미있는 일들이 많을 거야."

긴(銀) 할머니가 말을 받는다.

"나도 마찬가지야. 이제 새로운 인생이 시작되는 것 같아."

또 다른 다스킨(DUSKIN) 광고에서는 백 살이 된 감회를 묻는 기자들의 질문에 긴(金) 할머니가 대답한 문구가 곧장 그 해의 유행어가 되기도 했다. 긴(金) 할머니는 이렇게 말했다.

"행복하기도 하고 슬프기도 하군요."

슬픔과 기쁨은 늘 함께 뒤섞여 있다. 홍이 법사도 마지막 글에서 그렇게 썼다.

나는 여전히 살아 있다. 나와 같지만 이미 죽어간 사람들을 위해 무언가 해야 할 것 같다는 생각이 들었다. 하지만 나는 누구를 위해 어떤 것도 할 수 없었다. 그렇다면 자신을 위해 무언가 해야 했다. 나는 글을 쓰기로 했다.

글을 씀으로써, 잊혀 가는 것들을 붙잡으려 했다.

시간은 모든 것을 마모시키고 부식시켜 없애버린다. 시간이 흐르면 아야오에 대한 기억도 점차 시러져 결국에는 희미해져버릴 것이다. 이런 생각에 나는 정말 견딜 수가 없었다. 할 수만 있다면 이 순간의 슬픔을 더 없이 강하고 단단한 결정체로 응결시켜 항상 몸에 지니고 다니고 싶었다. 하지만 내가 할 수 있는 것이라고는 글을 쓰는 것밖에 없었다. 끊이지 않고 이어지는 글쓰기 속에서 한 번 또 한 번 반복해서 상처를 깊이 새기고 죄의 흔적에 채찍질을 더하는 것이었다. 고통으로 기억을 가둬 절대로 빠져 나가지 못하게 하는 것이었다.

글을 쓴다. 고로 나는 존재한다. 더 이상 쓸 수 없을 때가 되면 펜을 던져버리고 쓰러질 것이다. 그때가 되면 내게는 더 이상 감정도 없고 지각이나 형체도 없을 것이기 때문이다.

이게 전부다.

4

나 같은 사람들에게 있어서 가장 위대한 원형은 예수그리스도와 그의
열두 제자이다.

그리스도는 남을 위해 자신을 희생하여 십자가를 졌다. 그를 배반한
사람은 입맞춤으로 그의 몸에 낙인을 찍었다. 그는 영원히 생각에 잠겨
있는 것처럼 근심이 가득한 절대적 아름다움의 형상이다. 가시에 찔려
피가 흐르는 그의 벌거벗은 몸은 이미 하나의 미학이 되었다. 우리는 아
무리 잘 해 봤자 그를 본받는 것이 고작이다.

하지만 나는 아야오의 동지운동에 참여하지 않았다. 아야오는 그저 부
끄러워 내게 말하지 않았을 뿐이다. 혁명은 성공하지 못했고 동지들은
지금도 계속 노력 중이다.

이른바 동지란 '퀴어(queer)'를 의미했다. 새로운 유형의 동성애로서 구
시대와는 자랑스러운 단절을 선언하고 있다. 에이즈 이전과 이후, 그 사
이에는 이렇다 할 연결점이 없었다. 기질의 차이가 완전히 달랐기 때문
에 새로운 명명이 필요했다. 그래서 먼저 '게이(gay)'가 아니라 퀴어라는
점을 분명히 해야 했다. 아야오는 힘주어 말하곤 했다.

"퀴어라는 이름 어때? 내가 바로 이거야. 우리는 너희들과 근본적으로
다르다고. 반드시 구별해서 말해야 한단 말이야."

아야오는 게이가 백인 남자 동성애자를 말하는 깃으로서, 이는 징치직

으로 정확하지 않은 용어라고 주장했다. 그러면서 퀴어는 다르다고 했다. 퀴어는 남자와 여자, 황인종과 백인종, 흑인종을 막론하고 전 세계 이성애와 동성애의 모든 변종을 다 포함한다는 것이다. 그래서 퀴어라고 부르게 된 것이라고 했다.

그렇다. 나도 동의한다. 언어의 사용 자체는 정보의 일부다. 나는 내가 굉장히 좋아하는 인류학자 레비스트로스의 이런 주장을 백 퍼센트 지지한다.

최근에 있었던 콜럼버스의 신세계 발견 기념행사를 예로 들 수 있을 것이다. 아니 그것은 발견이 아니라 우연히 마주친 것이었다. 전자는 유럽 중심의 지구관을 반영하면서 아메리카 인디언들을 주변부로 폄하해버린다. 다양하고 새로운 초점과 시각에 따라 보다 정치적인 관점에서 정확히 말하자면, 아메리카 대륙이 우연히 콜럼버스를 만난 것이라고 해야 옳다. 나는 황인종이면서도 지금까지 유럽의 백인들에게 세뇌되어 극동이나 근동 같은 지리 용어로 가득한 유년기의 지리 시대를 거치다 보니 이미 성장한 지금도 이런 용어들이 내가 사용하는 언어의 모범이 되어버렸다. 나는 아야오의 적극적인 태도를 따라 할 수 없었다. 나의 처지는 늙어서 치아와 뼈가 부실한 노인이, 날카로운 교정기를 들고 미소를 지으며 다가오는 치과의사를 바라보는 상태와 같았다. 극도로 무서웠던 나는 소리를 지르며 도망쳤다.

일찍이 아야오가 아주 즐거운 게이였을 때도 나는 자신이 게이인지 아닌지 몰라 심한 정체성의 혼란을 겪고 있었다. 그러다가 최근에 이르러 내 몸을 장악하고 있는 욕망이라는 맹렬한 물건이 다소 수그러들고, 몸이 점점 쇠락해가는 낡은 건물이라는 사실을 깨닫고 나서야 비로소 내 자신이 반려자 없이 홀로 외롭게 남은 인생의 절반을 살아야 하는 게이의 운명이라는 사실을 받아들이게 되었다. 나는 그런 자신을 향해 그런대로 나쁘지 않다고, 아주 즐겁다고 말해야 했다.

아야오는 비웃는 듯한 눈길로 나를 바라보았었다.

아, 그래 괜찮단 말이지? 아주 즐겁다 이 말이지?

한마디도 하진 않았지만 비웃는 듯한 표정과 눈길이 항상 나의 화를 돋우었다. 그는 게이라는 단어를 헌신짝 버리듯 버렸고 나는 이 철지난 예모(禮帽)를 아주 우아하게 머리에 썼다. 바보 같은 모습이었다. 정말 너무나 우스웠다.

그가 말했다.

"무슨 빌어먹을 고상함이야(fuck the gentle)."

그는 만년으로 갈수록 더 적극적인 자세로 자기 어머니에게 난폭하게 굴었다. 거의 도발과 공격적인 수준에 이를 지경이었다. 그가 이렇게 스스로 제1선에 나서는 것을 나는 정말 눈뜨고 봐줄 수 없었다. 한 번에 만 개의 화살이 심장에 꽂혀 죽는다면 나는 그렇게 죽은 그의 시신을 단호하게 거부할 심산이었다.

그가 죽기 전, 1987년에 워싱턴에서 에이즈 희생자를 위한 추모제가 열렸다. 1988년에는 맨체스터 지방정부가 제28조 법안을 폐지했고 1989년에는 덴마크에서 아이의 양육을 허락하지 않는 조건으로 동성애자들 사이의 혼인이 합법화되었다. 1990년에는 키싱인(kissing in)이 선포되었다. 광장이나 대중들 앞에서의 키스가 허용된 것이다. 1991년에는 아우

티드캠페인(outed campaign)이 확산되었다. 이른바 커밍아웃 운동이 전개된 것이다. 침묵은 죽음을 의미했고 공포는 무지로 간주되었다. 의료혜택은 당연한 권리였다. AZT 제약공장에 대한 시위로 글락소웰컴은 AZT의 가격을 이십 퍼센트 낮췄다. 올해에는 대영제국의 법률을 준수하는 홍콩에서 항문 섹스 금지조항을 폐기했다. 살아 있을 때 이 모든 변화를 지켜본 아야오는 이를 자신의 커다란 승리라고 자평했었다.

그의 만년에 있었던 갖가지 일들을 나는 나중에서야 이해하기 시작했다. 그것은 아야오 자신도 잘 알지 못했던 얼마 남지 않은 시간에 대한 예감이었다. 그 역시 몹시 혼란스러워하고 있었다. 이런 사정을 내가 제때에 알았더라면 그와 논쟁을 벌이면서 기 싸움을 벌이지는 않았을 것이다. 맙소사, 우리는 뉴욕과 타이베이를 잇는 국제전화로 논쟁을 했었다! 지금은 전혀 기억나지 않는 일 때문에 말다툼을 벌인 것이다. 전혀 중요하지 않은 일로 시작된 논쟁은 대부분 원망으로 끝을 맺었다. 그는 내게 자신이 보내준 글을 읽었느냐고 물었고 나는 읽지 않았다고 대답했다. 그러면 그는 왜 안 읽느냐고 물었고 나는 읽고 싶지 않다고 대답했다. 그가 있는 뉴욕은 오후였고 내가 있는 타이베이는 새벽 두 시였다. 밤과 낮 사이의 십만 리에 달하는 거리를 사이에 두고 우리는 둘 다 잠시 말을 하지 않았다. 그 사이에 분과 초를 계산하는 동전 소리만 계속 떨어져 내리고 있었다. 나는 더 참을 수가 없어서 알았다고 말하면서 지금 우리가 국제전화로 얘기하고 있다는 사실을 상기시켜주었다. 모질게도 그는 아무런 대꾸도 하지 않고 전화를 뚝 끊어버렸다. 서로 화해도 하지 못하고 갑작스럽게 끊어진 전화 때문에 나는 밤새 괴로워 잠을 이룰 수 없었다.

나중에서야 나는 그가 내게 전화를 한 것이 특별한 볼일이 있어서가 아니라는 사실을 알게 되었다. 그는 그저 내 말과 목소리를 듣고 싶어서 전화했던 것이다. 내 목소리는 그의 과거와 연결되어 아슬아슬한 순간에 그가 심연으로 떨어지지 않도록 붙잡아주는 한 가닥 밧줄이었던 셈이다. 이런 내용이 담긴 대화가 그로 하여금 아직도 자신이 짐승이 아니라 살아 있는 사람이라는 사실을 실감하게 해주었다. 이국땅의 어느 거리 모퉁이에서 전화박스 안에 웅크리고 서서 수화기를 손에 꼭 쥐고 있었을 그의 그림자는 데이비드 크로넌버그(David Cronenberg) 감독의 영화 〈플라이〉에서 파리로 변한 비참한 주인공이 가까스로 찾아낸 여자 친구에게 제발 자신이 다시 인간으로 돌아갈 수 있게 해달라고 애걸하는 모습과 다르지 않았을 것이다.

그의 그런 모습은 그 뒤로도 자주 내 마음속에 떠올랐다. 어느 일요일 오후에 나는 또 그의 전화를 받고는 습관적으로 먼저 물었다. 거긴 지금 몇 시야?

그가 말했다.

"모르겠어."

나는 창밖의 누런 가을 하늘에 지네 연 하나가 높이 떠 있는 것을 바라보고 있었다. 뻐꾸기시계가 네 시가 넘은 시각을 가리키고 있었다. 나는 재빨리 아야오 대신 계산을 해 보았다. 토요일 밤, 아니 새벽 세 시가 지났을 시각이었다.

아야오가 말했다.

"시간은 중요하지 않아. 무슨 상관이야. 지금 뭐하고 있어?"

내가 말했다.

"별일 없어. 그냥 책 읽고 있어. 너는, 너는 뭐하고 있는데?"

"하긴 뭘 해. 넌 내가 무슨 일을 하고 있을 거라고 생각해?"

"몸조심해. 이렇게 늙어가고 있잖아."

"무슨 책을 읽고 있는데?"

"『슬픈 열대』."

"내가 안 읽어 본 책이군."

나는 아야오가 읽지 않은 책이라는 것을 알고 있었다. 아마도 서른 이후로 그는 책을 읽지 않았을 것이다. 나는 모호하게 저자의 이름을 말했다. 새 친구를 사귄 즐거움을 그와 함께 하지 못하는 것처럼 마음이 허전했다. 영화도 마찬가지였다. 아야오는 독일의 삼대 거장 가운데 하나로 아직 살아 있는 빔 벤더스(Wim Wenders) 감독의 영화만 봤다. 우리가 어른으로 성장한 뒤로는 옛 친구와 새로 알게 되는 사람들이 전부 각자의 경영 대상이라 우리 둘 모두에게 공유되는 경우는 드물었다. 이 부분에 있어서 나는 항상 아야오에게 겸손하고 양보하는 태도를 보였다. 그의 심기를 감히 건드리는 일은 없었다.

과연 아야오의 대답은 예상을 벗어나지 않았다.

"못 들어본 이름이군."

"구조주의 인류학자야."

내가 미안해하는 어투로 설명해주었다. 레비스트로스가 내 애인이라도 되는 것 같았다.

그가 말했다.

"그 사람이 누구든지 간에 한 단락을 읽어 봐."

아! 나는 혀가 굳어버려 한참 동안 입을 열 수가 없었다.

"어디서부터 시작해야 하지?"

"지금 네가 보고 있는 부분을 읽으면 돼. 어서 읽어 봐."

총애하는 사람의 부름을 받기라도 한 것처럼 나는 재빨리 책을 집어 들고 빠른 속도로 레비스트로스와 내가 방금 읽었던 편장(篇章)에 관해 간단히 설명했다. 브라질 정글에 사는 카두베오 부족에 관한 이야기였다. 이 부족은 고립된 환경으로 인해 오래전 관습의 특징을 보존하려는 열망이 강했다. 가장 뚜렷한 것이 몸에 새긴 문신 예술이었다. 그들은 남자가 되려면 반드시 몸에 문신을 새겨야 한다고 믿었다. 몸이 자연 상태로 있으면 짐승과 다르지 않다는 것이다. 이들 부족 남자들은 사냥과 낚시, 가정을 마음에 두지 않고 하루 종일 남들에게 자신의 몸에 그림을 새겨 넣게 했다. 이렇게 새겨진 문신은 사람들에게 인간으로서의 존엄을 갖게 하면서 그가 자연에서 문화로, 무지몽매한 금수의 단계에서 문명화된 인류로 넘어왔음을 증명해주었다. 또한 문신의 도안은 계급에 따라 풍격이 달라졌기 때문에 사회적 기능도 포함하고 있었다. 카두베오 부족의 예술적 특징은 남성과 여성의 이분법이라고 할 수 있었다. 남성은 조각을 하고 여성은 그림을 그렸다. 나는 열정을 억제하면서 아야오에게 나의 새로운 친구에 대한 일단락을 설명했다.

아샤오가 말했다.

"아주 훌륭하군. 나도 찬성해. 계속해 봐."

"트리스트 트로피크(Tristes Tropiques)."

나는 부드럽게 불어로 책 제목을 읽어주었다. 그런 다음 여인들이 밀어를 나누듯이 그 다음 단락의 글들을 애무하기 시작했다. 나는 255쪽을 계속 읽어 내려갔다.

"카두베오족 부녀자들의 도화 예술이 갖는 최종적인 의미는 신비의 감염성으로서 얼핏 보기에는 전혀 필요하지 않을 것 같은 복잡성과 함께 한 사회의 꿈을 해석하고 있다. 각 사회는 일종의 상징을 갈망함으로써 그 사회가 장차 갖게 되거나 가질 수 있는 제도를 표현한다. 하지만 이러한 제도는 이익이나 미신 같은 장애로 인해 실현되지 못한다. 지금도 그녀들은 자신들의 몸을 화장함으로써 사회집단의 꿈을 표현하고 있다. 그녀들의 문신 도안은 여전히 상형문자이며 이룰 수 없는 황금시대를 묘사하고 있다. 그녀들은 화장을 통해 그 황금시대를 칭송하고 있는 것이다. 그녀들에게는 자신들의 꿈을 표현할 만한 다른 부호 시스템이 없기 때문에 그 황금시대의 비밀은 그녀들이 알몸을 드러낼 때 여지없이 노출된다."

내가 다 읽기도 전에 전화가 끊어져버렸다. 아야오가 다시 전화를 걸어오기를 기다렸지만 그는 끝내 다시 걸지 않았다.

그의 목소리에 담긴 거칠고 잔뜩 부은 듯한 느낌은 십만 팔천 리의 거리에도 불구하고 내 귀를 빠져나가지 못했다. 주말 내내 여기저기 술집을 전전하다가 나중에는 증기실 안에서 열 명이 넘는 사람들이랑 즐겼을 것이 뻔했다. 몸의 기관들이 부어 있어 욕망의 불꽃이 더 거세게 타올랐겠지만 영원히 만족시킬 수 없었을 것이고, 결국 항상 부족함으로 끝을 맺었을 것이다. 나는 거품을 토하면서 손바닥 안에서 마음대로 뒹굴고

빨고 만지는 광란의 의식을 너무나 잘 알고 있었다. 이는 영화 〈분홍신 (The Red Shoes)〉17)에서 마술의 구두를 신은 소녀가 춤을 멈출 수 없어 기력이 다할 때까지 춤을 추다가 끝내 죽음에 이르고 말았던 상황과 다르지 않았다.

돌아가면서 각종 액체가 섞인 숨결을 빨아들이고 몸에서 나온 온갖 분비물을 여러 사람의 몸에 칠하고 자신의 몸에도 칠한 다음, 이것이 시궁창 냄새를 풍기는 한 겹의 고체로 응고되면 깊게 밴 냄새가 몸에서 가시지도 않고 거미줄처럼 아야오를 휘감았을 것이다. 그 이른 새벽과 늦은 밤에 쓰레기가 잿빛 거리 위를 날아다니고 도로 노면의 지하철 통풍구에서 하얀 연기가 솟아나올 때 아야오가 파리 인간처럼 비틀비틀 걸어가는 모습이 내 마음속에 낙인처럼 선명하게 찍혔다.

1986년에 리메이크된 〈플라이〉는 과학기술을 이용한 시각효과가 더해져 절단된 팔다리와 피부의 변형 과정이 아주 생생하게 표현되었지만 1958년의 작품에 비해 극적인 긴장감과 공포, 비극적인 아름다움, 그리고 극적인 텐션이 충분히 재현되지 못했다. 비참한 것은 아야오가 이미 파리 인간으로 변해버렸고 나를 포함하여 우리에게, 익숙한 이 모든 경험에 있어서 우리는, 모두 1958년 판 〈플라이〉에 속한다는 것이었다. 너무나 고전적이었다. 젊은이들 사이에 아주 빠르게 광고 용어들이 유행하고 있을 때, 너무나 천진하고 무지한 그 얼굴들은 반항하듯 외쳐댔다.

"내가 좋아하는 것이기만 하면 뭐든지 다 괜찮아."

17) 여기서 영화 〈분홍신〉은 마이클 파월(Michael Powel) 감독의 1948년 작을 말한다.

마치 내 얼굴에 침을 뱉는 것 같았다. 나는 점잖은 태도를 잃지 않으려 애쓰면서 미소 띤 얼굴로 조용히 몸을 돌렸다. 그런 다음 손수건을 꺼내 침을 닦아내듯이 얼굴을 문질렀다.

우연히 텔레비전을 켜는 순간, 새로운 인류의 머리가 렌즈 앞으로 튀어 나와 볼록해지더니 괴물의 형상으로 변하면서 소리쳤다.

"나는 정말로— 내— 얼굴이— 좋다!"

소스라치게 놀란 나는 재빨리 달려가 스위치를 눌러 그 얼굴이 사라지도록 했다. 무슨 음료나 컵라면 광고였던 것 같다. 내 침소로 들이닥친 이런 난폭한 침입이 나를 극도로 분노하게 했다.

"퀴어, 그래 맞아요. 내가 바로 그런 상태라고요. 그게 뭐 어쨌다는 겁니까!"

아야오가 일어나 이렇게 말했을 때 나는 당장이라도 쫓아 올라가 담요를 한 장 뒤집어씌워서라도 그를 단상 아래로 끌어내고 싶었다.

아이들에겐 젊음이 있지. 아야오, 너와 나처럼 냄새나는 엉덩이가 축 처진 사람들이 뭣 때문에 남들 앞에 추한 모습을 드러내는 거야?

나의 친구이자 아야오의 친구이기도 한 가오잉우(高鸚鵡)도 나쁜 짓을 그만두고 집으로 돌아가 작업실을 하나 차렸다. 그는 매일 하루에 여덟 시간씩 컴퓨터 앞에서 꼼짝도 하지 않았다. 그를 움직이는 유일한 생존의 동력은 몸을 보양하는 것이었다. 가오잉우는 오전에는 방문객을 일체 사절한다고 추호의 거리낌도 없이 말하고 다녔다. 이 시간 동안 그는 옷을 벗고 피부를 탄탄하게 조여 주는 로션을 온몸에 바르고 지방제거제를 배 위에 바른 다음 랩으로 배를 칭칭 감고 있었다. 이런 상태로 컴퓨터 단 말기 앞에 앉아 두 시간 동안 일하고 나서야 무장을 해제했다. 한번은 그에게서 빌린 민남(閩南)[18]의 건축에 관한 책을 돌려주려고 그의 집을 찾아간 적이 있었다. 인터폰을 통해 들려오는 그의 목소리는 좋지 않았다. 예고 없는 방문에 상당히 불쾌해하는 것 같았다. 주인의 그런 심기를 반영하기라도 하듯 철문은 용수철처럼 아주 빨리 조금만 열렸다. 내가 삼층에 있는 그의 집으로 기어 올라가자 그는 문 뒤에 몸을 숨기고는 내게어서 들어오라는 손짓을 보냈다. 알고 보니 그는 얼굴에 팩을 하고 있었다. 눈 주위에 두 개의 동그라미와 입, 그리고 하늘로 쳐들린 콧구멍만 보이는 그의 얼굴은 마치 검은 들짐승 같았다. 책을 내려놓고 나는 곧장 그의 집에서 나오려 했다. 이미 보여주기 싫은 꼴을 다 보이고 말았다는 생각에 그는 나를 만류하며 자신이 직접 만든 금귤차나 마시고 가라고 권했다. 그러고는 타올 천으로 만든 목욕가운의 한쪽 끝을 살짝 들어 배를보여주었다. 랩으로 칭칭 감겨 있는 그의 몸은 마치 독일식 돼지족발 같았다. 내가 말했다.

"이런 건 대개 아침에 하는 것 아니야? 지금은 거의 저녁에 가까운 시각이라고."

이 한마디가 주절주절 이어지는 그의 불평을 유도하고 말았다. 이틀전에 부대설계 시안을 제출했고 아주 늦게까지 토론이 이어져 맥줏집에 밤참을 먹으러 갔다가 분위기가 고조되면서 새벽이 되어서야 집에 왔다는 것이 불평의 내용이었다. 집에 들어오자마자 잠이 들어 황혼 무렵까

18) 중국 푸젠(福建)성 남부.

지 잤고, 깨어서 거울을 보니 얼굴에 밤을 샌 기색이 역력했다고 했다. 그래서 너무 우울한 나머지 수영을 한 번 하고 집으로 돌아와 컴퓨터 게임을 좀 한 다음, 또 늦게 자고 늦게 일어났다고 했다. 정말 화가 나는 것은 한 번 집 밖에 나갔다 오기만 하면 간신히 세워놓은 생활의 질서가 무너져 엉망진창이 된다는 것이라고 했다. 때문에 그렇게 해질 무렵이 되어서야 얼굴에 팩을 하게 되었다고 했다. 그는 밤 열한 시 이전에는 또 잠들기 어려울 것이고 그러면 내일도 늦게 일어나게 될 것이 걱정이었다고 말했다. 그러면서 내게 충분한 수면이 그 어떤 보양식품보다 효과적이라는 충고도 잊지 않았다. 특히 밤 열한 시에서 새벽 한 시 사이에는 밤낮이 바뀌고 음양의 기운이 약간 길어져 사람의 노화를 재촉하기 때문에 이 시간에 꿈도 꾸지 않고 숙면하는 것이 절대적으로 탁월한 노화억제술이라고 설명했다. 그가 내게 물었다.

"너도 얼굴 마사지해?"

내가 말했다.

"나는 못해. 피부에 알레르기가 생기기 쉽거든."

그가 내 귀에 대고 말했다.

"해양 머드팩이라고 들어 봤어?"

나는 집게손가락으로 그의 얼굴 위에 붙어 있는 회색빛 진흙 같은 크림을 만져 보았다.

"이게 그거야? 나는 화산재 팩밖에 못 들어 봤는데."

그가 고개를 끄덕이며 말을 받았다.

"맞아, 화산재 성분도 들어 있지. 도토(陶土)19)와 샘물 성분도 들어 있고. 가장 주된 원료는 대서양 심해에서 채취한 머드야. 향료가 전혀 첨가되지 않은 완전 자연 성분이라 피부에 전혀 자극이 없어. 한 번 해볼래?"

그는 나를 욕실 선반으로 데리고 가서 갖가지 병과 용기들을 보여주면서 해염과 해초를 이용한 치료법에 관해 자세히 설명해주었다. 그는 또 종전에 살아 있는 세포 태반 원소인가 뭔가 하는 것은 이름만 들으면 아주 무섭지만 전부 동물을 상대로 실험한 것이라 환경보호 관념은 전혀 없다고 알려주었다. 바다에서 채취한 것만이 여든네 가지의 미네랄과 추적 원소, 아미노산 등을 갖고 있다고 했다. 예컨대 칼륨은 전해질의 평형을 유지해주고 신경 전파의 운용에 도움을 주어 탄수화물과 단백질, 지방이 에너지를 방출할 수 있게 해준다고 했다. 또한 마그네슘은 수정 및 복원의 기능을 갖고 있어 피부를 촉촉하고 매끄럽게 해주고 칼슘과 아연은 신경을 진정시키는 효과가 있다고 했다. 특히 아연은 인체 내에서 수백 가지 효소의 화학 변화를 촉발시켜 신진대사를 가속화시킨다고 했다. 광물성 소금은 각질 제거에 탁월한 효과가 있고, 또한 사해의 결정체에서 추출한 마사지 크림은 활력을 회복시키는 데 좋아 마사지를 한 뒤에 머리에서 발끝까지 사해에서 채취한 머드로 전신팩을 해야 한다고 했다. 그는 평범한 페트병을 보여주면서 그 안에 반쯤 담겨 있는 게 사해의 물로, 자신의 애인이 이스라엘 성지순례단에 끼어 갔다가 직접 떠 와서 기념품으로 준 것이라고 설명했다. 그는 즐거웠던 기억에 젖어 페트병을

---

19) 도자기 원료로 쓰는 진흙을 일컫는 말.

바라보면서 말을 이었다.

"너 그거 알아? 사해가 클레오파트라와 시바 여왕의 피부 관리를 위한 풀장이었다는 것 말이야?"

그가 이처럼 열띤 설명을 하고 난 뒤에는 나도 나만의 비방을 알려주었다. 나는 식이요법을 사용하고 있었다. 음식 습관에 대한 새로운 사고를 바탕으로 신체의 구조적인 시스템을 바꾸는 것이었다. 내게는 인후암에 걸린 친구가 하나 있었다. 그는 내로라하는 의사들을 전부 다 찾아가 치료를 받아 보았지만 아무런 효과가 없자 채식을 하기로 마음먹었다. 결국 그는 식이요법의 원리로 암세포와 투쟁하여 지금까지 잘 살고 있다. 나의 알레르기 체질 치료에도 가장 유효했던 방법은 내복약 복용으로 시작한 다음, 여동생의 건의에 따라 베이비오일을 사용하는 것이었다.

누에고치족20)들은 목욕 여행을 창조해냈다. 과연 가오잉우도 욕실과 침실이 집 전체의 삼분의 이를 차지하고 있었고, 나머지 공간을 조리대와 금속 테이블, 네 개의 회전의자와 서류함 등이 차지하고 있었다. 이 가구들 전부 바퀴가 달려 있어서 이동이 가능했다. 그의 집 욕실에는 빈랑(檳榔)나무 풍경이 펼쳐져 있었다. 종려나무가 아니라 빈랑나무였다. 그리고 벽 한 면이 전부 유리로 되어 있어 자연광이 집 안으로 쏟아져 들어왔고 백엽창식 병풍이 햇빛을 막아주고 있었다. 더위를 식혀주는 의자도 있고 등나무 의자도 있어 마치 열대 남양의 식민지 풍경 속에 와 있는 것 같았다.

20) 일본에서 유행하기 시작한 용어로 자기폐쇄적인 청소년들을 가리킨다.

나는 가오잉우와 아주 친밀한 분위기 속에서 서로의 양생술을 교환했다. 마치 난파선에서 살아남은 사람들이 간신히 뭍에 올라 생명을 찾은 경험을 주고받는 것 같았다. 둘 다 일찍이 과도하게 광적인 방랑 생활에서 생존한 사람들이었다. 우리는 더 이상 상대를 쫓거나 쫓기지 않으면서 자신들을 연출했다. 생존자는 오로지 자신만을 위해 기쁜 얼굴을 할 뿐이다. 우리가 그 어떤 사람들보다 더 죽음을 두려워하며 거의 병적인 태도로 자기 건강에 신경을 쓰고 있을 때, 아야오는 자신의 현실에 굴하지 않고 끊임없는 투쟁의 현장을 드나들고 있었다. 그가 주위를 가득 메우고 있는 신인류(新人類)와 신신인류, X인류 등으로부터 얼마나 많은 굴욕과 난폭한 행위를 당했을까, 하는 생각을 하니 온몸에 전율을 금할 수 없었다.

우리는 아주 먼 곳에 있는 아야오를 언급했지만 냉정함을 유지하면서 애써 많은 얘기를 입에 올리진 않았다. 마치 그가 이미 병세가 심해 곧 죽을 사람이라 우리의 아픈 곳을 심하게 자극하고 있는 것 같았다.

가오잉우가 가서 금귤차를 준비하는 사이에 나는 손이 가는 대로 시디를 한 장 집어 틀었다. 신세대 음악으로 전자 합성악기가 텅 빈 산에 비가 뿌리는 풍경을 아주 정교하게 연출해내고 있었다. 바람이 불어와 물결을 흔들고 있었다. 바 뒤로 간 가오잉우는 댕그랑 댕그랑 요란하게 스푼과 유리잔 부딪치는 소리를 냈다. 그는 자주색 목욕가운을 입고 아주 진한 해바라기색 붕대식 샤워캡을 쓰고 있었다. 샤워캡이 숱이 많이 부족한 그의 머리를 완전하게 덮어주었다. 그 밑에 이어진 회색 머드팩은 이미 응고하여 가면이 되어 있었다. 주술사의 얼굴 같았다. 그는 내게 금빛 액체가 담긴 잔을 건넸다. 마치 장생불로의 약이기라도 한 것처럼.

전자 합성악기의 연주가 갑자기 호랑이와 고래의 거친 울음소리를 연출했다. 산과 강을 뛰어 넘어올 것 같았다. 가오잉우가 말했다.

"중국어 컴퓨터를 배워두는 게 좋을 거야. 일을 아주 많이 덜어줄 수 있거든."

그의 테이블에 놓여 있는 컴퓨터를 바라보면서 나는 별로 필요 없다고 말했다. 세상에 살아 있는 재미가 그리 많지 않기 때문이라는 설명도 덧붙였다. 나는 끝까지 글쓰기의 즐거움을 포기하고 싶지 않았다. 글을 쓰는 모든 과정이 내게는 더 할 수 없이 큰 향수였다.

그가 다가와 컴퓨터를 가리키며 말했다.

"이 안에 적어도 백만 자 이상의 자료가 저장되어 있다고."

내가 말했다.

"그럼 꺼내서 좀 보여줘 봐."

그는 내게 아주 친절하게 작동 방법을 가르쳐주었다. 그가 건반 몇 개를 누르자 모니터에 일련의 글자들이 나타났다. 지정(知定) 법사의 '지장보살본원경강의(地藏菩薩本願經講義)'였다. 글자들이 사라지더니 이내 다시 복원되었다. 아주 빼곡한 글자들은 불교의 용어들에 대한 주석인 것 같았다.

내가 다가가 고개를 숙이고 자세히 살펴보니 너무나 이상한 문자들의 조합이었다. 소리 내어 읽어야 했다. 그렇지 않으면 아예 눈에 들어오지도 않을 것 같았다. 내가 읽기 시작했다.

"보리살타(菩提薩埵)는 마하보리(摩訶菩提) 즈디살타(質帝薩埵)이다. 이를 줄여서 보살이라 한다. 보리는 각오(覺悟)를 의미하고 살타는 존재와 유정(有情)을 의미한다."

아, 알고 보니 보살은 감각도 있고 감정도 있는 존재였다.

"보리는 도(道)를 의미하고 살타는 중생을 상징한다."

아, 그렇다면 도를 행해 중생을 구제한다는 뜻이었다.

"마하는 크다는 뜻이고 즈디는 마음을 말한다. 마하보리 즈디살타는 큰 이치는 마음으로 중생을 구제한다는 것이다."

나는 웃기 시작했다. 이런 글을 읽는 것은 아예 구강근육 훈련에 다름 아니었다. 평소에 잘 사용하지 않는 순설 발음의 사각지대까지 전부 동원해야 했다. 내가 말했다.

"가오잉우, 이런 걸 저장해서 뭐하려고 그래?"

당시 그는 반야(般若) 무용극의 무대 디자인을 담당하고 있었기 때문에 관련이 있는 자료건 없는 자료건 간에 무조건 수집해놓을 필요가 있었다. 내가 그를 시험하듯 반야가 무슨 뜻이냐고 물었다.

그가 키보드를 두드리자 모니터에 또 한 무더기의 글자들이 나타났다. 내가 읽어 보았다.

"반야는 지혜를 말한다. 여기에는 세 가지가 있다, 즉 생공(生空) 무분별혜(無分別慧)와 법공(法空) 무분별혜, 구공(俱空) 무분별혜가 그것이다."

나는 사탕수수 줄기를 씹듯이 이 문구를 천천히 되씹어 보았다. 갈수록 더 재미가 있었다.

그는 내 말에 최면이라도 걸린 듯이 또다시 키보드를 눌렀다.

"제파(提婆)는 하늘이다. 욕계(欲界)에는 육욕천(六欲天)이 있고 색계에

황인수기　69

는 사선십팔천(四禪十八天)과 마류수라천(摩琉首羅天)이 있다. 무색계에는 네 개의 공천(空天)이 있는데 이른바 네 개의 공천이란 공무변천(空無邊天), 식무변천(識無邊天), 무소유천(無所有天), 비상비비상천(非想非非想天) 등이다."

나는 너무 성긴 나머지 두피가 다 보이는 그의 머리에 킁킁거리며 냄새를 맡으면서 말했다.

"아직도 101 탈모방지제를 바르나 보군?"

그는 고개를 돌려 짜증스런 표정을 지어 보였다.

"101은 애당초 사기였어. 차라리 생강을 바르는 게 훨씬 낫지."

우리가 가을 낙엽처럼 한 무더기씩 우수수 빠지는 머리카락을 보면서 몹시 놀라던 때가 있었다. 우리는 온갖 비방을 서로 알려주곤 했다. 누군가 친지 방문이나 관광을 위해 중국 대륙에 간다는 소문을 들으면 101 탈모방지제를 사다달라고 부탁하곤 했다. 위조 약품이 나돈다는 소문에 속이 상하기도 했지만 그래도 요행을 바라는 심정으로 열심히 구해서 발랐다. 어차피 가짜 약을 바른다고 해서 죽지는 않겠지만 머리가 잘 나리라고는 기대할 수 없었다. 매번 새로운 방법을 시도할 때면 잔뜩 기대에 부풀었고 실천 과정에서 신경질적으로 머리를 문지르다가 머리가 나지 않으면 어쩌나 하고 의심하곤 했다. 게다가 머리를 너무 문질러 두피가 마비되어 무감각해지기라도 하면 의기소침하여, 파마는 머리를 손상하는 지름길이라 절대 피해야 한다는 걸 뻔히 알면서도 짧은 시간 안에 효과를 보고 싶어 그나마 많지 않은 머리를 파마로 가리려 했다. 날마다 머리카락이 줄어들고 머리 끝부분이 갈라지며 색깔도 갈색으로 변해가는 모습을 보고 있노라면 마음이 더욱 황폐해지곤 했다. 결국 이 세상에 진정으로 머리를 나게 하는 약은 없다는 사실을 인정할 수밖에 없었다. 세상에 한 번도 불로장생의 약이 존재하지 않았던 것과 마찬가지였다. 우리는 청춘이 사라지고 없다는 사실을 인정해야 했고, 동시에 젊었을 때 무모하게 소모한 체력과 정신에 대한 대가를 치러야 했다. 일찍 늙거나 많은 병을 참아 내거나 질병을 감추거나 요절해야 했던 것이다.

우리와 같은 세대의 사람들 가운데 참선을 하거나 불교에 관해 공부하는 사람들이 갈수록 늘어나고 있다. 뉴에이지에 빠지거나 전체적인 건강 관리법을 고취하며 형이상학적인 관념을 통해 감정과 신체를 통합하려는 사람들도 계속 늘고 있다. 셴누(仙奴)와 탕후루(唐葫蘆) 두 사람은 아주 흥미진진하게 전생추적치료법과 최면술, 재탄생, 쿤달리니(拙火)[21], 조풍술(造風術), 샤크티(Shakti)[22], 프라나[23], 스바바비카[24], 밀교의 밀어 등에 빠져 나를 옆으로 밀쳐내고 있었다. 그들은 자신들의 손에는 다음 생으로 가는 여권이 쥐어져 있는데 그것마저 없는 내가 퍽이나 안쓰럽다는 듯이 대했다. 나는 샘이 나기도 하고 화가 나기도 했지만 여권이 없다는 사실에 대해서는 조금도 개의치 않았다. 그런 곳은 애당초 나를 필요로 하지 않기 때문이다. 단지 나는 그들이 사용하는 낯선 용어에 샘이 났고 무례한 행동에 기분이 나빴을 뿐이다. 그들은 친구를 대접하는 법도 잊

21) 티베트 불교의 수행 방법 가운데 하나.
22) 요가의 일종.
23) 인도의 기(氣) 치료법.
24) 명상을 통해 자신의 진성을 찾는 수행법.

어버린 것 같았다. 내가 퉁명스럽게 말했다.

"뉴에이지라는 것이 정말로 치료 효과가 있다면 그건 일시적인 심리 현상일 뿐이야. 일종의 치료 요법일 뿐이지."

고집스러워 말이 통하지 않기 때문에 큰 이치를 함께할 수 없다.

나는 셴누와 탕후루의 얼굴에서 이런 메시지를 읽어내고는 곧장 작별 인사를 하고 떠났다. 그 다음 말을 미처 하지 못했다. 나중에 다시 기회가 생기면 꼭 말해주고 싶었다.

"뉴에이지라고? 우리가 젊고 아름답고 건강할 때 누가 뉴에이지에 관심을 가진 적이 있었던가? 전생이 없을 뿐만 아니라 후생도 존재하지 않아. 그저 늙어 가다가 때가 되면 죽는 일만 남아 있는 거라고. 이게 진실이지."

아야오가 말했다.

"구원은 더 큰 책임전가야."

뉴에이지의 환경음악에는 심지어 대서양과 태평양 깊은 바다 속을 이동하는 고래 소리가 담겨 있고 아무런 소리도 존재하지 않는 천연 진공 상태의 우주 밖에서 우주의 전자기 진동 주파수가 자기파의 충돌로 전환되는 소리가 담겨 있어, 이를 귀로 들을 수 있는 천체의 교향악장으로 변화시킬 수 있다고 했다. 가오잉우나 나와 같은 생존자들이 치료 효과가 뛰어나다는 뉴에이지 음악에 젖어 향이 진하고 몸에도 아주 좋다는 금귤차를 마시고 있을 때, 멀리 이국땅에 있는 아야오는 동지(게이)들의 이념을 실천하기 위해 바퀴벌레 같은 성교에 몰두하면서 인생을 탕진하고 있을 것이었다.

아야오를 스쳐간 애인들과 하룻밤의 섹스를 즐긴 사람들, 친구들과 나는 흑기사의 강림을 피하여 전부 높은 산과 넓은 바다로 도망치고 있었다. 그때 나는 등 뒤로 소돔인지 고모라인지 정확하지는 않지만 불과 유황의 땅에서 아야오가 나를 부르는 소리를 들었다. 국제전화였을 수도 있고 아야오가 누군가를 시켜 자메이카산 블루마운틴 커피를 보내온 것일 수도 있었다. 나는 참지 못하고 뒤를 돌아보았다. 그곳에 불타는 가마처럼 연기가 피어오르는 모습이 보였다. 그 순간 나는 소금 기둥으로 변하고 말았다.

하지만 이는 나 자신이 원한 일이었다. 나는 은둔과 타락 사이에서 비와 바람의 침식을 받고 있었다. 넉넉함이란 이런 것이었다. 나는 그제야 내가 아야오를 배반하지 않았다는 것을 실감할 수 있었다.

나는 대지처럼 편안하게 움직이지 않고 서 있었다. 고요하고 깊었으며 비장(祕藏)처럼 외로웠다. 그래서 지장(地藏)이라고 명명하게 되었던 것이다. 가오잉우의 컴퓨터에 저장된 자료가 내게 지장보살이 무얼 말하는지 설명해주었다.

알고 보니 그랬다. 관음(觀音)보살에게는 십이원(十二願)이 있고 보현(普賢)보살에게는 십대원(十大願)이 있으며 석가모니에게는 오백원(五百願)이 있고 지장보살에게는 본원(本願)[25]이 있었다. 알고 보니 잘 아는 사람이 바로 여기에 있었다. "중생을 모두 구할 때까지 불법을 전하고 보리를 증명하며, 지옥이 텅 비기 전에는 잠시 성불하지 않으리라"라는 경전

---

25) 각 보살이 가진 행원을 말한다. 행원은 다른 이를 구제하고자 하는 바람과 그 실천 수행이다.

구절이 바로 여기『지장보살본원경』에 들어 있었다. 나는 너무나 기뻐서 가오잉우의 머리에 가볍게 입을 맞춰주었다.

나는 아야오에게 작별 인사를 건넬 틈도 없이 도쿄에서 타이베이로 돌아왔다. 몇 주 후 서류더미를 뒤적거리던 나는 스티커를 한 뭉치 발견하게 되었다. 스티커에는 각종 부호와 구호가 인쇄되어 있었다. "침묵은 죽음이다" "무지 역시 두려움이다" "행동하자, 맞서 싸우자, 에이즈에 맞서 싸우자(Act up, Fight back, Fight AIDS)" 같은 구호들이었다. 스티커들은 땅바닥에 흩어져 미약하지만 완고하게 상심과 분노를 토해내고 있었다. 나는 스티커들을 한 장 한 장 주워 잘 수습해두었다. 아야오에게 내가 그들의 동지운동에 참여하지 않았던 것은 아니라고 말하고 싶었다. 사실을 정확히 말하자면 나는 그저, 그저 너무 두려웠을 뿐이다. 너무 두려워서 구호를 외치지 못했을 뿐이다. 시위 군중을 따라가면서 주먹을 흔들고 소리치는 일이 내게는 몹시 난감하게 느껴졌고, 완전히 벌거벗은 채 길가에서 추태를 드러내는 것만 같았다. 아야오에게 날 용서해 달라고 말할 시간도 없었다. 내가 지체와 언어의 장애를 갖고 있는 외로운 사람이라고 말할 시간이 없었다.

5

아야오는 나를 용서할 것이다.

오래 전에 우리는 광장에서 꿈인지 현실인지 구분이 안 되는 광경을 만나게 되었다. 사람들은 산처럼 많았고 온갖 깃발은 바다처럼 많았다. 주름진 종이꽃의 홍수 속에서, 군중들이 길게 목을 빼고 바라보는 화려한 쌍십자 비단 휘장 아래의 누대에 마침내 위인이 모습을 드러냈다. 키가 아주 작은 위인은 환호하는 군중들에 대한 답례로 흰 장갑을 낀 손을 흔들었다. 군중이 외치는 구호가 메아리쳐 울렸다. 그때 나는 우리와 똑같이 태어나서 늙고 병들고 죽는 영웅의 나이가 이미 여든이 넘었다는 사실을 의식하지 못했다. 일찍이 방송을 통해 익숙해진 그의 무거운 사투리 억양은 직접 들어 보니 비교적 가늘면서 날카로웠고, 너무 미약하여 금세 사방에서 외처대는 군중의 구호 소리에 묻혀버렸다. 나는 위인의 육성을 듣고 있었다. 알고 보니 위인도 그저 한 인간에 불과했다. 나를 둘러싸고 있는 수천수만의 군중이 저마다 불끈 쥔 주먹을 흔들면서 '만세'를 외치고 있었다. 어느새 그 소리는 주문 같은 합창이 되어 거세게 퍼져나갔다. 갑자기 내 뒤쪽에서 하늘이 열리고 유성이 쏟아지는 것 같은 큰 폭발음이 들렸다. 비둘기 떼가 하늘을 가르며 한꺼번에 우르르 날아간 것이었다. 풍선들이 머리 위로 천천히 미끄러지듯 올라가고 있었다. 손을 내밀기만 하면 잡을 수 있을 것 같았다. 형형색색의 새들이 날아오르듯 풍선은 서쪽 하늘로 유유히 떠올라 우아하게 흐느적거리며 하늘 위를 떠다녔다. 그 가운데 하나가 유난히 높게 치솟았고 내 눈길은 그 풍선의 뒤를 쫓았다. 풍선은 금방이라도 눈물을 쏟을 것만 같은 내 마음을 끌고 하늘 높이 떠다녔다. 총통 관저의 꼭대기 위까지 날아 올라간 풍선은 이내 파란 대기층 속으로 녹아 들어가 버렸다.

우리는 캔버스 천으로 만든 파란 야구모자를 쓰고서 카드섹션의 국기 도안 중에서도 청천(靑天)26)에 해당하는 부분에 배치되어 서 있었다. 2학년 학생들은 열두 개의 빛줄기를 나타내는 백일(白日) 부분에 서 있었고 나머지 학생들은 전부 붉은 바탕 부분에 배치되었다. 여학생들은 마분지를 둥그렇게 말아서 만든 관과 주름을 잡은 붉은 종이로 만든 꽃을 들고서 제각기 글자 도안을 이루고 있었다. 아야오의 이종사촌 누나가 다니는 학교는 노란색 종이꽃 바탕에 쓰인 '중화(中華)' 두 글자의 윗부분에 배치되었다. 쌍십자와 매화도 빠지지 않았다. 광장을 위에서 내려다보면 아름다운 양탄자 한 필을 덮어놓은 것 같았을 것이다. 구호를 외칠 때마다 양탄자가 꿈틀꿈틀 움직이면서 광장에 있는 사람들을 격려해주었다. 행복한 시대였다. 믿음만 있었고 의심은 없는 시대였다.

신분의 정체성 문제도 없었다. 하나님은 천국에 있는데도 인간들은 모두 평화로웠다.

그렇게 질서 있고 수리적이며 바흐(Bach)적인 인간 세계였다. 레비스트로스가 평생을 추구했던 황금의 구조였다. 내가 마음속으로 그렇게도

---

26) 타이완의 국기를 청천백일기(靑天白日旗)라고 부른다.

열망했던 세계, 인간의 집단적인 꿈에나 존재할 것 같은 그런 세계였다.

나는 아야오와 토론할 시간이 없었다. 그의 동지운동을 지지하지 않는 것이 아니라 몹시 혼란스럽고 곤혹스럽고 걱정스러웠을 뿐이다. 그토록 질서 있는 바흐의 음악 세계, 모든 사물이 제자리를 찾아가고 모든 일이 제 위치로 돌아가며 남자는 남자로, 여자는 여자로 돌아가고, 별과 별들이 추호의 어지러움도 없이 조용히 정해진 궤도를 운행하고, 거대한 법칙을 받아들여 아름답고 장엄하게 움직인다면, 그 가운데 우리 동지들의 자리도 있는 것일까? 혹시 우리는 예외이고 주변으로 배제된 존재인 것은 아닐까?

나는 레비스트로스가 해답을 줄 수 있기를 기대했다—나는 종종 레비스트로스가 이 세상 사람이라는 사실을 쉽게 믿을 수 없었다. 비행기 표를 한 장 사서 파리로 달려가 콜레주 드 프랑스(Collège de France)의 인류학 실험실에 가면 직접 강의를 들을 수 있는 인물이라는 사실에 별로 실감이 가지 않았다.

$E=mc^2$, 우주의 마지막 방정식. 석학들의 필생의 결정체. 석가모니도 단 한마디를 남겼을 뿐이다.

"모든 현상은 한시도 고정됨이 없이 변한다. 곧 생하고 멸하는, 나고 죽는 생멸의 법이니 생멸의 집착을 버리면 곧 고요한 열반의 경지에 이르게 된다."

나는 레비스트로스를 초청하여 그의 매트릭스 항렬 대수의 모델과 상극상생(相剋相生)의 삼각 구조에 관해 가르침을 구하고 싶었다. 혈연과 입양, 혼인의 세 요소로 구성되는 그의 친족 단위는 종족보존 본능과 상속으로 복잡한 관계망을 형성하게 된다. 그리고 이런 관계망이 인간을 자연과 구별시켜준다. 이는 인류만이 가지고 있는 특수한 관계망이다. 동물은 자신들을 자연계와 구별하지 못한다. 동물들은 아직 자연계에서 분리되지 않은 것이다. 이 관계망은 자연에 필적하는 독립체로서 자연과 대립하면서도 또 통일을 이루고 있다. 인류학의 최고봉으로서 레비스트로스는 극도로 복잡하게 얽힌 시간과 공간의 감춰진 구조를 찾아냈다. 그 초월적인 경험은 실재를 월등히 넘어선다. 그리고 그 공고함은 시간의 흐름으로도 부식시키지 못한다.

내가 다급하게 물었다. 그럼 우리 같은 사람은 어떻게 되나요? 아마도 인류의 십 퍼센트는 나 같은 사람들일 텐데, 그의 매트릭스 속에서 우리의 위치는 어떻게 되는 것인지 알고 싶었다. 구조가 어떻게 우리를 설명할 수 있을 것인가? 우리는 그의 이론 체계가 만들어낸 기형의 존재들인가?

우리는 브라질 중부에 위치한 보로로 마을에 살던 그 독신 남자와 같은 존재인가? 그곳에서는 이미 죽은 조상들과 살아 있는 사람들이 동등하게 중시된다. 그래서 자식이 없는 사람들은 인간으로서의 정식 자격을 인정받지 못한다. 후대의 숭배를 받지 못하는 인간은 선조들의 대열에 들어가지 못하기 때문이다. 고아도 마찬가지다. 독신 남자와 고아는 장애인이나 남자 주술사와 같은 부류로 취급된다.

이 마을에서 주술사는 비사회적인 역할을 담당한다. 그는 신을 부르고 사악하건 강력하건 간에 일부 영혼들과 계약을 맺는다. 그는 병을 치료하고 미래를 예언한다. 영혼들은 그를 보호해주지만 동시에 그를 감시하기도 한다. 영혼들이 그의 몸을 이용하여 모습을 드러낼 때면 온몸이 마비되고 인사불성이 된다. 그는 영혼과 완전히 결합되어 누가 주인이고 누가 종복인지 구별할 수 없다. 그는 자신이 이미 소환되었다는 것을 잘 안다. 그 징조는 몸 안에서 악취가 풍기는 것이다. 그는 절대로 도망가지 못한다.

선택의 여지가 없다. 바꿀 수 없는 운명이다.

이렇게 영혼에 간택된 사람들은 소리 내어 울부짖는다. 왜 하필 접니까!

선택의 여지가 없는 존재의 자아란 도대체 무엇을 말하는 것일까? 만일 자아가 변한다면 어떻게 될까? 자아를 변화시킨다는 것은 자아를 부정하는 것을 의미할까? 자아를 부정하고 나면 존재의 의미는 어디에 있는 것일까?

어느 해인가 나는 가을 내내, 그리고 겨울이 될 때까지 이런 문제를 가지고 자신을 괴롭히다가 결국 우울증에 걸리고 말았다. 우울증의 냄새는 지독한 책 냄새에 수시로 날카로운 암모니아 냄새가 더해지는 그런 냄새였다. 나는 혼자 도서관 연구실에 앉아 책을 펼쳐놓고 정신이 완전히 나가버린 상태에서 하나하나 쫓고 쫓기는 생멸의 레이스를 벌이고 있었다. 결국에는 자신을 완전히 쓰레기장 같은 불모의 땅으로 몰아갔다. 나는 아무것도 생각할 수 없었다. 그저 멍하니 저 위쪽 통풍구 밖으로 내다보이는 유난히 누런 하늘만 바라보고 있었다. 아무것도 들어 있지 않고 텅 비어버린 가슴이 서늘해져 갔다. 날이 어두워지자 바람에 통풍구가 몹시 덜그럭거렸다. 연구실 안으로 들어오는 사람은 거의 없었다. 문이 열릴 때마다 밀고 들어오는 것은 복도 끝에 있는 화장실의 역한 악취뿐이었다.

물론 어떤 해답도 찾을 수 없었다. 존재하든 존재하지 않든 간에 해답은 영원히 우리의 생각 속에 나타나는 것이 아니었다. 레비스트로스는 일찍이 실존주의가 갖가지 자체적인 명상에 지나치게 빠져 있다 보니 개인의 초조한 문제들까지 엄숙한 철학의 문제로 끌어올렸고, 그 결과 너무나 쉽게 여점원 같은 형이상학에 빠져 들었다고 지적한 바 있다.

해답은 길을 가다가 발이 걸려 넘어질 때 갑자기 생각나는 것처럼 우연히 만나게 되는 것이다. 또한 모든 존재의 모든 상태에 대한 해답은 유일무이한 것이다.

나의 사랑하는 동지 '샤오냐오(小鳥)[27]'는 두 번이나 자살을 시도했다가 미수에 그쳤다. 그는 블랙홀 같은 그 사악한 영혼이 사회와 친척, 부모의 압력에서 나온다고 생각했다. 그 결과 그는 자살에서 우연히 해답을 찾게 된 것이다. 그는 사악한 영혼이 자신의 일부라고 말했다. 사악한 영혼이 찾아오면 반갑게 맞아주고 대화를 하다가 결국 사악한 영혼에게 익숙해진다는 것이었다.

쉰여덟 살에 에이즈로 사망한 미셸 푸코의 전기가 런던에서 영어판으로 출간되었다. 신문에 실린 사진에서 푸코는 자신의 대머리를 양손으로 어루만지고 있다. 거울 앞에서 몸단장을 하고 있는 그를 특별히 클로즈업한 사진인 것 같았다. 그의 하얀 얼굴에 걸린 계란 모양의 검은 안경이

27) 작은 새라는 뜻.

판다의 눈 같아 보였다. 그는 젊은 시절에 온갖 괴로움을 다 겪었다. 그는 매일 한밤중에 거리로 나가 술집을 전전하거나 우연한 만남을 즐기기 위해 찬 이슬을 맞으며 거리를 돌아다니곤 했다. 그러다가 집으로 돌아오면 죄의식에 사로잡혀 온몸이 마비될 지경이었다. 그때마다 전화로 학교 의사를 불러 자살충동을 억눌러야 했다. 그 뒤로 십여 년이 지나 스스로 자신을 추방하듯이 각지를 떠돌아다니면서 멀리 북아프리카로 갔다가 1970년대 초반이 되어서야 콜레주 드 프랑스에서 강의를 하기 위해 돌아왔다. 결국 그는 『성의 역사』를 완성하지 못하고 세상을 떠났다.

내가 보기에는 극도로 난해하고 지루한 『성의 역사』는 그의 참회록에 다름 아니다. 그가 제시한 성과 권력의 관계는 학자들에게 광범위하게 인용되고 확장되고 재해석되어 왔다. 활용하기에 아주 좋은 소재였다. 하지만 이런 학자들은 언어의 유희를 하는 것에 불과했다. 기호와 기호가 지칭하는 대상 사이에 아무런 관계도 발생하지 않은 것이다. 애당초 대상의 존재가 없었기 때문이다. 학자들은 그저 지식의 체조 운동만 했을 뿐이다. 전문적인 기술이 실체를 대신함으로써 그들을 대학에 붙어 있게 해준 것이었다.

그러나 푸코는 그렇지 않았다. 그에게는 대상이 있었다. 자기 자신과 자신이 몸을 담고 살아가고 있는 세계가 바로 그의 대상이었다. 푸코는 자신과 이 세계 사이에서 해답을 찾으려 했던 것이다.

다른 사람들에게는 변론과 학술이었지만 그에게는 삶과 죽음의 문제였다.

푸코 역시 성적인 인간이었다. 뼈에 사무치도록 황홀한 쾌락과 함께 참혹한 고통을 안겨주는 성을 그는 일생을 바쳐 실천했다. 그가 점차 분명하게 성을 이해하고 설명할 수 있게 되었을 무렵, 그는 이미 생명의 끝자락에 가 있었다. 성은 그와 함께 땅에 묻혔다. 값을 따질 수 없이 고귀한 보석처럼 성은 잠시 세상에 나타났다가 흔적도 없이 사라져버렸다. 후대에 이 보석을 찾는 사람들은 모든 것을 처음부터 다시 시작해야 할 것이다.

해답에 대한 대가는 생명 전체를 내어주는 것이었다. 모든 것의 유일한 해답은 전수되지 못하도록 정해져 있다.

너무나 슬픈 일이다. 아주 긴 세월을 천천히 걸어, 해답이 손에 잡힐 것처럼 눈앞에 보일 때쯤이면 우리는 이미 늙어서 곧 죽게 된다. 천신만고의 고생 끝에 얻은 이 과실이, 뱃속 가득한 이 경험들과 안목, 심미안, 통찰력이 전부 먼지로 변해버려서 사람들에게 아무런 도움도 되지 못하는 것이다. 우리는 후세에게 많은 것을 전수하려 하지만 그들은 우리를 시대에 뒤떨어진 존재로 인식한다. 젊은이들은 더 말할 것도 없다. 그들은 아예 우리 같은 늙은 악어들이 어떤 생각을 갖고 있는지 알지도 못한다. 한동안은 너무나 슬퍼서 교실을 가득 메운 학생들 앞에서 한마디도 입을 뗄 수 없었던 적도 있었다. 한참 동안의 침묵 끝에 굳어진 표정을 풀면서 학생들에게 말했다.

"전부 밖에 나가서 햇볕을 쬐도록 한다!"

그랬다. 『성의 역사』는 레비스트로스와 너무나 달랐다.

레비스트로스의 해답은 이미 그의 글 속에 있었다. 일종의 살아 있는 자태로 깊이 있고 온화하며 품위 있는 존재가 되어 있었다. 칠 년 전에는 거작 『시기하는 여자 도예가』를 출판하기도 했다. 레비스트로스는 이 책에서 이렇게 말했다.

"논제는 여전히 같지만 감성의 내용이 다르다. 석학들은 건재하다. 나와 같은 시대에 살고 있지만 그들은 시도 때도 없이 새로운 작품을 내놓고 있고 여전히 날카로운 모습을 보이고 있다. 하지만 나는 기꺼이 등을 돌리면서 행복한 눈물을 닦는다."

푸코는 달랐다. 그는 분노의 감정을 잠재우지 못했다. 성과 권력의 긴밀한 관계 위에 세워진 위풍당당한 성 의식의 메커니즘에 직면하여 그는 먼저 그것을 비웃었고 그 다음에는 국수 그릇에 손을 집어넣어 마구 휘저었다. 그는 자신도 성 의식 메커니즘의 한 부분이라는 사실을 깨달았다. 사실 그 자신도 성 의식으로부터 나온 것이었다. 그는 뜻하지 않게 자신을 타도하게 된 것이었다. 그는 자신을 꼬집어 성 의식 메커니즘에 포위되어 성 의식화된 최초의 사람들은 한가하고 여유 있는 사람들이라고 지적했다. 잊지 말아야 할 사실은 그가 부유한 부르주아 출신이라는 것이다.

그는 노동자 계층은 성 의식 메커니즘의 대상이 되지 않는다는 사실을 인정했다. 그들은 결혼과 다산, 근친상간 금지 등 나름대로 매우 합법적인 혼인 메커니즘 안에서 살아가기 때문이다.

그는 성 의식이 중세 기독교의 참회에서 기원한다고 생각했다. 정확하게 말하자면 13세기 초에 공포된 신 참회수칙을 시작으로, 모든 기독교도들이 정기적으로 절대 감추는 것 없이 자백을 하도록 명령 받게 되었다는 것이다. 자백의 핵심은 물론 성이었다. 16세기에 이르러서는 이런 고해성사가 고행과 영성주의, 신비주의로 발전하게 되었다. 육욕의 수천수백 가지 방식을 분석하고 진술하면서 아주 풍부하고 디테일한 예술로 발전시키게 되었다. 그리고 수백 년의 세월이 흐르면서 성의 진실은 이러한 논술을 통해 널리 전파되게 된 것이다.

한동안 성에 관한 담론은 엄격한 종교의 영역에 속해 흔적도 없이 가려져 있었다. 그러다가 18세기 말에 성이 교회로부터 벗어나기 시작했다. 성의 진실은 더 이상 예전처럼 죄악과 속죄, 죽음과 영생의 담론으로 해석되지 않았다. 대신 또 다른 담론이 생겨나게 되었다. 의학과 심리학, 정신분석학이 그것이었다. 이처럼 성은 다시 환속하여 치안의 범주로 들어서게 되었다. 그리고 언어 자체와 성적 기호가 맹렬한 공격을 받게 되었다.

성은 건강한 상태에서의 신체의 문제이지 최후의 심판 같은 철학적 문제가 아니었다. 육욕은 하늘에서 인간 세계로 강림하여 사람들의 몸에 철썩 달라붙게 되었다. 이제 새로운 방법과 예술이 성을 다루기 시작했다. 성은 더 이상 권력이나 기술에 의지하지 않게 되었다. 금욕의 계율에 의지하지 않고 정상화에 의지하게 되었다. 징벌에 의지하지 않고 관리에 의지하게 되었다. 육체는 지식이 되었고 지식은 권력을 생산하게 되었다. 이 권력은 복잡하고 다양하게 점차 새로운 메커니즘을 형성하여 세계 구석구석까지 보급되기 시작했다.

성 의식은 이처럼 과학적 담론을 병풍으로 삼아 성을 회피하는 동시에 아주 떳떳하고 당당하게 성을 전파하기 시작했다. 성은 공공의 업무가 되었고 억압을 받지 않을 뿐만 아니라 오히려 갈수록 더 사물과 육체의 외면으로 확산되기 시작했다. 성을 자극하고 공공연하게 말하며 솔직하게 털어놓고 진실을 밝히게 된 것이다. 이리하여 성 의식은 한 시대 사람들이 반드시 알아야 하는 지식의 대상이 되었고, 스스로 놀라고 걱정하면서도 끊이지 않는 담론이 되었다. 푸코는 우리가 또 다른 빅토리아시대를 살고 있는 사람들이라고 말했다!

요컨대 푸코는 자신이 편제되기를 거부했던 것이다.

어쨌든 오늘날 성 권력의 조직은 얼마나 똑똑하고 자비로운지 모른다. 성 권력의 조직은 일찌감치 가혹한 징벌과 폭력을 폐지하고 보다 정교하고 세밀한 훈도와 조절을 활용하게 되었다. 특히, 이른바 자연을 위해한 것에 대해서는 도덕적으로 판단하기보다는 의학적이고 서술적이며 중립적인 태도를 취했다. 성 권력의 조직은 식물의 분류와 마찬가지로 모든 성적인 행위에 남색이나 수간이나 성도착, 아동성애, 관음증, 노출증, 트랜스베스티즘, 자체 성욕벽, 노년 성중독 등 다양한 실천적 명명을 가하고 지속적으로 새로운 용어를 만들어낸다. 자연의 위배에 대해서는 이미 전문적인 학문이 형성되어 성 권력 조직이 부여한 자치권을 누리고 있다. 이처럼 존엄과 존귀가 땅에 떨어지고 모든 사람이 자신의 육체적 향락의 비밀을 털어놓는 일은 이 사회에 처음 있는 일이었다.

그러나 푸코는 이런 성 권력의 조직을 인정하지 않았다.

소란한 내면과 동성애자의 신분을 바탕으로 그는 단호하게 관리를 거부했다. 그는 정신과 의사들과 심리전문가들을 혐오했다. 이들 전문가들이야말로 귀를 빌려서 성에 관한 비밀을 얻어내어, 먼저 성적 흥분 상태에 들어가는 사람들이라고 비웃었다. 부드러운 말로 달래면서 선의를 가장하여 자신의 성을 검열하려고 덤벼드는 권력의 조직을 생각할 때마다 그는 화가 치밀어 극도의 불안감에 사로잡힌 채 반격할 방법을 짜내느라 고심했다.

그는 끊임없이 자신의 글 속에 경고의 메시지를 끼워 넣었다. 너무나 교활한, 너무 너무 너무나 교활한 성 의식 메커니즘에 대한 경고였다. 성 의식 메커니즘은 우리로 하여금 기꺼이 성 의식의 독재에 복종하며 우리가 이미 공개적으로 투명하게 해방을 얻었다고, 성적 향락을 통해 자유를 얻었다고 믿게 만든다!

그는 강개하게 외치고 열정적으로 글을 썼다. 그는 창과 방패를 집어 들고 위병들 앞에서 휘둘렀다. 성 의식 메커니즘의 베일을 벗기고 그 진면목을 드러내려 했다.

하지만 그는 놀라지 않을 수 없었다.

이때, 그의 눈에 있는 성 의식 메커니즘은 이미 자체적인 운용을 통해 거대한 물체로 팽창되어 있었다. 원래 혼인 제도에 의지하고 있던 성 의식 메커니즘은 언제부터인지 더 이상 종족 번식의 요구에 얽매이지 않았다. 이제 성 의식 메커니즘은 생식의 제약에서 풀려나 육체적 감각의 강도와 관능의 질을 추구하면서 종잡을 수 없는 감정의 흐름을 따라 완전한 성적 자유를 허락하는 쾌락의 궁전을 짓고 있었다. 그리고 다시는 돌아오지 않았다.

그는 성 의식 메커니즘이 앞으로 파우스트적 유혹을 가져올 것임을 예언하고 있는 것 같았다. 한 사회가 모든 것을 대가로 바쳐 성 자체, 성의 주재(主宰)를 얻어낼 것이고, 성을 위해서라면 죽음도 두려워하지 않을 것임을 예언하는 것 같았다.

　그에게는 많은 얘기를 할 시간이 없었다. 죽음을 맞는 입의 증인으로서 그는 그저 하나의 단서만 제공할 수 있을 뿐이었다. 마지막 숨을 몰아쉬며 그는 예언하듯, 참회하듯 말했다.

　성, 모든 것이 성이라고.

　완성되지 못한 『성의 역사』는 여기까지였다. 그 뒤는 없었다.

　그는 해탈한 것 같았지만 해탈하지 못했다. 해답을 찾은 것 같았지만 찾지 못했다.

　나는 줄곧 그와 함께 달렸다. 그와 함께 아주 높고 험한 산에 올랐다. 하늘이 다하는 자리에 사람의 길이 있었고, 그는 보이지 않았다. 내가 큰 소리로 그를 불러 보았지만 대답이 없었다.

　땅은 끝없이 이어지다가 하늘에 닿아서야 경계를 이루었다. 아니, 아니, 아니다. 그곳은 타이산(泰山)의 정상에 있는 마애석각도 아니고 무자비(無字碑)[28]도 아니었다. 그곳은 1943년의 팰리세이즈공원이었다.

　팰리세이즈에는 아야오도 누군가를 추모하기 위해 간 적이 있었다. 제2차세계대전 당시 테네시 윌리엄스는 MGM사[29]에서 일할 때 샌타모니카에 있는 이 공원 근처에 살고 있었다. 공원에는 대왕 야자수가 가득했고 절벽 끝까지 돌담이 이어져 있었다. 그 찬란한 여름 내내 캘리포니아 해안에서 육지로 연결되는 칠 마일 이내의 지역에서는 일본군의 공습에

---

28) 무측천이 자신의 공적을 기리기 위해 세운 비석.
29) 미국의 영화 제작사.

대비하여 등화관제가 실시되고 있었다.

테네시 윌리엄스는 저녁식사가 끝나면 매일 자전거를 타고 젊은 군인들이 모이는 팰리세이즈공원으로 갔다. 태평양이 낙조에 물들 때쯤 그는 자전거를 타고 어둠 속에서 인광을 발하는 눈을 가진 사람들을 찾아다녔다. 그러다가 마음에 드는 사람을 만나면 곧장 왔던 길을 되돌아가 길가에 자전거를 세우고는 지는 해를 바라보는 척했다. 담배에 불을 붙이려고 성냥을 켜는 순간의 불빛을 이용하여 그는 사냥감의 얼굴을 유심히 살폈다. 일이 잘 이루어지면 그 남자를 자신의 거처로 초대했고 그렇지 못할 경우에는 다른 남자, 또 다른 남자를 찾아다녔다. 하루도 쉬지 않고 밤마다 팰리세이즈 저택이라 불리는 그의 아파트에서는 이런 일이 벌어지고 있었다.

아야오는 윌리엄스의 일기가 아니었더라면, 어느 날 밤 윌리엄스가 해군 해병대 요원과 하룻밤을 보냈다는 사실을 누구도 믿지 않았을 것이라고 말해주었다. 둘이서 하룻밤에 일곱 번이나 그 짓을 했다는 사실도 함께 알려주었다.

그 절벽에서 나도 아래를 내려다보았다. 아찔하게 현기증이 느껴졌다. 그 자리에 서서 나는 어쩌면 푸코도 느꼈을 욕정의 유토피아를 느꼈다.

그 욕정의 유토피아에서는 성이 후대를 번식할 책임을 담당할 필요가 없었다. 따라서 서로 간의 계약이나 이에 따른 요구도 없었고 남녀의 성별도 중요하지 않았다. 성의 장벽이 모두 무너진 이 새로운 성의 영역에서는 여자와 여자, 남자와 남자가 성과 성의 경계를, 그리고 그 경계의 한계를 탐색할 수도 있었다. 성은 멀리 원시의 생육 기능에서 이탈하여 성

자체가 합목적적이고 감각적이고 예술적이고 미학적인 욕정의 나라로 승화했다. 이것이 바로 우리가 궁극적으로 희망하던 세상이 아니던가? 이것이 인류의 십 퍼센트를 차지하는 사람들이 그렇게 도달하고자 갈망했던 꿈의 세계가 아니던가?

푸코는 말이 없다.

나는 그곳에 서서 인류의 역사상 무수한 욕정의 나라가 있었던 것을 보고 있는 듯 했다. 그 나라들은 이상한 꽃의 꽃잎처럼 피었다가 곧 졌다. 후대 사람들은 깎이고 덜어져 나간 문구 속에서 희미하게 그 지나간 존재만 알 수 있을 뿐이다. 그 나라들은 확대되거나 성장할 수 없기 때문에 갈수록 더 가늘고 부드러워지다가 영혼의 슬픈 응결 속에서 멸종해 갔을 것이다.

그렇다. 아마도 이것이 우리의 처연하면서도 아름다운 운명일 것이다.

이미 지나갔건, 아니면 지금 스쳐 가고 있건, 혹은 장차 다가올 예정이건 간에 모든 항로가 비잔티움을 향하고 있었다.

욕정의 유토피아로 향하고 있었다. 지중해를 둘러싸고 있고 아주 멀리 별처럼 빛나는 이름 모를 작은 나라들은 신화에도 전해지지 않는 종결자들이었다. 우리는 친족 단위의 종결자들이었다.

6

지중해로 항해 갔다.

우리는 일몰과 일출 사이에 산란하는 바다의 반딧불이었다. 반짝반짝 하얗게 빛나는 곳을 콜럼버스는 육지로 착각한 적이 있었다.

아야오는 모르겠지만 우리의 혼례는 세계에서 가장 큰 성당, 교황이 거주하는 로마의 성베드로대성당에서 거행되었다.

나는 인동초 덩굴과 장미로 가득 뒤덮여 있는 꽃 울타리의 발코니에서 엽서를 썼다. 8월 말이었지만 행복에 젖어 있어서인지 코끝을 자극하는 꽃향기들이 아주 진하게 느껴졌다. 수영을 하면서 가끔씩 수면 위로 얼굴을 내밀고 심호흡을 하듯이 글을 썼다. 그래야 행복감에 익사하지 않을 것 같았다.

엽서 한 장은 여동생에게 보내는 것이었다. 요한 바오로 2세의 초상이 클로즈업 되어 있는 엽서였다. 교황은 손에 정교하게 조각된 주교 지팡이를 쥐고 흰색 자수가 놓인 관을 쓰고 있었다. 여동생은 반복해서 이 엽서를 보게 될 것이다. 시스티나성당 사진이 담겨 있는 또 한 장의 엽서는 아야오에게 보내는 것이었다. 엽서에서 나는 이렇게 썼다.

"사랑하는 아야오. 나를 축복해줘. 나는 지금 로마에 와 있어. 그의 성은 엔(嚴)이고 우리는 서로 몹시 사랑하고 있어……. 지금도 그때와 마찬가지인 것 같아."

여기까지 쓰고 나서 나는 더 써 내려가기가 어려웠다. 나가서 좀 걸어야 할 것 같았다.

그날 아침에 맡았던 카푸치노의 계피향이 태풍처럼 몰아쳐 왔다. 나는 방구석으로 도망쳐 커피 냄새가 방을 떠돌다가 사라지기를 기다렸다. 그러고 나서 몸을 돌려 소매로 코를 가린 채 태풍이 쓸고 지나간 황폐한 자리를 둘러보았다. 오늘 아침, 창문 너머로 보이는 타이베이의 하늘에는 회색빛 구름이 낮게 깔려 있지만 그날 아침 로마에서는 파란색 침대보가 깔린 침대 위에서 용제(永梧)가 깊은 잠을 자고 있었다.

용제는, 아야오가 세상을 떠날 무렵에 나와 칠 년 남짓 함께 지내고 있었다. 칠 년이었다! 나는 아야오에게 용제의 이름조차 말해주지 않았다.

나는 문 옆에 기대어 멍한 표정으로 용제를 바라보았다. 맙소사! 지금 그가 잠들어 있는 모습은 미켈란젤로가 그린 아담의 모습처럼 흠잡을 데 없이 아름다웠다. 바로 전날 우리는 시스타나성당에 있는 프레스코화를 실물로 보고 감탄했었다. 이 거대한 우주에 신은 남자를 창조해놓은 것이었다. 천장에 그려진 프레스코화는 서로를 향해 뻗은 신과 인간의 두 집게손가락이 닿을락 말락 하는 장면을 담은 성화였다. 수백 년이 지나 이런 광경은 스티븐 스필버그에게 영감을 주어 이티(E.T.)와 인간 남자아이가 처음 만나는 그 유명한 장면을 탄생시키게 된다. 하지만 나는 서글프게도 이 프레스코화에 그려진 신과 인간의 표정과 손동작이 만남이 아닌 이별을 말하고 있다는 느낌을 받았다. 어쨌든 간에 이 세상을 세우고 지속하기 위해서 '너의 부모를 떠나야 한다'는 것은 시대와 장소에 막론하고 이어져 내려오는 철통같은 계율이다. 하지만 우리 같은 친족 관계의 종결자들에게는 '너의 남자를 떠나야 한다'는 또 다른 계율이 있다. 하나 또 하나, 계속 떠나야 한다…….

가장 행복한 순간마다 나는 인생의 무상함을 느낀다.

나는 가슴 가득 차오르는 감정의 물결을 참으며 용제를 귀찮게 하지 않기로 했다. 실컷 자게 놔두자. 나는 나무문을 조심스럽게 닫아 밀려드는 햇빛을 막아주었다. 숱이 많은 그의 자연스러운 곱슬머리가 햇빛을 받아 무지갯빛을 반사하고 있었다. 두피 부분은 땀에 촉촉하게 젖어 있었다. 깨워서 놀라게 하지 말자. 내 사랑을 깨우지 말자. 자기 스스로 나를 원할 때까지 기다리자.

나는 다시 하얀 철제 테이블 앞으로 가서 앉았다. 의자의 등 부분과 다리가 포도 덩굴 끝처럼 휘감긴 모양이었다. 나는 그 순간의 내 심정을 계속 글로 쓰기 시작했다.

'산이 수심 많은 우리를 영원히 갈라놓고 있네'라는 사(詞)를 아직 기억하고 있겠지. 정말 그런 것 같아.

우리는 바티칸에도 갔었다. NHK 방송이 시스티나성당에 있는 프레스코화 복구에 쓰일 기금을 지원하면서 이 과정을 다큐멘터리로 제작하고 있었다. 제단 뒤에 있는 벽화는 완성되었고 천장 부분은 공사가 한창 진행 중이었다. 〈최후의 심판〉 부분은 1992년까지 마무리할 예정이라고 했다. 물론 우리는 스페인 광장에도 갔다. 1953년, 오드리 헵번이 이곳에 있었을 때의 모습을 상상하면서 같은 자리에서 사진도 찍었다. 우리는 펠리니 감독의 고향인 리미니에도 가 보고 베네치아와 피렌체도 들렀다가 개학하기 전에 타이완으로 돌아올 예정이었다.

엽서는 뉴욕으로 보냈다. 도쿄의 어머니 집 말고는 내가 아는 주소가 이것뿐이었다. 하지만 아야오는 어딘가를 돌아다니며 혁명을 하고 있을 게 분명했다. 나는 줄곧 그가 이 엽서를 받았을지 의문이었다. 그와 함께 사는 사람이 중국어를 모른다 해도 잘 보관해두었다가 전해줄 것이라 믿었다. 하지만 나는 끝내 그가 내게 전하는 축복을 받지 못했다. 전화에서도, 그가 보내온 소포 속에 끼워져 있던 짧은 메모에서도, 병중에 함께 했던 시간에도 그로부터 아무런 축복을 받지 못했다.

단 한 번, 용제가 전화를 받아 나를 바꿔준 적이 있었다. 아야오였다. 술에 잔뜩 취한 목소리였다. 나더러 자기가 어디에 있는지 맞춰보라고 했다. 내가 말했다.

"너 지금 너무 취했어."

그가 말했다.

"힌트를 하나 줄 테니까 잘 들어 봐. 나 지금 부— 르— 봉— 가(街)에 와 있어."

"아, 뉴올리언스에 있구나."

아야오는 좋아서 죽을 것 같았는지 연신 수화기에 쪽쪽 소리를 내면서 입을 맞추었다. 그러고는 뭔가 암송하듯 중얼거렸다. 내가 알아들은 부분은 "목화가 왕일 때 설탕은 왕후였네……"라는 대목이었다. 그 뒤로도 한참을 중얼거리나 싶더니 갑자기 내가 알아들을 수 있는 말이 들렸다.

"방금 그 사람은 누구야? 옌이라는 그 친구야?"

나는 혹시 내가 잘못 들은 게 아닌가 하는 생각에 다시 한번 확인했다.

"뭐라고?"

아야오는 또 큰 소리로 알아듣지 못할 얘기를 하더니 다시 선명한 목소리로 블랑시30)의 유명한 대사를 읊었다.

"나는 줄곧 낯선 사람들의 자비에 의지해서 살았네……."

나는 숨을 죽이고 아야오의 그 다음 한마디를 기다렸다.

하지만 블랑시가 소리 없이 무대에서 사라진 것처럼 아야오도 수화기에 뚜뚜 소리만 남기고 사라졌다. 내가 다급히 그를 불러 보았지만 대답이 없었다. 수화기로는 주변의 혼탁한 소리만 들려왔다. 뒤끝이 강한 태풍 칵테일을 만들어주는 프랑스구(區) 술집에서 그 늙은 악어가 총에 맞아 죽든 목이 졸려 죽든 나는 조금도 놀라지 않았을 것이다.

나는 억지로 기억을 되살려 보았다. 그가 말했던가, 용제의 성이 옌이라는 것을? 그렇다면 그가 내 엽서를 받았다는 것을 의미한다. 아니면 내가 잘못 들은 걸까?

여러 차례 목에 가시가 걸린 듯한 기분이 들었다. 원래는 아주 가볍게 내가 로마에서 보낸 엽서를 받았느냐고 물어볼 수도 있었다. 하지만 나의 소심함과 말로 설명하기 힘든 야릇한 자존심 때문에 계속 미루다가 끝내 말을 꺼내지 못했다. 나는 이미 그에게 사랑을 쏟아놓았지만 그는 답례하지 않았다. 나는 그가 묻지 않는 한, 절대로 이 일을 다시 언급하지 않을 것이었다. 게다가 그가 어떻게 묻는지도 고려해야 했다.

전화에서 보여준 그의 경솔함을 나는 여러 번 참아주었다. 그가 애당초 이 문제를 심각하게 받아들이지 않고 있는 것이 아닌가 하는 생각이

---

30) 테네시 윌리엄스의 〈욕망이란 이름의 전차〉 속 등장인물.

들었다. 아니면 이미 통찰하고 있으면서도 그냥 스쳐가는 만남이라 시간이 좀 지나 인연이 다하면 조용히 헤어지게 될 것이라고 치부하고 있는 것인지도 몰랐다.

나는 아야오가 특유의 비아냥거리는 태도로 웃으면서 또다시 나를 약올리고 있는 모습을 눈앞에서 보고 있는 것 같았다. 여러 차례의 가상 변론에서 나와 그의 문답이 끊이지 않았지만 용제는 그렇지 않았다. 그는 인내심을 가지고 즐거운 표정으로 내 말에 귀를 기울여 주었고, 너무 지겨워 거의 히스테리에 가까운 나의 독백을 들어주다가 잠이 드는 일도 비일비재했다. 그럴 때면 나 혼자 밤새도록 잠을 이루지 못하고 뒤척이다가 결국에는 침대에서 일어나 용제를 깨우곤 했다. 용제는 침대에 일어나 앉아 나를 쳐다보면서 호기심 어린 표정으로 웃으면서 말했다.

"세상에 정말 너 같은 사람은 처음 본다."

내 한숨과 탄식은 진정되지 않았다. 용제는 하는 수 없이 잠을 포기하고 일어나 마실 것을 준비했다.

사랑스런 용제가 성큼성큼 부엌을 향해 걸어갔다. 평소와 다름없이 단단하고 잘 다듬어진 몸매를 내 쪽으로 자신 있게 드러냈다. 그런 모습을 볼 때마다 나는 감탄을 연발했다. 그러면서 처량한 어투로 중얼거렸다.

"아야오가 용제를 알았다면 좋았을 텐데……."

용제가 몸을 사분의 일정도 돌린 채 얼굴을 내게 향했다. 그는 이런 각도에서 가장 멋지게 보였다. 그리스의 남자 신상 같았다.

"그러다가 아야오가 나를 빼앗아 가면 어쩌려고 그래?"

갑자기 모든 것이 명확해졌다. 아야오가 죽은 지 두 달이 지난 지금에서야 글을 쓰다가 알게 되었다. 글이 내게 말해주었다. 아야오는 질투를 하고 있었던 것이다.

아야오와 나, 서로에 대한 우리의 감정은 아흔 먹은 노인의 기억과 같은 것이었다. 노인들의 기억은 아주 이상하다. 가까운 일일수록 더 쉽게 잊고 먼 일일수록 더 또렷하게 기억하는 것이다. 노인들에게는 과거가 한 장 한 장 진주빛 액자처럼 또렷하지만 현재로 가까워질수록 필름을 빨리 돌리는 것처럼 흐릿하기만 하다. 우리도 그랬다. 뒤로 가면서 각자 새로운 사람을 만나고 새로운 일이 생겼고, 이것들이 우리가 과거에 함께 누렸던 달콤했던 유산들을 초월하게 되었을 때, 우리 사이에도 변화가 생겼다. 서로에게 공통되는 것을 목숨을 걸고 사수하면서 서로 다른 것들은 건드리려 하지 않았다. 그 후로 우리는 자주 만나지 않게 되었다. 옛일을 되새기는 것이 아니면 만날 일이 없었다. 여전히 지난 일을 되새기는 것뿐이었다. 얼마나 즐거웠는지 모른다. 게다가 그것은 우리를 잔혹한 대지로부터 항상 깨끗이 씻어주는 되새김질이기도 했다. 사실은 또 얼마나 유약한 일이었는지 모른다. 일단 현재의 일에 관해 언급했다 하면 우리는 서로 지나치게 진지해졌고, 모든 일에 자기주장을 굽히지 않아 같아지기가 어려웠다. 그리하여 곧 말다툼이 벌어졌고 쉽게 상처를 입었다. 나는 이제야 내가 스스로 성적 만족을 얻기 위해 소중한 친구를 저버렸다는 사실을 깨닫게 되었다. 나는 그렇게 경솔하게 아야오에게 나의 새로운 연인에 관해 털어놓았고, 이것이 우리 사이의 우정에 치명적인 타격을 입힌 것이었다.

서로의 우정을 지켜오는 동안 아야오는 여러 분야에 있어서 나의 지도

자였고 선배였다. 당시 나는 용제를 아야오에게 데려가 보여주고 싶었다. 아야오에게서 칭찬을 받고 싶은 마음이 간절했다. 그에게서 받는 칭찬 한마디가 이 세상 모든 축복과 인증보다 나았다. 내가 그의 면전에 내가 사랑하는 사람을 데리고 가 소개해준다. 그가 만족하며 칭찬해준다면 나는 더없이 기쁠 것이다. 그런데 만일 그가 이 친구를 원한다면 순순히 그에게 넘겨줄 수 있을까? 잘 모르겠다. 하지만 아야오의 면전에서 나는 그토록 오만하고 그토록 담담했다. 생각해 보면 어쩌면 용제를 그에게 넘겨주었을 수도 있을 것 같다. 나는 혼자서 잠꼬대하듯이 중얼거렸다.

"용제, 너와 아야오는 정말 잘 어울릴 것 같아. 아야오는 파스빈더를 좋아하지. 너도 좋아하잖아. 너희 둘이서 알렉산더 플라츠에 관해 시원하게 대화를 나눌 수 있을 거야."

용제는 항의하듯 내 입에다 진 앤 코크 잔을 가져다대며 말했다.

"잠시라도 너의 그 옛 애인 얘기 좀 그만둘 수 없어?"

그는 내가 아야오와 자지 않았다는 사실을 믿으려 하지 않았다.

입이 마르고 혀가 바짝 타는 것 같았다. 진 앤 코크를 한 잔 들이켜 차가운 자극이 코끝과 눈으로 퍼지는 느낌을 즐겼다. 재채기가 났지만 기분은 무척 좋았다. 그러고는 용제를 바라보았다. 그는 가끔씩 아야오를 거론하며 나를 놀려대곤 했다. 저 멀리 하늘 끝에 있는 아야오가 뜻밖에도 우리의 사랑을 위한 묘약이 되어주고 있었다. 아야오 때문이 아니라 콜라에 진이 섞여 있어서 그런지 내 얼굴은 이미 빨갛게 상기되어 있었다. 두 눈도 욕망으로 이글거리기 시작했다.

주선(酒仙)인 용제는 가볍게 잔을 비우더니 내게 테킬라를 한 잔 따라 주었다. 그는 손등에 소금을 얹고 레몬 조각을 들고 있었다. 먼저 레몬을 입에 넣고 씹으면서 손등에 있는 소금을 핥은 다음 데킬라 한 모금을 마시는 것이었다. 이런 과정을 그가 조금만 더 섹시하게 연출했다면 나는 흥분을 참지 못하고 그를 열정적으로 끌어안았을 것이다. 그래야만 내 머릿속에 성가시게 따라다니는 아야오의 생각을 지울 수 있을 것 같았다.

그해 초가을에 우리는 로마에 있는 모모의 집에서 함께 지냈다. 낮에는 성 안에 있는 유적지를 돌아다니고 밤에는 새벽까지 희희낙락하며 침대 위를 뒹굴었다. 낮도 빨리 지나갔지만 밤도 길지 않았다. 결국 우리 두 사람 모두 눈에 다크서클이 생기고 말았다. 그래서 하루는 철저하게 쉬기로 했다. 아무 데도 가지 않고 집에서 음악을 듣거나 잠을 자고 책을 읽거나 음식을 만들어 먹으면서 지내기로 한 것이다.

모모는 수시로 자전거를 타고 찾아왔다. 자기 여자 친구가 만들었다는 장미잼과 복숭아잼을 가져와 크래커에 발라 먹으면서 우리와 함께 푸얼차(普洱茶)와 톄관인(鐵觀音)을 마셨다. 모모의 여자 친구는 유대계 폴란드인으로 모모의 두 중국 친구에게 대단히 우호적이었다. 한번은 만나서 함께 식사를 하기로 약속했다. 늦은 밤 우리는 19세기에 지었다는 음식점에서 만나 생선튀김과 차가운 보드카를 주문해놓고서 그녀를 기다렸다. 내정부(內政部)에 다닌다는 그녀는 정치적 보호를 신청하는 폴란드 난민들을 위해 통역을 해주느라 너무 바빠서 제 시간에 나오지 못했다.

언젠가 우리는 그녀가 거리를 향해 열린 자기 아파트 창문을 열고 모모에게 여행 안내서를 던져주다가 우리를 향해 손을 흔드는 모습을 본 적도 있었다. 그렇게 손을 흔들던 그녀는 오래된 성에 사는 공주처럼 창문 뒤로 사라져갔다.

나는 모모의 거처가 원래 집사가 거주하던 곳이 아닌가 하는 생각이 들었다. 커다란 정원 입구 옆에 있는 지면보다 낮은 아주 작은 방이었기 때문이다. 너무 어두워 낮에도 불을 켜고 지내야 하는 이 방에서 모모는 책꽂이와 서랍장으로 벽을 만들고 공간을 여러 구간으로 나누어 알뜰하게 활용했다. 한쪽은 부엌으로, 다른 한쪽은 오디오와 흔들의자 구역으로, 또 다른 한 쪽은 책상과 타이프, 전화, 팩스가 구비된 사무 공간으로 사용하고 있었다. 방 가운데 있는 나선형 철제 계단은 한 사람이 간신히 다닐 수 있을 정도로 좁았지만 용제와 나는 이 계단을 함께 오르내렸다. 그 계단을 오를 때면 우리 둘의 팔다리가 꽈배기나 포도 넝쿨처럼 서로 꼬이곤 했다. 계단을 다 오르면 공간이 확 트이면서 커다란 평상과 욕실이 나왔다. 백엽나무 문을 열면 눈이 부실 정도로 황금빛 햇살이 쏟아져 들어오고 문지방을 넘으면 지붕 위의 꽃 울타리 선반에 초록색 잎사귀가 넘실거렸다. 나는 그곳에 앉아 담쟁이넝쿨로 뒤덮인 성 꼭대기를 올려다보곤 했다. 지금 그 성에는 두 가구가 함께 살면서 모모와 출입문을 같이 사용하고 있다. 나는 모모의 책장에 꽂힌 마오쩌둥 선집을 한 권 꺼내 읽으면서 식어서 맛이 너무 진한 차를 홀짝거리기도 했다. 이 싸구려 차가 담긴 통에는 '노산운무(盧山雲霧)'라는 아주 시적인 이름이 쓰여 있었다. 청차(青茶)였다.

나는 시 한 수 골라 읽었다.

산!

빨리 달리는 말에 채찍질을 하며 안장을 놓지 않았네.

놀라서 고개를 돌리니 하늘이 손에 잡힐 듯하네.

이는 마오쩌둥이 장정(長征) 도중에 쿠러우산(骷髏山)을 지나면서 쓴 열여섯 자짜리 단시였다. 알고 보니 한 사람(마오쩌둥)은 시를 쓸 줄 알았고 한 사람(장제스)은 쓰지 않아 대륙과 타이완의 풍류를 가르고 있었다.

모모가 우리에게 카세트에 든 음악을 추천했다. 붉은 태양처럼 솟아오르는 사회주의 조국을 찬양하는 선동적인 행진곡이었다. 이미 시대가 변해서인지 행진곡에서 나오는 남녀의 요란한 합창은 너무나 우스꽝스럽게 들렸다. 하지만 모모는 이런 합창에도 여전히 흥분이 되는지 노래를 따라 불렀다.

마오 주석은 우리 프롤레타리아 조국의 조타수!

우리의 관심을 끈 것은 티베트족 사람들의 합창이 나오더니 그 뒤를 이어 카자흐스탄 사람들과 우즈베키스탄 사람들의 합창이 이어진 것이다. 모모는 이탈리아인 특유의 제스처로 너무나 황당한 모습을 연출했다. 그는 마치 무도병에 걸린 사람 같았다. 그 사이로 이미 가버린 청춘의 귀신들이 마구 뛰어다니며 도저히 주체할 수 없이 그를 불러대고 있다는 것을 느낄 수 있었다.

우리는 최대한의 인내심을 끌어모아 모모를 위해 꾹 참아줌으로써 실례를 모면했다. 모모는 더욱 신이 나서 우리에게 영화 주제곡들을 헌정하기 시작했다. 〈거리의 천사〉나 〈야반가성(夜半歌聲)〉〈어광곡(漁光曲)〉

같은 노래들이었다. 이런 노래들을 잘 아는 사람들은 모모에게 한마디씩 칭찬의 말을 건넸다. 우리는 그에게 대단한 지식과 취향을 갖춘 친구이자 손님이 되어주었다. 모모는 목청을 높여 그 가운데 한 구절을 따라 불렀다.

"쑤산(蘇三)이 훙퉁(洪桐)현을 떠나네."

용제가 러시아제 긴 필터 담배를 피우면서 뿌연 연막 사이에서 눈빛으로 나를 위에서 아래로 애무했다. 재빨리 자구책을 구해야 했다. 우리는 서로가 보이지 않는 각도에서 각자 남몰래 웃었다. 하지만 용제는 옆모습을 보면서 내가 웃는 것을 알아채고는 깔깔대며 놀리기 시작했다. 모모는 우리가 자신을 놀리는 것이라고 생각하고는 얼굴이 붉어져 술 한 병을 더 땄다. 목이 긴 도자기 술병이었다. 그는 네덜란드산 술이라고 소개하면서 우리에게 억지로 한 잔씩 마시게 했다. 모두들 배 속에 어떤 종류의 술들이 마구 뒤섞여 있는지 전혀 개의치 않았다. 우리는 모모가 몹시 실망한 표정으로 일어서서 자신의 자전거를 끌고 나갈 때까지 참을성 있게 기다렸다. 다섯 발짝을 가다가 멈춘 모모는 갑자기 큰소리로 "마오 주석은 프롤레타리아 조국의 조타수다!"라고 외치더니 곧 어두운 골목길로 사라졌다. 이미 욕망으로 불타고 있던 우리는 얼른 방 안으로 돌아왔다.

휴일이었다. 애석하게도 모모는 나타나지 않았다. 그가 나타났다면 우리가 성심성의껏 그를 즐겁게 해주었을 것이다. 상성(相聲)31) 부터 시작

31) 두 사람이 만담을 주고받는 중국의 민간 기예.

하여 사오싱(紹興)의 지방연극도 가능했다. 그의 방을 빌려 쓰고 있기 때문이 아니라 그 나이에도 시들지 않는 중국에 대한 순진무구한 열정 때문이었다. 모모는 1974년에 멀리 중국 랴오닝(遼寧)대학교에 가서 공부했다. 그에게는 마오쩌둥 복장으로 채소밭에 웅크리고 앉아 찍은 사진이 한 장 있었다. 그가 정말로 뭔가를 심었던 것일까? 낡은 흑백사진이었지만 그의 눈동자만은 숨길 수 없는 지중해의 파란 빛이었다. 그런 눈으로 그는 이국땅에 살면서 끝없이 낮게 펼쳐진 일망무제의 베이다황(北大荒)의 들판을 돌아다녔던 것이다.

그의 집에는 온갖 잡동사니가 잔뜩 진설되어 있었다. 작은 달마상부터 시작하여 구이저우(貴州)의 직물, 정판교(鄭板橋)32)의 대나무 그림과 서예 작품, 쑤저우(蘇州)의 판화 등 없는 것이 없었다. 산베이(陝北)의 나이든 아주머니들이 붉은 천으로 만든 사자와 용, 당나귀, 호랑이 머리 신발, 하얀 납의(衲衣) 따위도 있었다. 등불 아래는 그림자극에 쓰이는 인물 형상도 걸려 있었고 〈여자 농구 백넘버 5번〉이라는 영화의 포스터도 있었다. 침대 위에는 또 초서로 쓴 서예 족자가 두 개 걸려 있었다. 또한 윈난(雲南)의 파란 염색 천으로 만든 침대보가 커다란 침대 전체를 덮고 있었다. 그 위에 누우면 마치 해초와 산호가 가득한 수면 위를 떠다니는 것 같았다. 나는 이 모든 것들을 바라보면서 어찌 된 일인지 내 청춘의 잔해들이 여기저기 널려 있는 것 같은 느낌이 들었다.

언젠가 친구들끼리 모여 몰래 중국 대륙의 음악을 듣자는 얘기가 나왔

32) 중국 청대의 서화가로 이른바 '양주팔괴(揚州八怪)'의 하나다.

다. 누군가가 민요와 소조(小調), 관현악으로 연주하는 〈양축(梁祝)〉과 〈장수가 된 목계영(穆桂英掛帥)〉등이 녹음된 카세트테이프를 가져왔다. 성지 순례를 하는 사람들처럼 우리는 전등을 끄고 촛불을 켰다. 녹음기 앞에 앉아 조작을 맡은 제(傑)는 영매라도 된 듯이 사람들의 숨소리마저 조종했다. 테이프가 한참을 돌아갔지만 스스스― 하는 공회전 소리만 들릴 뿐이었다. 그러더니 갑자기 핫― 하고 남자인지 여자인지 구분이 안 되는 목소리가 들려왔다. 모두들 등줄기에 소름이 돋았다. 아주 낭랑한 남자 목소리가 이어졌다.

"해골의 절규가 수천 리나 솟아오르고 하늘은 잔잔하여 바람도 없으니 어찌 소리가 있겠는가."

제의 타오르는 눈빛이 나를 바라보고 있었다. 확실히 그 순간에 우리는 둘 다 전기가 통했다. 뒤로 가기 시작했다. 뒤로 가려면 반드시 커다란 상처를 찢는 듯한 내 첫사랑의 아픔을 거쳐야 했다.

한동안 〈신천유(信天游)〉를 들을 때마다 그 갈라지는 듯한 피리 소리가 내 가슴속에 뜨거운 눈물이 흐르게 했다. 나는 점차 중국 북방 사람들이 많이 입는 마고자 색깔 같은 파란 염료에 집착하게 되었다. 그런데 이 모든 것들을 이제 로마에 있는 모모의 집에서 다시 만나게 된 것이었다. 하지만 이런 것들에 대한 감정은 마음을 정화하면서 생긴 찌꺼기들이 침전물로 가라앉아 있는 것과 다르지 않았다. 마치 당나라 승려가 영산(靈山)에 도착하여 강을 건너면서 물 위에 떠 있는 시체를 보고 놀란 것과 같은 기분이었다. 시신은 바로 자신이 영산으로 오면서 벗어버린 속세의 육신이었던 것이다.

최근 들어 나의 물욕이 점차 흐려지고 있었다. 노쇠의 징후임에 틀림이 없었다.

나와 세상의 거리가 가까운 것 같기도 하고 먼 것 같기도 했다. 이처럼 천당에 가까이 다가와 있으니 훼멸을 걱정할 필요는 없었다. 용제는 자신보다 나를 더 잘 이해하는 사람은 없다고 말했다. 나와 함께 있는 것이 마일스 데이비스의 트럼펫 음악처럼 계란껍질 위를 걷고 있는 것 같다고도 했다.

아는 것을 연주하는 것이 아니라 들리는 것을 연주해야 한다. 마일스 데이비스는 이렇게 말했다.

용제는 모모가 뜻밖에도 마일스 데이비스의 시디를 한 장 가지고 있고 이를 자주 반복해서 듣는다는 사실을 알게 되었다. 그는 내게 이 〈워킹(WALKING)〉'이라는 타이틀의 앨범이 데이비스가 '프레스티지(PRESTIGE)' 레코드 회사에 있던 1954년에 뉴욕에서 제작된 것이라고 말해주었다. 그때 데이비스는 스물여덟 살이었고 마약중독에서 벗어나 이전의 전통 재즈 형식에서 스타일을 바꿔 비밥을 연주하기 시작했다.

용제는 내게 바이브레이션을 거의 사용하지 않고 수수한 인간의 음색을 내는, 데이비스의 독특한 음악을 감상하는 방법을 가르쳐주었다. 그의 음악은 때로는 아련하고 구슬프면서도 때로는 맑고 깨끗한 느낌을 주었다. 또한 일종의 공감각과 함께 간결한 맛을 느끼게 했다. 데이비스는 항상 자신의 음악을 들으면서 뭔가 빼버릴 것이 없는지를 생각한다고 말하곤 했다.

용제는 내게 마일스 데이비드가 약음기가 달린 트럼펫을 연주하는 모습을 흉내 내 보여주었다. 마이크에다 숨을 불어넣는 것 같았다. 마일스의 음악은 분명한 시작도 없이 멜로디가 진행되다가 마찬가지로 딱히 마지막이라 할 뚜렷한 시점도 없이 끝나버리곤 했다. 용제는 등을 내 쪽으로 돌렸다. 마일스는 항상 청중들에게 등을 보이고 서서 연주하곤 했다. 그러곤 자신의 독주 부분이 끝나면 곧바로 무대를 떠나버렸다. 용제는 자기 외에는 아무도 없는 공간에 있기라도 한 것처럼 장미 넝쿨이 있는 발코니 난간 앞에 서더니 모든 것을 잊고 아래층에서 들려오는 에로틱한 리듬에 맞춰 몸을 흔들기 시작했다.

그의 극도로 뛰어난 리듬 감각 때문인지 그가 춤추는 모습은 마치 음악과 사랑을 나누는 것처럼 보였다. 쾌락을 지속시키고 음미할 여유도 없이 오르가슴에 도달한 것 같았다. 선율이 부드럽게 용제의 몸을 휘감았다. 그는 자연스럽게 또 다른 춤을 추기 시작했다. 용제는 있는 듯 없는 듯한 입맞춤을 받아들였다가 다시 거부했다. 그러나 그 입맞춤은 부드럽고 포근한 솜처럼 흐느적거리는 그의 몸을 휘감았다. 용제는 여전히 입맞춤의 환영에 몸을 허락하지 않았고 환영은 비켜갔다. 입맞춤의 환영이 인내와 순종의 극한에 이르렀을 때 용제는 부드럽게 몸을 돌리면서 매우 순종적인 모습으로 변했다. 하늘이 내린 운명을 따라가는 것 같았다. 그러나 이때, 선율이 빨라지면서 그를 앞으로 이끌었다. 뭔가 찾는 것 같기도 하고 주저하는 것 같기도 했다. 그럴까? 맞을까? 뭔가를 생각하면서 찾고 있는 것이 분명했다. 하지만 그는 이미 진실의 순간이 다가왔음을 감지하고는 몹시 흥분하기 시작했다. 맞나. 그랬다. 바로 앞에, 지척에 와 있었다. 그는 빠른 속도로 달아나기 시작했고 비트를 타고 점점 빨라지는 선율이 그 뒤를 쫓아갔다. 그랬다. 거의 다 왔다. 거의 다 도착했다. 그들은 진리가 압박하는 빛줄기 속에서 입맞춤을 나누었다…….

내 마음속에서는 부러움과 질투가 교차했지만 그가 절대로 눈치 채지 못하게 하려고 얼른 눈가의 눈물을 닦았다.

어제 우리는 성베드로대성당에서 열린 미사에 참석했다. 오후 다섯 시 미사였다. 사람들은 별로 없었다. 먼저 파이프오르간이 울렸다. 천사의 날개가 드넓은 하늘 꼭대기에서 살포시 내려앉는 것 같았다. 나는 손을 뻗어 용제의 손을 꼭 잡았다. 흰색 가운과 붉은색 조끼를 입은 신부님들의 대열이 우리 옆 복도를 지나 제단으로 향했다. 용제도 내게 호응하듯 이내 손을 꼭 쥐었다. 신랑 신부가 신 앞에서 서약을 올리는 것 같았다. 인간 세상의 결혼제도에는 우리의 몫이 없지만 이곳이라면 가능할 것 같았다. 미켈란젤로가 디자인하고 건축한 이 거대한 성당에서 우리만의 혼약을 하면 되는 것이었다.

우리가 함께한 지 이미 삼 년 반이라는 시간이 흘렀다. 그동안 우리는 서로에게 충실했고 서로를 존경하고 배려했다. 하지만 나는 감히 미래를 생각할 수 없었다. 일부일처에 비길 만한 우리의 관계가 순전히 사랑 때문이었을까? 사랑은 여름에 피는 꽃보다 더 짧고 덧없는 것이었다. 몸으로 부딪칠수록 사랑이라는 마술의 힘이 약해진다는 것을 하늘만이 알 것이다.

우리는 둘 다 지독한 마음의 병을 앓다가 막 회복된 시기에 만났던 것 같다. 우리가 무엇보다도 갈망한 것은 일종의 안정이었다. 마음 놓고 내용이 충실한 삶을 살 수 있기를 원했다. 운이 좋았는지 우리는 많은 부분에서 행보를 같이 하고 있었다. 그래서 무사히 일종의 균형 상태를 유지할 수 있었다. 우리는 서로를 조금씩 구속했다. 옛날 소설에서 아름다운 아가씨가 자신을 쫓아다니는 남자에게 "저는 이미 약속한 사람이 있어요"라고 말하는 것처럼 우리는 서로에게 소속되어 있었다.

구속을 모르고 살아온 사람만이 구속이 얼마나 행복하고 자랑스러운 것인지 아는 법이었다.

서로에 대한 구속에 기꺼이 동의하고 우리는 서로에게 힘이 되어주었다. 이는 일종의 계약이었다. 계약이 존재하는 한, 그의 영혼과 육체는 전부 내 것이었고, 나는 그에게 내적으로나 외적으로 최상의 만족감을 줌으로써 이에 보답해야 했다.

"특권이란 전쟁이 벌어졌을 때 최전방에 서는 것이다"라는 말을 기억하는가?

특권에 대한 이러한 정의에 놀란 몽테뉴는 자신의 에세이 한 챕터를 전부 이 주제에 할애한 바 있다. 유럽에 죄수로 끌려온 세 명의 브라질 인디언들을 만났을 때 몽테뉴는 브라질 인디언의 국왕이 어떤 특권들을 누리는지 물어보았다.

아니, 국왕이 아니라 추장이었을 것이다.

그 가운데 한 추장이 자랑스럽게 말했다.

"나의 특권은 전쟁이 벌어졌을 때 최전방에 나가 싸우는 것이오."

나의 특권은 성애에 있어서 그를 만족시켜주는 것이었다. 그에게 나의 열정을 줄 수 있어서 행복했다.

구속이 없었던 과거에는 수천 수백 명의 몸과 성적 접촉을 가졌음에도 불구하고 항상 후궁에 사는 젊고 아름다운 하녀에 지나지 않았다. 술탄의 품에서는 모두가 똑같은 존재가 되고 말았다. 나는 미친 듯이 욕망을 추구했다. 그럴수록 욕망은 더 커져갔고 결국 일종의 악성 윤회에 빠지고 말았다. 아주 오랫동안 나는 영혼을 상대로 성애를 하는 것이 어떤 맛인지 완전히 잊어버렸었다. 나는 용제 같은 사람을 만나리라고 기대한 적이 없었다. 우리는 서로를 앙모했고 서로를 아낌없이 주고받고자 했다. 육체의 제단을 통해 모든 육체는 똑같지만 그 육체에 숨겨져 있는 영혼의 미세한 차이가 모든 사람을 독특한 존재로 만들어준다는 사실을 증명하려 했다.

그래서 우리는 서로를 발전시키기로 계약을 맺었다. 여름 꽃 같은 짧은 사랑이 시들어가기 시작해도 우리는 서로에게 지속적인 관심을 가지고 우리 관계의 영토를 넓혀갈 것이었다. 이 특별한 계약이 적어도 한동안은 우리의 관심을 유지시켜줄 것이었다.

하지만 나는 여전히 미래를 생각할 수 없었다. 감히 그럴 수 없었다.

우리가 이교도인 것일까? 아니면 교단을 배반한 변태 성도착자일까? 어떻게 우리가 그토록 엄숙한 맹세를 할 수 있었던 것일까? 우리는 그저 서로 비슷했을 뿐이다. 첫 번째 오일쇼크 때 유행했던 "오늘을 즐겨라. 내일이면 더 비싸질 테니까"라는 광고 문구에 충실했을 뿐이다.

저기를 좀 보라. 신들조차도 저렇게 망가지고 있는데 인간들의 계약이야 더 말해 무엇 하겠는가?

성베드로대성당만 변하지 않고 있었다. 영원한 천국의 열쇠를 쥐고 있는 사도 베드로의 동상만이 그 자리에 앉아 신도들을 내려다보고 있었다. 미사가 진행되는 동안 내내 무료한 느낌을 떨칠 수 없었다. 이런 의식도 제도와 습관이 되어버렸고 신은 거의 죽어가고 있었다. 이제 우리 변절자들의 즐거운 마음이 무겁고 지루한 미사에 투사되어 그 딱딱한 의식을 아름답고 화려하게 변화시켜야 했다. 이것이 모든 의식의 시작이 되어야 했다.

보라. 심오한 제단 뒤쪽의 청동의자가 성령의 비둘기를 수천 줄기의 빛으로 휘황찬란하게 비추고 있었다. 본전의 제단 위로는 네 개의 커다란 기둥이 청동으로 된 지붕을 받치고 있었다. 마치 여와(女媧)33)가 잘라낸 거북이 다리가 네 귀퉁이에 서 있는 것 같았다. 제단 지하에서는 30여 년 전에 사도 베드로의 유골이 발견되어 묘지로 개조되었다. 제단에는 참회당이 설치되어 있고 밤낮으로 꺼지지 않는 95개의 기름등이 있었다. 두 마리의 용이 천국과 지상의 양극을 지키고 있는 듯한 형상이었다. 혹시 이런 시를 기억하는가?

북두칠성 국자로 잘 익은 포도주를 떠서
천상의 두 용에게 권하네
내가 구하는 것은 부와 명예가 아니라니
오직 영원한 젊음을 바랄 뿐이네!

우리는 백 살이 넘도록 살기를 원했고 늙는 날까지 성애의 즐거움을

---

33) 하늘이 뚫린 것을 보고 오색의 돌을 불러 하늘을 메웠다고 전해지는 중국 신화의 여제.

누릴 수 있기를 원했다.

우리는 꼭 잡은 손을 놓지 않고 있다가 성만찬이 끝나서야 본전을 빠져나왔다. 미사가 끝난 뒤 우리는 성베드로대성당의 안뜰을 지나 13세기 모자이크 작품 〈바다를 건너는 베드로〉를 잠시 감상했다. 밖은 이미 어두워져 있었다. 높은 곳에 위치한 교황의 안식처에서 불빛이 새어나왔다. 어느덧 광장의 오렌지색 등도 불을 밝히고 있었다. 우리가 올 때 부슬부슬 내리던 비가 광장 주변에 서 있는 가로등 불빛과 어우러져 무지개를 만들었다.

무지개에는 두 가지 색이 있었다. 화려하고 밝은 빛은 남성으로 '홍(虹)'이라 부르고 어두운 색은 여성으로 '예(霓)'라고 불렀다. 용제와 나는 서로에게 '홍'과 '예'가 되어주고 있었다. 우리의 합법적인 관계를 인정받을 수 없는 지금의 사회이긴 하지만 우리는 둘 다 때로는 햇빛의 찬란함을 무지개로 바꿔 모든 사람들에게 보여주는 비처럼 살기를 원했다.

우리는 광장 주변의 곡선 형태의 원기둥을 세어 보았다. 대칭의 반원 건축물 안에 다 합쳐서 이백팔십네 개의 기둥이 있다고 했다. 반 조금 넘게 세었을 때쯤 우리는 주위에 아무도 없는 틈을 타서 기둥이 만들어준 그늘에서 낭만적인 키스를 했다. 하마터면 둘 다 자제력을 잃을 뻔했다. 서쪽 하늘로 비둘기 떼가 날아가면서 내는 소나기 퍼붓는 소리를 들으면서 우리는 몇 번째 기둥까지 셌는지 잊어버리고 말았다.

한참이 지나서야 우리의 팽창이 조금씩 가라앉으면서 다시 주위의 고요함 속으로 흘러들었다. 기둥과 그 검은 그림자들, 그리고 기원후 1세기경에 이집트에서 이곳으로 옮겨진 오벨리스크가 거대한 계곡을 이루며 있어 시간의 흐름을 생생하게 보여주고 있었다. 거대한 협곡처럼 과거에서 지금에 이르기까지 모든 것을 빨아들이는 시간은 지나치게 포화 상태에 도달해 있었다. 흐르는 모래처럼 소리 없이 사람들을 묻어버리는 시간의 무덤이 우리를 화들짝 놀라게 했다.

우리는 아무 말도 하지 않고 여전히 손만 꼭 잡은 채 앞을 향해 힘껏 내달렸다. 거대하고 소리 없는 그림자가 우리를 따라올까 두려웠다.

대리석으로 지은 번화한 상점가가 성스러운 길을 향해 뻗어 있었다. 우리는 속도를 늦추고 테베레 강을 따라 천천히 버스 정류장을 향해 걸어갔다. 용제가 말했다.

"그래서 내가 고대의 유적지를 제일 싫어하는 거야. 유적지는 죽음이 우리 곁에 있다는 사실을 상기시킬 뿐이거든."

그는 죽음으로 인한 이별을 실감하며 목이 메는 것 같았다.

내가 말했다.

"그래, 나도 알아."

코끝이 찡했다.

"그래서 신체 단련을 해야 하는 거야. 나이가 들어도 계속 사랑할 수 있게 말이야."

우리는 타이완에 돌아가는 대로 황도길일(黃道吉日)을 잡아 피검사를 받자는 데 의견의 일치를 보았다. 둘 중 하나가 양성반응이 나오더라도 함께 백년해로하기로 했다.

'모든 것에 사랑과 봉사를.' 은반지 안쪽에 이런 글귀가 새겨져 있었다. 우리는 마음속으로 그 의미를 가늠해 보았다. 갖가지 아름다운 성구를 파는 상점에서 우리는 가장 싼 물건을 골라 서로에게 선물로 주기로 했다. 나는 용제의 손가락을 잡아 올려 사랑스럽게 깨물어주었다. 욕정이 조금도 섞이지 않은 몸짓이었다. 용제의 손가락에 끼어 있는 은반지까지 어금니가 마비되도록 깨물었다.

마일스 데이비스의 트럼펫에 맞추어 몸을 흔들다 무아지경에 빠진 용제를 바라보던 일이 기억난다. 그 모습을 바라보면서 내 마음은 완전한 무방비 상태로 드러났고 몸도 전라의 상태로 백주의 햇빛 아래 그대로 노출됐었다.

7

가장 행복한 순간에 나는 항상 무상함을 느낀다.

나는 용제의 뛰어난 리듬감과 균형 잡힌 몸매가 아름답고 정교하여 단명하지나 않을까 두려웠다. 나는 시시때때로 그가 좀 못났으면 얼마나 좋을까 하는 생각을 하곤 했다. 할 수만 있다면 흙이나 먼지로 그의 아름다움을 가리고 싶기도 했다. 그가 발코니의 장미꽃 난간 앞에서 음악에 맞춰 춤을 출 때면 나는 하늘에서 내려온 제우스가 한 마리 백조로 변해 그를 강제로 범하는 장면을 목격하는 듯한 느낌이었다. 나는 조물주가 그를 훔쳐보다가 나를 질투하여 그를 데리고 가버리면 어쩌나 하는 생각에 항상 일부러 그를 덜 사랑하는 척, 냉담한 태도를 보이기도 했다.

함께 물건을 사러 슈퍼마켓에 간 우리는 카트를 밀면서 상품이 잔뜩 쌓여 있는 선반들 사이를 돌아다녔다. 그는 내 앞에서 걷다가 눈 깜짝할 사이에 통로 끝에서 사라졌다. 내가 황급히 카트를 끌고 쫓아가 이리저리 둘러보았지만 그의 모습은 보이지 않았다. 나는 문득 공황 상태에 빠지고 말았다. 서쪽 끝까지 가 보았지만 그가 보이지 않아 다시 동쪽 끝으로 가 보았다. 역시 그는 없었다. 몹시 당황한 나는 허둥대다가 포테이토칩이 가득 쌓인 진열대를 뒤엎을 뻔했다. 바로 그때 그가 아무 일도 없다는 듯이 치즈크래커를 고르고 있는 모습이 눈에 들어왔다. 그리고 나는 그 짧은 순간에 머리가 다 세어버린 것만 같았다.

얼마 전에 무자비하게 혹평을 받은 홍콩영화 〈몽중인(夢中人)〉을 보았다. 확실히 영화평론가들의 지적이 맞는 것 같았다. 너무나 공허하고 빈혈적이며 탐미적인 영화였다. 하지만 나는 한 번 다 보고 나서 다시 한 번 보았다. 어떤 약으로도 나를 구제할 수 없었다. 나는 이 영화가 줄거리와는 아무런 연관도 없는 분위기만 연출하고 있다는 말을 믿을 수 없었다. 저우룬파(周潤發)와 린칭샤(林青霞)는 나와 똑같은 경험을 하고 있었다. 그 숨 막히는 두려움과 절망을 목도하면서 혹시 내가 꿈속에서 저 장면을 감독한 것이 아닌가 하는 생각이 들었다. 아니면 카메라가 나의 의식 속으로 숨어들어와 이 장면을 빼내간 것인지도 몰랐다. 영화를 가득 채우고 있는 분위기는 전생과 금세에 그랬던 것처럼 죽음으로도 해소되지 않는 욕정을 내세에 가서 다시 불태울 수 있다는 것이었다. 요컨대 결과도 없고 후대도 없는 성(性)은 일종의 광기이자 우울증이었다. 나는 우리 같은 종류의 사람들만이 이런 영화를 만들 수 있다고 굳게 믿었다.

일종의 탐미였다. 나는 니진스키와 꼭 닮은 젊은이가 생각났다. 광대뼈가 툭 튀어나오고 초록빛 아몬드 모양의 눈을 치켜뜬 그는 함께 첫날밤을 보낸 다음 날 해변의 모래밭을 가로지르며 자신의 애인에게 말했다. 어젯밤 너는 내게 아름다운 고통이라는 것이 어떤 의미인지 알게 해주었어.

그랬다. 아름다운 고통이었다. 이것이 바로 탐미의 본질적인 모습이었다. 알고 보니 학대를 받아들이는 것과 탐미는 쌍둥이 자매였던 것이다.

제물로 바쳐지고 주목을 받는 피동적인 실존의 몸이 바람과 비를 가득 머금은 채 은밀하게 숨어 있다. 소녀가 청춘기를 잊어버리는 고통이자

유년을 묻어버리고 자신의 독립된 자아에 작별을 고하며 순순히 성년의 생애에 진입하는 고통이다. 이런 고통이 계속 팽창하여 수문 입구까지 차오르면 소녀는 자학을 하게 된다. 진흙을 먹고 분필과 석탄을 씹으며 소금물을 마시고 바늘로 자기 손을 찌르는 등의 이상한 행동을 하게 된다. 우리도 다르지 않을 것이다. 어쩌면 오랫동안 남을 배신하거나 남에게 배신당하는 숙명의 주기를 반복하다 보면 우리는 모두 자학과 탐미의 경향을 갖게 되는 것이다.

막이 내린 무대에서, 한 가닥 스포트라이트의 불빛 아래 타이라(平) 가문과 미나모토(源) 가문의 전쟁에서 땅에 버려진 시즈카 고젠(靜御前)이 다소곳이 서 있다. 그녀가 몸에 걸치고 있는 것은 아마도 대혼(大婚) 때 입는 열세 겹 화려한 드레스일 것이다. 흑단처럼 곧은 그녀의 머리칼이 한 층 또 한 층 계단에 늘어져 있다. 그녀가 얼굴을 가린 채 뒤를 돌아본다. 남자들은 살해되고 여자들은 포로가 된다. 그녀의 도시와 왕국은 날리는 연기에 휩싸인다.

모네의 여인 카미유의 죽어가는 얼굴 위로 마지막 생명의 빛이 드리워져 있다. 유화인데도 스케치처럼 붓놀림이 가볍고 빠르다. 그러나 유화로 그려진 카미유의 표정은 스케치와 다르다. 노란색에서 흰색으로, 그리고 다시 파란색으로, 마지막으로 짙은 회색으로 바뀌며 어두워진다. 모네도 재빨리 사라져가는 색과 빛을 따라가지 못했다. 그가 평생 사랑했던 아내도 다른 물체와 별 차이가 없는 하나의 대상에 불과했던 것이다. 빛이 비춰주다가 그 빛이 포기해버리는 존재인 것이다…….

죽기 오 년 전에 로댕이 조각한 〈춤추는 니진스키〉의 조각에는 숨이 막힐 정도로 놀라운 그의 숙련된 솜씨가 그대로 드러나 있다. 한 줌의 흙덩어리가 면과 선으로 순간적으로 수없이 변하는 자태를 가장 긴박하고 핍진하게 빚어내고 있다. 누구도 흉내 낼 수 없는 경지다. 몸을 영원에 근접시키기 위한 노력이었다. 일흔일곱 살에 세상을 떠난 로댕은 숲 속 목신의 양 뿔과 양 발굽에서 벗어나지 못했다. 모든 것이 헛수고였다.

우리 같은 사람들에게는 이런 것들이 허락되지 않았다. 허락된다 하더라도 축복받지는 못했다. 마치 사악한 괴물이 도처에 진을 치고 있는 것 같아서 아름다운 종말은 불가능했다. 나와 용제는 훔쳐낸 충정과 애정 속에서 운명의 세 여신이 우리의 믿음을 빼앗아갈 것을 경계했다. 이러한 불확실성은 방부제처럼 우리로 하여금 기율 있는 생활을 통해 노력하게 만들었고 또한 언제나 옅은 안개처럼 우리를 둘러싸고 있는 불안과 같아서 마주 앉을 때마다 마음을 졸이게 했다.

나는 수전노처럼 이런 행운과 지금 내 곁에 있는 이 사람을 숨기고 지키느라 우리에게 주어진 시간을 아주 조금씩 아껴서 썼다. 용제가 자기 일을 하기 위해 내 곁을 떠날 때면 불문율처럼 우리는 서로 아무런 말도 주고받지 않았고 작별의 키스도 나누지 않았다. 먹을 것을 사러 길거리 편의점에 가듯이 여행은 너무나 흔한 일이었고 그는 매번 금세 돌아왔다. 그가 욕실에 설치한 암실에서 필름을 인화하는 동안 나도 사무실에 가서 학생들과 얘기를 나누곤 했다. 심지어 우리는 자신의 약한 모습을 들키지 않기 위해 서로 눈길을 피했다. 여행 가기 전날에는 사랑도 나누지 않았다. 그랬다가는 서로가 더 감당하기 힘들어질 수도 있다는 생각 때문이었다. 대신 하루나 이틀 전에 그 일을 했다. 그것도 다가오는 짧은 이별에 대한 슬픔이 무서운 욕망으로 변해 우리를 망가뜨릴까 두려워 황급히 일을 치르곤 했다. 여행 전날 밤이면 우리는 주로 결혼한 친구들과 함께 지냈다. 우리와 같은 부류의 사람들과는 함께 시간을 보내지 않는 것이 낫다는 사실을 우리는 경험을 통해 잘 알고 있었다. 아무 의미 없는 투정과 웃음, 농담이 우리를 유혹할 수 있고 술집이나 노래방에 가서 술과 음악에 빠지다 보면 쉽게 우리의 정서를 무너뜨리고 한없이 멍청해질 수도 있었다.

이럴 때면 나는 대개 용제를 데리고 여동생 집에 가서 녹화해 둔 텔레비전 드라마를 보곤 했다. 그 사이에 여동생은 실컷 먹고 마시면서 두 아이와 함께 신나게 웃고 떠들었다. 아이들은 내게 커다란 늑대가 돼서 자신들을 잡아보라고 했고 내가 정말로 쫓아가 잡으면 아이들은 놀란 척하며 소리를 질러대곤 했다. 매제는 용제와 말없이 장기를 두었다. 둘 다 저녁 내내 한마디도 하지 않았다. 조카들이 잠자리에 들면, 샤워를 한 동생은 내 옆에 다가와 앉아서 텔레비전을 보았다. 동생은 세제 향기를 풍기면서 우리에게 줄 과일을 깎거나 도자기 구슬을 꿰면서 분주하게 움직였다. 때로는 바느질을 하거나 수를 놓기도 했다. 이런 분위기는 내게 편안함과 안정감을 주었다. 나와 용제가 잠시 떨어져 있다고 해서 세상이 무너질 리는 없었다. 게다가 우리는 곧 다시 만날 것이었다. 우리는 이처럼 건강한 마음을 안고 손을 맞잡고 집으로 돌아가 각자 잠자리를 챙기느라 바빴다. 마치 평범하기 그지없는 부부 관계가 관성에 의해 흘러가고 있는 것 같았다. 그렇다면 이 관성은 당연하게 우리의 다음 만남까지 이어질 것이었다. 그 사이의 틈새에 어떤 것도 개입할 수 없었다. 그랬다. 우리는 틀림없이 다시 만날 것이었다. 은혜와 사랑이 평소와 같기만 하다면.

우리는 거의 미신에 가까울 정도로 모든 것에 조심했다. 방비하지 못한 사이에 뜻하지 않은 일들이 기습해 올 것이 두려웠다. 한번은 용제가 출발하기 전에 "나 떠나"라고 말했다.

이 한마디에 가슴이 찢어질 듯 아팠다. 말 한마디로 모든 것을 안다는 것이 이런 것이었다. 나 떠나. 내가 가장 두려워하는 말이었다. 나는 늘 사고가 났다는 통지가 날아올지 모른다는 생각에 항상 마음의 준비를 하고 있었다. 전화가 걸려올 때마다 떨리는 손으로 수화기를 들었다. 빨리 병원으로 와달라는 말을 듣는다 해도 나는 조금도 놀라지 않았을 것이다. 그날 용제는 무슨 느낌이 있었는지 평소보다 더 자주 전화를 했다. 집에서도 하고 학교에서도 하고 카페에서도 했다. 전화가 항상 나를 따라다니는 것 같았다. 그리고 그때마다 나는 떨면서 전화를 받았다. 매번 너무 두렵고 기쁜 나머지 우리는 둘 다 말을 잇지 못했다. 정말 끔찍한 일이었다. 이 일이 있은 후로 우리는 또 다른 금기사항을 만들었다. 떠난다, 간다, 바이바이 같은 동의어들을 사용할 때 최대한 조심하기로 한 것이다. 우리는 온갖 기계장치가 잔뜩 깔려 있는 위험한 길을 서로의 몸에 의지하며 걸어갔다. 오로지 걱정되는 것은 둘 중 하나가 없어지면 나머지 하나는 어떻게 혼자 걸어가나 하는 것이었다.

용제가 가장 오래 나를 떠나 있었던 것은 스촨(四川)과 윈난(雲南), 버마로 실크로드를 촬영하러 갔을 때였다. 물론 우리는 서로를 배웅하지 않았다. 그저 문 앞에서 진하고 짧은 포옹을 한 것이 전부였다. 형제 간의

118

뚜렷한 정이었다. 서로 막거나 붙잡지 않았다. 용제가 가방을 들고 계단을 내려간 다음 나는 문을 닫고 한숨을 내쉬었다. 발코니로 뛰어가 용제가 걸어가는 모습을 바라보고 싶은 충동을 겨우 눌렀다. 운명의 장난을 면하기 위해서였다. 이것이 용제를 마지막으로 보는 것일지도 모른다는 생각이 들었다. 나는 눈을 감고 그가 했던 말들을 반추했다. 언젠가 그는 란(蘭) 섬에서 내게 전화를 걸어 "누군가 생각할 사람이 있다는 건 정말 멋진 일이야"라고 말한 적이 있었다. 누군가를 위해 정절을 지킨다는 것도 정말 좋은 일이었다. 흰 동백꽃이 줄곧 기다리다가 진정으로 자신을 알아보는 사람이 나타날 때에만 한 겹 한 겹 눈처럼 하얀 꽃잎을 피우는 것 같은 일이었다. 용제는 감정을 표현하는 데 인색하지 않았고 이런 말을 할 때마다 내 눈에는 눈물이 고였다. 나는 그의 말을 주홍글씨처럼 가슴에 생생하게 새겨 넣었다가 그가 돌아오면 직접 그것을 지우게 하고 싶었다.

용제가 가고 나서 나는 머리를 깎았다. 머리를 깎고 나니 바람이 불 때마다 맨살이 드러난 목덜미가 서늘했다. 마음의 밭이 황폐해졌다. 천천히 거친 들풀이 가득 자라나는 것 같았다. 눈앞이 온통 적막이었다. 적막, 적막만이 일망무제로 펼쳐져 있었다.

아주 오래 전에, 경험이 없었던 나는 이런 적막감에 완전히 패하여 쓰러졌었다. 거의 사람 꼴이 아니었다. 하지만 지금은 오랜 세월 강호(江湖)를 떠돈 경험이 있어서인지 이런 적막감에 어느 정도 대항할 힘이 생겼다.

나는 여동생 집을 자주 드나들면서 가족 활동에 참여했다. 대마(大麻)

사이에 섞여 있는 식물처럼 동생 식구들과 부대끼며 지내다 보면 건강하고 밝은 기분을 유지할 수 있었다. 나는 각종 야간 모임을 사절했다. 마음을 터놓고 대화하는 자리에도 가지 않았고 술자리에도 끼지 않았다. 섹스도 낮잠도 멀리했다. 심지어 책도 읽지 않았다. 최대한 일찍 자고 일찍 일어났고 아침 햇살을 받으며 조깅을 했다. 나는 이렇게 활력 넘치는 방법으로 용제가 주변에 없는 하루하루의 시간을 견뎌냈다. 나는 기꺼이 고어(古語)에서 말하는 약혼을 하지 않고 규방에 틀어박혀 있는(待字閨中) 처녀가 되고자 노력했다.

그런 다음, 밤안개가 내리고 적막감이 어렴풋이 모습을 드러내면 나는 대문을 활짝 열어 적막감을 온전히 받아들였다.

적막감이란 그냥 배척하는 것만으로 쫓아버릴 수 있는 것이 아니었다. 적막감은 쫓아내면 쫓아낼수록 더 빨리 되돌아온다는 사실을 나는 너무도 잘 알고 있었다. 게다가 이번에는 적막감이 훨씬 더 컸다. 적막감에 대처하는 유일한 방법은 그런 적막감에 자신을 내맡기는 것뿐이었다.

적막감은 내 마음 전체를 장악하여 책도 읽지 못하고 음악도 듣지 못하게 했다. 비디오도 보지 못하고 글도 쓰지 못하게 했다. 적막감이 개미떼처럼 내 심장과 골수, 뇌를 서서히 갉아먹으면서 내 몸 안에 서식하고 있는 소리를 듣고 있는 듯한 느낌이었다. 나는 백치처럼 바닥에 멍하니 앉아 방 안 가득 배어 있는 용제의 흔적을 더듬었다. 침대가 너무나 공허해 보였다. 자신의 성기를 만지작거려 보기도 했지만 그냥 지루하기만 할 뿐, 전혀 재미가 나지 않았다. D. H. 로렌스는 모든 성(性)은 가슴에서 나온다고 말한 바 있다. 맞는 말이다. 적막감이 나의 뇌를 갉아먹는 바람에 성적 욕망마저도 무능해져버렸다.

　이리하여 나는 모든 심리 활동을 포기하고 육체노동을 시작했다. 등불을 환히 밝힌 한밤중에 대대적으로 정리를 하고 청소를 했다. 그러다가 은둔 중인 마이클 잭슨이 마침내 오프라 윈프리에게 자신의 네버랜드에서 인터뷰에 응하는 모습을 보게 되었다. 시원한 저녁 바람 속에서 그는 밖으로 산책을 나갔다. 신기하게도 그의 정원과 유원지는 관리가 잘된 공공시설이나 관에 넣어주는 모형 부장품들처럼 너무나 깔끔하게 정돈되어 있었다. 이런 유원지는 내게 영원히 슬픈 상처를 떠오르게 했다. 서커스와 광대, 휴일, 유년이 생각났다. 음악이 끝나고 사람들도 흩어지고 나면 회전목마는 너무도 처량한 소리를 냈었다. 구천을 떠돌던 영혼이 세상을 떠나고 싶지 않아 머뭇거리고 있는 듯한 소리였다. 마이클 잭슨은 카메라를 향해 자신의 회전목마와 전망차를 가리켰다. 찬란한 보석 같은 불빛이 검정 벨벳 같은 밤의 어둠 속에 박혀 있는 커다란 다이아몬드처럼 빛났다. 그는 가끔씩 한밤중에 혼자 나와 회전목마를 타곤 한다고 말했다. 맙소사, 그는 내가 본 가장 적막한 사람이었다.

　때로는 적막감이 그저 심리적인 상태에 그치지 않고 생리의 영역을 침범하기도 했다. 가장 이상한 방식은 아무 이유도 없이 갑자기 심장이 쿵쿵 뛰는 것이었다. 내게 뭔가 불길한 미래를 알리는 전조 같기도 했다. 이런 증상은 숨쉬기가 어려워져 벽에 기대 한참이나 숨을 고르고 심호흡을 하고 난 뒤에야 사라졌다. 하지만 얼마 못 가서 같은 증상이 반복됐다. 때로는 이런 흐름이 무겁게 가라앉아 탈장 비슷한 증세를 일으키기도 했다. 너무 오래 서 있거나 과로를 하면 갑자기 뒷목과 어깨 부분에 찌르는 듯한 강한 통증이 느껴졌다. 그럴 때면 침대에 가서 눕는 수밖에 없었다. 눈동자가 풀리고 피로가 극도에 달하면 나를 괴롭히던 적막감도 지치기를 기다렸다. 그런 다음 지친 몸으로 지친 적막감을 끌어안고 잠의 강으로 깊이 가라앉을 수 있었다.

하루 또 하루, 나는 본능에 자신을 맡긴 채 비틀거리며 시간을 보냈다. 이렇게 원초적이고 야만적인 삶을 사는 내가 백악기 시대나 쥐라기 시대의 파충류처럼 느껴졌다.

파충류처럼 지낸 이 기간에 내가 읽을 수 있던 유일한 것은 색채에 관한 연구였다. 중국 시에 나타난 빨강색과 녹색의 시각적 이미지에 관한 연구논문이었다.

나는 이 논문을 묵주처럼 항상 지니고 다니면서 읽고 또 읽었다. 사실 이 논문은 철저한 색상 원소주기율표에 지나지 않았다. 빨강색과 녹색을 몇 개의 색상의 체계로 나누어 그것을 부르는 이름을 열거하고 있다. 일본인이 쓴『중국 색명 총람』에서는 먼셀(MUNSELL)[34]의 순서에 의거하여 빨강색을 전부 나열한 다음 명도의 순서에 따라 정리하고, 명도가 같을 경우에는 채도의 고하에 따라 순서를 정했다. 빨강색이 무려 백사십 종이나 됐다. 색상표 7과 5의 빨강색만 해도 촉촉한 빨강, 옅은 앵초꽃 빨강, 손톱 빨강, 골짜기 빨강, 옅은 복숭아 빨강, 옅은 양귀비 빨강, 사과 빨강, 멜론 과육 빨강, 쇳물 빨강, 딸기 빨강, 달팽이 빨강, 계피 빨강, 석류 빨강, 수은 빨강, 익은 새우 빨강, 상기된 얼굴 빨강, 꽃게 집게발 빨강 등

---

34) 고유의 색상 체계를 완성한 화가로 사후에 먼셀 표색계가 출간되었다.

으로 다양했다.

녹색도 마찬가지였다. 색상표의 10GY선만 놓고 봐도 짙은 산쑥 녹색, 자링(嘉陵)강물 녹색, 백합 녹색, 사마귀 녹색, 물빛 녹색, 수국 녹색, 버마 재미 녹색, 완두콩 녹색, 옥수(玉髓) 녹색, 잎사귀 녹색, 파리(Paris) 녹색, 자두 녹색, 형석 녹색, 벼 이삭 녹색, 배추 녹색, 콩 녹색, 잿물 녹색, 바닷물 녹색, 누에 녹색, 밀밭 녹색, 뱀 쓸개 녹색, 어린 콩깍지 녹색, 짙은 유약 옥색, 좀개구리밥 녹색, 잔디 녹색, 주목 녹색 등으로 다양했다.

문자의 논리를 벗어나 언어의 기호적 기능까지 저버리면 문자는 장려한 광경을 펼치는 만화경 속의 색유리 조각이 되었다. 나는 이 놀라운 색채의 정원에서 여러 개의 렌즈가 달린 파리의 눈에 비친 듯한 세상을 정신없이 구경하느라 현실로 돌아가는 것을 잊어버리고 말았다.

누가 말했는지 기억이 나지 않지만 이야기를 읽으며 즐거워하는 것은 이야기의 내용이나 구조 때문이 아니라 이야기의 깔끔하고 부드러운 표면에 흠집을 더하기 때문이라고 한다.

"나는 전체 줄거리를 훑어볼 때도 있다. 때로는 건너뛰기도 하고 찬찬히 들여다볼 때도 있다. 그러고는 한 번 더 빠져든다."

이 얼마나 즐거운 텍스트인가!

그랬다. 왔노라, 보았노라, 이겼노라. 카이사르가 로마에 입성하며 던졌던 천고의 감탄을 나도 따라하고 있었다.

무엇으로 근심을 해소할 것인가? 유일한 출구는 글자에 있었다.

괴테는 "색상을 연구할 때 중요한 것은 객관에서 주관을 철저하게 분리하는 것이다"라고 말했다. 이는 색채 연구에 조예가 깊었던 괴테의 기도문이자 하이쿠(俳句)였다.

자연계의 색상은 스스로 존재하는 것인가, 아니면 우리의 눈을 통해 존재하는 것인가? 아니면 말년에 백내장에 걸려 색상표에 색을 골라 그렸다는 모네의 경우처럼 우리의 눈을 통해서도 존재하고 스스로도 존재하는 것일까? 이십 년이 넘도록 백합을 그린 모네가 시력이 나빠진 뒤에 그린 백합은 기억 속에 남아 있던 색채일까, 아니면 시력도 빛도 없는 상태에서 그가 본 색채일까?

나는 존재하는 것일까 존재하지 않는 것일까? 한때 나는 자신에게 이런 질의를 던지며 끝까지 몰고 가 미망에 빠지게 한 적이 있었다. 나는 여전히 방황하고 있었고 더 이상 이런 질의에 연연할 필요도 없었다. 독실한 불교 신자는 의미를 이해해야 한다는 강박관념이 없이 죽는 날까지 낭랑한 목소리로 금강경을 하루에도 몇 번씩 낭송하지 않는가. 나도 그렇게 된 것이다. 죽는 날까지 경전을 낭독하다 보면 피안에 이르게 된다. 무희가 평생을 두고 추구하는 경지, 리듬에 따라 몸 전체로 피가 흐르는 듯한 그런 경지에 도달할 것이다. 나는 나의 경전, 빨강색과 녹색의 색상표를 계속 읽어 나갈 것이다.

고래 지느러미 빨강, 도시를 비추는 고래 지느러미 빨강.

이제 막 붉어진 입술 빨강, 어린 앵무새의 붉은 부리 빨강.

수면 아래에서 떠오르는 둥근 아침 태양이 바다를 붉게 물들인다. 독일 바이에른 지방에서 만드는 빨간 직조물, 이것으로 만든 반팔옷의 빨강. 상한 복숭아 빨강, 이 빨강으로 한 화장. 펄떡이는 물고기의 빨강, 갑작스러운 북소리에 놀란 물고기가 공중으로 치솟으며 펴덕이는 빨간 지느러미, 꺾인 빨강 꽃, 꺾인 빨강 꽃이 소매를 스칠 때 배어 나오는 은은한 향기. 야수의 불꽃, 소나무 화염, 화염에 휩싸인 오두막, 깊은 계곡 빛, 홍조 띤 볼, 서리 맞은 들녘, 진달래, 인어의 실크 빛, 불교 유적지, 궁궐에 핀 꽃의 외로운 빨강.

살짝 엿본 속옷의 빨강, 서너 걸음 떨어진 곳에서 보는 빨강, 빨간 창문, 빨간 반점, 미소처럼 환한 빨강, 타들어 가는 초, 옆머리에 꽂힌 금색 핀에 어린 빨강, 어디에선가 날아 들어온 홍여새.

온통 요란한 빨강으로 칠한 창문.

빨강 같으면서도 떠 있는 듯한 녹색, 빨강 같으면서도 빨강이라고 말하기 어려운 빨강.

분홍, 누군가 분홍에 잠긴다. 그리고 무시무시한 녹색, 사람을 놀라게 하는 녹색, 바랜 녹색, 퇴폐적인 녹색, 피곤한 녹색, 바람 한 점 없는 하늘을 표류하는 녹색, 서로 충돌하는 녹색들 사이로 누군가 돌아왔고, 날마다 불어오는 바람결에 녹색은 점점 짙어진다.

멀리서 한수(漢水)를 바라보며 녹색의 오리 머리를 보고 있는 우(吳)장군의 검 같은 골풀 잎사귀 녹색, 녹이 슨 청동의 녹색, 금색 사이로 보이는 녹색, 녹색을 띤 선홍색, 서리가 남긴 녹색, 옷에 묻은 녹색 얼룩, 개봉된 편지의 녹색, 청색 옷을 입고 녹색을 찬양하지 말 것.

쫙 달라붙은 눈길 위의 빨강 부츠. 제라늄 봉오리, 고귀한 빨강, 일상적인 빨강, 한밤의 빨강, 한 해 묵은 빨강, 지금 피어난 꽃은 고대에 핀 꽃만큼 붉지 않다. 내일의 빨강은 오늘의 빨강과 비교할 수 없다. 해골의 빨강.

붉은 핏빛 진홍, 주홍 적갈색의 수은.

초록 비취.

우물 초록, 머리핀 초록, 포도주 찌꺼기 초록, 백단향 초록, 공작석의 초록, 단술의 초록, 들레나무의 초록, 원앙의 초록, 취강(曲江)의 초록, 샤소상(瀟湘)의 초록, 향초의 초록, 친화이(秦淮)강의 초록, 핏빛 옥색, 붉은 색에서 나온 초록.

초록이 변한 적색, 얼굴 적색, 두 개의 리본 적색, 할 수 없는 적색, 이중으로 금지된 적색, 스승의 얼굴 적색, 진사(辰砂) 적색, 차가운 물 적색, 대들보를 들어 올리는 적색, 보통 적색, 나만의 적색, 보조개 적색, 말을 연상시키는 적색, 꼬이는 적색, 납 적색, 은 적색, 금 적색, 황적색, 수은 적색, 청적색, 흑적색, 짙은 적색, 적색이야말로 핏빛이다. 피는 핏빛이 아니다. 천개의 물방울 핏빛, 석 달 묵은 핏빛, 무지개로 바뀌는 핏빛, 태양의 핏빛, 무인(武人)의 핏빛, 분노한 수염의 핏빛, 질투하는 신사의 핏빛, 공허한 욕망의 핏빛……

8

한 송이 붉은 꽃, 정월에 핀 붉은 꽃.

다 시들어가는 붉은 꽃. 노인들은 시들어가는 붉은색을 유난히 좋아하네.

나는 나만의 경전을 암송하면서 외로움의 폭풍을 견디고 있었다. 하늘 끝 먼 곳에서 파리 인간으로 변해, 전화를 걸어 나를 향해 구원을 호소하는 아야오와 마찬가지였다. 일찍이 괴테는 조형예술과 자연과학의 기초가 없었더라면 이 열악한 시대와 매일 발생하는 영향에 직면하여, 굴복하지 않고 똑바로 서 있는 일은 정말 힘들었을 것이라고 말한 바 있다.

흔들리는 시대에 정말 위대한 괴테였다. 그는 시와 색채학, 식물학으로 폭풍을 잠재우는 염주를 만들어내어 고고한 일생을 완주한 사람이었다. 내 주위의 문자족(文字族)들은 그저 약간의 법술을 배워 불길에서 도망칠 수 있을 뿐이다. 우리는 수시로 문자의 마술적 경지 속으로 들어가는 덕분에 밖에 있는 흉악한 악마의 불길을 피할 수 있었다.

창밖, 창밖에서 사시의 눈을 가진 젊은 사내 하나가 내가 앉아 있는 테이블로 다가오더니 자신에게 커피 한 잔 사주지 않겠느냐고 당당하게 물었다. 나는 창가에 있는 이 자리에 아주 오래 앉아 있었다. 러시아워를 피하기 위해서였다. 창밖으로 길과 사람이 하나로 엉켜 있는 광경과 달 같은 서너 개의 전구로 조명을 단 실내의 풍경이 창문 유리에 여러 겹으로 반사되는 모습을 볼 수 있었다. 사내는 바로 그 자리에서 나를 향해 걸어와서는 내 앞에 멈춰 섰다. 나는 창문에 비친 그의 모습을 아주 오래 바라보고 있었다.

그는 나의 행동을 오해한 것이 분명했다. 내 맞은편 의자에 앉으면서 그는 손짓으로 웨이터를 불러 멕시칸 아이스커피를 주문했다.

그러고는 내게 이 집에서만 마실 수 있다는 칼루아 멕시코 커피 술을 추천했다. 아주 맛이 진하다는 것이었다. 주량이 약한 사람은 커피를 마시고 취해서 나가떨어지지 않도록 각별히 주의해야 한다는 말도 잊지 않았다. 그러면서 한 잔 주문해서 마셔보지 않겠느냐고 물었다. 나는 필요 없다고 대답했다.

그는 내가 자신과 얘기를 나눌 생각이 없음을 아는 듯한 눈치였다. 하지만 조금도 곤혹스러워하지 않았다. 그는 자기 배낭을 뒤적거리더니 긴 케이블을 꺼냈다. 알고 보니 이어폰이었다. 이어폰은 아주 귀엽고 조그만 군청색 워크맨에 연결되어 있었다. 그는 이어폰을 귀에 꽂더니 능숙한 솜씨로 버튼을 누르고는 그 자리에 편안하게 앉은 채 음악을 듣기 시작했다. 두 손은 무릎 위에 올려놓고 발은 공중을 향해 쳐든 채 몸을 가볍게 흔들어댔다. 가끔씩 고개를 숙일 때마다 정수리 부분에 난 가마가 보였다. 수시로 눈동자를 굴리며 카페 안을 무심히 두리번거리는 그의 모습이 영락없이 철없는 어린아이 같았다. 그의 몸에는 스와치시계와 금목걸이, 붉은 줄에 달린 옥(玉) 펜던트 등이 주렁주렁 걸쳐 있었다. 대담하면서도 귀여운 모습이 마치 누군가 그를 잘 돌보고 있는 것 같았다. 그는 순백의 피도 디도(FIDO DIDO)[35] 티셔츠를 입고 같은 브랜드의 검정색 배낭을 메고 있었다. 티셔츠 위에 구불구불하게 새겨진 흰 글씨는 마치 세상을 향해 선언하는 것 같았다.

"피도는 피도일 뿐, 피도는 누구도 성가시게 하지 않는다. 피도는 모든 것을 이해한다. 피도는 판단하지 않는다. 피도는 젊음이다. 피도는 나이를 먹지 않는다. 피도는 순수하다. 피도는 힘이 있다. 피도는 과거에서 왔지만 동시에 미래이다."

온통 피도뿐이다. 그러니 우리가 그의 말에 귀를 기울일 여지가 있기나 하겠는가!

이 피도 세대의 소년은, 그 억양이 1960년대 이후에 태어난 사람들이 사용하는 '국어36)'에 가까웠다. 아니, '보통화(普通話)37)라고 하는 편이 더 정확할 것이다. 오늘날 타이완에 사는 우리들에게 이 국어는 저들의 국어가 아니다. 단지 피도 세대가 이런 사실에 관심을 기울이지 않을 뿐이다. 수십 년이 지나면 타이완 어머니들의 말은 애도의 대상이 되고 말 것이다. 그때가 되면 통용되는 국어는 지금 내 앞에 앉아 있는 피도 세대가 사용하는 저 언어가 끊임없이 변화시켜 온 새로운 억양과 음조의 언어가 되어 있을 것이다. 텔레비전을 켜면 어느 채널, 어느 프로그램이든 그런 언어로 가득 찰 것이다. 그때가 되면 우리 세대가 사용하는 언어는 구세대 유물이 되어 퇴물로 취급되거나 비웃음의 대상이 될 것이다. 하나하나 모든 어휘들이 없어지다가 어느 날 갑자기 우리가 지금 사용하고 있

---

35) 청량음료 회사 세븐업의 마스코트.
36) 타이완의 중국어 표준어.
37) 베이징의 중국의 표준어.

는 언어 전체가 이 지상에서 완전히 사라지고 말 것이다.

이 피도 세대의 소년을 나는 똑바로 쳐다볼 수 없었다. 지나치게 젊은 그의 몸이 밝은 햇빛 아래 금속의 반사광을 내뿜었다. 하는 수 없이 선글라스를 끼고 그를 바라봐야 했다. 전에 나는 창문을 통해 이 피도 세대 소년이 자기 또래 아이들과 테이블에 앉아 농담을 주고받는 모습을 본 적이 있었다. 내가 가르치는 학생보다도 훨씬 더 어린 피도 세대 아이들은 마치 달에 사는 토끼들 같아서 좀처럼 생각을 가늠하기가 어려웠다. 나중에 아이들은 전부 가버렸다. 비가 온 뒤에 나타나는 지렁이나 파란 잠자리처럼 민첩하고 경쾌했다. 치러우(騎樓)38)를 통해 각자 갈 길로 흩어지는 아이들의 뒷모습을 향해 나는 부러움에 가득 찬 눈빛과 찬사를 보냈었다.

커피가 나오자 피도는 나를 쳐다보면서 분부가 떨어지기를 기다렸다. 나는 크림이 넘쳐흐르고 체리가 얹혀 있는 피도 소년의 아이스커피 잔에 눈길을 두는 수밖에 없었다. 간간히 긴 신음을 내뱉거나 고개를 돌리기도 했다. 예술 작품을 감상하기라도 하는 것 같았다. 내 허락을 받았다고 생각했는지 소년은 아이스커피를 마시기 시작했다.

그렇게 그는 미친 듯이 아이스커피를 마시기 시작했다. 더 이상 내 시선에는 개의치 않았다. 이렇게 눈으로나마 아름답고 젊은 소년을 음미하면서 차를 마실 수 있다는 게 나로서는 커다란 수확이었다. 그의 이어폰

---

38) 타이베이 특유의 건축 양식으로 도로변에 있는 상가 건물의 아래층을 인도로 사용하는 구조이다.

과 피도 티셔츠, 피도 배낭의 선언이 방해나 간섭을 사절한다고 분명하게 밝히고 있었다.

그가 저렇게 자신의 세계를 즐기면서 살고 있는데 내가 왜 예의를 갖춰 응대해줘야 한단 말인가?

피도 소년은 아름다웠다. 그 역시 자신이 아름답다는 사실을 잘 알고 있는 것 같았다. 그 아이는 누군가와 사랑을 나눌 때도 무대의 스포트라이트 같은 조명이 필요할 것 같았다. 천부적인 뛰어남이었다. 라임라이트(Limelight), 집광등, 내가 한때 밤마다 떠돌던 작은 술집들에서는 이런 조명을 사용했다. 카바이드 조명은 수소와 산소로 석회석을 태워 희고 강한 빛을 만들어냈다. 그런 조명을 받는 무대 위에서는 얼음 조각처럼 아름다운 그레타 가르보 같은 수난자가 사분지 삼의 각도로 옆모습을 드러낸 채 남들의 시선과 사랑, 숭배를 받다가, 때가 되면 자연스럽게 사라져갔다. 피도 소년에게는 말로 표현할 수 없는 기복이 있었다. 빼어난 미인은 남들의 시선을 받기 위해 태어나고 또 시선을 받아야만 완성되는 법이다.

우리 모두 자웅(雌雄) 동체의 영혼을 가지고 있는 것 같았다.

주목을 받고 기뻐하기도 하지만 동시에 기쁨을 얻기 힘들고 신비하고 예측하기 어려운 음성체(陰性體)인 것이다. 중앙아시아나 소아시아에서 출토된 원고(遠古) 신모(神母) 시대의 도기에 남자 성기를 본떠서 만든 토기가 잔뜩 들어 있는 이유는 대지의 여신을 기쁘게 하기 위한 것이라고 한다. 그렇다. 원시시대의 일반적인 춘화를 보면 남성을 자극하고 만족시키기 위해 여성의 쾌락과 성적 만족만을 묘사하고 있는 것을 알 수 있다. 수천 겹에 이르는 문명의 외피를 벗겨내고 의식의 장벽을 허물면 향기로운 여성의 몸이 드러나 포유동물들을 유혹한다. 남성의 성기를 이용해 신비로운 여성의 몸이 "그래, 조금 더!"라고 소리치게 만드는 것이 바로 웅성(雄性) 인류, 종족의 기억이자 집단의 꿈인 것이다.

나는 종종 등불 아래 있는 내 연인의 얼굴에 심취되는 기분을 즐기곤 했다. 내 연인은 때로는 신선 같다가 때로는 악마 같기도 했다. 내 연인은 실체의 나와 함께 있는 것이 아니라 자신의 매력을 응시하는 힘 속에서 마음껏 장난을 치는 것 같았다. 나는 그저 응시하는 힘의 매개자일 뿐이었다. 그는 스스로 거리낌 없이 에테르 냄새와 메탄가스를 대량 쏟아내고 그 가스에 취했다. 그는 더할 수 없이 깊이 빠져들었고, 깊이 빠져들수록 나는 더욱 거칠고 폭력적인 모습을 보였다. 거칠고 폭력적이면서도 따스하고 부드러운 욕망의 타락이 아주 부드럽게 그에게 입을 맞췄다.

우리의 몸에는 응시되는 음성과 응시하는 양성이 동시에 존재하고 있다.

나는 음성체가 그 자신의 창조물이고, 그는 자신에 의해 창조된 사람이라는 사실에 자주 놀라곤 한다. 그는 일종의 확장일 뿐이지만, 그 확장이 바로 존재이고, 확장되기 때문에 즐거운 것이다. 그는 신화에서처럼 별들이 가득한 몸으로 태양을 삼켜버려 수평선이 된다. 태양이 그의 몸을 관통할 때, 그는 밤을 창조하고 그 다음에 태양을 낳아 새로운 하루를 창조한다.

그는 좀처럼 자신에 관해 설명하지 않는다. 때문에 그는 항상 일원적이고, 영혼이 곧 육체다. 한 번도 양자가 분리된 적이 없다. 가장 아름다운 순간에 그는 자신의 몸을 보고 자랑스러워하는 무희 같다. 제(羿)가 사숙했던 대사도 몸은 성스러운 제단이요, 우리가 입는 최초이자 최후의 옷이라고 말한 바 있다. 몸은 우리가 인생을 시작하는 곳이자 세상과 작별하는 곳이므로 존경과 사랑, 행복과 경외감, 감사의 마음으로 관리해야 한다는 것이다. 무희는 자신의 몸을 숭배하고 조용히 감탄하면서 자신의 몸을 바라본다. 물에 비친 자신의 몸을 응시하며 자신과의 사랑에 빠진다. 이는 아메리칸 원주민들의 노래에도 잘 나타나 있다.

갑자기 아름다움이 앞쪽에 있네
갑자기 아름다움이 오른쪽에 있네
갑자기 아름다움이 왼쪽에 있네
나는 아름다움의 한가운데 있으니, 내가 바로 아름다움이네

나는 모든 신성(神性)이 동시에 음성이라는 사실에 놀라움을 금할 수 없었다.

양성체는 무엇인가? 그것은 아담의 몸에서 빼낸 갈비뼈이다.

이 갈비뼈가 자라서 웅성의 모양을 이루고 그 자성(雌性)과 함께 존재하게 된다. 그러면서도 또 이렇게 다르다. 이 함묵의 피동적인 존재를 바라보면서 그는 호기심과 곤혹감을 함께 느낀다. 그는 자세히 살피면서 가까이 다가가 건드려 보고 만져 보고 해석하고 설명해 보려고 시도한다. 그는 그 자체가 되지만 동시에 하나의 관찰자이기도 하다. 어느 시에 이런 구절이 있다.

죽은 바다에는 생명이 없지만

나는 문득 물고기의 소리를 들었네

소리 없는 바다가 마침내 그에게 파도를 보내오자, 그는 극도로 즐거워하며 기꺼이 그 안에 빠져 죽고자 했다.

맞다. 과학은 웅성이다. 버지니아 울프도 "과학에는 성별이 없다. 과학은 남자요 아버지다. 게다가 감염성을 갖고 있다"라고 말한 바 있다.

아, 신화는 어디에서 끝이 난 것일까? 역사는 또 어디에서 시작된 것일까? 레비스트로스는 문자나 기록이 없는 사회에서는 신화가 그 사회의 폐쇄성을 보장해주어 현재와 과거가 똑같게 된다고 말한 바 있다.

어쩌면, 모든 신화는 만여 년 전에 일어났던 소란을 말해주고 있는 것인지도 모른다.

신화는 은밀한 정을 드러낸다. 자연은 여성을 창조했으며 여성은 남성을 창조했다. 그러나 남성은 역사를 창조하기 시작했다. 그렇다. 역사였다. 이리하여 남성은 자신들의 생각에 근거하여 인간의 이야기를 써 내려가기 시작했다. 여성이 자신이 갈비뼈 하나로 만들어졌다고 썼다. 여성이 신이 먹지 말라고 금지한 선악과를 따먹어서 신의 질책으로 원죄가 생겼다고 썼다.

하지만 내가 보기에는 남성이 지식의 선악과를 따먹은 것 같다. 이원대립이 생기기 시작한 것은 남성 때문이었다. 추상적 사유가 생기기 시작한 것도 남성 때문이었다. 남성이 관찰하고 남성이 분석하고 남성이 해설했다.

남성은 자연에 필적할 만하면서도 완전히 다른 시스템을 창조해냈다. 자연과는 너무나 다른 체질의 물건을 만들어낸 것이다. 남신들이 여신들의 지위를 찬탈했다. 그리고 여신들의 분노가 점차 인간의 원죄가 된 것이다.

마지막 여신이 말했다. "기억하라. 한 시대가 지나면 너 혼자서 방황하고, 크게 웃고, 배를 드러내고 알몸으로 목욕하게 될 것이다……."

그리고 나서 여신은 몸을 돌려 신화가 끝나는 곳으로 사라졌다. 사회질서의 등장에 자리를 내준 것이다. 여신의 슬픔은 우리가 잃어버린 뒤다시 회복할 수 없는 에덴동산이 되었다.

나는 자신을 해부해 보았다. 음성의 영혼이 양성의 몸 안에 들어가 있었다. 나의 정신 활동은 음성의 특징으로 가득했다. 그러나 나의 몸, 생식에 필요한 DNA를 담고 있는 이 몸은 양성이라는 생물학적 결정에서 결코 도망칠 수가 없었다. 이는 변할 수 없는 철의 운명이었다.

DNA는 맹목적으로 더 많은 DNA를 만들어냈다. 자웅 양성은 각자 완전히 다른 생산 전략을 사용했다. 웅성은 경쟁하는 자들로서 수억 개의정자가 하나의 난자에 의해 선택된다. 자성은 선택하는 자다. 생육을 담당하는 자성은 자신의 DNA를 퍼뜨리기 위해 협조적인 웅성 파트너를 필요로 한다. 자성은 아주 치밀하여 교활하게 자신의 투자자를 선택한다. 웅성의 성공률은 도처에 파종을 하는 데에 달려 있다. 최대한 많은 자성에게 자신의 DNA를 지닌 후대를 생산하게 하는 것이다. 우리 자신을 살펴보자. 남자들은 여자들에게 여전히 무정하다. 하지만 다른 남자들한테는 절대로 더 무정하지 않다.

우리의 음성 기질은 실물감을 좋아하고 체격을 좋아하며 색상을 좋아한다. 물질은 곧 실존이고, 이것 외에는 다른 실존이 없다. 명상적이지 않고 형이상적이지 않은 상태에서 직관의 안목으로 볼 수 있는 것들은 전부 실존이다. "진주 빨강, 장미 빨강, 조개 빨강, 감나무 빨강, 마노 빨강, 쑥 빨강, 상아 빨강, 대합조개 분홍, 은성 해당화 빨강."

나는 이렇게 나의 경전을 암송했다.

"증기 빨강, 밝은 태양에 익어버린 작은 복숭아 빨강."

이것이 음성의 기질이었다. 하지만 우리는 양육의 천성을 결여하고 있고 후생의 덕도 부족하다. 그 결과 우리가 눈으로 보는 것이 실존이라는 생각이 일종의 극단으로 기울고 만다. 빅토리아시대의 한 여성이 "나는 우리의 아름다운 몸에 놀라고 있다. 나는 반드시 이 조각상을 주조해내고 말 것이다!"라고 애처롭게 말했던 것과 마찬가지다. 이런 일을 어떻게 실행할 수 있단 말인가? 결혼이 아니라면 모든 것이 불가능할 것이다. 반드시 내가 늙고 추하게 변하기 전에 주조해야 할 것이다. 조각상을 주조하기 위해 나는 서둘러 결혼을 해야 했다.

얼어붙은 아름다움은 시간을 거부한다. 시간이 있다는 것은 손실이 있다는 것을 의미한다. 우리는 말라르메(Mallarmé)가 묘사했던 그 절세의 백조로 변하여 겨울날 차가운 물속에서 자신의 아름다움을 너무 오래 감상하다가, 결국 발이 얼어 물에서 빠져나오지 못하게 될 것이다.

우리에게는 후대에 DNA를 전파할 능력이 없기에 한 번도 씨를 뿌린적이 없다. 성적 소비에 전부 던져버리지 않으면 관능의 전당에 투자하여 건설하며 다듬고 지칠 줄 모르고 조각하는 게 전부일 것이다. 가장 많은 정력과 시간이 있다 해도 세밀한 부분까지 감상하고 음란한 행위에 빠져서는 돌아가지 못할 욕정의 유토피아가 존재하는 것이다.

내가 응시하고 있던 이 피도 소년도 바로 이런 유토피아의 아들이었다. 나는 그에게서 시선을 거두고 한숨을 내쉬며 창문 밖을 응시했다.

한 번도 누군가를 사랑해 보지 않아 날개가 꺾인 적이 없을 이 소년, 나는 그가 어느 누구도 사랑하지 않게 해달라고 기도했다. 누군가를 사랑하는 일은 타락의 시작인데 내가 어떻게 이 천상의 아름다움을 가진 소년이 추하게 타락해가는 모습을 보고만 있을 수 있겠는가. 나는 자신도 모르게 낮은 목소리로 중얼거렸다.

"한 사람이 그를 저버리는 것이 아니라 그가 이 세상 전체를 저버리게 해주소서."

탁월한 인물들은 어질지 않은 법이다. 때문에 절세미인에게 빠진 사람들은 개 취급 받기 십상이다. 나 역시 버림을 받아 개미나 귀뚜라미처럼 삶을 훔쳐서 살고 있었다.

나는 남몰래 고통스럽게 용제를 그리워하고 있었다. 중국 윈난과 버마를 여행하고 있는 그에게서는 아무런 소식도 없었다. 그리워해 봤자 아무 소용이 없었다. 어쩌면 그가 죽었을지도 모른다는 생각도 들었다. 올해 처음 산에 내린 눈이 그를 묻어버렸을 지도 모른다는 생각이 들었다. 이런 생각을 하다 보니 눈물이 시야를 흐렸다. 그의 모습과 그의 목소리, 그의 냄새가 금세 기억에서 사라져버릴 것만 같았다……. 화려한 등불이 켜지기 시작하면서 온통 황금빛으로 변한 이 도시의 한구석에서 나는 아주 오래 피도 소년과 서로 마주보고 앉아 있었다. 서로 아무 말도 하지 않왔다.

내가 몸을 일으켜 자리를 뜨려 할 때가 되어서야 우리는 처음으로 눈빛을 주고받았다. 피도 소년의 눈에는 붉은 기운이 전혀 없었다. 흑백이 분명하고 영아들의 눈에서나 볼 수 있는 파란빛이 남아 있는 것 같았다. 내 눈에 들어온 것은 다른 생각이 전혀 섞이지 않은 너무나 맑은 모습이었다. 나는 갑자기 자신이 부끄러웠다. 혼자 뭐라고 중얼거리면서 얼굴이 새빨개졌다. 나의 냉정한 마음에 전혀 어울리지 않는 현상이었다. 어쩌면 이렇게 말했는지도 모른다.

"날 따라 올래?"

피도는 어느새 이어폰을 벗고 눈썹을 가볍게 치켜 올리며 "그러죠 뭐" 하고 짧게 대답했다. 그러고는 물건들을 가방에 챙겨 넣고 재빨리 자리에서 일어섰다. 청바지 차림에 날렵한 운동화를 신은 피도는 내 앞으로 성큼성큼 걸어갔다. 나를 향해 날씬하고 유연한 등을 그대로 드러내고 있었다.

한눈에 상황을 알 수 있었기 나는 굳이 이리저리 살펴보지 않고 곧장 카운터로 가서 계산했다. 멀리서 그의 시선이 엑스레이처럼 나를 위아래로 훑고 있는 게 느껴졌다. 나는 자포자기 하듯이 허탈하게 웃었다.

그래, 나는 나병에 걸린 늙은 악어다.

문 앞으로 나와서, 내가 말했다.

"자 그럼, 이렇게 하지……."

피도가 물었다.

"인형 뽑기 해 봤어요?"

나는 쑥스러운 표정으로 아니라고 대답했다. 그는 "에이!" 하고 내 손을 툭 치더니 나를 옆에 있는 가게로 데리고 들어갔다.

상당히 차가우면서도 부드러운 손이었다. 나는 그를 따라 들어갔다. 약간 한숨이 나왔다. 나의 의도는 매우 분명했다. "자 그럼, 이렇게 하지……"라는 말은 "비록 외롭긴 하지만 오늘 밤은 할 생각이 없어. 하지만 함께 앉아 있어준 건 정말 고마워. 어쨌든 나는 이미 늙은 사람이고 너는 아직 흐르는 물처럼 젊고 아름다우니까. 잠시나마 친구가 되어준 것 고마워. 그럼, 그래. 이만 하고 갈게. 잘 가"라는 뜻이었다.

우리 세대는 나루세 미키오(成瀨)의 영화에 나오는 사람들 같았다. 여배우 다카미네 히데코(高峰秀子)가 고개를 돌려 이별의 눈빛을 던지는 것과 다르지 않았다.

나루세의 영화에는 둘씩 짝지어 산책하며 이야기하는 장면이 많이 나온다. 때로는 카메라가 산책하는 이들을 따라가기도 한다. 나루세는 나란히 걷는 것보다 앞서거니 뒤서거니 하며 대화를 나누는 구도를 좋아한다. 대화를 주고받으려면 앞서 있는 사람은 뒤돌아보아야 하고 뒤에 있는 사람은 조금 빠른 걸음으로 일정 거리를 유지해야 한다. 카메라 대신 인물들을 움직이게 함으로써 미묘한 분위기를 연출해내는 것이다.

실내 장면에서도 나루세는 집 안과 밖이 교차하는 공간에 집착한다. 그런 장소에서 인물들이 겹치면서 사라지는 장면을 만들기도 하고 변화하는 빛과 그림자를 이용하여 시간의 움직임을 나타내기도 한다. 일본 전통 가옥의 특징과 공간을 가변적으로 막아주는 발을 이용하여 비스듬한 각도로 다층구조 공간을 연출하는 동시에, 고정 카메라에 포착된 장면의 깊이를 조정하기도 한다. 이리하여 이른바 '나루세 프레임'을 구축해내는 것이다. 그 안에서 활동하는 사람들은 구름처럼 허공에 뜬 채 자유롭게 움직이면서 모였다 흩어지기를 반복한다.

오즈 야스지로(小津安二郎)는 이렇게 말했다. "내가 찍지 못하는 영화가 딱 두 편 있다. 하나는 미조구치 겐지(溝口健二)의 〈기원(祇園)의 자매〉이고 또 하나는 나루세의 〈부운(浮雲)〉이다."

횡단(橫斷) 풍격을 좋아하는 오즈는 비교적 양성 기질에 가깝다. 그의 프레임은 수학적이고 기하학적이라 수직선과 수평선을 유기적으로 배합하면서 그 안에서 감정을 직조한다. 텅 빈 프레임은 그가 감정을 가득 담을 수 있는 용기가 된다.

나루세는 남자를 좋아하고 오즈에 비해 색깔을 중시한다. 때문에 더 흔적이 없고 더 감정의 인연이 없다. 활짝 피었던 꽃들이 스스로 한꺼번에 시드는 것 같다. 그래서 오즈의 영화보다 더 매력적이다. 오즈는 조용히 관상하고 사색하며 반성하는 반면에 나루세는 스스로 참여하고 운명에 함께 뒤섞여 떠돈다. 그가 평생 가장 좋아한 것은 자연스러움이었다.

피도 세대의 아이들은 수동적이면서도 주동적이고, 다분히 직선적이면서 매우 침착하다. 쿨패드(Cool Pad)39)의 탄생처럼 성(性)에 대한 개념이 없다. 이들은 욕정 때문에 문제가 생기는 것보다는 아예 깨끗하고 기분 좋은 자위를 선호한다. 이들은 '엑스세대'라고 불리는 집단보다 자아도취적 경향이 더 강하고 결벽증 신드롬도 심하다.

---

39) 타이완의 휴대전화 상표.

나는 이 피도 소년을 정확하게 이해하고 섣부른 단정을 하지 않기 위해 끊임없이 판단의 현을 조율해야 했다. 그는 내게서 얻으려는 것이 아무것도 없는 것 같았다. 사실 그는 한눈에 나를 알아보았을지도 모른다. 욕정이든 재물이든 나는 가련할 정도로 가진 것이 없었다. 소년이 내게 준 달콤한 미소의 대가로는 나 자신이 너무나 부족했다. 어쩌면 이 아이는 그저 내게 자선을 베푼 것인지도 몰랐다. 나는 창문을 통해 한참이나 그를 지켜보았지만 우리 둘 사이의 빈부 차가 너무 컸기 때문에 나로서는 그의 자선마저 사절해야 했고 입을 여는 것도 쉽지 않았다. 인형 뽑기 기계만 놓고 봐도 그렇다. 막 유행하기 시작한 것이지만 나는 애당초 이런 기계가 있다는 말조차 들어 보지 못했다.

피도는 내게 동전을 넣는 곳을 알려주고 집게손을 사용하여 유리 상자 안에 있는 봉제 인형을 집어내는 방법을 가르쳐주었다. 녀석이 내게 명령을 내렸다.

"파파(PAPA)는 저쪽 기계에서 하세요. 빨리요. 지금 사람이 없잖아요. 먼저 자리를 차지해야 한다고요."

파파(PAPA)가 나를 가리키는 말인가? 나는 얼른 그의 지시에 순종하여 바로 옆에 있는 인형 뽑기 기계로 다가갔다.

파파(PAPA)라고? 어떤 파파지? 파꽃(葩)을 말하는 건가? 아니면 비파(琶)를 말하나? 그것도 아니면 아빠(爸)나 비파나무(杷)인가? 소년은 나를 아빠라고 부른 것이었다. 나는 얼굴이 빨개지면서 마음이 심란해졌다. 이렇게 정신없는 상태로 인형 뽑기를 하다 보니 금세 동전이 다 떨어지고 말았다. 고개를 돌려 피도를 쳐다보았다. 그는 나를 거들떠보지도 않고 열심히 게임에만 열중하고 있었다. 그러더니 여전히 그 찬란한 미소를 지으며 나를 파파(PAPA)라고 부르면서 저쪽에 동전교환기가 있으니 가서 바꿔 오라고 말했다.

나는 이번에도 십 달러(한화로 약 삼백팔십 원)짜리 동전 열 개를 바꿔다가 전부 그에게 건넸다. 게임하는 그의 모습을 보다가 점포 안에 있는 온갖 유형의 오락기들을 둘러보았다. 백가쟁명40)이 하늘을 울리는 듯한 소리를 쏟아내고 있었다. 거대한 신호와 섬광의 흐름이었다. 모든 사람이 게임기의 레버를 하나씩 붙들고서 하늘이 무너져도 신경 쓰지 않을 것처럼 자위행위를 하듯 게임에 빠져 있었다. 나는 몇 명의 아이들이 몰려 있는 테이블 쪽으로 다가갔다. 경마 게임이었다. 나는 다른 사람들이 돈을 거의 걸지 않은, 푸른 옷을 입은 기수의 짙은 오렌지색 플라스틱 말에 돈을 걸었다. 역시 계속 돈을 잃기만 했다. 나는 뜻을 바꾸지 않고 굳세게 그 말에 집착했다. 자신도 모르는 사이에 그 말과 운명의 공동체가 되어버린 것 같았다. 나는 자신이 지금 어디에 와 있는지 알 수 없었다. 기원 수천 년의 미래 세계에 와 있는 것일까? 지난 세기말, 성과 죽음의 도시 비엔나에 와 있는 것일까? 아니면 네로가 불태우기 전의 로마? 아니면 영화 〈사티리콘(Satyricon)〉 속에 와 있는 걸까?

1969년인가 1970년인가 〈사티리콘〉이 매디슨스퀘어 광장에서 처음으로 상영되었다. 만여 명의 젊은이들이 마리화나 냄새를 풍기며 관람한 록 콘서트가 끝나자 히피들이 오토바이나 요란하게 치장한 밴을 몰고 주

---

40) 학자나 문화인이 학설이나 주장을 발표하며 토론하고 논쟁하는 일.

위를 배회했다. 불빛 휘황찬란하고 고층 건물들이 가득 들어선 맨해튼 하늘에는 눈발이 날리고 있었다. 첫 상영은 공전의 성공을 거두었다. 장면이 바뀔 때마다 젊은이들은 박수를 아끼지 않았고 그 와중에도 수많은 사람들이 잠을 자거나 섹스를 즐겼다. 영화는 멈추지 않고 계속 상영되었고 스크린에서는 스크린 아래서 벌어지는 일들이 연출되고 있었다. 사랑의 시화가 신비하고 불가사의하게 유일한 시공간을 찾은 것이었다. 여러 해가 지나 펠리니는 그때의 일을 이렇게 회고했다. "신화의 비밀 코드가 풀리는 것 같았습니다. 고대 로마와 미래의 한 세대, 그리고 영화를 보고 있는 현재가 하나로 연결되는 것 같았지요."

이제 이 영화는 더 이상 펠리니의 것이 아니었다. 이 영화는 지리학적 암모나이트 화석 유물과 비대칭 나선으로 수백만 년이 떨어진 시대를 하나의 공간에 옮겨놓고 있었다.

그래서 이것이 진실이 되는 것이다. 피도는 과거에서 왔지만 동시에 미래이기도 했다. 그의 등에 늘어져 있는 배낭과 배낭 끈 사이로 삐져나와 있는 팔을 보면 그는 여행 중이거나 아니면 여행 중에 잠시 쉬고 있는 사람일 거라는 생각이 들었다. 발목까지 올라오는 깨끗한 흰 운동화를 신은 그는 마치 무덤에서 몇 년을 살면서 줄타기 밧줄 위에서 잠을 잔다는 무협 소설의 은자 같아 보였다.

적막감이 무엇인지 모르는 그는 내게 자선을 베풀 생각이 없는 것 같았다.

자아도취적이고 결벽증 신드롬이 있는 피도 세대는 완벽하게 평온하고 서로에게 피해를 주지 않는 식물성 관계를 원한다. 그들은 아주 조금만 주고 조금만 받는다. 절대로 깊이 들어가지 않는다. 깊이 들어가면 서로를 구속하게 되고, 결국 관계가 깨지기 때문이다. 깊은 관계에는 일종의 부식성이 있어서 무서운 살상력만을 가져다준다. 대단히 상서롭지 못한 것이다. 나는 에이즈와 파괴된 오존층의 위협과 함께 태어난 젊은 세대들이 유약한 이유를 알 것 같았다. 그들은 공존에 이로운 환경을 갈구하면서 깊은 관계 때문에 요절하는 것을 회피하는 것이다. 아마도 피도는 내게서 성적 압력을 느끼지 않아도 된다는 생각으로 나에게 접근했을 것이다. 그랬다. 나는 원래 무취, 무미, 무색의 풀이었다.

피도 세대에 비하면 우리는 훨씬 거친 편이었다. 우연한 만남으로도 쿤강(崑崗)의 옥석을 다 태울 정도로 뜨겁게 타오르는 경우는 더없이 평범한 일이었다. 그랬다. 상대방이 따스하고 상냥하기만 하다면, 그리고 생각이 있다면, 그것만으로도 비할 데 없는 즐거움이었다. 쉬운 것이 더 쉽게 변했다.

나는 그에게 이만 가야겠다고 말했다. 피도는 저녁 내내 인형 뽑기 기계에만 매달리고서 건진 것이 고작 인형 하나였다. 그가 말했다.

"파파(PAPA), 잠깐만 기다려요. 이 게임만 하고요."

게임에 열중하다 보니 복숭아처럼 발그레한 그의 볼이 거의 터질 것처럼 상기되어 있었다. 나는 인자한 아빠처럼 그의 얼굴에 가볍게 입을 맞추고 싶었다. 그러나 그저 손만 그의 어깨 위에 무겁게 올려놓고선 만나서 반가웠다는, 나중에 다시 만나자는, 나는 이만 가야겠다는 뜻을 전할 뿐이었다.

나는 대로에 서서 공허하게 한참을 서 있었다. 어디로 가야 하는지를 잊은 사람 같았다.

초겨울의 밤바람이 쌀쌀하게 불어와 적막감을 견디기 위해 애써 쌓아 은 나의 만리장성을 흔들어댔다. 적막감은 차가운 바람이 몰아치는 날 밤, 황야에 세워놓은 벽을 너무 쉽게 타넘고, 중국으로 쳐들어온 칭기즈 칸처럼 일순간에 소리 없이 침범해 들어왔다. 그 단 한 번의 도약으로 실 현된 칭기즈칸의 숙원과 꿈은 이제 역사의 바람 소리로만 남았다. 말 음 소리만 들리고 광야의 옛 바람이 귓전에서 요란하게 울어댈 뿐이다. 나 는 용제가 죽었을 것이라고 생각했다. 그의 목소리가 내 귓전에서 구슬 프게 울어댔다. "네가 기다린다면 나는 돌아올 거야. 하지만 반드시 전심 전력으로 기다려야 해. 하늘에서 누런 비가 내리고 큰 눈이 내릴 때까지, 여름의 승리가 전해져 올 때까지, 모든 소식이 끊어질 때까지, 기억이 텅 비고 마음이 흔들릴 때까지, 모든 기다림이 없어질 때까지 기다려야 해……."

차갑고 부드러운 손이 나를 잡아끌었다. 용제가 아니라 피도였다. 그가 나를 따라왔다는 사실이 놀랍기만 했다. "게임 안 해?"

피도는 뭐라고 중얼거리면서 고개를 끄덕이더니 내게 지금 어디로 가 느냐고 물었다.

마침내, 나는 한숨을 내쉬며 피도의 면전에서 감정을 쏟아내고 말았다. 용제는 집에 없었다. 오늘 밤 나는 혼자 집에 돌아갈 용기가 나지 않았다. 바에 가서 술을 마시는 것은 더더욱 내키지 않는 일이었다. 저녁 무렵에 강의를 마치면 저녁 내내 경마 게임을 했다. 그러고 나서 바에 가서 블루 스나 재즈 피아노를 듣는다는 것은 생각만 해도 구역질나는 일이었다.

여동생 집은 너무나 건전한 가정 분위기라 이런 날 밤 찾아가기에는 좋지 않았다. 나의 자투리 정신 상태는 정당(正堂)의 대전에 감히 얼씬도 못하는 외로운 귀신같아서, 사람 그림자만 보여도 기겁하여 멀리 도망쳐야 할 지경이었다. 피도와 얘기할 기력이 조금도 남아 있지 않았다. 그 아이와 무엇에 관해 얘기를 나눌 수 있단 말인가? 우리는 다른 세기에 살고 있는 사람들이었다. 솔직히 말해서 나는 어디로 가야 할지 몰랐다.

피도는 황야 저 너머를 바라보는 자태로 아주 먼 곳을 바라보았다. 네온사인이 이 근처에서 가장 높은 십이 층짜리 펑라이(蓬萊)호텔을 선전하고 있었다. 피도는 내가 함께 투숙하기를 바라는 것일까? 맙소사, 피도는 너무 어렸다. 내가 가르치는 어떤 학생보다도 어렸다. 아무래도 방법이 없는 것 같았다. 하지만 피도는 아무런 감정도 드러내지 않고 투명한 아크릴처럼 맑은 목소리로 내게 물었다.

"파파(PAPA)네 집으로 갈까요 아니면 우리 집으로 갈까요?"

나는 너무 놀라 말을 선뜻 받지 못했다.

"그게, 저, 그런데 말이야……."

언젠가 길에서 만난 아름답지만 낯선 사람을 집으로 데려가 하룻밤 사랑을 나눈 적이 있었다. 다음 날 아침 내가 상대의 향기와 숨소리에 대한 달콤한 기억에 심취해 있는 사이에 그는 내가 방금 받은 보너스를 훔쳐가버렸다. 그 뒤로 다시는 그를 볼 수 없었다. 그 후로 나는 모르는 사람들을 몹시 경계하고 더 조심하게 되었다.

피도가 여전히 가벼운 어투로 말했다.

"우리 집으로 가요. 제가 성역전설(聖域傳說) 게임하는 걸 보여드릴게요. 커피로 점을 쳐드릴 수도 있어요."

내가 물었다.

"집에 부모님들은 안 계셔?"

피도는 입술을 씰룩이며 말을 받았다.

"부모님들이 집에 계시는 게 이상한 일이죠."

내가 다시 물었다.

"부모님이 간섭을 전혀 안 하시니?"

피도가 말했다.

"부모님이라고요? 현금인출기를 말하는 건가요?"

"현금인출기라고?"

"그래요, 현금인출기요. 저는 부모님들의 현금인출기 카드예요."

그랬다. 그와 부모님들의 관계는 현금인출기와 카드의 관계였다. 내가 같이 가겠다고 하자 피도는 너무나 기뻐서 펄쩍펄쩍 뛰며 환호작약하더니 중얼거리듯 말을 이었다.

"파파(PAPA), 있잖아요, 성역전설 게임 말이에요. 정말 끝내줘요. 각자가 역할을 맡아서 겨루는 게임인데, 집에 컬러판이 있어요. 멋진 음악이 나오는 사운드 카드도 설치해놓았고요. 이얏! 앗싸!"

피도는 환호성을 지르며 두 손으로 브이 자가 춤을 추는 동작을 해 보였다. 정말로 한 마리 즐거운 꽃게 같은 아이였다.

하지만 나는 그가 묘사하고 있는 것이 어떤 물건인지 알 수 없었고, 알고 싶지도 않았다. 나중에 그가 컴퓨터로 게임을 하는 것을 보고서야 '성역전설'이라는 네 글자를 알 수 있었다. 내가 갑자기 호기심이 생겨 물었다. "아버지는 무슨 일을 하시니?"

피도가 말했다.

"우리 아빠는 해외로 다니면서 장사를 하세요. 타이완으로 돌아와도 집에 있는 날은 거의 없어요. 사실 저는 이런 아빠가 무척 좋아요. 아빠는 정말 머리가 좋으시거든요. 돈 버는 수완도 일류에요. 한번은 아빠가 집에 왔는데 제가 한창 테트리스를 하고 있었어요. 그걸 보시더니 아빠도 한 번 해 보고 싶다는 거예요. 그런데 아빠는 처음 하는 게임인데도 삼만 점이 넘는 기록이 나왔어요. 제가 지고 말았지요."

피도는 몇 발자국 뒤로 물러나더니 머리를 벽에 부딪쳐 기절하는 시늉을 했다.

내가 또 물었다.

"어머니는? 어머니도 집에 잘 안 계셔?"

피도가 말했다.

"우리 엄마는 생각이 좀 많아요. 엄마는 늘 아빠에게 여자가 있다고 의심하죠. 하지만 증거가 없어요. 엄마는 어떻게 해야 아빠의 마음을 잡을 수 있는지 모르시는 것 같아요. 올해 엄마는 주식을 시작했어요. 그리고 마작도 지나치게 많이 하고 친구들과 사교댄스 같은 것도 하시죠. 세월을 아주 충실하게 보내고 계세요."

"그러면 넌 거의 혼자나 다름없겠구나?"

피도가 말했다.

"엄마가 그러고 다니시는 편이 차라리 나아요. 제가 걱정할 필요가 없으니까요. 누나가 결혼하기 전까지만 해도 엄마는 몹시 지겨워했어요.

우리가 엄마를 지치게 만들었다나요. 우리만 아니었으면 진즉에 새 남편을 얻었을 거래요. 그런데 누나가 결혼한 뒤로는 오히려 즐거워지기 시작했어요. 집에 붙어 있는 것도 좋아하지 않았고요. 어차피 제가 저 자신을 돌보는 건 큰 문제가 없었으니까요. 돈도 모자라지 않았어요. 엄마가 집에 들어오든 안 들어오든 아무런 영향이 없었지요. 저로서는 그게 더 자유로웠어요. 저는 부모님들이 저와 함께 뭔가 하려는 것을 전혀 좋아하지 않았어요. 같이 있어도 별로 할 말이 없었거든요."

내가 또 물었다.

"어느 학교에 다니지? 학년은 어떻게 돼?"

피도가 나를 힐끗 쳐다보고는 말을 이었다.

"에이 참, 질문하는 걸 무척 좋아하시는군요. 학교에 다니고 있긴 하지만 말을 해도 잘 모르실 거예요. 게다가 전 타이완에서 대학을 다니고 싶진 않아요. 군대만 갔다 오면 곧장 외국으로 나갈 거라고요. 그래서 이렇게 사방을 싸돌아다녀도 별 걱정이 없는 거예요."

"그럼, 넌 집에 붙어 있지도 않고 학교도 다니지 않는구나."

"아니에요. 집에는 잘 안 붙어 있지만 수업을 빼먹지는 않아요. 수업을 빼먹으면 문제가 복잡해지거든요. 학교에서 부모님께 연락을 할 테고, 그러면 골치 아프지 않겠어요?"

"집에 안 들어가는 건 전혀 걱정이 없단 말이야?"

"네. 저는 이래요. 엄마가 마작하러 가거나 해외여행을 가신 첫날, 밖에 나갔다가 엄마가 돌아오시기 하루 전에 들어오는 거예요. 문제가 생길 경우 학교 친구 집에서 하루 잤다고 하면 엄마는 무사통과예요. 아버지가 언제 집에 오느냐가 문제죠. 하지만 일이 생기면 엄마가 늘 앞에 나서서 내 편을 들어줘요. 엄마는 늘 내가 캠핑을 갔었다고 둘러대지요."

"집을 나오면 주로 어디로 가지?"

"KTV(노래방)나 MTV(비디오방)에 가요. 아니면 새우 낚시를 해요. 갈 곳이 없으면 호텔에서 묵기도 하지요. 집에 혼자 있는 건 질색이거든요. 제가 부모님 안 계실 때 집에 들어오지 않는다는 건 누나도 잘 알고 있어요. 누나 말이 맞아요. 누나는 내가 집을 떠나 있는 걸 '집에 안 들어온다'고 표현하더군요. 저는 한 마리 늑대 같아요. 아주 외롭지요."

"친구들은 어때? 적어도 친한 학교 친구는 몇 명 있을 것 아냐?"

"없어요. 저는 외아들이라 그런지 혼자 다니는 게 편해요. 사람들은 우정도 돈으로 살 수 있다고 말하지만, 제가 남들을 좋아하지 않는 것은 제게 돈이 있을 때만 그들과 함께 어울릴 수 있다는 사실 때문이에요. 그래서 친구가 없는 거예요."

"그럼, 여자 친구는?"

"여자 친구요? 요즘 여자애들은 전부 기회주의자들인 것 모르세요? 차라리 호텔에서 콜걸을 부르는 게 나아요."

"불러 봤니?"

"아직은 그러고 싶지 않아요. 복권에 당첨되는[41] 게 두렵기도 하고요. 게이가 되고 싶지도 않아요. 너무 피곤하고 골치 아프거든요."

"너를 귀찮게 하는 사람은 없니? 내 말은, 많은 남자들이 너를 쫓아다

---

41) 성병에 걸리는 것을 말한다.

닐 것 같다는 말이야……."

"그거야 제가 원하느냐 원하지 않느냐 하는 데 달려 있겠죠. 귀찮은 걸 싫어하면 문제도 생기지 않아요. 적어도 제 생각에는 그래요. 예컨대 노래방에 가면 방에 혼자 들어가 노래할 수 있잖아요. 저 노래 정말 잘해요. 들어주는 사람이 없어도 상관없어요. 스크린에 박수갈채와 함께 찬사가 쏟아지니까요. 그러다 지치면 한숨 자고, 자다가 깨면 다시 노래를 부르지요. 저는 항상 곡보 첫 페이지부터 부르기 시작해서 한 권이 다 끝날 때까지 계속 불러요."

나는 황당한 표정으로 이 천진한 피도 소년을 한참이나 쳐다보았다. (토마스 만의 소설『베네치아에서의 죽음』에서) 아셴바흐가 타치오를 만난 것 같았다.

아셴바흐는 독일어로 '시체가 가득한 강' 또는 '죽음의 강'을 의미한다. 아셴바흐는 그 강을 건너지 못해 물의 도시 베네치아에서 콜레라로 죽고 만다. 타치오는 죽음과 성(性)을 양분으로 먹고 자라는 순수하고 매혹적인 꽃이다. 나는 피도를 따라 그의 집으로 갔다. 그는 내게 커피로 점을 쳐주겠다고 했다.

이 집은 생활의 흔적이 없는 집이었다. 연속극에 배경으로 나오는 금빛 휘황찬란한 화시가(華西街)[42]의 타이난(臺南) 단즈면(擔仔面) 음식점 같았다. 매일 가정부가 와서 청소를 하는지 집 안은 무척 깨끗했다. 여주인의 화장대 위에 즐비한 슈퍼급 브랜드의 피부영양제들은 벽을 다 칠하고

---

[42] 타이베이 중심가에 있는 시장 거리로 한때 이곳에 공창(公娼)이 있었다.

도 남을 것 같았다. 바에는 반쯤 마시다 만 생수병 하나가 뒹굴었다. 얼마나 오래 두었는지 안에는 이끼와 모기 유충이 자라고 있는 것 같았다. 정말 그럴 것 같았다. 내가 한쪽 구석에 있는 가죽소파에 앉자마자 모기 한마리가 윙윙거리더니 내 목을 물었다. 참을 수 없을 정도로 가려웠다. 모기는 내 시선 안을 잠시 날아다니다가 어디론가 사라지는가 싶더니 다시 귓전으로 돌아와 윙윙거렸다. 손바닥을 몇 번 휘둘러봤지만 모기를 죽이지는 못했다. 엘리베이터가 있는 고층 건물인데 겨울에 어떻게 모기가 들어온 것일까? 틀림없이 흐르는 모래처럼 푹 꺼지는 가죽소파에서 나왔을 것이다. 사방 몇 피트 내에 사람이 앉았던 흔적이 없었다. 커피메이커도 없어서 피도가 맥스웰 커피를 한 잔 타주었다. 나는 예의상 스푼으로 천천히 커피를 저으면서 윤이 나는 검정 테이블에 비친 나의 괴상한 얼굴을 물끄러미 쳐다보았다.

이 집에는 책이 한 권도 없었다. 신문도 없었고 잡지도 없었다. 요란한 광고 전단이나 카탈로그, 심지어 전화번호부도 없었다. 나는 의지할 데를 잃고 황무지를 떠돌기 시작했다. 피도는 캔에 든 음료를 마시며 내 맞은편에서 멀찌감치 떨어져 앉아 있었다. 우리는 서로 대화가 불가능한 것 같았다. 그는 청바지를 벗고 엉덩이를 덮는 긴 티셔츠를 입었다. 문득 그 안에 속옷은 입었을까 궁금해졌다. 그가 자리에 앉는 순간 연노랑 팬티가 보였다. 그가 다리를 모으고 앉아 있는 자태가 마치 라인 강의 바위 위에 앉아 있는 요정 같았다. 우리는 방금 전까지 유지하고 있던 대화의 분위기를 완전히 상실해버린 것 같았다. 그가 나를 다시 파파(PAPA)라고 부르면서 방금 전의 대화 분위기로 나를 되돌려놓기를 갈망했다. 나는 수분을 잃은 내가 찐득찐득해지고 소금 냄새를 풍기는 해초로 변하는 것을 막을 방법이 없었다. 당장이라도 일어나 작별 인사를 하고 나오고 싶었다. 소금 냄새가 더 풍기기 전에 멀리 도망치고 싶었다.

피도는 음료를 다 마시고 나서 빈 캔을 쓰레기통에 던졌다. 나는 그 탱—하고 부딪치는 소리에 깜짝 놀라 일어설 뻔했다. 그가 리모컨을 집어 들었다. 감사하게도 내 눈앞에서 대형 푸텅(普騰) 텔레비전이 켜지면서 화면이 펼쳐졌다. 주거량(豬哥亮)쇼였다. 피도는 채널을 이리저리 돌리다가 다시 주거량쇼로 돌아와 채널을 고정시켰다. 노래와 춤, 질퍽한 농담이 금세 방을 가득 채웠다.

우리는 전화벨이 울릴 때까지 아무 말없이 쇼만 봤다. 피도가 무선전화기를 들고서 커튼이 드리워진 창문 끝으로 갔다. 그러고는 작은 소리로 속삭이기 시작했다. 나는 화들짝 정신이 들면서 그가 그 전화를 기다리고 있었다는 것을 깨달았다. 나는 그저 대체품에 지나지 않았던 것이다. 하늘을 나는 새가 사라지면 좋은 활을 감추는 법이었다. 작별 인사를 해도 좋을 때가 된 것 같았다. 나는 식어버린 커피를 단숨에 마시고 그만 가야겠다는 뜻을 밝혔다.

피도가 전화를 끊으면서 말했다.

"파파(PAPA), 조금만 기다려요. 친구가 곧 올 거예요. 우리 같이 재미있게 놀아요."

나는 기회에 영합하듯 피도의 비위를 맞추며 말을 받았다.

"그럴까? 커피로 점도 쳐줄 거지?"

피도가 말했다.

"제 친구는 요즘 컴퓨터를 하지 못한대요. 바이러스가 너무 많이 돌아다녀서 컴퓨터를 아예 꺼버렸대요. 이 게임을 하려면 삼 메가의 용량이 필요하니까 적어도 디스켓 세 개가 있어야 하거든요. 그 애 컴퓨터로는 흑백밖에 안 되나 봐요. 제 컴퓨터는 컬러라고 하니까 두말 않고 당장 달려오겠대요."

그랬다. 피도는 커피가 아니라 컴퓨터를 얘기하고 있었다. 나는 입을 다물어버렸다. 그러고는 고도를 기다리며 다시 텔레비전으로 시선을 돌렸다. 쇼가 끝나고 피도가 채널을 NHK2로 돌렸을 때쯤 고도가 도착했다.

고도가 나를 힐끔 쳐다보았다. 인사인지 아닌지 알 수 없었다. 피도 역시 나를 고도에게 소개하지 않았다. 아무 말도 하지 않고 둘이서 샴쌍둥이들처럼 방으로 들어갔다. 그들은 자기들끼리도 말 한마디 하지 않았다! 잠시 후 피도가 나를 불렀다.

"파파(PAPA), 들어와요."

나는 슬그머니 방 안으로 들어가 벽에 기대어 선 채 그들을 바라보았다. 가까이 다가가진 않았다.

"오케이, 화면이 떴어."

피도가 말했다.

"비밀번호를 입력해야지."

고도가 엑스레이 광투시판으로 비밀번호를 땄다. 4508이었다.

피도가 컴퓨터에 숫자를 입력하자 드라이브에서 윙윙거리는 소리가 났다. 갑자기 모니터에서 찢어질 듯한 소리가 나면서 극도로 화려한 애니메이션이 펼쳐졌다. 마술 음향효과 카드가 음악을 연주하기 시작했다. 나는 으악— 하고 소리를 질렀다. 정말 대단했다. 하지만 두 친구는 눈 하나 깜빡하지 않았다. 외과의사가 뇌수술을 준비하는 것처럼 쿨했다.

얼마간 그들은 모니터만 뚫어져라 쳐다보았다. 그러고는 개미들이 더듬이로 신호를 교환하듯 서로를 살짝 만졌다. 뭔가를 합의했는지 고도가 자리를 잡고 앉아 공격키를 눌렀다. 피도는 그 옆에 서서 여섯 개의 전설적인 대륙이 그려진 지도와 도표 같은 것을 들고 있었다. 고도의 전사가 모니터 위를 이리저리 뛰어다녔다. 마을을 나온 전사는 아름다운 세 마녀와 마주쳤다. 고도의 반응은 한 템포 느렸다. 그러나 피도가 재빨리 불, 바람을 불어대자 마녀들은 공포에 떨며 도망쳤다. 이리하여 두 사람은 삼십 원과 경험 점수 오 점을 얻었다.

나는 속으로 이 두 사람이 연인 사이인지 아닌지 가늠해 보았지만 도무지 알 수가 없었다.

피도는 골치 아프기 때문에 게이가 되고 싶지 않다고 말했었다. 내 친한 친구 베이베이(蓓蓓)는 사랑을 나누는 것이 무척 피곤한 일이라고 했다. 일단 성(性)이 있으면 곧 자아가 폭로되고 남자 친구의 자아도 바닥을 보이게 된다는 것이다. 성이란 피차의 장력을 억누르는 것이라 결국 둘 다 상처를 입게 된다는 게 그녀의 주장이었다. 그녀는 평화를 사랑한다고 했다. 그래서 평화를 추구하되, 복잡하게 얽히는 것은 원치 않는다고 했다.

내 제자인 하오하오(豪豪)는 컴퓨터 게임과 여자 뒤꽁무니 쫓아다니는 일이 같은 종류에 속한다고 말했다. 데이트를 마치고 뭔가 더 하고 싶어지면 다른 곳을 돌아다니거나 상대 여자를 꾀어 잠자리를 하기보다 차라리 집에 가서 컴퓨터 게임을 하거나 비디오를 보는 게 낫다는 것이다.

나중에 베이베이는 내게 일본에서 육 개월 전부터 유행하기 시작한 '제2의 처녀' 신드롬에 관해 얘기해주었다. 일본의 젊은 여자들은 일단 처녀성을 잃고 나면 섹스 없이도 잘 지낼 수 있다고 한다. 그래서 첫 섹스는 수두나 천연두처럼 빨리 겪을수록 좋다고 생각한다. 아니면 아예 예방접종을 받아 피하는 경우도 있다. 이러한 신드롬이 유행하게 된 이유 가운데 하나는 대부분의 소녀들이 처녀가 아니고, 처녀인 경우에도 그런 사실을 그다지 달가워하지 않아 일부러 처녀성을 버린다는 어느 연구 결과 때문이었다. 이런 사실이 보도된 뒤로 모든 사람들이 반드시 섹스를 해야 하는 것이 아니라 섹스 없이도 평온하게 살 수 있다는 사실을 알게 되었다고 한다. 언제 처녀성을 잃느냐는 직장이나 학교의 환경에 따라 다르고 섹스도 마찬가지다. 사랑하는 사람에게 처녀성을 잃는 게 아니라 섹스에 보다 능숙한 사람에게 잃게 되는 것이 대부분이다. 그리고 이로 인해 한 가지 기억만 남게 되는 것이다. 이것뿐이다.

나는 너무나 의아했다. 그렇다면 이성애도 동성애처럼 변해버린 것인가?

우리는 종종 낯선 사람과 폭풍 같은 성관계를 맺기도 한다. 그러나 이런 일은 헤어진 뒤에야 추억이 된다. 이런 느낌은 교미를 끝낸 모든 동물들과 마찬가지로 우울함과 서글픔으로 가득할 것이다.

누가 말했던가, 쇼펜하우어였던가, 사람들이 사랑에 빠져 있을 때 경험하는 환희와 고통은 사실 종족이 내뱉는 영혼의 한숨이라고 했다. 사랑이 양성(兩性)의 결합으로 인해 후대를 생산하기 위한 것일 때에만 종족의 의지 관철된다. 이 얼마나 고전적인 사고인가! 이성 연애에 담긴 신기한 일화에서는 자성이 선택자라 자신의 귀중한 난자들을 잘 보호하면서 교활하고 영리하게 상대를 고른다. 그리고 각축을 벌이는 웅성들은 반드시 억만 개의 난관을 통과하여 체력과 지력, 인내력과 정력을 지불해야한다. 후대는 이런 상황을 절대로 이해하지 못하고 이런 평가를 내린다.

"어리석은 자여, 그대 이름은 남자다."

앞으로 한 시대의 남성 대부분이 점차 후대를 생산할 수 있는 흥미와 동력을 상실하게 된다면 어떤 일이 벌어질까? 아마도 이런 시대는 이미 황인[43]화된 시대일 것이다. 주위에 있는 누나나 여동생들이 "도대체 요즘 괜찮은 남자들은 다 어디로 간 거야?"라고 투덜대는 소리를 들을 때마다 나는 항상 내 정체가 드러나지 않도록 얼굴이 붉어지거나 평상시의 태도를 잃지 않으려 무척 애를 쓴다.

남자들이 더 이상 다른 생각을 품지 않고, 아름다운 여자들에게 쉽게 끌리지 않는 때가 온다면 그건 귀찮은 게 싫어서일까? 아니면 너무 지쳐서일까? 시간이 없어서? 그것도 아니면 능력이 없거나 내키지 않아서일까? 그때가 되면 모든 여성이 조용해질 것이다.

성애가 없는 시대가 온다면, 그때는 언제쯤일까? 2020년쯤일까? 중국어 제목이 〈은익살수(銀翼殺手)〉[44]인 영화에서 주인공은 복제인간을 죽이

---

43) 일차적으로 동성애·동성애자를 지칭하며 나아가서는 황량하고 황폐한 사람이란 뜻으로 쓰였다.
44) 은빛 날개 킬러라는 뜻으로 〈블레이드 러너(Blade Runner)〉를 말한다.

라는 명령을 받고 파견된다. 추적이 마무리되는 결정적인 순간에 쫓는 자와 쫓기는 자의 역할이 뒤바뀌고 고층 건물에서 떨어지기 직전의 주인공을 복제인간이 구해줄 때, 복제인간의 생명은 멈추고 만다. 주인공의 남자가 그 배후의 허공에 나타난 비둘기 떼를 배경으로 죽어가다가 금속 액체로 변하는 것을 슬픈 눈으로 바라본다. 물론 여성 복제인간은 남자를 사랑하게 된다. 사랑이 있어야만 기적처럼 살아남을 수 있기 때문이다.

피도와 고도는 어느 성에 도착했다. 진귀한 보물이 감추어져 있다고 전해지는 성이었다. 대단히 위험한 곳이었다. 피도는 성에 들어가길 원했고 고도는 한번 들여다보기로 했다. 고도는 먼저 장비를 갖췄다. 자주색 권투장갑을 끼고 반짝이는 청색 투구와 장화를 갖췄다. 손에 든 염옥검(炎玉劍)을 용감하게 휘두르며 성 안의 지하 감옥으로 들어갔다. 큰일이었다. 다섯 걸음마다 요괴가 하나씩 나오고 여섯 걸음마다 악마가 나타났다. 간신히 몇 개의 보물 상자를 찾긴 했지만 안이 텅 비어 있었다. 결국 그가 얻은 것이라고는 종자 두 알과 국 한 그릇이 전부였다. 하지만 그것을 먹기도 전에 맹독에 중독되어 비틀비틀 앞으로 걸어가야 했다…….

통계자료에 의하면 베이비붐 시대에 태어난 사람들이 2069년이면 전부 죽고 없게 된다고 한다. 이때 은은하게 음악 소리가 들려왔다. 끊어질 듯 이어질 듯, 귀에 익으면서도 아주 멀게 느껴지는 소리였다. 처음에는 신경을 쓰지 않았다. 나는 성역전설 속의 황무지를 떠돌다가 죽어가고 있었다. 또다시 음악 소리가 들리다가 끊어졌다. 이러기를 한 번 또 한 번 반복하다가 아주 선명하고 확실하게 들리기 시작했다. 마침내 나는 음악 소리를 아주 뚜렷하게 들을 수 있었다. 밖에서 나는 소리였다. 귀로 소리를 따라가 보았다. 거실에서 나는 소리였다. 텔레비전에서 흑백영화가 방영되고 있었다. 나는 내 눈을 믿을 수가 없었다. NHK2에서 방영하고 있는 영화는 다름 아닌 펠리니의 〈길(La Strada)〉이었다.

차력사인 앤서니 퀸과 지능이 낮은 아가씨 줄리에타 마시나, 이 두 귀여운 친구가 시공을 뛰어넘어 나를 만나러 온 것이다. 내 눈에서 뜨거운 눈물이 솟아나왔다. 꿈속인 것처럼 앉아서 영화를 보기 시작했다.

아주 오래 전, 아야오가 출국하기 전에 우리는 미국 신문처에 있는 링 컨센터에서 〈길〉을 보았다. 그와 함께 본 마지막 영화였다. 니노 로타의 음악이 흘러나올 때마다 아야오는 감기에 걸린 듯 코를 훌쩍였다. 영화의 마지막 부분에서 앤서니 퀸은 바닷가에 무릎을 꿇고 앉아 있었다. 회한에 찬 그의 눈물이 밀려가는 파도 소리와 하나가 될 때 아야오는 울음을 터뜨렸다. 나도 따라 울었다. 우리는 영화가 끝나고 불이 켜지기 전에 격정을 가라앉히려고 노력했지만 밖으로 나온 뒤에도 슬픔이 북받쳐 한동안 말없이 걷기만 했다. 충칭남로(重慶南路)에 들어선 빌딩마다 현수막과 국기가 걸려 있었다. 10월의 금빛 바람이 도시 전체를 금으로 도금하고 있었다. 아야오가 구운 오징어를 샀다. 우리는 공원에서 산 얼음을 넣은 산매탕(酸梅湯)을 다 마시고 나서 박물관 계단에 앉아 구운 오징어를 먹었다. 그제야 우리는 영화 얘기를 꺼냈다. 하지만 우리는 자신들의 감정과 완전히 반대되는 결론을 내렸다. 〈길〉이 논점도 없고 너무 감상적인 영화라는 것이었다. 당시 우리는 〈8과 2분의 1〉에 빠져 있었다. 그리고 〈사티리콘〉을 숭배하고 있었다.

몇 년이 지난 지금, 텔레비전을 통해 〈길〉을 다시 보게 되니 향수에 젖는 기분이었다. 아야오와 함께 보던 그때보다는 영화의 배경에 대해 좀 더 자세히 알고 있었다. 이 영화가 처음 나왔을 때, 좌파 비평가들은 사회 문제를 회피하고 있다는 이유로 이 영화를 무척 싫어했었다. 리얼리스트들의 용어를 빌리면 이 영화는 거부와 타락과 반동으로 가득한 영화였다. 단 한 명의 비평가만이 "대단히 용감한 영화다!"라고 감탄했을 뿐이다. 아마도 그는 이 영화가 기존의 조류에 역행하는 용기 있는 작품이라는 점을 간파했을 것이다. 그럼에도 나는 앤서니 퀸과 줄리에타가 너무 낭만적으로 그려졌다는 아야오와 나의 견해를 고수했다.

지금 이 순간, 〈길〉은 때맞춰 제자리를 갖게 된 것 같았다. 은막 안에 은막 밖의 삶이 연출되고 있는 것이다.

지붕이 있는 마차를 타고 가는 서커스 차력사와 그가 돈을 주고 데려온 지능이 낮은 소녀, 이 두 주변부 인생이 함께 삶을 꾸려가기 위해 여행을 시작한다. 어느 겨울날 해가 뜰 무렵, 차력사는 병에 걸렸다가 다시 살아서 돌아온 지능 낮은 소녀에게 약간의 돈과 식량을 남겨주고 그녀를 버린다. 몇 년이 지나 차력사는 서커스단에 들어가 한 아름다운 여인과 짝을 이루어 일하면서 나름대로는 여유롭게 살아가지만, 일이 없을 때는 거리를 방황한다. 꽃가루가 흩날리는 어느 봄날, 아이들이 길에서 공놀이를 하고 있다. 그는 갑자기 걸음을 멈추고 어디선가 들려오는 노랫소리에 귀를 기울인다. 노랫소리는 아득히 사라졌다 다시 들려온다. 앞으로 몇 걸음 다가간다. 소리는 점점 더 선명하게 들린다. 그는 마을 외곽에서 한 주부가 노래를 흥얼거리면서 빨래를 널어 말리는 모습을 보게 된다. 그가 여자에게 이 노래에 관해 묻는다. 그녀는 이 년 전에 한 여인이 이곳을 유랑하면서 항상 이 노래를 불렀다고 말해준다. 그녀가 이곳에서 죽었다는 설명도 잊지 않는다.

나는 손으로 얼굴을 가린 채 마지막 장면의 앤서니 퀸처럼 서럽게 울기 시작했다. 아야오와 나, 용제와 나, 우리는 이 사회의 주변부를 떠도는 욕정의 무리들로서, 종종, 사회체제에 패하기 전에 먼저 자기 내면의 황폐함에 패하곤 했다. 나는 어쩌다 지금 이 집에 와 있는 것일까? 내가 지금 느끼는 이 슬픔은 피도라는 아이 때문이었다.

지능이 낮은 그 아가씨와 서커스 차력사는 제때에 나타나 우리의 언어로 내게 손짓을 해주었다. 우리의 공통 언어로 그 시골의 소리들이 한 가닥 줄이 되어, 나를 미궁에서 빠져나올 수 있게 해주었다. 나는 우아하게 땅을 쓸면서 완전히 발가벗겨질 상활에서 간신히 빠져나올 수 있었다. 줄리에타의 우스꽝스런 얼굴과 엄마 사슴처럼 선량하고 둥근 눈이 갈수록 더 이상해져 함께 살아갈 수 없는 펠리니를 포용해주었다. 그리고 이 바보 같은 나의 외모도 포용해주었다. 그녀는 금작화(金雀花)처럼 불안을 치료해주었다. 철쭉에는 진정 효과가 있고 소나무 향기는 침울함을 없애준다. 용담 뿌리는 지구력을 증강시켜주고 재스민은 우울증에 좋으며 라벤더는 근심과 걱정을 없애주고 금은화(金銀花)는 향수를 없애준다. 버크 요법도 좋고 향기 요법도 좋을 것이다. 하지만 나에게는 문자 요법으로 충분했다.

그뿐이 아니었다. 금잔화는 치통에 좋고 유칼립투스는 지혈에 좋으며 데이지 꽃은 독소를 치료하는 데 좋고 도금양(桃金孃)은 기관지염에 좋고, 오렌지꽃은 소화를 도와주고, 칡은 설사를 멈추게 하고, 귀리는 발작을 진정시키고, 라일락 기름은 괴사와 통증을 예방하고, 로즈마리는 기억력을 증진시킨다…….

나는 〈길〉을 다 보고 나서 텔레비전을 끈 다음 조용히 피도의 집에서 나왔다. 피도에게 작별 인사도 건네지 않았고 물론 발자국도 남기지 않았다.

피도는 다시는 나를 찾지 못할 것이고 나도 그를 다시 찾지 않을 것이다. 그에게, 피도 세대에게 나는 저항할 수가 없었다. 하지만 아마도 패배로 존엄을 지킬 수는 있을 것 같았다. 나는 자신이 바보짓을 하지는 않았기를 바랐다.

그 뒤로 나는 종종 피도의 집과 그 골목에서 빠져나왔을 때의 넓은 대로를 떠올리곤 했다. 내가 택시를 잡았을 때 쓰레기차가 다가오는 것이 보였다. 육중한 탱크 같았다. 노란색 벌목 탱크처럼 쓰레기차에는 붉은 라이트가 한 줄 장착되어 있었다. 그런 차가 대여섯 대나 요란한 굉음을 내며 내 곁을 지나갔다. 미야자키 하야오(宮崎駿)의 애니메이션 영화 〈바람계곡의 나우시카〉에 나오는 괴물처럼 온 천지에 지독한 냄새를 풍기며 지나갔다.

미야자키의 애니메이션 영화에서는 괴물의 초록색 몸에 회색빛 나는 푸른색 카메라 파인더 같은 게 잔뜩 붙어 있다. 이 파인더는 괴물이 화가 나면 붉은색으로 바뀐다. 괴물의 분노는 핵전쟁으로 황폐해지고 오염된 대지의 분노를 상징한다. 오직 한 사람, 잠자리 모양의 비행 기계를 타고 다니는 소녀만이 괴물의 노여움을 가라앉힐 수 있다. 이 소녀가 탄 비행기계가 떠오르고 소녀의 그림자가 파인더에 비친다. 소녀는 붉은빛을 내며 밀려드는 괴물들을 막아내지만, 결국 심한 부상을 입고 죽어간다. 괴물들은 촉수로 소녀를 공중으로 들어 올린다. 그때 무르익은 황금빛 곡식처럼 무수한 촉수가 병을 고치는 에너지를 발산해 소녀를 깨운다. 소녀는 황금빛 광선을 받으며 그 촉수의 물결 위를 걷는다. 바람계곡 사람들이 소녀를 우러러보는 가운데 한 노파가 기쁨의 눈물을 흘린다. 이 노파만 들은 적이 있는 전설에서는 영웅 소녀가 돌아올 것이라고 했다. 그들은 한 세대, 또 한 세대를 기다렸고, 이제 마침내 그녀가 돌아왔다.

그 겨울 밤, 나는 길 위에 우두커니 서 있었다. 황인화된 유토피아처럼, 신화도 남기지 않고 사라져간 지중해 주변의 그 이름 없는 소국들처럼 외롭고 쓸쓸했다. 나는 자신만의 경전을 읊조리는 수밖에 없었다. 경전에서는 이렇게 쓰여 있었다.

"시후(西湖)의 물이 다 말라 이제 물결도 일지 않는다. 레이펑탑(雷峰塔)은 무너지고 백사(白蛇)가 다시 나타났다."[45]

---

45) 시후, 레이펑탑은 항저우에 있으며 중국 경극의 희곡인『백사전』의 배경 역시 항저우이다.

9

뉴에이지 운동의 기수들은 플라톤의 역법에 따라 황도(黃道)를 한 바퀴 돌아 12궁을 전부 완주하는 데 걸리는 시간이 한 대년(大年)으로, 약 이만 오천팔백 년에 해당한다고 말한다. 또한 한 궁에서 다음 궁으로 이동하는 데 걸리는 시간은 대월(大月)로서 이천백오십 년이 소요된다고 한다. 플라톤의 대월을 만나면 옛것이 전부 가고 새것이 온다고 한다. 이 시기에는 엄청난 분화와 붕괴, 괴리와 굴절이 뒤따른다. 마고(麻姑)신은 창해(滄海)가 상전(桑田)이 되는 광경46)을 세 번이나 지켜보았다. 이번 환월(換月)은 태양이 물고기자리에서 물병자리로 이동하는 시기에 이루어진다. 세기말에 해당하는 시기다. 물고기시대의 기독교 문명에서 오늘날의 포스트기독교 문명을 거쳐 2001년에는 물병시대로 접어든 것이다. 이름하여 뉴에이지(NEW AGE), 신시대였다.

탕후루는 내게 물병자리 성좌는 사람이 어깨에 물통을 메고 아래로 물을 쏟아 부어주는 형상으로서 부드러움과 포용, 인도주의와 평화를 상징한다고 말해주었다. 때문에 미래의 물병시대는 부드러운 생태주의가 강경한 물질주의에 대항하여 싸우는 시대가 될 것이라는 말이었다.

셴누가 옆에 있다가 반드시 의식의 변혁이 이루어져야 한다고 덧붙

---

46) 푸른 바다가 뽕나무 밭이 되었다는 뜻.

였다.

그들은 내게 책 몇 권을 보여주었다. 그중 한 권인『물병의 음모』는 뉴에이지의 지침서라고 할 수 있었다. 탕후루는 내게 의식을 다스리는 방법을 가르쳐주었다. 그는 의식이라는 것이 우주에서 유일한 초광속 에너지로 백 번을 담금질한 쇠도 손으로 구부려 부드럽게 만들 수 있을 정도라고 했다.

탕후루와 셴누는 이런 생각을 아주 진지하게 믿고 있었다. 연인이라기보다는 신우(信友)라고 하는 편이 나았다. 집회가 그들 두 사람을 연결시켜주었고 전도도 잊지 않았다. 탕후루는 최근에 장칭팡(張淸芳)[47]의 노래 〈맨스 토크(MEN'S TALK)〉를 배웠다. 그가 노래를 불렀다.

"너는 친구가 하나 있다고 했지. 단수이(淡水) 강변에 살고 있다고 했지. 마음속에 고민이 있을 때마다 그를 찾아가 상의한다고 했지. 애인은 친구가 될 수 없는 걸까? 너는 끝내 대답이 없네. 너는 왜 속마음을 그에게만 털어놓는 걸까?"

탕후루는 과거 한때 진실한 연인을 찾아다니며 돈을 탕진하던 게이였다. 몇 년을 그렇게 살면서 연애만 하더니 집도 잃고 돈도 수만 달러나 날렸다. 그러나 그가 사귀었던 모든 사람들과 사이가 나빠진 것은 바로 그 때문이었다. 지금 그는 셴누와 함께 살고 있다. 셴누에게는 아직 정리되지 않은 전 애인이 있었다. 그가 셴누를 향해 노래를 불렀다.

"나와 너는 마치 하늘과 땅 같아서, 너는 구름 하늘 위를 날고 나의 눈

---

47) 타이완의 유명 대중가요 가수.

물이 강물이 되네……."

  셴누는 초에 불을 붙인 다음 물이 가득 담긴 쟁반에 촛농을 떨어뜨려 촛농이 응결되는 모양을 보면서 점을 쳤다. 촛불이 그의 얼굴에 난 세월의 흔적을 가려주면서 눈썹과 코만 확대해 두드러지게 보이도록 했다. 촛농으로 점을 치는 일에 여념이 없던 셴누는 머리가 아팠는지 요염하게 집게손가락으로 자신의 관자놀이를 문질렀다. 경극(京劇)에 나오는 화단(花旦)48)이 관자놀이 언저리의 머리카락에 붉은 화장품을 바르는 듯한 몸짓이었다. 촛농을 세밀히 들여다본 그가 혼잣말로 중얼거렸다.

  "애정의 교차로에서 오해가 생길 수 있고 온갖 소문이 난무할 터이니 언사와 행동에 각별히 조심하라."

  문득 피도가 커피로 점을 친다는 게 바로 이런 것이었구나 하는 생각이 들었다. 이리하여 나도 물이 담긴 쟁반에 촛농을 떨어뜨린 다음 셴누에게 봐달라고 부탁했다. 촛농은 이번에도 배 모양으로 응결되었다. 셴누가 설명했다.

  "너는 정말 의심이 많군. 감정을 잘 조화시키도록 하고 모든 일에 믿음을 갖는 게 중요할 것 같아."

  셴누는 항상 촛불 앞에 혼자 앉아 있는 것을 좋아했다. 마치 새로운 가입자가 그와 대화를 시작하는 것 같았지만 그는 영원히 자신의 이야기를 되풀이하고 있었다. 십이 년 전에 그는 회사에서 타임리코더에 출근 체크를 하다가 평생 자신이 가장 사랑한 외국인을 만나게 되었다. 그는 힘

48) 여장한 남자 배우.

들게 혼자 토플 공부를 했고, 결국 미국에 가서 연인과 함께 생활하게 되었다. 연인은 선상에서 생활하고 있었다. 그의 연인은 그를 환영하기 위해 배 곳곳에 그의 사진을 크게 확대하여 걸어놓았다. 그에게 전혀 안정감을 주지 못한 이 보트하우스는 줄곧 그를 화나게 만드는 구실이 되었다. 그는 한 달 만에 타이완으로 돌아와 점을 치는 일로 세월을 보내게 되었다. 십이 년 동안 그의 연인은 휴가를 맞을 때마다 타이완으로 와서는 그와 짧은 동거를 했다. 그 과정에서 몇 명의 고아들을 알게 된 연인은 선물을 준비하여 보육원에 가서 아이들을 위문하곤 했다. 하지만 셴누에게는 돈 한 푼도 주지 않았다. 연인은 지난해에 결혼증명서를 가지고 와서 셴누에게 서명을 요구했다. 합법적인 유산상속자가 되게 해주기 위한 것이라고 했지만 셴누는 이를 받아들이지 않았다. 얼마 후 미국에서 편지 한 통이 날아왔다. 애인이 사망했다는 것이었다. 그는 지금도 꿈속에서 자주 물결에 흔들리던 보트하우스를 보곤 한다. 그의 연인은 항상 그의 부드러운 조개빛 몸을 끌어안은 채 잠이 들곤 했다. 그는 눈을 크게 뜨고 밤하늘에 살구씨 모양으로 하얗게 떠있는 달을 바라보았었다. 마치 하늘 한구석에 철썩 달라붙어 있는 것 같았다. 그는 치료할 수 없는 향수병을 앓고 있었다.

노랫소리가 다시 들리기 시작했다.

"소리칠 것 없어. 기러기가 어디로 날아가든 그곳도 똑같이 뜬구름 같은 세상일 테니까."

나는 아직도 그의 성이 스(施)였던 것을 또렷하게 기억하고 있다. 우리는 주말마다 만났다. 한 달 동안 계속 그랬다. 그러던 어느 날 그는 내게 연락하지 말아야 할 시기에 갑자기 전화를 해서는 이만 달러(한화로 약 칠십오만 원)를 빌려달라고 했다. 그에게 설명할 방법이 없었다. 내 계좌에 남아 있는 돈은 다 합쳐서 오만 달러밖에 안됐다. 그것도 대부분이 제대할 때 동료들이 빌린 돈을 갚아준 것이었다. 그때 나는 아직 취업을 못한 상태였다. 나는 그에게 돈을 빌려주기로 약속했다. 적지 않은 돈이었다. 우리는 늘 만나던 곳에서 만나기로 했다. 프랑스 퐁피두센터 풍의 음식점이라 각종 배관이 벽에 그대로 어지럽게 드러나 있었다. 에어컨을 너무 세게 틀어놓는 바람에 입이 얼어붙어 말하기조차 힘들 지경이었다. 그곳에 갈 때면 아무리 무더운 여름에도 항상 승려들이 입는 것 같은 모자가 달린 점퍼를 가지고 갔던 기억이 난다. 반면에 스는 항상 가벼운 옷차림으로 나와 아널드 슈워제네거처럼 잘 다듬어진 몸매를 과시했다. 어디를 가든지 그의 옷차림은 똑같았다. 몸에 딱 붙는 흰색 민소매 면 티셔츠를 아주 짧은 반바지 속으로 집어넣고 다녔다. 목이 긴 운동화 안에는 폴로 상표가 보이는 면양말을 신고 국방색 캔버스 천으로 만든 가방을 들고 다녔다.

스는 말을 한참이나 빙빙 돌리다가 입을 다물었다. 그러고는 마치 상처 입은 작은 동물처럼 애잔한 눈으로 나를 바라보았다. 나는 그의 손에 쥐어진 이만 달러가 절대로 다시 돌아오지 않으리라는 사실을 잘 알고 있었다. 그는 내게 자신의 힘든 처지와 비천한 성격을 자세히 이야기했다. 갈수록 그와 나 사이에 존비의 차이가 더 크게 벌어지는 것 같았다. 그럴수록 그가 내게서 이런 도움을 받을 이유가 충분해지는 것 같았다. 그는 내가 자신에게 욕을 퍼붓거나 불쾌함을 보이거나 아니면 폭력을 휘두르기를 기다리고 있는 것 같았다. 그렇게 되면 죄의식을 느끼지 않고 편한 마음을 가질 수 있을 것 같은 모양이었다. 이리하여 나는 우리가 처음 잠자리를 같이할 때부터 그가 왜 그렇게 나를 만족시키려고 적극적으로 덤벼들었는지, 왜 나로 하여금 극도의 황홀감에서 눈물까지 흘리게 만들었는지 의심을 갖지 않을 수 없었다. 우리는 내가 생각했던 것처럼 서로를 치유하고 서로에게 기쁨을 주는 그런 관계가 아니었나? 그랬다. 그는 내게서 즐거움을 얻는 경우가 더 많았다. 어쩌면 나는 고통스럽더라도 진상을 분명하게 인식해야 했는지도 모른다. 우리의 관계는 원래 몸을 팔고 사는 상태를 벗어나지 못했다. 단지 그는 한꺼번에 계산하는 방법을 취했을 뿐이었다.

나는 똑같은 말을 중얼거리고 있었다. "괜찮아. 원래 그랬잖아. 마음에 둘 필요 없어. 그런 말 하지 마……."

나는 이처럼 불평등한 상황이 몹시 괴로웠다. 이런 재난을 하루라도 빨리 끝내고 싶었다. 하지만 내가 인자해질수록 스는 갈수록 더 천박하게 굴었다. 해질 무렵에 시작되어 저녁 식사가 끝날 때까지 계속된 우리의 지루한 대화는 마치 흠집 난 레코드판이 반복해서 돌아가며 똑같은 음악이 계속 이어지는 것 같았다. 어깨와 다리를 다 드러내고도 웬만한 추위에는 끄떡 않던 그도 너무 강한 에어컨 바람 때문에 콧물이 흐르지는 않을까 조심하는 눈치였다. 마침내 더 참지 못하고 내가 단호하게 말했다.

"가자."

그는 몹시 두려워하는 기색이었다. 내가 그를 들판에 내버리기라도 한 것 같았다.

하지만 나도 더 이상은 그 상태로 지낼 수 없었다. 이별의 뜻을 담은 어투로 내가 물었다.

"이제 어디로 갈 생각이야?"

그가 비굴한 태도로 몸을 움츠리며 절망적인 어투로 말을 받았다.

"그거 하고 싶어?"

맙소사, 나는 왜 매번 자신의 말에 걸려드는 건지 모르겠다. 나의 수사와 나의 의도 사이에는 항상 커다란 공간이 존재했다. 내 말의 진정한 의미는 "오케이, 돈 받았으니까 됐지? 잘 가"라는 것이었다. 그러나 스가 접수한 신호는 "이제 자러 가자"였다. 물론 나는 아니라고 말하려 했다. 그럴 생각이 조금도 없다고 할 생각이었다. 하지만 내 입에서 나온 말은 "그래, 가야지"였다. 이리하여 마음을 놓고 미소를 짓는 그의 표정에서 나는 그가 얻은 대답이 "그래 가자. 우린 항상 바에서 한잔 걸치고 나서 호텔로 갔잖아? 예외가 있을 필요가 없지"였음을 분명히 알 수 있었다.

상황이 이상하게 전개되고 있었다. 나는 이미 내 본심을 알릴 기회를 잃고 말았다. 지금 내가 거절한다면 그는 울음을 터뜨릴 것이 분명했다.

우리는 늘 가던 고가 도로 밑의 작은 바를 찾아갔다. 우울한 마음에 맨해튼을 평소보다 두 잔이나 더 마셨다. 그동안 그가 돈을 내지 않은 데에 대해 보복할 요량으로 이번에는 그가 계산을 하게 했다. 그는 분위기를 띄우려 애쓰면서 꽃나비라도 된 듯이 팔랑거렸다. 순간 갑자기 한 가지 생각나는 것이 있었다. 그를 뚫어지게 쳐다보면서 속으로 따져 보았다. 왜 그는 일정한 수입이 있는 수영코치이면서 직업도 없는 나에게서 돈을 빌리는 것일까? 노름빚을 갚으려는 걸까? 혹시 좋지 않은 취미가 있는 건 아닐까? 무슨 다른 문제가 있는 걸까? 아니면 남몰래 애인을 키우고 있나? 요컨대 내가 준 돈이 누나의 수술비에 쓰일 것이라는 그의 말을 나는 믿을 수가 없었다. 문득 내가 그에 대해 아는 것이 아무것도 없다는 생각이 들었다. 그러면서도 나는 그와 영원히 함께 지내는 것을 상상하곤 했다.

바에서 나온 우리는 예전처럼 잠자리를 가졌다. 나는 일부러 천천히 뒤에 처져서 걸었다. 그에게 숙박비를 내게 하려는 의도였다. 결국 그 돈도 내가 준 이만 달러에서 나오는 것이라 그가 불평할 일은 아니었다. 스는 그 어느 때보다도 매력과 애교가 넘쳤다. 그의 그런 태도가 내 불만과 원망을 다 풀어주었고 나도 이전처럼 그를 다정하게 대해주었다. 남자들 간의 섹스는 화끈하게 즐기는 것이 상책이었다. 어차피 사람이 사람을 속이는 게임이었다. 나는 기분 좋게 즐길 생각이었다. 그런데 갑자기 이런 일이 재미가 없어졌다. 아무리 해도 몸이 말을 듣지 않았다. 모든 것이 잘못되어 가는 게 분명했다. 웬일인지 발기가 되지 않았다. 스에게 미안하고 면목이 없었다. 이리하여 우리는 서로 충분히 비긴 셈이 되었다. 서로 상대를 붙잡을 필요가 없어졌다. 성과 권력, 그 사라짐은 뭐라고 말로 설명하기 어려운 것이었다.

호텔에서 나와 우리는 함께 택시를 타고 가다가 그의 집 근처 사거리에서 그가 먼저 내렸다. 여름이라 일찍 해가 떴고 남녀 청소부들이 벌써 거리를 쓸고 있었다. 어제만 해도 그토록 강력하게 나를 잡아끌던 스의 매력이 갑자기 완전히 사라져버렸다. 매력이 사라진다는 것은 향수 공장에서 삶고 식히고 기름에 튀겨진 꽃잎처럼, 메마른 노란색 침전물만 남는 것과 같다. 그의 매력적인 요소는 완전히 사라지고 없었다. 매번 헤어질 때마다 고개를 돌려 차창 밖으로 길을 건너는 그의 뒷모습을 바라보면서 최대한 빠른 시기에 그의 모습을 다시 볼 수 있기를 기대하곤 했었는데, 이번에는 한 번도 뒤를 돌아보지 않았다. 이제는 그의 지극히 평범하며 추하고 꼴불견인 모습만 보게 될까 봐 두려웠다. 나는 조끼 차림에 노란 모자를 쓴 청소부들의 모습을 유심히 살펴보았다. 시각적으로 무척이나 자극적인 모습이었다. 전에도 여러 번 그들을 본 적이 있지만 오늘에서야 나는 그들의 모습을 유심히 바라보고 있었다. 들리는 바에 의하면 작업 중에 이들이 술에 취한 운전자들의 차에 치여 목숨을 잃는 확률이 아주 높다고 한다. 나는 다시는 스를 만나지 않기로 마음먹었다.

아마 나도 이미 스에게 매력을 잃었을 것이다. 그저 인간쓰레기일 뿐이었다.

나는 또다시 심각한 우울증에 빠졌다. 언제 누가 와서 나를 구해줄지 알 수 없었다.

나는 여러 차례 자기최면에 걸려 이번에 만나는 사람이 유일하고 고정된 상대이기를 꿈꿨다. 나는 상대의 진정한 모습이 드러나 또 한 번 속았다는 사실이 밝혀지는 게 두려웠다. 또다시 내 희망에 상처를 남기고 다시 우울증과 무기력에 시달리는 게 두려웠다. 숨이 붙어 있어 아침에 깨어나면 왜 죽지 않고 또다시 하루를 시작해야 하는 것인지 한스럽기만 했다. 해가 점점 서쪽으로 이동함에 따라 사람은 조금씩 줄어들고 약해졌다. 황혼의 마지막 빛줄기가 사라지면 인간의 형해도 흔적 없이 흩어져 사라졌다. 방황하는 내 영혼은 뭔가에 몸을 기탁하고 싶었다. 내일 아침까지 잠시만이라도 뭔가에 기숙하고 싶었다. 누가 나의 이런 마음을 알 것인가? 아마도 오늘 밤은 넘기지 못할 것 같았다. 그런다고 또 뭐가 달라지겠는가?

찬란한 햇살이 방 안 가득 쏟아져 들어오던 어느 토요일 오후 나는 전화번호부를 뒤적이고 있었다. 이 안에는 군 복무 기간에 알았던 남부 지방 형제들의 전화번호도 들어 있었다. 지금은 모두 만나서 얘기를 나눌 수 없는 처지가 되었다. 하기야 이렇게 허약하고 지친 상태로 친구들 앞에 나타나봤자 방해만 될 것이 뻔했다. 내 지겨운 푸념이나 방황의 고백을 들어줄 운이 없는 친구는 하나도 없었다. 어둠에 밀려서 조각난 희미한 햇살이 발코니 난간 끝에 힘겹게 걸려 있었다. 이 모습을 바라보고 있자니 대마왕이 열세 개의 황금빛 소환장을 보내 내 생명을 빼앗아 가기라도 하는 것처럼 가슴이 심하게 두근거렸다. 하마터면 베이베이에게 전화를 걸어 청혼을 할 뻔했다. 나는 그녀에게 손을 잡고 곧 닥쳐올 죽음처럼 긴 밤의 적막감을 견딜 수 있도록 내 옆에 와서 자달라고 간청하고 싶었다. 실제로 나는 수화기를 들고 전화를 걸었다. "여보세요" 하는 그녀의 밝은 목소리가 들려왔다. 나는 잠시 멍하니 있다가 죽어가는 사람처럼 거칠게 숨만 몰아쉴 뿐, 아무 말도 하지 못했다. 하지만 그녀는 전화한 사람이 나라는 것을 알고 있었다.

"샤오사오(小韶)지?"

나는 간신히 숨을 삼키면서 그녀에게 지금 뭐하냐고 물었다.

그녀는 가족 모임을 하고 있다면서 수화기를 허공으로 들어올려 여러 사람들이 얘기하는 소리를 들려주었다. 과연 아기들 울음소리를 비롯해서 다양한 연령층의 사람들이 모여 웃으며 이야기꽃을 피우는 소리가 들렸다. 그녀가 무슨 일이냐고 물었다.

내가 말했다.

"널 불러내 영화나 함께 보려고 했는데 다음에 하지 뭐."

그녀가 말했다.

"별일 없는 거지?"

"그럼, 아무 일 없어."

그녀는 내가 먼저 전화를 끊기를 기다렸다. 나 역시 그녀가 먼저 끊기를 기다렸다. 이런 침묵을 깨고 그녀가 먼저 입을 열었다.

"여보세요?"

내가 얼른 대답했다.

"여보세요!"

그녀는 웃으며 별일 없느냐고 다시 물었다.

나는 정말 별일 없다고 대답했다. 그녀는 그럼 다음에 얘기하자면서 전화를 끊었다.

나는 아주 깊은 심연으로 떨어지고 말았다.

이미 밤이 내리고 있었다. 선택의 여지도 없었다. 나는 간단히 머리를 정리하고 몸에 향수를 살짝 뿌렸다. 드라큘라가 피를 빨 곳을 찾듯이 나도 몸을 기탁할 장소를 찾아야 했다. 내가 집에서 식사하지 않을 것이라고 하자 어머니는 몹시 실망하셨다. 이 국가주택 구역에 어느 집인지 모르지만 파를 볶는 간장 냄새가 풍겨왔다. 단지 한가운데 있는 공터에서는 큰 아이들 몇몇이 농구를 하고 있었고 어린아이들은 세발자전거를 타면서 놀고 있었다. 여동생은 막 과외수업을 마치고 집에 들어와 있었다. 여동생과 나는 마치 두 개의 영역에 따로따로 사는 사람들 같았다. 음과 양, 어둠과 빛, 공존하지만 보이지 않는 엄격한 자연의 법칙에 의해 완전히 분리된 두 영역이었다. 나는 그들을 볼 수 있지만 그들은 나를 볼 수 없었다. 그들은 내가 지금 가려고 하는 어두운 장소를 상상할 수도 없을 것이고 일생에 한 번 가 볼 일도 없을 것이다.

언젠가 제는 "너는 이 모든 것에 익숙해져야 해"라고 한마디를 던지고서는 다른 남자와 리허설 장소로 떠나버린 적이 있었다. 나는 그가 임대해 살고 있던 옥탑방에 혼자 남았다. 심장이 분해되어 진흙으로 변하는 것 같았다. 그가 자주 입던 상의에 얼굴을 묻고 정신없이 냄새를 맡았다. 죽어가는 사람이 탱크에 있는 구조용 산소를 들이마시는 것 같았다. 이틀 동안의 휴가를 얻었다. 한기가 몰려오던 밤 나는 영내를 벗어나 급행열차를 타고 핑둥(屛東)에서 타이베이로 왔다. 기차에서도 밤새 제를 생각하느라 한잠도 자지 못했다. 자신을 투명하게 태워버렸다. 두 눈도 이글이글 타올랐다. 내게는 제의 옥탑방 열쇠가 있었기 때문에 곧장 안으로 들어갈 수 있었다. 제는 다른 남자의 품에 안겨 자고 있었다. 제보다 그 남자가 먼저 방 안에 우두커니 서 있는 나를 발견했다. 이어서 제가 잠에서 깼다. 두 사람은 몸을 일으켜 앉더니 침입자를 바라보듯이 나를 한참이나 쳐다보았다. 나는 제를 쳐다보면서도 그를 알아볼 수도 없었다. 그는 한 마리 늑대인간이 되어 있었다.

두 사람이 방을 나서기 전에 우리는 셋이서 함께 라면을 끓여 먹었다.

제의 남자는 무척 선량해 보였다. 그는 조심스럽게 방 한쪽 구석에 앉아 애써 나의 눈길을 피했다. 나는 마치 하늘을 바라보는 능력을 잃고 시들어가는 해바라기처럼, 바닥에 깔린 보헤미안 스타일의 매트리스 가장자리에 어색하게 걸터앉아 있었다. 이 옥탑방은 아파트 옥상에 불법으로 지은 방이라 천장이 매우 낮았다. 손으로 머리를 감싸고 있자니 왔다 갔다 하는 제의 무릎과 발만 보였다. 방은 시끄럽고 지저분했다. 숨이 막힐 지경이었다. 얼마나 지났을까 제가 라면이 다 됐다고 말했지만 나는 몸을 조금도 움직일 수 없었다.

제가 다가와 나를 잡아끌더니 라면 그릇 앞에 앉혔다. 라면 위에는 계란이 하나 얹혀 있었다. 각자 라면을 먹으면서 제는 지금 이 음악이 그들이 공연할 춤에 반주로 쓰일 것이라고 말했다. 그제야 내 귀에 타악기 소리와 불협화음의 플루트 소리가 들렸다. 제는 악보를 좀 더 손보고 있는 중이라고 말했다. 그러면서 계란 흰자를 내 그릇으로 옮겼다. 그는 항상 노른자만 먹었고 흰자는 늘 내게 주곤 했었다. 이것이 그때까지 내가 기억할 수 있는 유일한 제의 버릇이었다. 나는 거의 이성을 잃을 지경이었지만 애써 침착함을 잃지 않으려고 노력했다. 눈물이 쏟아질 것 같고 목이 메면서도 무사히 라면을 다 먹을 수 있었다. 그들은 리허설에 가야 할 시간이라며 함께 방을 나섰다. 제는 내게 잠을 좀 더 자두라고 권했다. 그러면서 한마디 덧붙였다.

"너는 이 모든 것에 익숙해져야 해."

나는 제의 상의에 얼굴을 파묻은 채 잠이 들었다. 꿈속에서 입대 후 처음 타이베이로 돌아온 날의 내 모습을 보았다. 그 전날 나는 제에게 전화

를 걸었다. 그는 공연을 준비하고 있다면서 자기 집에 와서 기다리라고
했다. 나는 기차역에 내리자마자 곧장 제의 집으로 향했다. 육 층이나 되
는 건물을 걸어 오르면서 계단이 끝나는 모퉁이에 그가 나와서 기다리고
있을 것이라는 상상을 했다. 문 앞에 이르러서는 창문 옆에 놓인 선인장
화분 밑으로 손을 뻗었다. 그곳에 열쇠가 있었다. 그가 아직 돌아오지 않
았다는 증거였다. 문을 열고 방 안으로 들어갔다. 입대하기 전과 달라진
것이 하나도 없었다. 제의 생활에 아무런 변화가 없는 것이 분명했다. 나
에 대한 그리움으로 인해 환경의 변화도 없는 것 같았다. 방에서 내가 돌
아올 때를 위해 준비한 것이라고는 아무것도 보이지 않았다. 내가 약간
서운해하고 있을 때 그가 갑자기 나타나 팔을 크게 벌리고는 나를 껴안
았다. 욕실 문 뒤에 숨어서 내가 방 안으로 들어오는 모습을 지켜보고 있
었던 것이다. 놀라움과 반가움이 뒤섞인 기분으로 내가 물었다.

"바쁘다면서 어떻게 집에 있는 거야?"

그는 내 입을 막았다. 아무 말도 하지 못하게 했다. 내가 그리워 더는
기다리지 못할 지경이었다고 했다. 더 이상 말을 할 수가 없었다. 우리는
열정적으로 뜨거운 사랑을 나누었다. 그러고 나서 잠시 쉴 틈도 없이 제
는 몸을 일으켜 주섬주섬 옷을 챙겨 입었다. 그는 자신을 인터뷰하려는
사람이 있으니 함께 가자고 했다. 그는 내게 오렌지색 공군 재킷을 하나
건넸다. 비행기 조종사인 친구가 주었다고 했다. 우리는 함께 계단을 뛰
어 내려가면서 키스를 하고 서로의 몸을 애무했다. 방금 사랑을 나누었
는데도 둘 다 그곳이 발기되어 서로 그 부분을 가리키며 깔깔 웃어댔
다……

웃음소리를 들으며 나는 화들짝 잠에서 깼다. 어디가 실제고 어디가 꿈인지 구분이 되지 않았다. 내가 방 안을 내려다보고 있는 것 같았다. 나는 시체를 해동하기라도 한 것처럼 침대 위에서 식은땀을 흠뻑 흘리고 있었다. 천 년 동안 잠들어 있었던 느낌이었지만 실제로 잔 시간은 십 분 남짓 밖에 되지 않았다.

햇살이 동쪽으로 쏟아져 들어오고 있었다. 이곳은 국경 남쪽이었다. 이곳은 꿈의 영역이 너무 잔혹했다. 나는 다시 제의 상의에 얼굴을 파묻고는 냄새를 맡았다. 기억의 잠에 빠져들어 다시는 깨어나고 싶지 않았다.

제는 체크무늬 면 티셔츠 위에 단추를 잠그지 않은 중국식 상의를 입고 천으로 만든 검정색 수제 신발을 신고 있었다. 신발과 상의는 홍콩에 갔을 때 산 것이었다. 그는 고풍스런 상하이 스타일 카페에 들어가 자리를 잡고 앉았다. 창밖 차양을 뚫고 들어오는 오렌지색 불빛에 비친 제의 모습은 렘브란트의 그림에서 막 튀어나온 인물 같았다. 그의 도도하고 거친 분위기가 그를 인터뷰하려는 여자를 놀라게 했다. 간간이 터지는 그녀의 웃음소리를 들으니 당황한 기색이 역력했다. 나는 한쪽 구석에 앉아 스파게티와 복숭아파이를 먹고 차를 마시면서도 제에게서 시선을 떼지 않았다. 간간이 들려오는 대화 내용으로 대충 무슨 얘기를 하고 있는지 짐작할 수 있었다. 벽에 걸린 벽시계에 비친 내 얼굴이 보였다. 저게 섹시한 건가? 제는 짧게 깎은 내 군인 머리가 무척 섹시하다고 말했다. 나는 고개를 숙여 상의의 칼라 부분에서 제와 나의 냄새를 동시에 맡았다. 우리는 사랑을 나누고 나서 샤워할 시간조차 없어 그냥 뛰어나왔다. 덕분에 내 목덜미에는 아직 달콤하고 따뜻한 느낌, 조금은 마비된 듯한 감촉과 뜨거운 기운이 흐르고 있었다…….

　나는 기분 좋게 잠에서 깼다. 파충류처럼 납작 엎드린 각도에서 주위의 빛과 사물, 나를 둘러싸고 있는 습기, 친숙한 냄새를 인식할 수 있었다. 나는 알껍데기와 끈적끈적한 내용물을 담은 채 다시 잠들었다. 피가 리듬에 맞춰 몸 안에서 흐르는 소리가 들렸다.

　무용수가 박자에 맞춰 춤을 추고 있었다. 무용수는 자기 몸의 리듬에 귀를 기울이고 있었다. 그의 기억은 이미 몸이 되어 몸의 어휘와 움직임에 의지하고 있었다.

　확실히 그의 얼굴은 보통 사람들보다 더 마르고 거칠고 각이 져 있었다. 무용수는 열심히 춤을 추다 보면 처음 춤을 추기 시작했을 때보다 뼈가 더 늘어나 있는 것을 분명히 느낄 수 있다고 말했다. 니진스키는 세계적으로 유명해지기 전에 수천수만 번 춤을 추었다고 한다. 무용수는 진정한 몸을 수련하기 위해 조용히 비밀스런 주문을 외웠다. 운문과 산문이 뒤섞인 주문이었다…….

　"천천히 숨을 내보내 내가 작아지면 하늘이 보인다. 깊이 숨을 들이켜 내가 커지면 대지가 보이는 것 같다. 몸이 확장되면 절벽을 보게 되고 몸을 높이 들면 자신의 내부에 존재하게 된다. 몸을 접어 흔들면 점술가가 패를 흔드는 것 같지만 점괘는 나오지 않는다. 그래서 다시 던지지만 그래도 답을 얻지 못한다. 마침내 몸을 일으켜 두 팔을 쫙 벌리면, 그래그래, 달이 하늘 한가운데 가득 찬다……."

　나는 꿈속에서 기도하듯이 중얼거렸다.

　"선지자는 절대 자지 않는다. 일생을 통해 참 지식과 뛰어난 식견을 얻어야 한다. 당장 죽는다 해도 두려워해서는 안 된다. 몸이 죽고 나면 신의 품에서 살게 될 것이다.⋯⋯"

꿈속에서 제가 내 몸의 실감을 두 팔로 꼭 껴안았다. 추호의 빈틈도 허락하지 않는 강하고 압도적인 힘이었다. 나는 무력하게 그 힘에 나를 내맡겼다. 그는 부드럽고 달콤한 흑해로 나를 이끌었다. 내가 그에게 저항하여 싸우려고 들면 그는 바람을 타고 일어나는 들판의 불길처럼 걷잡을 수 없는 열정으로 나와 자신을 함께 불태웠다. 그의 맑고 마른 몸 안에는 운명처럼 광기의 열정이 존재하고 있었다. 그는 자기가 한 번도 자신의 운명을 선택한 적이 없다고 말했다. 무용수가 된 것도, 동성애자가 된 것도 전부 어떤 소환에 의한 것이라고 했다. 하늘이 그에게 이런 길만 허락했다는 것이다. 그는 다른 선택이 없었다고 말했다. 자신이 무용수가 되도록 선택되었다는 것이다. 그의 이러한 운명적 열정이 내 의식 안으로 들어와 도망칠 여지를 허락하지 않았다. 그는 우리에서 나온 호랑이였다. 내 슬픈 성의 각성과 비극적인 사랑의 시작이었다.

땀과 욕망으로 흠뻑 젖어 있는 제의 침대에서 나는 잠들었다 깨기를 수없이 되풀이했다. 자고 깨는 사이의 시간이 영원한 죽음처럼 길게 느껴졌지만 사실은 커다란 도마뱀이 무거운 눈꺼풀을 한 번 깜박이는 순간에 불과했다. 이처럼 내가 존재하는 유일한 이유는 제가 돌아올 것이라는, 그가 돌아와 몸을 숙여 내게 입을 맞출 것이라는 아주 끈질긴 희망이었다. 그가 입을 맞춰주면 마법이 풀리고 조금 전까지의 재앙이 꿈으로 변했다!

그날 밤 제는 돌아오지 않았다. 나의 선잠과 기다림은 발효가 되어 부글부글 끓어오르고 있었다. 한순간 그를 의심했다가 이내 그렇지 않을 것이라고 마음을 가라앉혔다. 그를 미워했다가 곧바로 용서했다. 그가 돌아오리라는 확신이 들다가 또 금세 영영 안 돌아올지도 모른다는 불안감이 솟구쳤다. 수많은 생각들이 빛보다 더 빠른 속도로 지나갔다. 발효된 거품은 가라앉았다가 이내 다시 부글부글 끓어올랐다. 나중에 가오잉우가 내게 주었던 금귤 통조림 같았다. 나는 깜빡 잊고 그 금귤 통조림 병을 일 년 동안이나 찬장에 그냥 내버려두었다. 어느 날 기억이 나서 꺼내보니 발효의 압력 때문에 놀랍게도 단단한 유리병 여기저기 금이 가 있었다. 나의 기다림도 그와 다르지 않았다. 그 흐린 겨울 날 오후, 나는 침대에서 일어나 건물 밖으로 나갔다. 아무것도 먹거나 마시지 않은 상태였다. 어디로 가야 하는지도 알지 못했다.

아마 버스를 타고 무작정 시먼딩(西門町)으로 갔을 것이다. 돈이 별로 없어 길가에 줄지어 서 있는 창녀들을 무사히 피해 갈 수 있었다. 홍러우(紅樓)영화관에 가서 제목도 모르는 영화를 보았다. 천천히 극장 안의 어둠에 익숙해지는 동안 안개가 자욱한 밤에 무성한 수풀 한가운데 서 있는 듯한 기분이 들었다. 거친 숨을 내쉬며 누군가 내 뒤쪽에서 다가오는 소리가 들렸다. 가까이 다가온 그림자가 내 쪽으로 아주 불쾌한 냄새를 풍겼다. 시들어 죽어가는 나무의 마지막 잎사귀처럼 나는 영화가 끝나고 사람들이 다 흩어질 때까지 한기에 떨면서 앉아 있었다. 영화가 끝나고 불이 들어오고 나서야 자신이 급경사면에 설치된 자리에 불안하게 앉아 있었다는 것을 알게 되었다. 다리는 고무처럼 풀어져 있고 입에는 아무 감각도 없었다. 뒤를 돌아볼 엄두가 나지 않았다. 그런데도 어쩌다 뒤를 돌아보게 되었다. 텅 빈 의자와 계단 위로 쓰고 버린 휴지가 언덕에 핀 흰 나팔꽃처럼 여기저기 흩어져 있었다.

나는 영화관을 나와 희미한 가로등 사이로 소리 없이 걸었다.

한 블록 한 블록 서구에서 동구까지 걸어서 타이베이시를 횡단했다. 다시 제의 집으로 돌아와 건물 밑에서 올려다보니 그의 옥탑방에 불이 켜져 있었다. 나는 하마터면 쇼크를 일으킬 뻔했다. 배를 움켜쥐고 길가에 몸을 숨겼다. 설사를 할 것 같았다. 근처 골목길을 빙빙 돌면서 제에게 갈 구실을 찾았다. 완벽한 논리가 세워지자 다시 제의 집으로 돌아왔다. 하지만 다시 위를 올려다보고는 그만 주저앉았다가 다시 돌아온 자신의 그림자에 놀라 후다닥 도망쳤다. 나는 골목에 들어서는 그림자들마다 혹시 제가 아닌지, 그의 애인이 아닌지 숨을 죽이고 살펴보았다. 얼마 동안 그러고 있었을까, 결국 나는 몸을 질질 끌고 계단을 올라갔다. 한 층을 오를 때마다 난간을 붙잡고 잠시 쉬어야 했다. 이렇게 숨을 고르지 않으면 금방이라도 죽어버릴 것만 같았다. 마침내 제의 현관문 앞에 서서 살며시 문을 두드렸다. 그때까지 수천 번 연습해둔 말이 있었다. 나는 아무렇지도 않은 듯한 어투로 이렇게 말할 생각이었다.

"내 물건을 가지러 왔어."

그렇게 아주 오래, 정말 오랜 시간을 화석이 된 우샤(巫峽)의 신녀(神女)49)처럼 서 있었다. 그러나 아무런 대답이 없었다. 열쇠를 꺼내 문을 열고 안으로 들어갔다. 제는 아직 돌아오지 않았다. 침대는 아직 정리되지

---

49) 중국 창강 유역에 있는 신녀봉을 말한다.

않은 상태였다. 냄새를 맡아 보니 내가 떠난 뒤로 아무도 이 방을 침범하지 않은 것이 분명했다. 절망한 나는 이런 상황을 믿을 수 없었다. 다시 살펴보고 냄새를 맡아 보니 작은 물방울처럼 미세한 먼지 입자가 전등종이 갓 아래로, 빛 속을 떠다니고 있었다. 전등은 종일 켜져 있었는지 몹시 뜨거웠다. 나는 얼른 전등을 끄고 어둠 속에 처량하게 쪼그리고 앉았다. 그제야 제가 돌아오지 않았다는 것을 확신할 수 있었다.

날이 밝을 때까지 그렇게 앉아 있다가 제에게 편지를 쓰기로 마음먹었다. 여러 장을 쓰고 또 썼지만 "마이 러버(my lover), 사랑하지만 또 미워할 수밖에 없어"라는 말 이외에 쓸 말이 없었다. 아무리 해도 똑같은 말밖에 쓸 것이 없었다. 마이 러버, 마이 러버(my lover, my lover),……

결국 나는 쓰다버린 빈 종이만 한 무더기 남기고 그 방을 나와 부대로 돌아가야 했다.

한겨울의 훙러우 영화관, 이리하여 나는 이곳에 다시 오고 말았다.

시내 중심가는 더 건조하고 추웠다. 공중에 떠다니는 미세한 먼지 때문인지 내내 기침이 나왔다. 이 모든 것이 준비된 행동이라고 할 수 있었지만 또 무엇을 해야 할지 모른다고 할 수도 있었다. 나는 여전히 청바지 안에 아무것도 안 입은 상태였다.

버려진 창고처럼 한산한 한낮의 영화관에는 진한 헤어젤 냄새가 가득했던 것으로 기억된다. 그 냄새의 주인공은 내 맞은편에 있다가 곧바로 옆자리로 옮겨왔다. 온몸이 차갑게 식었다가 동시에 뜨거워졌다. 들판에 버려진 시체가 된 듯한 기분이었다. 나는 자리에서 일어나 화장실로 갔다. 변기 앞에 서 있자니 역한 암모니아 냄새가 풍겼다. 잿빛 뿌연 햇빛이 위쪽에 달린 창문으로 흘러들어와 나의 깊은 숨과 섞여 하얀 안개를 만들었다. 그 헤어젤 냄새는 기어코 화장실까지 따라와서는 내 뒤에 섰다. 녀석은 재빨리 나를 끌어안더니 내 청바지를 내리기 시작했다. 나는 뒤돌아보지도 않고 녀석이 하는 대로 그냥 내버려두었다. 흥분도 되지 않았다. 지독한 헤어젤 냄새만 코를 찔렀다. 영화에서 나는 소리와 영사기가 돌아가는 소리가 한데 뒤섞여 들려왔다. 나는 창문으로 들어오는 뿌연 햇빛만 바라보고 있었다. 잠시 후 헤어젤 냄새가 사라졌다. 모든 과정이 오 분도 채 안 되서 끝이 났다. 축축해진 차가운 엉덩이에서 날카로운 통증이 느껴졌다. 바들바들 떨다가 주머니에서 꺼낸 화장지를 떨어뜨리고 말았다. 고개를 숙여보니 얼어붙은 다리에서 발목까지 흘러내린 청바지가 천진난만하게 주인을 올려다보고 있었다.

　나는 허탈한 기분으로 얼른 자리를 피했다.

　거리를 걷는 사람들은 하나같이 멋있어 보였다. 나는 그 속에 섞여 걷기 시작했다. 내 자신이 가혹한 이 세상의 규율을 고려해 함부로 나서지도 않고 경계를 늦추지도 않는 사기꾼인 것 같다는 생각이 들었다. 해가 조금만 더 환하게 비치면 자신의 참모습이 천하에 그대로 드러날 것만 같다는 두려움에 사로잡혔다.

　나는 기차표를 사서 주머니에 넣고 역 후문으로 향했다. 미친 듯이 전화를 걸었다. 제가 집에 돌아오지 않았고 전화를 받지 않을 것이고 다시는 나타나지 않으리라는 사실을, 그가 그렇게 사라졌다는 사실을 믿고 싶지 않았다. 순간, 우리의 작은 둥지였던 그 집 말고는 그와 연락이 닿을 수 있는 곳이 전혀 없다는 사실을 깨달았다. 나는 그가 춤을 연습하는 곳이 어딘지도 몰랐고 그의 동료들과 친구들, 가족들의 연락처도 알지 못했다. 나와 그 사이에는 다른 어떤 인간관계도 개입되어 있지 않았다. 오로지 사랑밖에 없었다. 사랑이 나의 눈을 멀게 하여 우리의 작은 둥지와 그 안에 있는 침대만이 세상의 전부라고 믿게 했던 것이다. 갑자기 오늘에서야 안개가 걷히면서 내 자신이 황량한 들판에 혼자 남았음을 깨닫게 되었다. 우리의 화려한 즐거움이 어린 보금자리가 알고 보니 들판의 무덤이었던 것이다.

제가 말했었다.

"너는 이 모든 것에 익숙해져야 해."

그랬다. 나는 자신에게 주어진 황금 같은 몇 년 동안의 젊음을 세상의 규율을 익히는 데 써버렸다.

제대할 때까지 약 일 년 반 동안 나는 타이베이와 가오슝(高雄) 사이를 미친 듯이 오갔다. 밤새 피었다가 아침이면 시드는 꽃처럼 주말이라도 시간만 나면 기차를 타고 저녁에 타이베이로 갔다가 아침에 돌아오곤 했다.

이 작은 섬나라를 남북으로 가로지르는 기차 안에 앉아 차창에 비친 내 모습과 흐르는 불빛을 바라보며 수없이 많은 저녁을 보냈다. 먹지도 않고 마시지도 않았다. 줄곧 차창에 비친 꿈결 같은 기억을 되새겼다. 가끔은 저녁 하늘에 아롱거리는 정유공장의 불길을 바라보기도 했다. 이름 모를 작은 정거장들이 떠다니는 섬처럼 흘러갈 때마다 자주색이었다가 푸른색으로 변하는 들판의 가장자리에 뿌려지는 진주나 다이아몬드 같은 불빛을 바라보기도 했다. 물이 흥건한 논이 온통 은광(銀鑛)의 육지로 보이기도 했다. 수로에 비친 열 두 개의 달을 본 적도 있었다. 빠르게 돌아가는 영화 프레임처럼 내 눈을 스치며 지나가는 풍경은 거칠고 창백하고 건조했다. 그러다 보면 어느새 동이 트고 기차에서 내릴 시간이 되었다.

날마다 남에서 북으로, 북에서 남으로 오고갔다. 나는 이렇게 '기차역 우울증'에 시달리게 되었고 지금까지도 이 우울증을 극복하지 못하고 있다.

누런 칠을 한 역의 대합실은 시장 바닥처럼 사람들이 발 디딜 틈 없이 들어차 있었다. 그러다가 화장실에 한 번 다녀오면 대합실은 텅 비어 있고 버려진 신문 조각만 바람에 이리저리 나뒹굴고 있었다. 스피커를 통해 흘러나오는 안내 방송의 괴상한 여자 목소리는 마술이라도 부리는 듯 가슴을 아프게 했다. 이때 만일 누군가 달기(妲己)50)처럼 등 뒤에서 나를 소리쳐 불렀다면 나는 마음이 텅 빈 비간(比干)51)처럼 그 자리에서 고꾸라지고 말았을 것이다. 서둘러 어디론가 떠나는 여행객들이 천국의 낯선 풍경처럼 느껴졌다. 마치 환생하여 인간 세상으로 돌아가는 사람들 같았다. 나는 계속 서 있었다. 역사가 텅 비었는데도 나는 아직 어디로 가야 할지 몰랐다.

이렇게 반복되는 정경과 사건들은 양탄자의 뒷면처럼 나를 끝없는 공

---

50) 상(商)나라 주(紂)왕의 애첩이다. 포악하고 음탕했던 주왕은 달기를 총애하여 그녀가 하자는 대로 무조건 따라하면서 주지육림(酒池肉林)하며 쾌락에 젖어 살았고 간언하는 신하들을 잔인한 형벌로 다스렸다.
51) 상나라의 현신으로 주왕에게 간언을 올렸다가 달기의 참언에 의해 처형되었다.

허와 기다림으로 몰고 갔다.

　나는 점차 이런 공허와 기다림에 익숙해져 갔다.

　이렇게 한 번 또 한 번 불신과 증거, 확신, 부정의 부정, 그리고 여기서 얻어지는 공허와 기다림을 경험해 갔다.

10

제가 떠났다는 사실을 믿지 않았기 때문에 그때 나는 부대로 돌아와서도 빨리 타이베이로 돌아갈 방법을 찾기 시작했다. 장거리 전화로 제와 연락이 닿았을 때, 그는 따스한 목소리로 산사에 가서 참선 수련을 하느라 집에 돌아가지 못했다고 설명해주었다.

나는 이를 딱딱 부딪힐 정도로 안절부절못했다. 그에게 타이베이에 가게 되면 찾아가도 되느냐고 물었다.

그가 말했다.

"그야 물론이지."

그러면서 한마디 덧붙였다.

"넌 정말 바보 같아……."

나는 이 몇 마디를 여러 번 되뇌었다. 밤이 깊어지자 참았던 눈물이 흘러내렸다. 아주 조용한 눈물이 직선을 그리며 귀밑머리를 지나 귀를 적셨다. 쉬지 않고 계속 흘러내렸다. 아무 소리도 나지 않았다.

제의 집에서 그를 다시 만났을 때, 나는 마치 전쟁터에서 목숨을 건져 돌아온 병사 같았다. 그를 멍하니 바라보기만 했다. 당시 나는 정말 멍청하기 그지없었다. 진상은 제가 더 이상 나를 사랑하지 않는다는 것이었다. 사태는 이토록 간단했다.

그때는 사랑이 아주 잔인하기도 하다는 사실을 알지 못했다. 따지고 보면 새로운 사랑을 얻어서 떠나는 쪽이 항상 유리한 위치에 서게 되는 것 같다. 배신을 당한 쪽은 아무런 보상을 받지 못할 뿐만 아니라 오히려 빚을 지게 되는 것이다. 이리하여 제와 나는 채권자와 채무자가 되었다. 채권자의 부드러운 태도와 다정한 위로의 한마디는 채무자에게 비현실적 환상과 연민, 과장된 감정을 일으킨다. 그러면 채무자는 지나친 꿈을 꾸게 되는 것이다.

내 얼굴에는 수염이 가득했고 몸에서는 역하고 탁한 냄새가 났다. 언어와 표정에도 불만이 가득했다. 이 채무자는 착각하고 있는 게 분명했다. 내가 제에게 말했다.

"하지만 넌 전화로라도 설명해줄 수 있었잖아. 나는 계속 기다렸다고. 기다리고 기다리다 결국 방법이 없어서 돌아갔단 말이야."

제가 말했다.

"산속에 전화가 없는데 어떻게 전화를 걸어?"

내가 말했다.

"어느 산이었는데?"

"다핑딩(大坪頂)"

"단원들 전부가 갔었던 거야?"

제는 아무 말도 하지 않았다. 그저 나를 바라보기만 했다.

나는 무슨 일이 있었는지 제가 말해주기를 조심스럽게 기다렸다. 제와 그 남자, 제와 나, 우리는, 이제 도대체 뭘 어떻게 해야 하는 걸까? 그러나 제는 아무것도 거론하지 않았다. 나는 당당하고 떳떳한 태도로 그를 질책했다. 그리고 질의보다 더 엄중한 침묵으로 그를 압박했다. 이처럼 그에게 장력을 행사할수록 나의 가치가 떨어진다는 생각은 하지 못했다. 나는 채무자의 불리한 처지를 의식하지 못했고 채권자가 냉혹한 게 당연한 일임을 알지 못했다. 제가 태도를 바꾸기 전에 떠났어야 했지만 나는 그럴 수 있을 정도로 현명하지 못했다. 때문에 전세가 역전되어 제가 선한 마음을 버리고 더 이상 내게 예의를 갖추지 않기 시작했을 때, 나는 몹시 비참했다.

제는 단원 중 가장 폭발적인 에너지를 가지고 있는 무용수 진(金)에 관해 얘기하기 시작했다. 진이라는 남자 때문에 제는 표창이 되었다고 했다. 표창을 던지면 아무리 위험한 순간에도 헛되이 발사되는 일이 없다고 했다. 다른 무용수들은 사선으로 움직이며 무대를 떠나지만 진은 공연이 끝나는 순간까지 무대 중앙에서 계속 회전하며 춤 하나를 완성했다. 이러한 진의 연기는 무대 전체와 춤의 마무리에서도 대단히 어려운 기술로, 그만이 할 수 있는 특기였다. 진은 이런 재능과 기질로 항상 무대의 중앙을 장악했고 뚜렷한 자기 확신을 드러냈다. 진은 하락 그 자체를 위해 하락하는 일이 없었다. 그는 재기를 위해 하락했다. 그는 항상 도약을 통해 몸을 완성했다. 그는 그리스 조각의 전성기 시대에 제작된 포세이돈의 누드 청동 조각상처럼 아름다웠다.

제는 고대 그리스인들이 남자의 가장 고귀한 기품이 개인적인 것일 수도 있고, 공개적인 것일 수도 있다고 생각했다며 말해주었다. 예컨대 아폴로 신전에서의 항문성교가 젊은 남자들에게도 전이되었던 게 그 사례라고 했다. 정액을 의미하는 단어 '우시아(ousia)'는 그리스어에서 물질 혹은 존재라는 또 다른 함의를 갖고 있다. 때문에 크레타 섬에서는 어린아이들을 성애의 대상으로 삼는 행위가, 유년에 대해 작별을 고하고 성년이 되었음을 알리는 일종의 입교 의식이 되었다는 것이다. 그리스 전사들은 자신의 전투 능력을 자기를 따라다니며 군사 및 공민교육을 받는 젊은 남자들에게 전수했다.

나는 진이 바로 제의 새 애인이자 그의 전우이며 동료일 것이라고 생각했다.

그러면, 그날 밤 제의 방에 있었던 남자가 바로 진이란 말인가? 그렇다면 왜 그의 인상이 강하게 남아있지 않은 걸까?

이런 의구심 때문에 생각을 집중할 수 없었다. 정신이 산란하여 아무것도 보이지 않았고 들리지도 않았다.

제는 성(性)이 생육과 향락일 뿐만 아니라 일종의 구지(求知)이자 득도(得道)라고 말했다. 그러면서 샤머니즘의 무사(巫師)나 일본의 사무라이, 하와이 추장부락의 남성귀족 등이 전부 동성애 형식의 체제화라고 덧붙였다. 카이로네이아전투에서 마케도니아 군주에 의해 소멸된 아테네 연합군 수위대의 병사들도 전부 동성애자들로 구성됐었다는 것이다.

제는 진이 선천적으로 타고난 기질을 발휘하고 있다고 말했다. 어떤 남자에게도 속하지 않으면서 자유롭고 거침없는 기질이라고 했다. 제는 이런 기질에 매료된 게 분명했다. 그랬다. 진은 동성애 세계에서도 아주 특별한 존재였다.

제는 쉬지 않고 의기양양한 어투로 얘기를 계속했다. 말하면서 은근히 지적인 분위기를 연출하느라고 우아하게 속세의 아름다운 수사를 최대한 구사하기도 했다. 내가 입을 열 수 있는 여지가 없었다. 마음이 녹아내리는 것처럼 아팠다.

저녁에 제는 나를 어느 바로 데려가 술을 한 잔 시켜주었다. 그러더니 나를 온실 속의 화초처럼 한쪽에 앉혀놓고는 혼자 이리저리 돌아다니며 다른 사람들과 어울리기 시작했다. 내가 정말로 즐겁게 보내기를 원하는 것인지 아니면 내가 다른 즐거움을 찾기를 원하는 것인지, 그것도 아니면 늙은 새인 나에게 나는 법을 가르치려는 것인지 알 수 없었다. 어쨌든 그는 나를 거들떠보지 않았다. 나를 눈에 보이지 않는 존재로 취급하면서 노골적으로 다른 사람들에게 추파를 던졌다. 채권자의 태도가 완전히 바뀐 것이다.

사람들은 나를 보기 흉한 새끼 새로 여기면서 아주 짧게 눈길을 던질 뿐이었다. 아주 늙은 데다 키가 크고 비쩍 마른 남자 하나가 내 옆으로 다가와 앉았다. 지금의 나보다 더 나이가 많았던 것 같다. 키 큰 사내는 내게 술을 한 잔 사주더니 관절이 다 드러난 앙상한 손으로 자꾸 내 어깨와 다리를 만져댔다. 내 처지를 완전히 이해한다는 표시였다. 침묵은 금이라고 생각했는지 그는 말이 없다가 갑자기 한마디 해석을 내려주었다.

"다들 이런 식이야. 자네도 곧 익숙해질 거라고."

나는 술 두 잔을 다 비우고 나서 테이블에 머리를 기댄 채 마냥 엎드려 있었다. 얼마나 그러고 있었는지는 모르겠다. 다시 고개를 들어 주위를 둘러보았지만 제의 모습은 보이지 않았다. 당황한 나는 일어서다가 중심을 잃고 넘어졌다. 키 큰 남자가 나를 부축하여 의자에 앉히더니 제는 다른 사람과 함께 나갔다고 말했다. 나는 감정의 절망으로 인해 광기에 빠진 데다 술에 만취하여 바를 나왔다. 키 큰 남자가 나를 자신의 집으로 데려갔다. 집에 도착하자마자 곧장 욕실로 가서 배 속에 든 것들을 변기에 한가득 토해냈다.

키 큰 남자는 욕조를 닦으면서 내 옷을 벗겨주었다. 그런 다음 내 몸에 물을 뿌리고 비누칠을 했다. 차가운 레몬향이 코끝에 느껴졌다. 뼈마디가 굵은 그의 앙상한 손이 능숙하게 비누를 만지고 있었다. 내 앞에 쪼그리고 앉은 그는 왼쪽과 오른쪽을 번갈아가며 내 몸 구석구석을 세심하게 씻겨주었다. 나를 애무하는 것 같기도 하고 그렇지 않은 것 같기도 했다. 어차피 나는 반쯤 혼수상태에 빠져 있었다. 나는 내 자신이 욕실 한가운데 서서 군살 한 점 없이 매끈한 배와 몸을 그대로 드러내고 있음을 잘 알고 있었다. 이 남자가 틀림없이 내 몸의 발기된 부분에 입을 가져다 댈 것이라고 생각했지만 남자는 그러지 않았다. 대신 나를 부축하여 뜨거운 욕조 안에 누이고는 수건을 짜서 내 얼굴을 닦아주었다. 그는 잠시 욕조 옆에 앉아 나의 알몸을 바라보다가 손으로 약초 팩에 물을 뿌려 오렌지 주스향이 풍겨 나오게 했다. 나를 쳐다보는 그의 다정하고 슬픈 눈빛이 오랫동안 내 몸에 머물렀다. 이내 몸을 일으킨 그는 바닥에 널린 더러운 옷들을 수거하여 세탁기에 집어넣었다.

내가 침대에 눕자 얼마 되지 않아 그도 침대로 올라와 내 옆에 누웠다. 나는 그를 품에 안았다. 팔에 느껴지는 공허함에 놀라 그를 더욱 세게 끌어안았다. 너무나 공허하고 생명력이 없는 몸이 나의 목을 잡고 가슴을 누르고 있었다. 그를 만지고 있자니 제가 그리워서 미칠 것만 같았다. 만장(長)의 파도처럼 그리움이 밀려왔다. 제의 다부지고 날씬한 몸은 나를 후회 없는 운명처럼 열광하게 만들었다. 내 손길에 아파서인지 아니면 기뻐서인지 그가 신음 소리를 냈다. 그는 금세 절정에 도달했지만 나는 발기된 상태로도 절정을 느끼지 못하고 술기운에 잠이 들고 말았다.

다음 날 아침, 잠에서 깬 나는 주위를 둘러보았다. 티끌 하나 없이 깨끗하게 정돈된 방에는 장식의 흔적이 전혀 없었다. 텅 빈 벽이 공무원 숙소 같은 느낌을 주었다. 잘 빨아 말린 내 옷들이 가지런히 개켜져 침실의자 위에 놓여 있었다. 정오가 다 된 시각이었지만 두터운 커튼 때문에 방 안은 시각을 짐작할 수 없을 정도로 어두웠다. 나는 당장 그곳을 떠나고 싶었다. 순간, 키가 크고 깡마른 남자의 검은 그림자가 침실 입구에 나타나서는 가기 전에 뭘 좀 먹으라고 권했다.

계란 프라이와 베이컨이었다. 너무 예뻐서 먹기 아까울 정도로 잘 구워져 있었다. 음식을 담고 있는 하얀 자기 접시에는 초록색 건물 그림과 함께 지방정부로부터 받은 선물임을 짐작케 하는 문구가 인쇄되어 있었다. 나는 고개를 들어 남자를 쳐다보았다. 맨 정신으로는 처음 보는 그의 얼굴이었다. 어두침침한 방에서 우리는 잠깐 눈이 마주쳤었다. 그리고 이내 서로의 눈길을 돌렸었다. 우리의 처음이자 마지막 눈 맞춤이었다.

그는 또 내게 한쪽만 바삭바삭하게 구운 토스트 두 조각과 생과일 오렌지주스 한 잔을 건넸다. 그러고는 절망감이 가득 담긴 눈빛으로 나를 바라보았다. 조금이라도 더 오래 있어주기를 바라는 그 눈빛에 당황한 나는 그만 주스를 엎지르고 말았다. 그는 행주를 집어 얼른 테이블을 닦고 다시 오렌지주스를 만들러 갔다. 나는 그럴 필요 없다고 말했다. 정말 그럴 필요가 없었다. 아마도 이것이 우리가 만난 뒤로 내가 처음 입 밖에 낸 말이었을 것이다. 나는 서둘러 그가 준비해준 아침을 먹고 제대로 뒤를 돌아보지도 못한 채 황급히 그곳을 떠났다.

그 뒤로 우리는 여러 바에서 몇 번인가 마주쳤지만 밤바다를 스쳐 지나가는 배들처럼 서로 아는 척하지는 않았다.

나와 나의 수없이 많은 하룻밤 연인들 사이에는 대화가 필요 없었다. 우리는 서로의 냄새를 맡는 개와 같아서 서로를 침대로 끌어들일 때와 일단 침대에 오른 뒤에 감각을 자극하여 신음 소리를 내게 할 때만 언어가 필요했다.

내가 그 키 크고 비쩍 마른 남자를 기억하는 까닭은 사랑을 나누는 데 탐닉하느라 그의 몸이 나이에 비해 훨씬 늙어 보였기 때문이었다. 마마를 앓았는지 곰보가 된 그의 얼굴로는 어쩌다 실연당한 남자나 술에 취한 소년을 만나는 게 짝을 만나는 유일한 기회였으리라, 생각이 들었다. 이처럼 젊은 남자들을 집으로 데려와 옷을 벗기고 내려다보면서 그토록 싱싱하고 미끈한 몸이 연옥의 고통을 겪게 된 것을 개탄했을 것이다. 그 젊은 몸들은 곧 무뚝뚝해져 그가 뚫을 수 없는 방어막을 쳤을 것이다. 감정을 솔직히 드러내지 않는 것, 그래서 다시는 상심하지 않는 것이 음계의 규칙이었다. 그는 이 젊은 몸들이 칼슘화되고 거칠어지기 전에 마지막으로 바라보며 그 즙이 많은 영혼을 꼭 껴안았을 것이고, 이 모든 게 결국에는 다 지나가버렸을 것이다. 이처럼 서글픈 감정으로 그의 영혼과 골수가 부식되어 갔으리라. 이런 생활에 인이 박힌 그는 밤마다 거리에 나와 술에 취한 아이들을 찾아 돌아다녔을 것이다.

그의 어두운 얼굴은 마치 시신을 화장하는 화장사 같았다. 죽은 자의 영혼을 싣고 저승의 강 건너편으로 데려다 주는 음계의 뱃사공 같기도 했다. 그런 그의 모습이 내 마음에 지워지지 않는 인상을 남겼다. 그 인상은 나중에 아야오의 모습과 겹쳐졌다. 나는 내가 키 크고 깡마른 남자를 생각하는지 아니면 그 아주 오래전 또는 아주 오랜 후의 아야오를 생각하는지 잘 구별이 되지 않았다.

그때의 일은 분명하게 알 수 있을 것 같았다. 아주 오래전 일이었다. 수업이 끝나고 내 옆에서 함께 걸어가던 아야오가 갑자기 사라지곤 했다. 그럴 때면 나는 혼자 버스를 타고 집으로 돌아갔다. 아직 이른 시각이라 집에는 아무도 없었다. 해가 지면서 어둠이 깔리고 있었다. 나는 가끔씩 옆집에 사는 천(陳) 형의 자전거를 빌려 아야오의 집으로 갔다. 아야오의 어머니는 몹시 미안해하면서 아야오는 밖에 나갔으니 안에 들어와서 기다리라고 하셨다. 하지만 나는 수줍어서 아야오가 없는 집에 들어갈 수가 없었다. 대신 자전거를 타고 천천히 아야오의 집 주변을 배회하면서 집으로 돌아오는 그와 마주치기를 기대했다. 아야오는 가끔 흔적도 없이 사라져버리곤 했다. 그럴 때면 그와 가장 친한 나도 그가 어디에 있는지 도통 알 수가 없었다. 이미 오래전에 아야오는 자신이 게이라는 것을 알았고 나도 알았다. 하지만 나는 아직 자신이 게이라는 사실을 인정할 수 없었다. 때문에 아야오는 이 점에 관해 내게 아무 말도 하지 않았다. 굳이 나와 함께 있는 것을 피하지도 않았다. 나나 그의 어머니 또는 다른 가족들이 그를 찾지 못할 때, 그는 대체 어디로 갔던 것일까? 단서도 없고 연락할 곳도 없었다. 이렇게 얼마간 시간이 흐르면 그가 스스로 모습을 나타냈다.

내가 게이임을 인정하고 나서부터 그가 사라졌던 곳이『이상한 나라의 엘리스』에 나오는 거울 속에 나타나기 시작했다. 나는 그 거울 속으로 빠져 들어갔다. 그곳은 완전히 다른 세계였다. 혈기왕성한 사람들이 큰 소리로 외쳐대고 있었다. "향락주의자들에게 축복이 있기를! 고독한 사람들은 유죄다!"

키스 라 보카(KISS LA BOCCA), 입맞춤이 적막감 속에 만연할 때 그곳은 향락주의자들의 인민공사였다. 그곳의 법칙은 무생식과 무친족이었다. 때문에 정상적인 인간관계가 있을 수 없었다. 성욕의 단세포가 양계(陽界)에서 탈출하여 이곳에 진을 치고 있었다. 그곳에서 사람들은 옷을 다 벗고 아무런 부끄러움도 없이 영원히 만족할 수 없는 성욕의 향연을 벌였다.

그리하여 나는 다시 양계로 돌아왔다. 나의 일과 가족들, 주거와 활동, 사교가 있는 곳으로 돌아왔다. 하지만 나는 이미 '방랑벽'과 '무근성(無根性)'이라는 불치의 병에 감염되어 있었다. 나이가 들수록 적응하기가 어려웠다. 육체적으로는 음계의 부름과 국가 없는 동성의 세계가 내 발길을 붙잡지 않았지만 정신적으로는 음계가 내뿜는 기운이 모든 사회 체계를 거부하도록 나를 이끌었다. 사회에 몸을 두고 있으면서도 심리적으로는 비사회적이었던 나는 평생을 외로운 죄인으로, 망명의 삶을 살아야 하는 운명이었다.

아야오가 사라졌다가 다시 나타났을 때, 그의 얼굴과 옷에 온통 신발 자국이 찍혀 있었다.

그때 아야오는 정보를 입수하고는 나를 잡으러 학교로 찾아왔다. 그는 오토바이에 나를 태우고 아메리칸 스쿨로 갔다. 그곳에서는 루이스 브뉴

엘의 십육밀리 흑백영화가 상영되고 있었다. 영화가 끝나고 불이 켜지기 전에 아야오는 사라져버렸다. 나는 불이 켜지고 자리를 뜨기 싫어하는 영화 마니아들이 다 떠날 때까지 아야오를 기다렸다. 학교의 등이 다 꺼지고 문이 닫힌 뒤에야 아야오가 어둠 속에서 숨을 몰아쉬며 뛰어나왔다. 그는 곧장 오토바이가 있는 쪽으로 향했다. 서너 걸음 앞서 걷는 그의 몸에는 지독한 화장실 냄새가 배어 있었다. 그는 내게 열쇠를 넘겨주었다. 그의 몸 전체가 먼지와 구두 발자국으로 뒤범벅이 되어 있었다. 내가 어떻게 된 거냐고 물었다. 아야오는 조심스럽게 먼지를 털어내면서 이제 좀 깨끗해진 것 같냐고 물었다. 나는 그의 콧등에 묻어 있는 구두 발자국을 가리켰지만 그가 계속 엉뚱한 데만 문지르기에, 그를 대신해 내가 콧등을 닦아주었다. 그는 자신의 몸이 더럽고 냄새가 난다는 것을 알았는지 나더러 앞에 타라고 하면서 자신은 뒷자리에 앉았다. 내 뒤에 앉은 아야오는 내 몸에 자신의 몸이 닿지 않게 하려고 무척 애를 썼다. 먼저 우리 집으로 와서 나를 내려주고 아야오 자신은 다시 돌아갔다. 우리는 아무 말도 하지 않았다. 브뉴엘에 관해서도 생각을 주고받지 않았다. 저녁 바람이 축축하게 내 얼굴을 스치는 순간, 나는 어쩌면 아야오가 '그 짓'을 하기 위해 영화 도중에 사라진 게 아닌가 하는 생각이 들었다.

하지만 그의 무서운 모습이 한동안 나를 괴롭혔다. 누구에게 매를 맞은 것일까? 아니면 성 학대를 당한 걸까? 그가 학대 받는 것을 즐기는 건 아닐까? 너무나 디테일했다. 나는 너무나 디테일하게 생각하고 있었다. 수천 수백 가지의 환상이 꿈속의 귀신처럼 나를 따라다녔다. 심지어 이처럼 강력한 호기심에 기꺼이 복종하여 직접 경험해봐야겠다는 생각까지 들었다.

이 일은 몇 년이 지나 우연히 제를 만나 그를 사랑하게 되었을 때가 되어서야 정말로 실현되었다. 아야오는 곧 출국할 예정이었고 나는 논문이 통과되어 막 조교 생활을 끝낸 상태였다.

나는 제가 더 이상 나를 사랑하지 않는다는 사실을 믿을 수가 없었다. 나는 섬 전역을 사방으로 돌아다니며 증거를 찾으려고 노력했다. 점점 배반자의 양심에 기대를 걸게 되었지만 그 양심이란 물에 비친 달보다도 덧없는 것이었다.

그때까지도 나는 제의 집 열쇠를 가지고 있었다. 그가 없을 때 몇 번 그의 옥탑방에 들렀었다. 그럴수록 나는 점점 더 비참해졌다. 나는 마음속으로는 정말로 마조히스트가 되어 있었다. 제가 나에게 말을 걸어주기만 한다면, 그것이 한마디뿐이건 악의에 찬 저주이건 상관없이 만족할 수 있을 것만 같았다. 결국 나는 그에게 간청했다.

"한 번만 키스를 해줘. 마지막으로 한 번만. 그러면 떠날게. 영원히, 영원히 떠나서 다시는 너를 찾지 않을게."

나는 '영원히'라고 말하면서 그 단어의 진실에 집착했다. 너무나 촉촉하고 나를 전율케 만드는 말이었다.

제는 벽 쪽으로 얼굴을 돌리고 바닥을 응시했다. 나에게 아무 말도 하지 않았다. 경멸의 말조차 없었다.

내가 다가가 그를 안았다. 마치 얼어붙은 시신을 품에 안고서 자신의 체온으로 생명을 불어넣으려 애쓰는 듯한 모습이었다. 하지만 그의 몸은 대리석처럼 차고 단단했다. 나는 그의 다리를 붙잡고 바닥에 앉아 푸르스름한 정맥이 보이는 그의 발에 입을 맞췄다. 내 사랑, 영원히 안녕.

나는 약속한 대로 다시는 그를 찾지 않았다.

하지만 타이베이를 오가는 여행은 멈추지 않았다. 짧은 주말을 기차 타는 것으로 다 보내기도 했다. 타이베이 근처까지 갈 때도 있었고 타이베이와는 멀리 떨어진 지역까지만 갈 때도 있었다. 나는 줄곧 극도로 멀고 극도로 긴 길을 오가고 있었다. 그리고 항상 제가 살고 있는 골목을 맴돌고 있었다. 이제는 제의 창문을 올려다보아도 마음이 흔들리지 않았다. 불이 켜진 적도 있었고 캄캄한 때도 있었다. 그가 집에 있든 없든 간에 기적 같은 일은 일어날 수 없었다. 내 마음 깊은 곳에서 그의 집으로 돌아가려는 충동이 일었다. 그런 충동을 억누르는 것은 몹시 슬프고 당황스러운 일이었다. 나는 그곳에 너무 오래 서 있었다. 이웃 주민들이 나를 정신 나간 사람으로 신고하여 경찰이 잡으러 올 수도 있다는 생각이 들고서야 발길을 돌렸다.

"나의 원망과 사랑은 이처럼 집요하고 뿌리가 깊어서, 이를 받아줄 토양이 없고 영양이 공급되지 않는다 해도 여전히 완강하게 생명을 유지할 수 있습니다."

나중에 내가 읽은 제가 사숙 대사에게 보낸 편지에는 이렇게 쓰여 있었다.

나는 밤새 공원 연못 옆에 앉아 있었다. 얇은 점퍼 하나만 걸치고 있었지만 마음의 고통이 너무 큰 나머지 전혀 추위를 느끼지 못했다. 고통이 이미 신경을 마비시킨 것이다. 이 고통은 약간의 시일이 지난 뒤에 둔탁하게 무뎌져 갔다. 나는 배가 고프거나 잠도 오지도 않았다. 목이 마르지도 않았고 피곤하지도 않았다. 볼 수도 없고 말할 수도 없었다. 어둠에 갇힌 나의 눈은 길과 웅덩이를 구별할 정도로만 작동했다. 칠흑 같은 어둠 속에서 나무와 돌 같은 사물은 희미하게 눈에 들어왔다. 그보다 더 어두운 것은 먹이를 찾아 헤매는 사냥꾼들이었다. 나는 진흙처럼 물렁물렁한 사람들, 피부가 축축 늘어진 사람들을 따라갔다. 한번은 팔에 청천백일기 모양의 문신을 한 나이든 남자들을 따라간 적도 있다. 어린 시절 시골에서 전화 광고를 접수하던 라오리(老李) 아저씨 같은 사람들이었다. 놀라움과 두려움을 금할 수 없었다. 그런 사람들이 아직 살아 있다니!

나는 점점 둔하고 무뎌지면서 자기를 가둬버렸다. 하노버 거리에서 만난 튼실한 청년의 품에 안겼을 때, 딱 한 번 제가 생각났다. 그리하여 어디선가 상처의 틈이 벌어졌다. 다시 한 번 고통이 솟아나왔다. 끝없이 이어지는 고원 같은 고통이 되돌아와 나를 짓눌렀다.

언젠가 짙푸른 하늘 아래 반짝이는 금속처럼 햇빛을 반사하는 군용활주로에서 제초 작업을 하는 사병들을 감독하고 있었다. 그때 타이베이를 생각했다. 가슴속에서 새롭게 고개를 드는 아픔이 끝없이 하늘로 번져갔다.

대부분의 시간을 나는 무감각하게 지냈다.

장교 후보로 근무하는 동안 여행과 성행위를 제외하면 세상과 거의 단절되어 살았다. 자신이 파놓은 무덤에 갇혀 있었다. 무덤의 구덩이는 팔수록 더 깊어만 갔다.

고통만이 나의 활동력을 높여주었다. 그랬다. 고통만이 삶의 욕망이었다. 그렇게 고통스러웠다.

11

아, 개와 늑대의 황혼, 매직 아워(magic hour).

히브리의 고문(古文)에서는 이 시각을 '사람들이 개와 늑대를 구별하지 못하는 시각'이라 표현하고 있다. 밝은 해가 곧 사라지고 어둠이 밀려오기 직전에 마술 같은 팔 분 내지 구 분의 시간이 존재하는 것이다.

순간적으로 모든 것이 변하는 이 일 초의 시간에 카메라는 움직이는 태양과 쫓고 쫓기는 사투를 벌이듯 빛을 따라가면서 푸른 하늘과 구름층을 찍어댄다. 아직은 공제선 아래로 만물의 윤곽이 연기처럼 어슴푸레 보인다. 곧이어 하늘이 어두워진다. 영화 전체가 이 마술의 시간을 이용하여 도시의 야경을 찍는다. 사방에서 네온등이 흐르고 빌딩이 숲을 이루면서 이 퇴폐의 도시, 바나나공화국을 연출해낸다.

그해 겨울, 나의 내면에서는 강력한 자기 파괴의 힘이 솟구쳤고, 항상 하루 가운데 이 시각이 되면 최고점에 이르렀다. 혈당이 위험 수준까지 떨어지고 호흡이 미약해졌다. 가물가물하는 혼백이 내게 이제 때가 됐다고 인정해줄 것을 요구하는 것 같았다. 인정하면 나는 곧 훼멸하는 것이었다. 이런 상황에서 나는 겨자씨처럼 아주 작은 의지에 매달리고 있었다. 억지로 크래커나 토스트 한 조각을 먹고 뜨거운 물을 한 잔 마셨다. 그런 다음 그것이 에너지로 전환되기를 조용히 기다렸다. 이렇게 날이 완전히 어두워지면 나는 또 하루를 견뎌낸 셈이었다.

나는 이런 무덤 속 같은 생활을 견디고 있었다. 여러 겹의 외피를 벗겨 낸 나는 고개를 숙이고 겸허하게 굴복했다. 새로운 신분의 정체성을 인정한 것이다.

나는 일자리가 생겼다. 더 이상 공원에 가서 출근부에 체크할 필요가 없었다. 나는 점점 까다로운 사람이 되어가고 있었다. 갈수록 더 쾌락만 추구할 뿐, 어떠한 부담도 받아들이려 하지 않았다. 물론 감정의 대가를 지불하는 일도 없었다. 나는 외모에 특별히 신경을 썼고 아주 세심하게 꾸몄다. 그 과정에서 큰 즐거움을 찾았다. 나는 또 몸을 보양하기 시작했다. 물고기 눈알을 진주에 섞듯이(魚目混珠)[52] 건강에 대한 여피족[53]들의 신앙에 동참했다. 광고 문구에서 말하는 것처럼 조금도 주저하지 않고 몸이 곧 나의 신이라고 믿었다. 내가 몸을 믿으면 세계 전체가 나의 몸을 믿을 것이라는 광고 문구를 신봉하기로 했다.

나는 매일 도시를 관통하여 돌아다니며 이 도시에 존재하는 비밀스런 입구들을 숙지했다. 그곳을 통해 미끄러져 들어가면 각종 이교도의 전당에 이르러 갖가지 괴상하고 섬뜩한 의식을 행할 수 있었다.

내가 밤낮으로 얼마나 자주 담장을 따라, 붉은 보도블록이 깔려 있는 가로수 길을 걸어 음산한 입구들을 오갔는지 모른다. 그런 곳들에 가는 걸 멈추고서야 나는 담장 너머에 시신안치소와 수술적출물 소각로가 있다는 사실을 알게 되었다. 대로를 사이에 두고 입법원과 마주하고 있는

---

52) 물고기 눈알을 진주에 섞어 넣는다는 말로 가짜를 진짜로 속인다는 의미.
53) 도시나 그 근교에서 살며 전문직에 종사하는 젊은이들을 일컫는 말.

곳이었다. 그 무렵, 신문에는 입법원의 풍수가 좋지 않다는 얘기가 나돌고 있었다. 그곳에는 원래 연못이 있고 그 연못 둘레에는 인공적으로 꾸민 언덕이 있어, 금붕어를 키워 귀신과 악령들을 쫓는다고 했다. 나쁜 기운이나 악령이 입법원 쪽으로 가까이 접근하면 연못에 빠져 바닥으로 가라앉게 되어 있었던 것이다. 그런데 언젠가 입법원이 휴회하는 동안 입법원 건물을 수리하면서 연못을 메워 안뜰을 만들었고, 그 바람에 풍수의 균형이 깨지면서 입법원은 더 이상 평화로운 장소가 되지 못했다.

나는 지난로(濟南路)를 걸으면서 거리를 따라 끝까지 가 보았다. 소각로 굴뚝에서 나온 연기가 하늘을 잿빛으로 물들이고 있었다. 몹시 혼란스러웠다. 나는 적어도 내가 제가 있는 타이베이로 돌아왔다는 사실을 생각했다. 제와 같은 도시에 있으면서 낯선 사람과 야합을 한다 해도 어쨌든 이 도시에 있다는 것은 분명한 사실이었다.

나는 내가 원하는 타입만 선택했고 나머지는 그냥 포기하거나 잊어버렸다.

수많은 사람들이 얼굴도 이름도 없이 내게 다가왔다가 사라져갔다. 아주 음탕한 부류의 남자 하나를 만났다. 꽉 끼는 청바지를 엉덩이에 걸쳐 입고 위 단추를 채우지 않은 검정색 가죽조끼를 맨살에 걸쳐 걸음을 뗴어놓을 때마다 배꼽이 살짝 드러나는 그런 남자였다. 나는 그런 남자와 바닷가에 폐기된 토치카 안에서 그 짓을 했다. 멀리서 사람들이 물놀이하는 소리가 희미하게 들려왔다. 바다와 육지가 환하게 불이 밝혀진 토치카의 네모난 구멍을 둘러싸고 있었다. 마치 달력의 한 페이지 같았다. 일을 치르고 나서 우리는 사람들 틈으로 섞여 들어갔다. 흐느적거리는 다리로 모래 위를 걸어가다가 모래가 기포를 일으키는 곳에 이르면 여자들의 부드러운 가슴 부위를 밟는 것 같은 느낌이 들었다. 나는 몸을 돌려 손바닥으로 햇빛을 가렸다. 그가 파도 속으로 뛰어들었고, 물에 젖은 그의 옷이 몸에 달라붙는 모습이 눈에 들어왔다. 그도 얕은 물살을 가르며 걸어가 사람들 틈으로 섞여 들어갔다. 그가 내 쪽을 바라보았다. 우리는 서로 상대방의 눈 속에 하나의 검은 점이 되어 헤어졌다.

상대가 붉고 촉촉한 입술을 가진 남자일 때도 있었다. 아주 붉은 입술, 너무나 특이한 모습이었다. 인간의 피를 빨아먹고 붉은 땀을 뚝뚝 흘리는 드라큘라 같은 입술이었다. 그래서 우리는 키스를 하면서 서로를 빨아들였다. 나의 피가 무방비 상태로 그의 입속으로 흘러 들어가는 것 같았다. 나는 이처럼 화려하게 생명을 밀어내고 있었다.

아주 음울한 향기를 풍기는 남자를 만난 적도 있었다. 바에서 만난 그의 몸에서는 레몬과 오렌지와 귤이 섞인 것 같은 진한 향기가 풍겨져 나왔다. 그는 잊히거나 무시당하는 것을 몹시 싫어하는지 계속 화장실을 드나들며 몸에 향수를 뿌려댔다. 나는 그때까지 그렇게 자신감이 없는 사람은 만나보지 못했다. 이번에는 그의 몸에서 부드러운 재스민과 로즈메리, 자두향이 느껴졌다. 그 다음에는 참나무와 난초꽃 냄새가 섞인 진한 목초향이었다. 그는 나를 조심스럽게 침대에 눕히고는 손가락으로 내 눈을 감겼다. 그러고는 악기를 다루듯이 나를 영민하게 조종하기 시작했다. 아, 그의 향기로운 3단계 악곡이 시작되었다. 빠른 템포로 플루트를 연주하더니 사치스럽고 방탕한 분위기의 피아노 연주가 이어졌다. 그런 다음 침울한 저음의 합창으로 마무리했다.

탭댄스의 구두 소리 같은 남자도 만났었다. 패티 데이비스의 그 슬픈 고양이 발소리 같은 신발이 생각났다. 그녀는 남들이 자신의 발걸음 소리를 들어주기를 원했었다. 그가 중금속 장식이 빛을 뿜어대는 옷을 벗어던지자 목과 팔에 온통 노예처럼 차고 있던 구리와 은으로 된 목걸이와 반지가 드러났다. 애무하려고 서로 몸을 움직일 때마다 이런 장식물들이 부딪혀 쟁강쟁강 소리를 냈다. 그 소리들은 말로 표현하기 힘든 욕정을 불러일으켰다. 갑자기 고문 기구와 회초리, 밧줄 같은 것들이 떠올랐다. 이런 것들이 보이지 않는 파충류의 꼬리처럼 나 자신도 인정하기 싫은 어두운 의식의 그림자를 들춰냈다.

피부 심층까지 마사지를 받았는지 피부가 고베산(産) 쇠고기보다 더 부드러운 남자도 만났다. 그는 카마수트라(KAMA SUTRA) 계열의 '사랑의 기름'을 온몸에 발랐다. 해저에서 채취한 진귀한 광물로 만든 기름이라고 했다. 목욕용 소금을 넣자 욕조 안의 투명한 물이 터키시 블루의 끈적끈적한 물로 바뀌었다. 나는 몸에 들러붙지 않는 진흙 속을 구르듯 그의 몸과 하나가 되어 카마수트라를 즐겼다. 고대 인도의 성적 자미(滋味)를 만끽했다.

바나나 리퍼블릭(BANANA REPUBLIC)54)의 광고 포스터에 등장하는 쿨하고 매력적인 소년도 좋았다. 리바이스 청바지의 실버 탭(SILVER TAB) 광고처럼 청바지만 입고 머리를 깔끔하게 정리한 반나체의 소년도 괜찮았다. 모두가 부조리한 한낮의 꿈에서 만난 상대들이었다. 그들과 함께 있

---

54) 의류 브랜드 이름.

206

으면 마음껏 공상의 나래를 펼 수 있었다.

우리 시대의 반항아인 제임스 딘 같은 친구도 만났었다.

루키노 비스콘티 감독의 황혼 삼부작 가운데 아야오와 나는 〈나치광
인〉55)만 보았다. 반차오(板橋)에 있는 작은 영화관에서였다. 이 영화관에
서는 제목을 '나치 여자광인'으로 바꿔서 상영했다. 얼마나 많이 편집을
했는지 장면마다 의미가 제대로 통하지 않았다. 심지어 스웨덴식 성애에
관한 이야기도 삽입되어 있었다. 나중에 아야오는 뉴욕에 도착하여 내게
연달아 편지와 카드를 보냈다. 맙소사, 그는 그곳에서 전혀 삭제되지 않
은 완전한 버전으로 이 영화를 보았다고 했다. 이 영화에는 한 무리의 동
성애자 병사들이 사살되는 장면도 들어 있다고 했다. 그는 우리가 기만
당한 것이라고 말했다. 미국에서 문화 충격을 경험할 때마다 그가 즐겨
사용하던 표현이었다. 영어와 중국어가 희한하게 뒤섞여 있는 그의 편지
에서 그는 영어로 이렇게 썼다.

"알아? 우리는 삼십 년이나 속아 왔던 거야."

해적판 영화를 상영하는 영화관에서 상사병에 걸린 로미오 역할을 하
던 레너드도 만났었다. 그는 순식간에 맨살이 드러난 팔과 순진하고 열
정적이며 아름다운 얼굴을 감췄다가 우리가 금세 주제곡을 따라 부르는
사이에 모습을 나타냈다. 우리는 비밀 첩보원이자 변장한 대변인이었다.

사정하지 않고도 밤새도록 즐길 수 있는 묘약을 먹은 남자도 만났었
다. 몸은 이미 고개를 숙였지만 정신만은 고도로 흥분되어 있었다. 첫 아

---

55) 〈지옥에 떨어진 용감한 자들(The Damned)〉의 타이완 제목.

침 햇살이 방으로 쏟아져 들어와 그의 창백한 얼굴에 드러난 푸르스름한 기운을 비춰주었다. 서리가 내린 뒤의 감 같은 그의 입술이 벌어지면서 선홍빛 속살을 드러냈다. 아래 눈꺼풀 안으로는 붉은 선이 보였다. 가부키 게이샤를 연상시키는 얼굴이었다.

긴 속눈썹 때문에 눈동자는 보이지 않고 반짝이는 눈빛만 보이는 눈을 가진 남자도 있었다. 나는 등 뒤가 반짝거리는 것을 느꼈다. 고개를 돌려 보니 빛은 금세 사라졌다. 나는 일어나 그 빛을 쫓아가기로 마음먹었다. 지나가면서 그의 몸을 살짝 스쳤는데도 아무런 반응이 없었다. 그곳은 아주 넓었다. 이리저리 마구 이동하면서 잠시 눈에 보였다 사라지기를 반복했다. 천체의 미궁을 배회하고 있는 것 같았다. 누군가 취한 척하며 내게 다가와 어깨에 몸을 기대려 했지만 나는 그 빛을 잡느라 여념이 없었다. 갑자기 그 빛이 구불구불한 선을 그리며 지나갔다. 나는 무작정 그 빛을 따라갔다. 어느새 나는 짙은 안개에 휩싸여 있었다. 나를 인도해줄 어떤 좌표도 보이지 않았다. 나는 미친 듯이 걷고 또 걸었다. 공사를 알리는 붉은 회전 경광등이 있는 곳으로 진입하여 발을 뺄 수 없게 되고서야 육교 위에 걸려 있는 별빛을 보게 되었다. 나는 발밑의 상어 떼 같은 철근과 철판, 그리고 무수한 구멍들을 타 넘고 다리 위로 올라섰다. 시가지의 상공을 가로로 횡단한 다음 떨어지는 별빛을 따라 어두운 길을 걸었다. 갑자기 그가 돌아서면서 눈먼 사람처럼 나를 그냥 지나쳐 길 반대편으로 건너갔다. 나는 곧장 그를 따라가기 시작했다. 가슴이 쿵쾅거렸다. 길은 은하처럼 두 갈래로 갈라졌고 나는 그림자처럼 건너편에서 그를 따라 걷고 있었다. 그가 작은 거리에서 모퉁이를 도는 순간 그를 따라잡으려 발걸음을 재촉했다. 거리가 끝나는 곳까지 따라갔다. 막다른 길이었다. 그곳에는 온갖 쓰레기와 마늘 냄새뿐이었다. 고개를 돌려 보니 광고판 아래로 담배 불빛이 가물거리는 게 보였다. 나는 곧장 앞으로 달려갔다. 이글거리는 눈에서 당장이라도 불꽃이 쏟아질 것 같았다. 어둠 속에서 그 별빛을 기다렸다. 마침내 별빛이 나를 붙잡아 살을 태웠다. 그는 내게 담배를 건넸고 나는 입이 아프도록 거세게 한 모금 빤 다음 다시 그에게 넘겨주었다. 그리고 그 별빛이 더는 도망치지 못하도록 무서운 눈으로 노려보았다. 그는 내 말에 순순히 따랐다. 우리가 가야 할 곳으로 갔다.

나는 황금을 찾듯이 방탕하게 관능적 향락에 빠져들었다. 밤만 되면 이 도시를 헤매고 다니며 황금을 손에 넣는 행운을 기대하면서 허접한 부스러기들을 빨아들였다.

그와 동시에 히스테릭하게 결혼에 열을 올리기도 했다.

끝없이 무한정 이어지는 성애의 향연에 신물이 났기 때문이다. 모든 풍류를 다 즐겨 보았다. 나의 인화점은 아주 뜨거운 불길이 아니면 불이 붙지 않을 정도로 높아져 있었다. 완전히 거세되는 것은 아닌지 걱정되기 시작했다. 조만간 엘리엇 시구의 예언이 정말 영험한 것으로 드러날까 두려웠다.

"나는 분명히 사랑을 나누었다. 그러나 아무런 느낌도 없었다."

나는 영화 〈분홍신〉에서 마법의 구두를 신고 미친 듯이 멈추지 않는 춤을 추는 소녀의 발과 같았다. 외부적인 힘이 부러뜨려주기 전에는 춤을 멈출 수 없었다. 나는 안식을 갈망했다. 나를 구원할 수 있는 것은 결혼뿐이었다.

나는 진지하게 베이베이를 만나 볼 작정이었다. 여동생과 고등학교 단짝이었던 베이베이는 나중에 여동생과 약간 소원해진 상태였다. 둘 다 독신주의자이지만 그렇다고 귀족이 아니었던 우리는 아주 막역한 사이가 되었다.

하지만 어찌된 일인지 나와 베이베이, 우리 두 사람 사이에는 장력이 없었다.

우리는 가족처럼 가까웠고 오래된 신발처럼 편한 사이였다. 남매라 해도 좋고 형제라 해도 좋았다. 그녀는 내게 못하는 얘기가 없었다. 심지어 남자들과의 일까지 아무런 거리낌 없이 얘기했다. 직장에서 상사에게 올린 서류가 무사히 통과되어 기분 좋게 펍(PUB)에 가서 미친 듯이 즐긴 날이면 그녀는 으레 취한 몸을 내게 맡기곤 했다. 그녀의 위통은 놀랍게도 업무의 생태 환경이 왜곡되어 있기 때문에 생긴 것이었다. 이런 점은 나 같은 부류와 크게 다르지 않았다.

그녀는 내게 소녀 시절의 꿈에 관해 얘기한 적이 있었다. 자신만의 방을 갖는 꿈이었다. 자신이 좋아하는 색을 칠하고 큰 책상과 술이 달린 스탠드로 방을 장식하고 싶다고 했다. 그녀는 어렸을 때 두 오빠와 방을 함께 썼다. 두 개의 이층 침대를 나란히 놓으면 얕은 서랍이 네 개 달린 책상 하나가 겨우 들어갈 수 있는 좁은 방이었다. 위쪽 침대를 사용했던 그녀는 늘 책상을 밟고 침대에 올라가야 했다. 열네 살이 되어 그녀는 집 전체에서 소금 냄새가 나는 것을 느끼기 시작했다. 그녀의 몸에서는 달콤하면서도 시큼한 냄새가 났다. 고양이가 자신의 배설물을 묻혀 흔적을 없애듯이 베이베이는 그 냄새를 없애려고 필사적으로 노력했다. 아버지처럼 마늘을 잔뜩 먹기도 했고 다른 냄새로 바꾸려고 몰래 방향제를 지니고 다니기도 했다. 그녀는 원숭이처럼 능숙하게 침대를 오르내렸고 오빠들에게 자신의 몸을 보이지 않으려고 일부러 아무도 없을 때 침대에 오르내리곤 했다. 반대쪽에는 녹나무 상자와 겨울용 이불이 높게 쌓여 있었다. 그녀는 밤이 되면 녹나무 상자 속에 숨어 있는 괴물들이 밖으로 나와 덤비지 않을까 두려웠다. 그래서 팔을 가슴 위에 십자가 모양으로 올려놓고 무사하기를 바라면서 잠이 들곤 했다. 추위가 몰려오면서 상자 안에 있던 두꺼운 옷들을 꺼내야 할 때가 되면 엄마는 상자 안에 왜 마늘 뭉치와 십자가 모양으로 엮은 풀이 들어 있는지 도무지 이해할 수가 없었다. 마늘과 십자가는 악령을 막기 위한 베이베이의 부적이었다. 베이베이는 틈이 벌어진 곳마다 마늘과 십자가 모양의 풀을 넣어두고서 그것들이 자신을 지켜줄 것이라고 믿었다. 방에는 등이 두 개였다. 하나는 알루미늄 국자를 거꾸로 세워놓은 모양이었고 하나는 한참을 깜박거리다 겨우 흐릿하게 푸른빛을 내는 천장의 형광등이었다. 그래서 그녀는 첫 월급을 타자 천금을 들여 대리석 받침이 있는 스탠드와 크림색 톤의 화려한 갓을 샀다. 좁고 침침한 그녀의 방에 어울리지 않는다 해도 상관없었다. 베이베이는 처음에는 스탠드에 몹시 집착하더니 나중에는 골동품에 빠져들었다.

옛일부터 최근의 일에 이르기까지 베이베이는 내게 자신의 얘기를 전부 털어놓았다. 경청자로서 나는 항상 적막감을 느껴야 했다.

그녀는 내게 일방적으로 너무도 많은 것을 주었다. 너무나 천진해서 남겨두는 것이 없었다. 하지만 나는 어땠던가? 내가 그녀에게 무엇을 줄 수 있었을까? 나는 항상 입을 다물고 있었다. 나는 그녀에게 너무나 인색했다. 그녀에게 내 삶의 어두운 부분은 조금도 드러내지 않았다. 그녀가 내 세계의 절반은 가질 수 있을지 몰라도 나머지 절반은 절대 얻을 수 없었을 것이다.

나는 일상적인 절차에 따라 그녀에 대한 구애를 시작했다. 우선 비교적 값이 비싼 유명 스테이크 집에서 만나기로 약속해 그녀를 놀라게 했다. 그녀는 부자연스러움을 해소하려 시도하면서 왜 이렇게 여피족들이 나 오는 곳에 데려왔냐며 나를 놀려댔다.

나도 곤혹감을 감출 수 없었다. 베이베이가 그렇게 민감하리라고는 미처 생각지 못했기에 나는 할 말을 잃고서 창백한 얼굴로 덤덤하게 앉아 있었다. 궁지에 몰리고 말았다. 자포자기의 심정으로 그녀의 시선조차 받아들일 수 없었다. 너무나 길고 지루한 식사 의식이 진행되었다. 후반부에는 무심코 나의 실체를 얘기해버리면 어쩌나 걱정이 되기까지 했다. 물기가 빠져 찐득찐득해진 해초의 소금 냄새가 새어나가는 일은 없어야 했다. 계산을 하고 나서 나는 겁에 질린 생쥐처럼 서둘러 도망쳤다.

나는 베이베이의 생활 네트워크에서 자발적으로 사라졌다. 나 자신이 우리의 순수한 우정을 하룻밤에 깨버렸다고 확신했다. 후회가 깊어지면서 베이베이가 그리워졌다. 애니 홀처럼 스리피스의 바지 정장을 차려입은 그녀의 모습이 내 머릿속에서 떠나지 않았다. '내가 그녀를 사랑하고 있는 걸까?' 그렇다면 이건 남자와 여자 사이의 사랑일 것이었다. 이런 생각에 기분이 좋아졌다. 어쩌면 다시 시작해봐야 하는 것인지도 몰랐다.

결국에는 베이베이가 먼저 나를 찾았다. 그녀가 두 번이나 음성메시지를 남겼지만 나는 너무 부끄러워 전화를 못하고 있었다. 그녀가 말했다.

"혹시 실종됐던 거예요?"

나는 감격해서 눈물이 날 것만 같았다. 말없이 웃기만 했다. 웃음소리가 크게 터져 나왔다.

이번에는 그녀가 내게 저녁을 먹으러 가자고 했다. 그녀는 항상 그랬듯이 활발한 성격 탓에 쉴 새 없이 종알거렸고 나는 그녀의 말에 귀를 기울이면서 가끔씩 묻는 말에 대답만 해주었다. 우리는 또다시 가장 편안하고 익숙한 분위기로 돌아갔다. 그날 그녀가 했던 말들이 아직도 귀에 생생하다.

"여자는 역사의 바람을 기다리는 돛단배이고 남자는 그 바람을 안고 서 있는 바보들이에요."

이 말은 구로이(黑井)인가 뭔가 하는 사내가 세상을 향해 정신을 차리라고 던진 메시지였다.

베이베이는 광고에 관해 얘기했다. 그녀는 남성 중심 산업은 이미 끝났다고 했다. 과거 일본 남자들에게는 자신이 일하는 회사가 거의 집과 같은 존재였다. 그들은 일종의 종신고용제 형태로 영구적으로 회사에 의지하며 살았다. 이는 회사와 기업을 중심으로 하는 동심원 의식이자 일종의 무사도였다. 전후의 샐러리맨들은 마지막 사무라이인 셈이었다. 석유파동이 세계를 휩쓸고 간 뒤부터 남자들은 집으로 돌아가기 시작했다. 남편들은 불안감에 사로잡혀 부엌이나 서재로 들어갔고, 눈에 띄지 않는 구석에서의 행복을 찾으려 노력했다.

그녀가 말했다.

"일본 남자들은 줄곧 회사와 어머니의 품에서 안식을 찾곤 했지요. 특히 모성에 의지하는 부분은 아주 긴 전통을 갖고 있어요. 그들은 단체 안에 있을 때면 아주 귀여운 어린이들이 되지만 일단 단체를 이탈하면 얼마나 재미없는 사람들로 변하는지 모른다고요."

여성과 아이들은 새로운 환경에 쉽게 적응하는 데 반해 남성들은 배우고 느끼는 것이 늦다는 게 그녀의 생각이었다.

나는 놀라운 마음으로, 마치 베이베이가 나를 여성의 범주에 포함시켜주기라도 한 것처럼, 그래서 나도 그녀의 남성관에 거침없이 동조해도 되는 것처럼 그녀의 말에 일일이 동의하고 있었다. 나는 계속 그녀의 얘기를 들으면서 마르쿠제의 말을 몇 마디 인용하여 미약하게나마 맞장구를 쳤을 뿐이다.

"맞아, 우리가 모든 사회제도를 폐지하기만 하면 모자(母子)가 하나가 되는 이상적 상태로 돌아갈 수 있지."

상실감이 느껴졌다. 나는 계속 공포탄만 쏘아대고 있었다. 베이베이의 얘기와는 전혀 상관없는 공허한 말만 늘어놓고 있었던 것이다.

아주 오랜 시간이 흐른 뒤에야 나는 일본어 단어 하나를 알게 되었다. '아마에(甘え, AMAE)', 의존적 사랑이라는 단어였다. 아이가 엄마의 품에 들어가 안길 때 느끼는 기분 또는 어리광과 비슷한 의미였다. 일본인들은 이 단어의 뜻을 일상사에 확대하여 사용하곤 했다. 그리고 이를 통해 지워지지 않는 국민성을 배양했다.

이러한 의존적 사랑이 제도화된 것이 바로 천황제라고 할 수 있었다.

이 단어의 어원인 '아마'는 고사기(古事記)에 신화에서 유래한다. 천상에

서 내려오는 것은 '아마쿠다루(天降る, amakudaru)'이고, 천상으로 올라가는 것은 '아마가케루(天翔る, amagakeru)'이다. 하늘이 여러 부분으로 나눠졌다고 생각하는 일부 유목 민족들의 관념과는 반대로 일본인들은 하늘이 하나로 이어져 있다고 믿었던 것이다.

태양의 여신 아마테라스 오미카미(天照大神)는 신들이 사는 다카마가하라(高天が原)에 살고 있었다. 그 남동생인 스사노오노 미코토(素盞鳴尊)가 반란을 일으켜 남신들이 사는 구름의 왕국 이즈모국(出雲國)를 세웠다. 만 년 전에 일어난 이 일은 남신들이 일으킨 성적 혁명이었을까? 여신 아마테라스 오미카미는 구름의 왕국 이즈모를 인정하지 않았다. 그래서 어린 손자에게 벼 이삭 하나를 주면서 야마토국을 세워 구름의 왕국을 대신하게 했다.

아마테라스 오미카미에게는 아들이 하나 있었다. 하지만 이미 성인이 되어 남성 세계에 속해 있었기 때문에 그를 믿고 일을 맡길 수가 없었다. 반면에 손자는 아직 어렸고 아마테라스 오미카미의 궁전에서 함께 살며 그녀와 잠자리를 같이하고 있었기 때문에 여성 세계를 대표하여 왕국을 통치하게 할 수 있었던 것이다. 그 뒤로 만 년을 끊이지 않고 이어져 내려오는 일본의 천황가는 남성이 통치하긴 하지만 여성인 아마테라스 오미카미가 세운 질서를 따르게 되었다.

이세(伊勢)신궁은 아마테라스 오미카미에게 제사를 지내는 곳으로서 사이슈(齋主)[56]는 미혼의 궁주인 내친왕(內親王)이다. 여성만이 사이슈가

56) 제사의 주재자를 말한다.

될 수 있었다. 기독교에서 교황이 하나님 여호와에게 제사를 올리는 역할을 사이슈가 맡고 있는 것이다. 아주 옛날 중국에서 천자가 제주 역할로 하늘과 땅에 재물을 바치며 제사를 행했던 것과 비슷하다. 일본의 쇼토쿠(聖德) 태자는 중국 수(隨)나라 황제에게 편지를 보내면서 자신의 편지를 해가 뜨는 곳에 있는 천자가 해가 지는 곳에 있는 천자에게 보내는 서한이라고 쓴 바 있다.

해가 뜨는 곳인 나니와즈(難波津)는 여인국이었다. 가장인 여자가 마음에 드는 남자를 고용해 관리자로 썼다. 여자는 집에서 지내면서 아들이나 손자를 시켜 바깥일을 보게 했다. 아들이 단순히 관리자들을 관리하는 더 큰 관리자 역할만 한 것은 아니었다. 아들은 젊은 통치자로서 아마테라스 오미카미가 손자에게 권력을 주었던 것과 똑같이 어머니의 명령을 전달하는 권한을 가지고 있었다.

천황은 매우 여성적이었다. 그래서 여성이 주도하는 야마토국은 예술의 나라였다. 그런 점에서『겐지 이야기(原氏物語)』의 저자가 남성을 달로 은유한 것도 이상한 결코 일이 아니다. 대부분의 여성은 자기 집이 있었고 남자들은 구애를 위해 그곳을 들락거렸다. 일본 문학의 진정한 바탕은 궁정의 여성문학과 민간의 여성가요라고 할 수 있다.

적막감을 느끼며 내가 학생들에게 말했다.

"세계를 석권한 일본 생산성의 비밀을 이해하려면 먼저 일본의 여성을 이해하는 것이 바람직할 거다."

사실 결혼은 지금도 개인적인 일이 아니다. 결혼은 한 번도 개인적인 일이었던 적이 없고 앞으로도 그럴 것이다. 레비스트로스의 격언이다.

레비스트로스는 역연혼(레비레이트)이든 순연혼(소로레이트)이든, 적극적으로 받아들이든 회피하든 간에 친족의 형태는 족내혼과 족외혼의 두 가지 유형을 벗어나지 않는다고 지적하고 있다.

족외혼은 일종의 연맹의 수단을 통하게 된다. 하나의 집단이 자신을 역사에 개방하여 보다 많은 기회를 얻으려면 그 대가로 어느 정도의 위험을 감수해야 한다. 이에 반해 족내혼은 부족의 결속력을 강화하기 위한 전략으로 활용된다. 상속제도와 신분제, 작위, 상규(常規) 등을 통해 자손에게 특권을 세습하는 것이다. 이 두 가지 방법은 끊임없이 서로 교환되면서 행렬대수의 공식처럼 복잡한 관계망을 전개하는 것이다.

결혼을 해야겠다는 나의 강한 갈망이 거의 사라졌을 무렵, 베이베이와 나는 함께 식사를 하면서 얘기를 나누게 되었다. 물론, 늘 그랬듯이 그녀가 주로 얘기를 하고 나는 듣는 입장이었다. 저녁을 먹고 우리는 길 건너편에 있는 작고 매력적인 부티크에 들어갔다. 베이베이는 눈을 보석처럼 반짝이면서 연신 이국풍의 외제 액세서리를 만지작거렸다. 그러면서 교리를 강요하는 전도사처럼 나를 자신의 즐거움 안으로 끌어들이려 애썼다. 내가 뭐든지 하나 사라고 종용하자 그녀는 쓸데없이 돈을 낭비하고 싶지 않다고 말했다. 나는 그녀가 열심히 돈을 모아 작업실로 쓰기 위한 아파트를 한 채를 구입하려 한다는 사실을 잘 알고 있었다. 부모님 집에서 나와 자기방식대로 자유롭게 살고 싶은 것이었다. 키가 작은 그녀는 내게 바싹 붙어 서 있었다. 나는 하마터면 나의 비밀을 말할 뻔했다. 나는 우리가 결혼하면 그곳에 있는 물건들을 전부 사다가 집을 멋지게 꾸밀 수 있을 것이라고 말했다.

그녀가 내 말을 못 들은 척하고 있는 걸까? 아니면 우리가 너무나 친하고 편한 사이라 이런 말이 아무런 의미도 갖지 못하고 입에서 나오자마자 사라져버리는 것일까? 나는 허공을 향해 중얼거리고 있었다. 내 말은 이렇게 흔적 없이 허공에 흩어져버렸다. 꿈속에서 한 말이 자신의 귀만 울리고 있는 것 같았다.

베이베이가 내게 다가오더니 백납시계를 하나 보여주었다. 주석과 아연의 합금으로 만들어진 이 탑 모양의 시계에는 조개와 소라, 불가사리, 물고기 등이 양각되어 있었다. 불룩한 부분은 금으로 도금된 잎사귀 모양 장식이 되어 있고 그 안에는 석고로 된 둥근 얼굴이 새겨져 있었다. 그리고 나무로 된 바늘이 시간을 가리키고 있었다. 안과 밖 모두 손으로 직접 제작한 시계였다. 지난 십여 년 동안 디지털시계가 보편화되면서 이제는 시간이 초 단위로 사라진다는 생각이 들었다. 나는 기계식 시계만 사용하면서 시간이라는 것은 그렇게 천천히 공간에 의해 침식되어 가는 것이라고 믿었다. 고집스럽게 바늘이 움직이는 속도로 밤으로의 긴 여정을 맛보고 싶었던 것이다. 그 뒤로도 베이베이는 그 가게 앞을 지날 때마다 안으로 들어가 그 백납시계가 팔렸는지 확인하곤 했다. 내가 다시 말했다.

"내가 사줄게."

우리는 정말로 결혼했어야 했다.

그녀가 말했다.

"아니에요, 너무 비싸요. 나보다 돈을 많이 버는 것도 아니잖아요."

내가 말을 받았다.

"그래, 확실히 좀 비싸긴 하지."

그녀는 그냥 그렇게 넘겨버렸다. 내 마음을 잘못 읽은 것이다. 내 말솜씨가 바닥으로 떨어지는 게 보이는 것 같았다. 진주목걸이 줄이 끊어져 진주알이 슬롯머신의 쇠구슬처럼 사방으로 튀어나가 진열 상품 구석구석에 가서 박히는 것 같았다. 백납 설탕 그릇과 후추 분쇄기, 토끼 모양의 골동품 은수저, 크리스털 잔, 손으로 직접 그림을 그려 넣은 도자기, 수지로 된 촛대, 청동으로 된 양초 가위, 구리거울, 땜질한 편지함……, 나의 볼품없는 결혼 신청은 이렇게 흩어져 수입 골동품들 속으로 흡수되어버렸다.

그 뒤로 몇 해에 걸쳐 나는 은발의 할머니들이 아침부터 패스트푸드 점포로 몰려들고 주부들이 홍차의 주요 고객이 되며 독신 여성들이 관광이나 친지 방문을 위해 뻔질나게 외국을 드나드는 광경을 볼 수 있었다. 베이베이는 1987년부터 일본의 여성 직장인들이 자신을 위해 일 캐럿짜리 다이아몬드 반지를 사기 시작했다고 말했다. 그리고 그 이듬해부터는 이 캐럿짜리 반지를 사서 끼고 다니는 여성들도 생겼다고 했다. 이 여성들은 사랑의 징표로 남자에게서 다이아몬드 반지를 받을 때까지 기다리지 않았다. 다이아몬드 반지의 유행은 점점 더 멀리 확대되었다. 여성들이 자발적으로 다이아몬드를 산 뒤에는 부모나 남편, 친구들 것까지 챙기는 모계사회의 특징이 강하게 나타났다. 이는 국제 다이아몬드 시장에서 전례를 찾기 어려운 현상이었다.

중금속의 상공에 도시의 유협들과 포스트모던의 로빈후드들이 빠르게 날아다녔다. 도쿄족(族)에 이별을 고하면서 행동파들이 연맹하여 자기주장을 펼치기 시작했다. 괴상하고 다양한 부티크들이 봄풀처럼 자라나 이 도시를 점령하고 있었다.

파란 아라베스크 무늬의 도자기와 물방울 모양의 밀랍, 투명한 핏빛 호박, 파란색과 흰색으로 얼룩진 돌, 생선뼈 구슬, 단단한 진주, 무늬가 있는 러시아 호박, 솔잎 빛깔의 마노석, 자개 장식이 새겨진 오래된 청동 골무……

생활이 조각나 파편이 된 현대인들에게는 향기야말로 삶을 재통합시 키는 이상적인 치료제였다. 레몬과 샐비어는 머리를 맑게 해주고 페퍼민 트와 오렌지는 사람들이 모인 곳의 분위기를 활기차게 해준다. 백단향과 참깨는 정력에 좋다. 1792년에 한 수도사는 결혼을 앞두고 있는 은행가 친구 뮐헨스에게 기적의 물을 만드는 비법을 선물로 주었다. 뮐헨스가의 비법이 된 이 액체는 보통 향수와는 달리 흑삼림의 참나무 통에 넉 달 동 안 저장해두어야 했다. 그런 다음 액체가 숙성되면 가장자리를 금으로 장식한 청록색 병에 담아서 세계 곳곳으로 보냈다. 이것이 바로 나중에 '4711'로 불리게 된 향수다. 이백 년이 지나 동양의 섬나라에 들어온 이 향수는 일부 동지들에게 액체의 기억이 되었다. 그들은 이 향수를 사용 하면 문란한 생활의 파편들이 전부 향기로 기억될 것이라고 믿었다.

이리하여 나는 무수한 상호로 이루어진 이 도시의 지도를 읽기 시작했 다. 그 상호들이 무엇을 뜻하는지 분명하게 이해하지도 못한 채 이것저 것 내 마음대로 이어 붙이면서 해석을 해나갔다. 나는 이들 상점으로 들 어가는 비밀 입구를 상상했다. 그곳에는 각종 집단과 의식이 별처럼 흩 어져 있었다. 수많은 향기의 나라들이 인도의 천왕(千王) 정치처럼 삼천 개의 대천세계를 이루고 있었다.

키스 라 보카(KISS LA BOCCA)에서 요즘 가장 잘 팔리는 레드와인 '테스트 튜브 베이비'를 내놓았다. 원래 이름은 카미카지(KAMIKAZI)였지만 이름을 바꾸어 붉은색, 흰색, 노란색 시음용 병에 담아 1차분 오십 병은 삼천 달러에 판매했다. 바의 단골 고객들과 퇴근길의 화이트칼라들이 큰소리로 떠들며 이 술을 마셨다. 한 줄로 죽 늘어서 앉은 이들은 가솔린 통에 불을 붙인 듯 자신들만의 행복한 분위기를 연출해 바를 환하게 했다. 바는 완전히 아수라장이었다.

프라이데이(FRIDAY), 서커스(CIRCUS), 톱(TOP), 노점, 비노 비노(VINO VINO), 남방안일(南方安逸), 고양이를 키우는 나비, 여름꽃, 속임수, 섬타임스(Sometimes), 휴식처, 수탉, 해바라기, 숨바꼭질, 4T5D, 포스트모던 묘지.

도쿄 신주쿠식 살롱 바인 '이진(異塵)'은 성당처럼 높은 천장에 전등과 유리잔 조각이 분위기를 돋우고 있었다.

IR, U2, 엄마의 음식, 태양·공기·물, 욕망이란 이름의 전차, 잔돈주기 귀찮아, 괜찮아요, 헝겁 고양이, 청향제(淸香齋), 작은 곰의 숲, 홈라이크(HOMELIKE).

롼추어(阮厝), 식당, 술안주, 86항(巷), 할머니 집, 채팅, 꽃식당. 반공 표어와 공매국(公賣局)의 술 담배 철제팻말, 그리고 중미(中美) 협력을 상징하는 악수하는 손 도안이 붙은 아차이(阿財)의 가게. 삼륜차와 중고 라디오, 전화기, 오래된 신문, 화장대 등을 갖고 사는 아버지의 연인. 포스트모던 중국풍의 술집, 창안(長安)대로. 앱설루트(ABSOLUTE).

이상한 모양의 노래방 황궁, 육 층 건물 높이에 매달려 있는 괴물. 걸프 전에 참전한 잘생긴 미군 복장의 웨이터들이 조금은 피곤해 보이는 모습으로 재빨리 통로를 지나 엘리베이터로 손님들을 안내하면 손님들은 제각기 가라오케 구역과 노래방 구역, 타이완 요리 구역, 맥주 홀, 비비(BB) 탄 방, 디스코(DISCO) 구역 등으로 흩어졌다. 이 모든 것이 같은 건물 안에 있었다.

타이베이의 존엄과 관계 기관. 반개의 천당과 시칠리아 사람들. 찬부우스(參布伍石), 사 분 삼십삼 초. 문화잡화, 추적게임. 프랑스 공장, 설치되지 않은 방어선, 삼십삼 간당(間堂)…….

나는 책상 앞에 앉아서 수많은 단어의 배열로 구성된 도시의 구조물과 주요 장소를 살펴보았다. 자신이 눈앞에서 빙산처럼 수면 위로 솟아오르고 구름이 내려와 바다 위에 우뚝 서는 것 같았다. 내가 쓰는 도시는 그저 문자 안에 있을 뿐이라 글이 죽으면 도시도 죽을 수밖에 없었다.

도시가 죽기 전에 나는 우리의 사랑을 기록해나갔다. 나와 용제의 약속과 동맹을 기록했다.

남풍이 일어 흰 모래가 날리고
멀리 노(魯)나라의 바위투성이 산이
천년 묵은 해골에 이빨이 자라나 있는 것처럼 보이네

222

12

　나는 용제가 바라보던 도로 위 차의 흐름을 지켜보았다. 몇 년이 지난 지금도 여전히 배를 갈라 내장을 드러내놓은 상태로 지하철과 고속철도를 건설하느라 건설 현장에서 뿜어져 나오는 먼지가 하늘을 뒤덮고 있다. 그 탁한 공기를 마시며 사는 도시인들은 더 나은 미래를 위해 날마다 겪는 이 불편을 견디려고 눈과 코를 가리고 다닌다.

　자동차들은 시멘트와 철판으로 뒤덮인 미로 같은 길을 곡예 하듯 지나간다. 밤이 되면 반짝이는 경고등이 길을 메운다. 차도 보이지 않고 택시를 잡을 수도 없어 버스를 탔다. 운전기사 바로 옆 비교적 높은 자리에 앉아 버스가 미궁을 질주하는 광경을 내려다본다. 지면에 명멸하는 붉은 등불들이 칠칠이 사십구 마흔아홉 개의 등을 밝히는 도교 신자들의 행사를 구경하는 것 같다.

　나와 타이베이 시민들은 순진하게도 나중에 지하철이 개통되면 이런 교통 혼잡이 크게 해소되리라고 믿으며 기꺼이 협력하는 마음으로 이 난장판 속에서 살아가고 있다. 과연 우리는 첩운(捷運)[57]이라는 것이 하늘을 막고 우리 머리 위를 기어 다니는 거대하고 추한 시멘트 뱀에 지나지 않는다는 사실을 깨닫고 또다시 속았음을 알게 되었다. 나는 비분을 금

57) 지상과 지하를 두루 연결하는 타이완의 지하철 시스템을 첩운이라 부른다.

치 못하며 미친 사람들과 철학자들이 늘 내뱉는 주문을 되뇌었다.

"왜?! 왜?! 도대체 왜?!"

모래 먼지 자욱한 하늘 아래에서 외로운 신하와 버림받은 사람들이 구약성서의 「시편」을 펼쳐 읽는다.

"우리는 바빌론 강가에 앉아 시온을 생각하며 울었네."

나는 더 이상 논쟁을 하고 싶지 않았다. 그저 창문을 꼭 닫고 빈틈이 생기지 않게 두툼한 커튼을 드리웠다. 그러나 매일 청소를 해도 방에는 항상 먼지가 수북했다. 나는 아무런 위안도 얻지 못하고 깨끗한 집을 쓸고 닦으며 글과 함께 생활했다.

사에바 료(冴羽獠), 이 얼마나 신기한 단어의 조합인가. 이는 원래 도시의 사냥꾼 멍보(孟波)의 일본 이름이다.[58] 이 신기한 글이 내게 코코샤넬은 옷의 등 부분을 하나 혹은 두 개의 천으로 기워 만드는 일반적 관행과는 대조적으로 여섯 개 내지 여덟 개의 천 조각을 연결하여 만들기를 고집한다는 사실을 알려주었다. 샤넬은 인간의 모든 움직임이 등에서 시작한다고 믿었다. 그래서 등 부분을 정교하게 제작함으로써 옷을 입은 사람의 동작이 우아하게 드러나도록 했다. 이 글에서는 황홀한 줄무늬의 매력이 적도 지역의 무지개에서 영감을 얻은 것이라고 설명하고 있다. 그곳에서는 무지개가 직선으로 나타난다고 한다. 이것 말고도 이 글에는 많은 이야기들이 있다. 1918년 여름, 샤넬은 휴가에서 돌아오면서 세계

---

58) 사에바 료는 일본 만화 〈시티헌터〉의 주인공 이름. 이 만화를 원작으로 삼아 만든 영화 〈시티헌터2(孟波)〉에서 사에바 료는 멍보라는 이름으로 바뀐다.

패션계를 강타할 기념품을 가져왔다고 한다. 다름 아닌 오래된 구리 같은 피부색이었다.

아, 내가 할 수 있는 일이란 나의 방, 이 작은 이슬람사원을 내가 원하는 대로 꾸미는 것뿐이었다. 레비스트로스는 인도에서는 인류공동체를 창조하는 데 달리 많은 게 필요하지 않다고 말한 바 있다. 인도에서는 손수건 한 장 위에도 삶이 존재한다. 땅 위에 네모난 줄만 그어도 그곳은 신을 찬양하는 장소가 된다. 기도하기 위해 펼치는 천에 인도의 문명 전체가 집약되어 있는 것이다. 살아남기 위해서는 누구든지 초자연적인 것과 강력한 개인적 유대를 유지해야 한다.

그랬다. 초자연적인 것이었다. 이 모래바람 속에 살아가는 시민들은 제각기 자신만의 초자연성을 지니고 있었다.

나의 초자연은 글이었다. 약용 접시꽃과 머위, 쓴 차, 국화꽃, 산쑥, 말꼬리, 장미 꽃잎, 서양톱풀, 호프, 몰약, 숙근초, 쥐똥나무, 안식향 등도 필요했다. 몰식자도 있었다. 어리상수리혹벌은 나뭇잎에 산란하여 몰식자를 만들어낸다. 유충이 부화되면 나뭇잎을 먹고 자라서 어리상수리혹벌이 된다. 몰식자는 염료의 재료가 되는 타닌산의 주원료이다. 야생 오렌지 봉오리도 있다. 이것을 식초에 담가두었다 향료로 사용하는데, 연어구이에 사용하면 안성맞춤이다.

나는 이런 것들 속에 잠겨 바깥세상과 분리되어 살았다. 그동안 세상에서는 누군가 링윈(凌雲)통상빌딩을 건설해놓았다. 이 건물은 가와사키(川崎)제철회사로부터 수입한 흰색 에나멜 코팅과 파란 열 조절 반사 유리로 외부를 마감했다. 반사 유리는 화강암이나 거울 유리보다 비용이 두 배나 든다. 신이로(信義路)에서 남쪽으로 둔화남로(敦化南路)에 이르기까지 하늘에 닿는 공제선은 북극에서 오는 철새들이 국경을 넘어 타이베이로 오기 위해 반드시 통과해야 하는 비행 지대이다. 이 지역을 통과하기 위해 철새들은 더 높이 날아올라야 한다. 빌딩에서 내려다보면 햇살도 통과할 수 없을 만큼 뿌연 모래 먼지가 도시 전체를 뒤덮고 있다.

두꺼운 커튼을 열고 밖을 내려다본다. 차량들의 흐름 사이로 우리는 어깨를 나란히 하여 육교를 건너다녔다.

귀빈 카드를 가지고 있는 친구들과 공짜 영화를 보러 갔다가 영화가 끝나면 죽을 비롯한 간식을 먹었다. 간식을 먹고 나면 모두들 제각기 흩어지고 나와 용제만 남았다.

우리는 여러 번 만나는 사이에, 이미 마음속으로 서로를 사랑하고 있었다. 하지만 누구도 먼저 선을 넘으려 하지 않았다. 오늘 밤은 아예 그의 어깨에서 눈길을 옮길 수가 없다. 그리고 그도 나의 이런 시선에 호응한다. 나는 그를 내가 세를 내서 살고 있는 집으로 초대했고 그도 좋다고 말했다. 그러나 갑자기 그가 가지 않겠다면서 육교 난간에 기대어 선 채 지나가는 차들을 내려다보고 있었다.

나는 용제에게 몸을 기대고 그의 몸에서 나는 소나무와 백단향, 그리고 담배 냄새를 맡았다. 대낮에 그의 모습을 보고 대화를 나누었다. 그는 완전한 사람으로 내게 다가와 내 마음의 문을 두드렸다. 나는 굳게 닫힌 문 안에서 무방비 상태의 작고 벌거벗은 몸이 문 두드리는 소리에 가슴을 두근거리며 호응하려는 것을 느꼈다. 그 몸은 살짝만 잡아당겨도 통렬한 아픔을 느끼며 갈라질 만큼 연약하고 부드러웠다. 내 몸에 이런 부분이 있다는 것을 알게 해준 사람이 바로 용제였다. 내가 밤마다 누렸던 황금 같은 즐거움도 그날 밤 내가 경험한 느낌에 비하면 아무것도 아니었다.

나는 나의 이 몸을 지나칠 정도로 소중히 여기게 되었다. 일단 문이 열리면 곧장 핏물로 변해 열어놓은 창문으로 사라져버릴까 두려웠다. 아주 오랫동안 나는 내면 깊숙한 곳에 내 몸을 숨겨두고 있었다. 그 몸이 이제 깨어나 나를 바꾸고 있었다. 나는 내 주변의 모든 것을 흡수할 수 있는 눈과 귀, 코와 혀, 그리고 몸을 가진 민감한 존재가 되었다. 나와 세상 사이의 장벽이 없어지자 세상이 새삼 부드럽게 다가왔다. 나의 귀는 놀라울 정도로 민감해졌고 시각 또한 예리해졌다. 구슬처럼 생긴 가을날의 이슬, 옥홀(珪)처럼 둥근 가을 달도 보였다. 달은 밝았고 서리는 희게 빛났다. 이렇게 시간이 오고갔다.

언제든지 야생마같이 날뛰는 의식을 가다듬고 그 기억 속의 사람을 응시하기만 하면 허리 아래 부분이 뜨거워지는 것을 느낄 수 있었다. 이런 기운은 잠시 부드러웠다가 잠시 뜨거워지곤 했다. 그를 생각하는 것만으로도 내 정신은 혼미 상태로 빠져들었다.

그에 대한 생각이 점점 커져 나의 마음을 가득 채우면서 나는 또 다른 생각을 갖게 되었다. 이제 더 이상 하룻밤의 즐거움을 원치 않게 되었다. 좀 더 장기적인 관계가 필요했다. 심지어 아주 길게 이어지는 관계를 원했다. 나는 일이 순조롭게 풀리지 않더라도 우리가 친구로 남을 수 있기를 원했다. 나는 우리의 관계를 좀 더 복잡하게 만들어 그를 내 삶의 네트워크 안으로 끌어들여 마구 뒤엉키게 하고 싶었다. 그랬다. 사랑의 양동작전이었다. 나는 저울에서 균형을 깨고 내 쪽의 무게를 늘렸다. 성관계가 없다고 해도 우리는 다른 형태로 관계를 유지할 수 있게 될 것이었다.

나는 깊은 연못에 다가가듯이, 살얼음판 위를 조심스럽게 걸어가듯이 그에게 접근했다. 그제야 나는 용제가 나를 마일스 데이비스의 트럼펫 소리가 계란 껍데기 위를 미끄러지는 것처럼 쿨하다고 묘사했던 게 어떤 의미인지 알 것 같았다. 나는 조금도 조급하게 굴지 않았다. 성경에서 말한 것처럼 그가 원할 때까지 내 사랑을 자극하지도 일깨우지도 않았다.

용제는 좀처럼 시계를 차고 다니지 않았다. 어린아이 같은 느낌을 주는 속쌍꺼풀 눈을 가진 그는 몸의 일부처럼 늘 카메라를 목에 걸고 다녔다. 그는 한동안 지나가는 차량의 행렬을 바라보았다. 마치, 어떻게 내 방으로 가기로 한 약속을 거둬들여 나의 초대를 완곡하게 거절할지 고민하는 것 같았다. 이는 정말 아까운 약속이기도 했다.

나는 조금도 조급해하지 않고 조용히 그의 대답을 기다렸다. 그렇듯 느긋한 내 태도가 놀라울 따름이었다.

그가 입을 열었다.

"내일, 헤어진 다음에 밀려들 외로움을 감당할 수 없을 것 같아."

갑자기 심장이 미친 듯이 떨렸다. 나는 차갑고 단단한 그의 손을 꽉 잡았다. 나의 전율이 그에게 그대로 전해졌다. 우리는 서로를 바라보았다. 자제력을 잃은 서로의 눈빛이 마주쳤다. 나는 더 참지 못하고 내 눈의 뜨거운 빛으로 그의 눈에서 쏟아져 나오는 뜨거운 빛에 입을 맞췄다. 그는 이를 받아들였다. 그의 몸도 떨고 있었다. 그가 숨이 찼는지 괴로운 신음

소리를 냈다. 내가 물었다.

"두려워?"

그는 목이 메었는지 애써 물을 삼키는 듯한 목소리로 말했다.

"아니야, 두렵지 않아."

그랬다. 우리는 같은 걸음을 하고 있었다.

우리는 아직 서로의 과거사를 잘 모르는 상태로 십자로에서 마주쳤다. 꿈에 가까운 일이었다. 우리는 그 꿈을 놓치지 않으려는 듯 깍지 낀 손을 굳게 잡고 계속 걸었다. 말도 하고 싶지 않았다. 몸을 흔들며 길을 걷는 동안 우리는 타들어 가는 기분이었다. 시선은 서로에게 고정되어 있었다. 나의 눈길을 견디지 못한 용제가 먼저 고개를 돌려 위를 쳐다보았다. 그러고는 눈을 감은 채 숨을 몰아쉬면서 치명적인 부상을 입은 배우처럼 자신의 가슴에 손을 올려놓았다. 그는 무용을 배운 적은 없지만 그의 몸 자체가 음악이었다. 그 뒤로 그는 나에게 다가올 때마다 자신의 진심을 보여주고 심장이 부서지지 않도록 감싸 안듯 예의 그 가슴에 손을 얹은 자세를 취했다. 그랬다. 한 사람을 사랑할 때면 확실히 심장의 위치가 거기라는 사실을 알 수 있었다. 찢어질 듯 무거운 심장이 떨어질 수도 있어 잘 받쳐주어야 할 것 같았다. 나중에도 나는 이와 똑같은 몸짓을 하는 사람을 본 적이 있었다. 다름 아닌 아야오였다. 당시 그는 겨드랑이 아래 임파선이 부어올라 있어 무의식적으로 팔을 올려 부은 부분을 가렸다. 자신의 심장과 영혼이 제자리에 잘 붙어 있도록 달래고 있는 것 같았다.

우리는 계속 걸었다. 집에 다 도착할 때까지 길이 먼 것도 잊었고 몸이 피곤해지는 것도 잊었다.

우리는 이렇게, 민감도는 극도로 고조되고 인화점은 아주 낮아진 상태였다. 마음껏 입맞춤을 즐겼고 금세 절정에 도달했다. 나는 문득 소스라치게 놀랐다. 아주 오랫동안 나는 절대 키스는 하지 않는다는 매춘부들의 금기를 지키고 있었다. 다른 것은 다 된다 해도 키스만은 절대 안 된다는 것이 매춘부들의 금기 사항이었다. 키스는 몸뿐만 아니라 영혼을 파는 행위였기 때문이었다. 내게는 키스가 왁스를 씹는 것처럼 지루하고 구역질나는 일이었다. 섹스의 황량함을 축약해서 보여주는 것이 바로 키스였다.

그러나 지금은 윤회의 향기를 느끼고 있었다. 불가사의한 일이었다. 우리는 처음 사랑을 경험하는 소년기의 순박한 상태로 돌아와 있었다. 부드러운 포만감이 느껴졌다. 물기도 많았다. 살짝만 부딪혀도 참을 수가 없었다. 우리는 부끄러우면서도 즐거웠다. 그 어떤 기술이나 비법도 필요 없었다. 체력을 다 소모하고도 절정에 이르지 못하는 그런 애무 의식도 없었다. 우리는 두 개의 호두알처럼 그냥 자연스럽게 서로를 만지고 냄새 맡으며 발효되어 에테르 향을 발산했고, 그 안에서 함께 취했다. 때로는 말없이 누워 서로의 얼굴을 바라보면서 끝없이 바보 같은 미소를 주고받기도 했다.

하늘을 바라보니 서쪽에 달이 떠 있고
남해의 조수에 귀를 기울이니 아무 소리도 나지 않네

내가 노곤하게 자는 동안 용제는 먼저 일어나 나를 바라보다가 잠자는 내 모습을 그림으로 그려놓았다. 그림 밑에는 이렇게 썼다.

"지나가는 것, 덧없는 것, 혹은 다가올 것……"

비잔틴을 향한 항해, 욕정의 유토피아를 향한 항해였다.

강가의 길을 향한 항해, 시간의 침전을 향한 항해였다. 벌레와 곤충, 물고기와 새가 함께 했다. 나라를 여는 것은 얼마나 막막한 일이던가, 사만 팔천 년의 세월이 걸렸다.

강가에 서서 공자가 한탄한다.

"모든 것이 이렇게 사라져가는구나!"

용제가 한동안 떠나 있어야 했던 일이 생각난다. 그는 인쇄소에 가서 표지 디자인의 색깔을 확인해야 했지만 계속 미루다 보니 어느새 황혼 무렵이 되어버렸다. 쓰레기를 버리러 간다는 핑계로 아래층 문 밖에까지 그를 배웅했다. 길 양쪽에 사는 이웃들이 문 앞에 지전을 태우기 위한 화로를 설치해놓았다. 화롯불에서 불똥과 재가 마구 튀었고, 타면서 둘둘 말린 종잇조각이 공중으로 치솟았다. 용제가 연기 속으로 걸어갔다. 나는 갑작스럽게 슬픔이 밀려와 그의 이름을 불렀다.

용제가 고개를 돌리더니 나를 바라보며 뒷걸음질로 멀어져갔다. SF만화에 나오는 소년 협객 같았다.

내가 소리쳤다.

"내가 같이 가줄까?"

그는 내게 키스를 보낸다는 의미로 손가락 하나를 입술에 가볍게 갖다 대고는 계속 뒷걸음질 쳐 갔다. 공연이 끝나고 관객의 박수에 답하기 위해 나온 무용수가 관객들을 향해 키스를 보내면서 무대 뒤로 사라지는 것 같았다.

윤회의 향 삼사라(SAMSARA)는 레몬을 서막으로 하여 재스민과 바이올렛, 아이리스, 수선화, 의란화(依蘭花) 그리고 장미를 도입부로 한 다음 마지막으로 바닐라, 통카콩, 백단향 향기로 끝을 맺었다. 나는 날듯이 집으로 올라가 지갑과 동판 차표 등을 챙겨 가지고 재빨리 용제의 뒤를 쫓아갔다. 골목 끝에 이르자 버스 정류장에 서 있는 용제의 모습이 보였다. 하지만 나는 그의 이름을 부르지 않고 그가 버스에 오르는 모습만 우두커니 지켜보았다. 그는 큰 사거리가 나오는 다음 정류장에서 버스를 갈아탈 것이다. 나는 그가 들러야 하는 인쇄소가 어디에 있는지 잘 알고 있었다.

버스가 올 때까지 기다렸다가 버스가 도착하자 얼른 올라타고 다음 정류장에서 내렸다. 내가 버스에서 내려 앞으로 가다가 정류장에 미처 도착하지 못했을 때 용제가 갈아탄 버스가 내 쪽으로 다가왔다. 나는 목화나무 뒤에 숨어 꼼짝하지 않으면서 강둑에 떠다니는 백합 같은 용제의 모습을 물끄러미 바라보았다. 그러다가 다시 버스 정류장으로 향하면서 오십을 셀 때까지 버스가 오지 않으면 인쇄소에 가지 않겠다고 마음먹었다.

버스는 오지 않았다. 나는 방향을 돌려 천천히 보도블록이 깔린 거리를 걸어 집으로 돌아왔다. 바람이 불면서 저녁 하늘은 이내 어두워졌고 밤의 도시는 불빛을 받아 환해졌다.

당시 나는 습관적으로 택시를 탔지만 용제는 택시비가 부담이 되어 급한 일이 있을 때만 택시를 탔다. 자존심 때문인지 그는 내 돈을 쓰려고 하지 않았다. 나는 그때 이미 상당히 반사회적이었고 그는 나보다 더했다. 손목에 시계도 차지 않았다.

　나는 그를 데리고 베이베이와의 약속 장소에 나가기도 했다. 그러다가 언제부터인지 베이베이가 나를 부를 때면 으레 용제와 함께 가게 되었다. 함께 식사를 하면서 가끔씩 그에게 베이베이와의 어린 시절 이야기를 들려주기도 했다. 베이베이는 내 여동생 얘기를 하고 나는 여동생과 내 얘기를 했다. 하지만 결국은 아야오에 관한 얘기로 화제가 모아졌다. 가끔씩 베이베이와 용제가 화제의 주인공에 대한 생각이 달라 다툴 때도 있었다. 그럴 때면 베이베이의 팬인 나는 항상 그녀의 편을 들었다. 베이베이가 화장실에 가거나 전화를 걸기 위해 자리를 비우면 용제와 나는 눈빛으로 서로를 애무하며 감정을 분출했다. 때로는 성적으로 너무 흥분하는 바람에 베이베이가 돌아왔는데도 수습하기가 힘들었던 적도 있었다.

　내가 베이베이에게 그녀의 남자 친구도 함께 만나자고 했지만 그녀의 대답은 부정적이었다.

　"미스터 장(張)은 아주 현실적인 사람이에요. 우리와는 완전히 다른 부류지."

　용제가 말을 받았다.

　"걱정 마. 우리가 그 사람을 감화시킬 수 있을 거야."

　베이베이가 말했다

　"제발 그러지 말아요. 안 돼. 그 사람은 내 남자 친구란 말이에요."

　둘이 키득거리면서 웃었다. 나는 약간 머쓱한 기분이었다. 그건 절대로 웃을 일이 아니었다. 하지만 내 심각한 태도를 보고서 두 사람은 더 심하게 웃어댔다. 나는 기분이 좀 상했다. 베이베이에게는 우리가 창강의 수위를 조절하는 둥팅호(洞庭湖)나 포양호(鄱陽湖) 같은 존재인 것인가 하는 생각이 들었다.

우리의 비사회화가 사회인인 베이베이에게 스트레스를 해소하는 배설구와 안전장치를 제공해주는 것 같았다. 그녀는 우리를 만나 기분을 풀고 다시 활력을 재충전하여 자신이 속한 사회로 돌아가는 것이었다. 우리는 영매나 마술사와 같은 사람들인 셈이었다. 그래서 천기를 누설하면 벙어리나 귀머거리, 바보가 되거나 미치거나 배우자를 잃거나 외롭게 살아야 하는 무서운 대가를 치러야 했다. 나는 이미 나의 운명을 있는 그대로 받아들이기로 마음먹었고 남에게 즐거움을 줄 수 있는 일이라면 기꺼이 응했다. 그러나 베이베이가 남자 친구를 소개하지 않겠다고 하자 갑자기 이용당하고 있는 듯한 기분이 들었다. 토끼사냥이 끝나면 사냥개를 잡아먹는 법이었다. 이런 사실이 나를 몹시 슬프고 외롭게 했다. 도구의 비참한 최후였다.

그랬다. 베이베이는 이렇게 촌스럽기도 했다. 우리는 그녀와 마찬가지로 타이베이에 미국 엠파이어스테이트빌딩과 어깨를 나란히 하는 고층 건물을 지으려는 리(李) 아무개의 계획에 반대했다. 그런데 베이베이는 그 빌딩 계획이 남근숭배적 발상이라며 화를 냈다. 나는 그녀가 그런 말을 할 때마다 이맛살을 찌푸렸다. 물론 베이베이도 평범한 사람이라는 생각에 금세 용서하긴 했지만 그런 남근상징학파의 주장에 동의하지는 않았다.

베이베이는 남자들이 저항할 수 없는 제자벽(題字癖)을 지니고 있다고 말했다. 호랑이는 가죽을 남기고 남자는 이름을 남긴다는 말처럼 남자들은 항상 돌이나 명판에 뭔가를 새기고 싶어 한다는 것이다. 남자들은 야망이 크고 웅변에 능하지만 꼭 뭔가를 남기려는 충동이 최대 약점이라는 것이 그녀의 생각이었다.

베이베이는 나이 든 아버지를 모시고 친척을 방문하기 위해 중국 대륙에 갔었다. 부녀는 홍쩌호(洪澤湖)를 따라 이십 리나 되는 길을 걸어야 했다. 아버지는 그녀에게 포플러(楊)는 포플러이고 버들(柳)은 버들이라고 분명히 가르쳐주었다. 이 두 나무는 서로 다른 종류에 속하지만 같은 시기에 싹이 돋고 생김새와 색깔도 모두 비슷했다. 부녀는 수입한 소형 도요타 미니버스로 여행을 했다. 핸들이 오른쪽에 있다 보니 베이베이는 다른 차들이 맞은편에서 달려올 때면 사고가 날 것 같아 몹시 무서웠다고 했다. 차창 너머로 후미진 곳에 떠 있는 고깃배 몇 척이 눈에 들어왔고 근처에는 "우리는 기필코 화이하(淮河)를 개조할 것입니다. 마오쩌둥"이라는 문구가 새겨진 석탑이 하나 있었다고 했다. 베이베이의 친척들과 운전수는 이 글이 마오쩌둥이 아직 제정신이었던 1950년대에 쓴 제사라고 했다. 서체도 꽤나 괜찮았다. 베이베이는 당나라 때 무측천(武則天)도 무자비(無字碑)를 세워 자신의 공과를 후대 사람들이 평가하게 했다고 말하면서, 이에 비하면 마오쩌둥은 무측천의 뒤꿈치도 못 따라간다고 했다.

우리 셋이서 도미를 먹으러 아오디(澳底)에 간 적이 있었다. 베이베이가 자신의 혼다 시빅을 몰았다. 식사를 하고 우리는 항구 주변을 걸어 다니다 멀리 구이산도(龜山島)를 구경했다. 나랑 아야오가 함께 이 섬을 바라보던 일이 아주 오랜 옛일인 것처럼 느껴졌다. 이제는 섬이 우리를 바라보고 있었지만 모든 것이 다 변해버렸다. 용제가 버려진 소형 보트에 몸을 기대고 섰다. 그의 눈이 무척 어둡고 서글퍼 보였다. 그는 내 과거를 전부 읽어낼 수 있다는 듯한 눈길로 나를 바라보았다. 나와 특별한 순간들을 함께했기 때문이다. 그리고 처음으로 베이베이가 멀리서 생소한 눈빛으로 용제와 나의 관계를 가늠하고 있는 것을 느꼈다. 아주 짧은 순간이었지만 나는 이미 그녀에게 읽히고 있었다. 우리 세 사람은 그렇게 해변에서 중년의 위기를 맞고 있었다. 괴테의 시가 생각났다.

　　우리 젊은 사람들이 오후의 시원한 바람을 맞으며 여기에 앉아서……

　나는 용제를 여동생 집에도 데려갔다.
　여동생은 아야오가 자신을 따스하게 대해주었던 것을 기억하고 있었다. 때문에 용제가 내 삶에 끼어든 것에 대해 야릇한 적대감을 품고 있었다.
　여동생은 손님이 오면 항상 친절했다. 하지만 수줍음이 많고 긴장하는 모습을 감추려고 대접할 음식 준비로 시간을 보냈다. 동생은 항상 이런 식이었다. 손님들의 관심이 다른 데로 쏠릴 때쯤에서야 동생은 다소 긴장을 풀고 다람쥐 같은 눈으로 집 안의 동태를 유심히 살폈다. 뭔가 더 필요한 것이 있을 것 같으면 재빨리 가져다주었기 때문에 언제나 부족함이 없었다. 그러다가 더 이상 움직일 일이 없으면 한쪽 구석에 조용히 자리를 잡고 앉아 모나리자처럼 신비한 미소를 지었다. 그때도 여동생은 자신의 존재를 두루 알리고 싶어 하지 않았다. 그래서 손님들에게 늘 옆모습만 보였다.

용제는 여동생의 환심을 사려고 무척이나 애를 썼다. 쿠션이 예쁘다고 칭찬하면서 직접 만든 것이냐고 묻기도 했다.

여동생은 텅 빈 산에서 갑자기 누군가 자신의 이름을 부르기라도 한 것처럼 깜짝 놀라 얼굴이 빨개졌지만 아예 대꾸를 하지 않았다. 그러고는 눈빛을 내게 던지며 알아서 대신 대응해주라는 신호를 보냈다. 나는 이미 용제에게 여동생의 수공예 솜씨가 뛰어나다고 말한 바 있던 터라 같은 말을 다시 한 번 반복해주었다. 여동생은 눈에 띄지 않는 구석에서 편안히 앉아 있는 자신을 용제가 갑자기 대화의 중심으로 끌어낸 것에 대해 몹시 화가 났다. 동생은 화제의 현장을 벗어나 뒤뜰로 가서 한참이나 생각에 잠겨 있었다. 그렇게 한참이 지나서야 차를 더 가져오기 위해 돌아온 여동생의 얼굴은 여전히 발갛게 상기되어 있었다. 눈이 흰자위까지 붉어져 있었다. 절대로 용제의 무례한 월권행위를 용서하지 않겠다는 의지가 담겨 있는 것 같았다.

동생은 작은 이슬람사원을 나와 문지방을 넘으면 어디가 주거지역이고 어디가 홍등가인지 경계를 구별하지 못했다. 그녀는 발코니에 키우고 있는 녹색 덩굴식물이 빨리 자라서 집 밖의 더럽고 사악한 것들이 집 안으로 들어오지 못하게 되기를 기대하고 있었다. 여동생이 직접 만든 순면 커튼 바깥쪽에는 데이지 무늬가 염색되어 있었다. 안쪽은 차분히 햇빛을 받아들일 수 있도록 하얀 레이스 직물로 되어 있었다. 집 안 전체에 여동생이 직접 만든 DIY 수공예 작품이 가득했다. 그것들은 일본을 거쳐

다시 제작된 영국 시골의 분위기를 연출하고 있었다. 여동생은 어려서부터 여학교 시절까지 모은 수많은 물건을 전부 간직하고 있었다. 아야오가 크리스마스 때 보낸 카드만 해도 한 꾸러미였고 그가 전 세계를 돌아다니며 나를 통해 여동생에게 전달한 기념품도 수두룩했다. 여동생은 아야오가 준 마른 꽃잎 책갈피를 액자로 만들어 신발장 위에 걸어두기도 했다. 여기 세 개, 저기 다섯 개, 이렇게 곳곳에 멋진 장식으로 전시했다. 아야오가 보낸 카드에는 푸시킨의 시가 적혀 있는 것도 있었다.

장미가 시들었다고 말하지 말고 우리에게 가리켜 보여주세요
백합꽃이 활짝 피고 있어요

한번은 내가 아야오의 집에서 여동생에게 주려고 사탕을 훔쳐온 적이 있었다. 사탕 포장지가 무척 인상적이었다. 외부 비닐 포장지는 황금빛 노란색과 적포도주색, 청색, 황록색의 네 가지 색상이었고 그 안에는 또 은박지가 나왔다. 이 은박지를 열면 핑크색이나 크림색의 사탕이 들어 있었다. 물론 여동생은 사탕을 곧바로 먹지 않았다. 여동생은 사탕이 끈적끈적해질 때까지 그냥 바라보기만 했다. 사탕을 까서 먹은 다음에는 포장지를 잘 닦고 말려서 교과서 책갈피 속에 넣어두었다. 그리고 얼마 지나면 이 포장지들은 멋진 색상을 자랑하며 우리 집 어느 곳엔가 장식품으로 걸려 있곤 했다. 우리는 알리바바가 "열려라 참깨"라고 외치면 보게 되는 눈부신 보석이 바로 이런 색이 아니었을까 하는 상상을 했었다.

여동생이 나를 따라 아야오의 집에 간 적도 있었다. 그때도 여동생은

내 그림자 안에 숨어서는 누군가의 눈에 띄지 않기를 바랐다. 여동생은 아야오 어머니의 방도 구경했다. 다다미 위에 놓인 화장대와 중국식 꽃병에 꽂힌 하얀색 카밀러꽃 등, 동생에게는 모든 것이 처음 보는 신기한 것들이었다. 거울 앞에서 화장을 하던 어머니가 가까이 와 보라며 동생을 불렀다. 놀랍게도 동생은 뒤로 물러나지 않고 자연스럽게 어머니 쪽으로 다가갔다. 어머니는 동생에게 립스틱을 발라주고 거울을 보여주시더니 너무 귀엽고 예쁘다며 미소를 지으셨다. 그날 동생은 립스틱을 바른 입술이 망가질까 봐 아야오의 집에서 아무것도 먹지 않았다. 하지만 동생은 결국 립스틱이 천천히 사라지는 것을 안타깝게 지켜보는 수밖에 없었다.

어머니는 평생 화장을 하셨다. 내가 어렸을 때부터 아야오가 죽는 날까지도 어머니는 항상 똑같은 모습으로 화장을 하셨다. 모든 감정을 화장에 담아 상징적인 노가쿠 가면을 만드는 것 같았다. 나는 그 가면 뒤에 있는 진짜 감정을 알 수 없었다.

아야오가 타이완을 떠나 돌아오지 않자 이 집에서 어머니의 유일한 유대가 끊어지고 말았다. 우리는 사진 말고 아야오의 아버지를 본 적이 없었다. 아버지의 흔적이라고는 바이올린과 컬럼비아 레코드사의 클래식 레코드 한 상자, 비너스 상, 선원 제복을 입은 어머니를 그린 석탄화 스케치북 등이 전부였다. 스케치는 옆모습 전체를 그린 것과 앞모습을 그린 것, 옆모습의 사분의 삼을 그린 것, 고개를 숙여 머리 일부만 보이는 것 등 다양한 구도가 망라되어 있었다. 제2차세계대전이 발발하기 전에 아버지는 교토에서 문학을 전공하는 학생이었으나 전쟁이 태평양으로 번

지면서 일본에 억류되고 말았다. 그는 전쟁이 끝나고서야 그는 18세기부터 작가들이 대단히 낭만적인 질병으로 미화해온 결핵에 걸린 상태로 일본인 아내와 함께 타이완으로 돌아왔다.

어머니는 나중에 고향으로 돌아가셨다.

아야오는 내게 편지를 써서 어머니가 도쿄로 돌아가면 유산을 상속받게 될 것이라고 말하면서 바쁘지 않으면 어머니에게 전화로라도 작별 인사를 좀 해달라고 부탁했다.

나의 무덤 생활 속에서 나는 심지어 이런 편지가 있었다는 것도 기억하지 못했다. 여동생이 언제 학교를 졸업하여 직장 생활을 시작했고 언제 남자 친구를 사귀었는지도 기억하지 못했다. 언제부터 그녀가 이미 어른이 되어 있었는지 기억나지 않았다. 심지어는 평생을 해안에서 근무하셨던 아버지가 은퇴하자마자 곧바로 병원에 입원하셨던 사실도 기억이 나지 않았다. 내가 병원을 찾아갔을 때 아버지는 이미 위암 말기였고 몸 여기저기 구멍마다 튜브를 꽂고 계셨다. 아버지가 가끔 집에 오실 때면 등불에 비친 그림자는 여전히 커 보였지만 실물은 이미 장작더미 크기로 오그라드신 지 오래였다. 나는 닷새의 휴가를 얻어 장례식에 참석했다. 그러나 대부분의 시간은 타이베이의 아주 긴 길을 오래 걸으면서 보냈다. 제의 집 근처까지 가서 오랫동안 말없이 서 있다가 올 때도 있었다. 아버지의 죽음은 당연히 나의 실연보다 큰일은 아니었다. 어렴풋이 아야오 어머니의 일이 생각나긴 했지만 나는 채무를 피해 다니는 사람처럼 아예 잊어버리려고 애썼다. 그런데도 아주 어리석은 벌레 한 마리가 내 마음 깊은 곳에서 말했다.

"수화기를 들고 전화를 걸어 봐. 어쩌면 어머니가 아직 떠나시지 않았을지도 몰라."

아주 귀찮은 내 마음속 벌레는 내가 편안하길 원하지 않는 모양이었다. 결국 전화번호부를 뒤적이던 어느 황량한 오후에 나는 아야오의 집에 전화를 걸고 말았다. 그 집에는 전화번호가 두 개 있었다. 하나는 병원 번호로 나는 그때까지 한 번도 그 번호로 전화를 걸어 본 적이 없었다. 나는 황씨 아주머니를 찾으면서 황수야오(黃書堯)의 학교 친구라고 말했다. 상대방이 못 알아듣는 것 같아 나의 형편없는 민남어(閩南語)59)로 다시 한 번 말했다. 과연 어머니는 이미 일본으로 돌아가신 뒤였다.

어머니의 다다미방에서는 항상 그윽한 향기가 풍겼고 하얀 동백꽃이 꽂혀 있었다. 아주 오랜 시간이 지나 도쿄에 있는 어머니 댁을 찾아갔다가 민요 한 곡을 듣게 되었다. 노래 가사는 학(鶴) 부인에 관한 이야기였다. 학 부인이 보은을 위해 어느 남자에게 시집을 가서는 깃털로 짠 옷을 사랑의 징표로 선물했다. 그 화려한 모습에 이웃들이 모두 놀란 표정을 짓자 남자는 부인에게 옷을 더 짜달라고 졸라댔다. 학 부인은 마지못해 부탁을 들어주면서 자신이 옷을 짜는 동안 절대로 누군가 엿보는 일이 없어야 한다고 당부했다. 학 부인은 옷감을 몇 필 짜내긴 했지만 몸이 점점 야위어갔다. 하루는 남편이 몰래 부인이 옷을 짜는 방을 들여다보았다. 하얀 학 한 마리가 자신의 깃털을 뽑아 천을 짜고 있는 것이었다. 순간, 남편이 미처 몸을 숨기기 전에 학 부인이 남편을 보고 말았다. 깃털이

59) 타이완에서 보편적으로 사용하고 있는 중국 푸젠성 남부 지방 방언.

다하자 남편의 은혜가 다해 학 부인은 날카로운 울음소리와 함께 하늘로 솟아올라 흔적도 없이 사라져버렸다.

여동생이 큰 소리로 나를 불렀다. 그녀는 아야오의 어머니가 지난달 초에 떠나셨다고 말했다. 그녀는 아야오의 편지를 읽었고, 덕분에 어머니에게 전화를 걸어 작별 인사를 전할 수 있었다.

나는 어둠 속에 앉아 멍한 표정으로 여동생을 물끄러미 쳐다보았다.

내가 아야오의 집에 전화하는 소리를 들은 여동생이 나와서는 이런 사실을 알려주고 곧장 돌아서서 자기 방으로 들어가 버린 것이다. 여동생은 이미 내 속마음을 꿰뚫어 보고 있었다. 나의 진정한 정체성과 내가 하는 일들에 대해 여동생은 무엇이든지 다 알고 있었다.

나는 부끄러움을 느꼈다. 언제부터인지 여동생의 머리가 허리까지 길게 자라 있었다. 그렇게 오랫동안 나는 어린 여동생이 있었다는 사실조차 잊고 지냈던 것이다. 여동생은 나를 원망할까? 우리는 한때 서로를 의지하며 살았었다. 하지만 어려운 시기에 무슨 이유에서인지 나는 여동생을 내팽개쳐두고 있었다.

어렸을 때 우리는 밥을 해줄 사람이 없어 건너편에 사는 천(陳) 아주머니 집에서 밥을 먹어야 할 때가 많았다. 어머니는 형 때문에 사흘이 멀다 하고 학교나 경찰서로 불려 다녔고 누나는 정치작전학교(政治作戰學校)를 졸업하고 강락대(康樂隊)[60]에 배치되어 있었다. 형과 누나가 속한 어른들의 세계는 너무나 혼란스럽고 바쁘기만 했다. 부모님이 타이완으로 이주

---

60) 일종의 정훈 부대.

한 뒤에 이곳에서 태어난 여동생과 나는 거의 자치에 가까운 생활을 해야 했다.

천씨 아주머니 집의 차갑고 미끄러운 응접실 한쪽 구석에서 우리는 무더기로 쌓여 있는 남국의 영화들을 보았다. 쇼우 브라더스의 거물급 스타들이 나오는 영화를 보면서 우리는 아주머니 딸인 바오화(寶華)와 바오리(寶莉), 바오치엔(寶茜) 자매와 각기 좋아하는 스타를 하나씩 차지했다. 그러다 보니 항상 자신의 스타가 최고라고 우기면서 싸우기 일쑤였다. 우리는 다른 아이가 좋아하는 스타의 사진에 수염을 그려 넣거나 눈을 까맣게 칠해버리곤 했다. 결국은 천씨 아주머니네 딸들이 우리를 오지 못하게 했다. 하지만 다음에 그 애들 오빠가 스타 사진을 가져오면 그걸 자랑하기 위해서라도 우리를 다시 불러들일 것이라는 사실을 우리는 잘 알고 있었다. 그 집 자매들이 침대 시트와 타월로 몸을 둘둘 말고서 배우 린다이(林黛)가 분연한 달기(妲己)와 초선(貂蟬)을 흉내 낼 때면 반드시 나를 불러 의자에 앉혀놓고 대왕 역을 시켜야 했다. 그래야만 자매들이 노래를 하고 춤을 출 수 있었다. 바오리가 새가 날개를 펴듯이 목욕 가운 대신 몸에 걸친 침대 시트를 뒤로 젖히면서 말했다.

"대왕 폐하, 저를 보십시오."

그녀가 대왕이라고 말하면 내가 대답을 해야 했다.

"그래, 알았다."

바로 그때 바오리가 넘어져 내 발 밑에 쓰러져 정신을 잃고 죽으면 나는 천장을 향해 큰 소리로 웃었다. 그러면 여동생과 바오치엔이 달려와 바오리를 부축하여 침실로 데려갔다. 바오리는 또 다른 인기 스타 리징

(李菁)의 인어공주 연기도 흉내 내면서 잉어가 사람이 될 때까지 타일 바닥을 굴러다녔다. 여동생은 물컵과 협죽도 잎사귀를 들고 관세음보살이 되어 끊임없이 잉어에게 물을 뿌려주어야 했다. 하지만 여동생은 점점 이런 놀이를 좋아하지 않게 되었다. 이리하여 내가 대신 먼지떨이를 손에 쥐고 바오리를 상대로 주술을 발휘하게 되었다. 바오리는 다리를 물고기 꼬리처럼 퍼덕거리며 방 이쪽 끝에서 저쪽 끝까지 뒹굴었다. 바오리가 정말 그럴듯하게 몹시 고통스러운 표정을 지으면서 마법의 힘으로 자신을 도와달라고 애원하면 나는 곧 먼지떨이로 그녀의 몸을 문질러주었고, 그러는 동안 그녀는 나를 무척이나 진지한 표정으로 바라봄으로써 내가 연극에 몰입할 수 있도록 도와주었다. 그녀는 계속 바닥을 굴러다녔고 일그러진 얼굴에는 땀방울이 맺혔다. 이런 그녀를 보면서 나는 더 긴장하면서 난폭해졌다. 나는 먼지떨이로 그녀를 무자비하게 때렸다. 그러다가 문득 내 다리 사이의 물건이 단단해지는 것을 느꼈다. 화들짝 놀란 나는 그 자리에 먼지떨이를 떨어뜨리고 잠시 멍하니 서 있다가 도망쳐버렸다.

나는 얼굴이 빨개진 채로 천씨네 집을 나왔다. 방금 전까지 집에 같이 있던 여동생과 아주머니의 나머지 딸들은 다 어디로 갔는지 눈 깜짝할 사이에 사라지고 보이지 않았다.

밖은 환한 대낮이었는데도 사람들이 없었다. 시멘트 바닥에 집 찾기 놀이와 보석 빼앗기 놀이, 과오관참육장(過五關斬六將) 놀이를 하기 위해 분필과 벽돌로 그려놓은 그림들만 잔뜩 남아 반짝거리고 있었다.

집에 가 보니 여동생은 벌써 돌아와 있었다.

동생은 종이인형에 입힐 옷을 만들고 있었다. 옷 모양을 그린 다음 방충망에 대고는 망사의 작은 격자 모양이 나오도록 크레용을 문질렀다. 여동생이 새로운 옷감 디자인을 고안해낸 것이다. 동생은 갖가지 문양을 만들어냈다. 침대 매트 문양을 비롯하여 나일론 소파 커버, 등나무 의자, 대나무 찜통, 울퉁불퉁한 벽 표면, 바구니, 잎사귀, 심지어는 파리채까지 거의 모든 것이 문양의 도구가 되었다. 머지않아 동생은 얇은 책 한 권을 만들었다. 그 안에는 모든 문양과 색이 다 들어가 있었다. 한번은 여동생이 천씨 아주머니네 집 밖에 쪼그리고 앉아 새 자전거 타이어에 종이를 대고 문양을 뜨는 모습을 본 적도 있었다.

이렇게 우리는 자신들도 모르는 사이에 한 시기의 놀이를 끝내버렸다. 어느 날 학교가 파하고 지름길인 좁은 골목길을 따라 집으로 돌아오다 우연히 반대쪽에서 걸어오는 바오리와 마주치게 되었다. 미처 피할 틈도 없었다. 그녀는 나를 향해 아주 강렬한 눈빛을 쏘아댔다. 그 기세에 눌려 나는 얼굴이 화끈거리다 못해 숨이 다 막힐 지경이었다. 나는 자신을 최대한 축소시켜 그녀가 지나갈 수 있도록 골목 담벼락에 몸을 바짝 붙였다. 그녀의 팽창된 체취와 혈액이 홍수처럼 지나가면서 내 발 밑의 땅까지 휩쓸었다. 그녀가 지나가자 나는 깊은 물에 빠져 허우적대다 겨우 수면 위로 떠올라 숨을 쉬는 것 같은 기분이었다.

어찌 된 일인지 그 뒤로 나는 바오리 자매와 분명한 선을 긋게 되었다. 길을 가다가 마주쳐도 아는 척하지 않았고 서로 말을 주고받지도 않았다. 남자는 이쪽, 여자는 저쪽이었다. 방학이 되어도 함께 놀 친구가 하나도 없게 되었다.

하지만 마을 입구에서 담배를 피우는 조금 큰 남자아이들의 패거리에
끼지는 않았다. 농구장에서 노는 아이들과도 어울리지 않았다. 중학교 2
학년 때 아야오와 나는 같은 반이었다. 아야오가 내게 영화를 보러 가자
고 했다. 아야오로 인해 나는 서양 영화를 보기 시작했다. 우리는 볼 수
있는 영화는 전부 함께 보았고 사진과 포스터도 모았다. 아야오는 매달
《영화지우(映畫之友)》나 《스크린(SCREEN)》 같은 영화 잡지를 샀다. 알랭
들롱의 첫 영화 〈태양은 가득히〉가 상영되었을 때 우리는 알랭 들롱의
얼굴 때문에 같은 영화를 다섯 번이나 봤다. 그 영화에는 폴 앵카가 부
르는 〈다이애나(DIANA)〉라는 노래가 나온다. 아야오가 아파서 누워 있
을 때 내가 이 노래를 불러주었더니 뜻밖에도 아야오는 감격의 눈물을
흘렸었다.

여동생은 나와 함께 〈애수〉를 보고는 비비안 리에게 반했다. 동생은 시
먼딩 치러우에서 신문가판대에 진열되어 있는 비비안 리의 흑백사진을
모으기 시작했다. 나도 여동생에게 없는 사진이 눈에 띄면 대신 사다가
여동생에게 가져다주곤 했다. 어느 날 여동생은 처음으로 서양 음식을
먹게 되었다. 아야오가 여동생을 '메이얼롄(美而廉)' 레스토랑에 데려간
것이다. 하얀 도자기 접시에 옥구슬 같은 밥이 담겨 나왔고 알라딘 램프
같이 생긴 은색 그릇에는 황금처럼 노란 빛깔을 띠는 치킨 카레가 담겨
있었다. 밥에 비벼 먹는 것이었다. 여동생은 『아라비안나이트』에나 나올
법한 이 음식을 아주 조심스럽게 예의를 갖춰서 먹었다. 그날 집에 돌아
온 뒤로 여동생은 접시에 군대에서 배급받은 건빵을 예쁘게 배열하고 생
강과자와 가루 오렌지주스를 곁들여 아주 우아하게 먹곤 했다.

그녀의 이런 태도는 아야오의 집에 갔을 때도 그대로 재현되었다. 여동생은 자신이 번듯한 대가족의 엄격한 분위기에서도 절대 기죽지 않는다는 것을 모든 사람들에게 보여주려는 것 같았다. 여동생은 용감하게도 어머니가 자신의 입술에 립스틱을 칠해주는 것을 그대로 받아들였다. 알아둬야 할 사실은 우리 엄마는 한 번도 립스틱을 바른 적이 없다는 것이다. 물론 우리 집에는 화장대 같은 것도 없었다. 내 기억으로는, 누나가 옷을 입을 때면 발끝을 세워 옷장과 벽장 사이의 비좁은 공간을 이리저리 돌아다니며 옷장에 달린 거울에 전신을 비춰보는 수고를 해야 했다. 누나는 옷가지와 벨트, 슬리퍼 등을 방 안 곳곳에 던져놓고는 목을 꼿꼿하게 세우고 집을 나서곤 했다. 게다가 종종 화장실 변기에 물 내리는 걸 잊어버리는 것도 누나였다. 한번은 내가 변기 속의 빨간 물을 보고 놀라 뛰쳐나온 적도 있었다.

여동생은 그때 딱 한 번 아야오의 집에 갔다. 우리는 뒷문을 통해 집 안으로 들어갔다. 사실 나도 정문을 통해 그 집에 들어간 적이 한 번도 없었다. 정문은 환자와 방문객들만 사용하도록 되어 있었다. 삼 층 건물의 정문은 테라조 바닥에 철제 난간이 있는 공간으로서 간소화된 수평 선조의 모더니즘 분위기에 가깝게 개조되어 있었다. 후문은 완전히 서양 건축양식이었다. 입구에는 빨간 벽돌과 윤이 나는 초록색 화병이 줄지어 있는 난간이 있고, 꽃무늬 레이스의 커튼이 양쪽에 늘어진, 아치형 창문이 나 있었다. 큰길 쪽으로 난 이 건물은 길쭉한 모양으로 앞쪽 통로와 뒤쪽 좁은 길, 그리고 햇볕이 잘 드는 두 개의 안뜰, 이렇게 세 부분으로 나뉘어져 있었다.

우리는 화로가 있는 부엌 옆 안뜰을 가로질러 식당으로 들어가 아야오를 기다리면서 공대(供臺)61) 위에 놓여 있는 신명과 주황색 장명등(長明燈)을 바라보았다. 우리 마을에 있는 집에서는 찾아볼 수 없는 것들이었다. 식탁에는 외국에서 새로 도착한 약품과 제약회사에서 나온 달력이 놓여 있었다. 약 냄새에 코가 매웠다. 아야오가 급히 내려와 우리를 이 층으로 안내했다. 이 층은 넓고 거실도 환했다. 벽에는 소나무와 학이 그려진 두루마리 그림이 걸려 있었다. 아야오는 어머니와 사촌들과 함께 삼층에서 생활했다. 어머니의 다다미방에서 아래를 내려다보면 후문 옆에 있는 작은 뜰이 눈에 들어왔다. 이 뜰에는 산차(山茶)와 동백, 벚나무, 자소(紫蘇) 등이 심어져 있었다.

아야오는 중학교 3학년 여름방학까지 어머니와 같은 방에서 잤다. 그러다가 그해 여름방학에 이 집에 사는 아이들 모두가 방을 바꾸게 되었다. 아야오는 나이 어린 남자 사촌과 같은 방을 쓰게 되었다. 하지만 어머니 방에서 지내는 것이 습관이 되어 있던 그는 오후 내내 어머니의 다다미방에서 기타를 치며 시간을 보냈다. 내가 아야오를 찾아가면 어머니는 아야오가 위층에 있다고 하셨고, 그러면 나는 기타 소리를 따라 그가 있는 곳으로 갈 수 있었다.

한번은 아야오가 자신이 좋아하는 옷을 입어 봐 달라고 졸라댔다. 목이 긴 흰색 스웨터와 가죽 재킷이었다. 그는 이런 옷들을 내게 입힌 다음 거울 앞으로 끌고 가 함께 그 모습을 감상했다.

61) 신상을 모시는 선반.

다다미 위에 누워서 아야오가 내게 친(秦)이란 아이가 왜 체육 수업 시간에 소매 없는 옷을 입지 않는지 아느냐고 물었다. 나도 모르는 일이었다. 아야오가 친에 대해 큰 관심을 갖고 있는 것 같았다. 아야오는 겨드랑이 털이 많이 났기 때문이라고 심드렁하게 말했다.

아야오가 팔을 베고 식탁 위에 엎드려 있는 걸 보고 나는 그가 잠이 든 것이라고 생각했다. 하지만 그는 울고 있었다.

나는 자전거를 타고 아야오의 집에 가면서 여동생에게 같이 가지 않겠냐고 물었다. 여동생이 그 집 레이스 커튼을 동경하는 것 같았기 때문이다. 우리 마을의 집들은 문과 창문을 전부 열어놓고 살았다. 그래서 고개만 조금 내밀어도 이웃들이 무엇을 하고 있는지 쉽게 알 수 있었다. 내가 여동생에게 같이 가자고 졸랐다.

여동생이 말했다.

"난 숙제해야 돼."

그랬다. 여동생은 아야오의 집에 다시 갈 리가 없었다.

오랜 시간이 지나 여동생은 뜻밖에도 어머니에게 전화를 걸어 작별 인사를 했다. 내가 얼마나 게으른지 잘 알기 때문에 나 대신 아야오의 부탁을 들어준 것이었다. 여동생은 어머니에게 우리가 버릇없는 아이들로 기억되는 것을 원치 않았다. 너무나 사려 깊고 예의 바른 여동생이었다!

"정말 비위 맞추기 힘든 여동생이야."

용제가 말했다.

"에이, 네 여동생은 나를 좋아하지 않는 것 같아."

내가 말을 받았다.

"걱정하지 마. 그 앤 원래 성격이 그래."

나는 용제와 함께 주도면밀하게 우리만의 거미줄 같은 안식처를 엮어 나갔다. 서로의 과거에 실을 짜 넣어 시간이라는 물속을 떠다니는 모든 기억의 파편을 엮은 다음, 여기에 매듭을 걸고 다시 땋아서 실을 만들고 이 실을 엮어 그물을 짰다. 확실히 조상들과 살아 있는 사람들 모두 똑같이 중요했다. 망령(亡靈)과 생령(生靈) 모두 자기 자리가 있어야 했다.

우리는 사람들에게 우리의 존재를 조금도 알리지 않았다. 그저 사회라는 숲 주변에 비밀리에 우리의 안식처를 마련한 다음, 햇빛이 닿지 않는 곳으로 조심스럽게 돌아다녔다. 우리는 스스로 조용히 물러나 "나는 많은 것을 원하지 않아. 나는 정말로 많은 것을 원하지 않아"라는 유행가 가사처럼 소박한 삶을 기원했다. 우리가 이렇게 고분고분하고 소박하고 순하게 살면서 남들을 즐겁게 하는 광대 노릇까지 마다하지 않는다면, 운명도 우리에게 감동하여 좀 더 오래 살게 해줄 것이라고 기대했다. 남들이 우리를 알아보든 말든, 뭐라고 말을 하든 말든 아무런 상관도 없었다. 우리는 우리의 소문이 제후들에게 닿기를 원치 않았다. 그저 이 일상적인 삶의 그물에서 살아 있기만을 원했다.

그래서 아야오의 급진적인 사고와 분노, 그리고 원한이 우리를 두렵게 했다. 아야오를 바라보다 보면 황제(皇帝)와 싸웠다는 중국 신화 속의 무모한 젊은이 형천(刑天) 같다는 생각이 들었다. 황제가 그의 목을 베었을 때 형천은 젖가슴을 눈으로 삼고 배꼽을 입으로 삼아 계속 도끼를 휘두르며 싸웠다. 우리는 눈을 가린 채 감히 아야오를 쳐다볼 엄두를 내지 못했다. 그저 등을 돌리고 냉정하게 그의 곁을 떠나버렸다. 싸움의 결과를 알고 싶지도 않았다.

사랑하고 싶다는 일념이 우리를 소심하게 만들었다. 게다가 갈수록 더 겁이 많아졌다. 원래 무가치한 생명이었는데 이제 그런 생명이 둘이 되었다. 상대의 생로병사에 책임을 느끼게 되자 우리는 비로소 자유를 잃는다는 게 어떤 것인지 실감하게 되었다. 부자유한 정도가 극단의 단계에 이르렀다. 심지어 나는 시멘트 덩어리라도 떨어질까 두려워서 공사장 근처를 지나갈 때는 일정한 거리를 유지하고 다녔다. 말로 비유할 수 없이 신경질적인 태도로 생명을 지키고 재난을 피해야 했으며 위험에서 벗어나야 했다. 이 모든 것이 우리의 사랑을 오래 지속하기 위해서였다.

나는 삶과 죽음이 똑같은 얼굴을 하고 있다는 생각이 들었다. 두 얼굴이 내 앞 조금 높은 곳에서 나를 빤히 내려다보고 있는 느낌이었다.

항상 죽음은 그곳에 있었다. 길을 건널 때나 엘리베이터를 탈 때, 그리고 바로 지금 이 글을 쓰는 동안에도 그 얼굴은 내 앞에 있었다. 결코 무서운 얼굴은 아니었다. 미소를 짓고 있는 것 같았다. 벽에 걸려 있는 노가쿠의 가면이 나를 바라보고 있는 것 같았다. 내가 고개를 들고 바라보면 가면도 나를 바라보고 있는 것 같았다. 바로 그런 느낌이었다. 좀 더 선명할 때는 인도의 여신이 네 팔을 크게 벌리고 두 손에는 검과 사람의 머리를 들고 나머지 두 손으로는 축복과 보호를 빌면서 다가오는 것처럼 느껴졌다. 나는 이 인도 여신 앞에서 여신과 함께 지내고 있었다. 때문에, 죽음은 결코 사신(死神)이 아니었다. 잉마르 베리만 감독의 영화 〈제7의 봉인〉에 나오는 제복에 검정색 망토를 두르고 기사와 장기를 두는 죽음의 사신이 아니라, 나를 내려다보고 있는, 삶이었다.

고대 그리스인들은 같은 강에 발을 두 번 담글 수 없다고 말했다.

그랬다. 장엄한 겁의 세월, 지혜의 겁, 별자리의 겁이었다.

지나간 과거, 가까운 과거, 순간의 과거였다.

13

강산은 그림 같다. 일찍이 고대에는 이를 해록(海綠)이라 부르기도 했다.

해조류가 해저에서 솟아오르는 게 보였다. 한 덩이, 또 한 덩이 내 가슴 아래서 극렬하게 흔들리고 있었다. 무수한 망령과 생령들이 환영하는 손짓으로 나를 끌어내리는 것 같았다.

용제가 내 옆에서 헤엄치면서 내 구명조끼를 끌어내렸다. 수경을 통해 보이는 용제의 다리가 때로는 물고기처럼 흐느적거리다가 때로는 똑바로 쭉 뻗어 있기도 했다. 그가 있는 한 나는 두려울 것이 없었다. 그는 나를 더 깊은 곳으로 끌고 갔다. 거의 경계선에 가까운 곳이었다. 그곳에서 온갖 물고기들을 보았다. 내 입에는 공기 주입구가 물려 있었고 파이프는 수면 위로 나와 있었다. 바다의 바닥이 점점 내게서 멀어져 더는 보이지 않았다. 해초는 더욱 맹렬히 움직였다. 나는 내 생명을 용제에게 맡기고 있었다. 그가 낮은 목소리로 말했다.

"걱정하지 마. 해변이 별로 멀지 않아."

아주 누런 가자미 떼가 지나가는 것이 보였다. 어렸을 때 기차 안에서 먹던 도시락 속의 단무지랑 꼭 닮은 모습이었다. 전기불꽃을 내는 파란 물고기 떼도 지나갔다. 용제의 단단하고 탄력 있는 허리와 다리는 물속에 있었다. 그런 몸이 내 것이라는 사실이 잘 믿기지 않았다. 용제가 나를 이리저리 데리고 다녔다. 우리는 마치 한 쌍의 물고기 같았다. 갑자기 아주 맑은 수역에 이르렀다. 작은 물고기 떼가 은 조각처럼 흩어졌다가 다시 한 무리로 모이곤 했다. 용제가 잠시 나를 내버려두고 물 밑으로 들어가더니 수경 렌즈 너머로 내게 미소를 지었다. 나는 몹시 긴장하며 머리를 수면으로 들어올렸다. 어느새 우리는 해변에 돌아와 있었다.

나는 아득히 스사노오노 미코토를 떠올렸다. 그는 누나에게 반란을 일으켜 이즈모국(出雲國)을 건립했다. 그는 일본 최초의 가인(歌人)이었다. 그는 "하늘에는 오색의 구름이 떠 있네. 그 구름이 나의 도시를 비추고 나의 아내를 비추네. 우리는 여기 이렇게 함께 살고 있네"라고 노래했다.

내 일생의 가장 빛나는 순간이었다. 해변에서는 여동생과 가족들이 휴식을 취하면서 간식을 먹고 있고 바닷속에서는 나와 용제가 장난을 치고 있었다. 우리가 극도로 노력하여 경영해낸 유토피아, 영원한 그림이었다.

우리는 전에도 두 아이를 데리고 해양공원에 와 본 적이 있지만 항상 온 가족이 함께 오고 싶은 마음이 간절했다. 여동생은 물에 들어가지 않겠다고 했다. 아마도 생리 중인 것 같았다. 여동생을 생각해서 용제도 몸에 착 달라붙는 섹시한 삼각형 수영복을 포기하고 예의를 갖춰 점잖은 트렁크 수영복으로 갈아입었다. 그는 세심하게 아이들과 어른들에게 필요한 모든 것을 준비했다. 스노클링과 수경, 물안경, 구명조끼, 어른과 아이들을 위한 구명조끼와 튜브, 그리고 선크림까지 준비했다. 용제는 놀라울 정도의 인내심을 가지고 아이들에게 얕은 물에 있는 물고기를 보여주고 잠수하는 방법을 가르쳐주었다. 매제는 얕은 물과 깊은 물을 오가며 수영을 즐겼고 그동안 나는 여동생과 함께 있어 주었다. 여동생은 내게 형과 누나의 최근 소식을 전해주었다. 엄마는 형과 함께 살고 있었다. 나는 비스듬한 대지의 그림자를 바라보고 있었다. 탄식이 터져 나왔다. 서쪽으로 가라앉는 것은 영원히 지금과 똑같은 태양이었다…….

행복한 순간에도 나는 항상 무상함을 느꼈다.

우리는 도시를 가로질렀다. 하늘에 닿을 것 같은 고층 건물들이 만들어낸 도시의 계곡에서는 태풍이 일고, 그 태풍이 우리 시야를 가릴 때 하늘은 곡마단의 텐트처럼 날카로운 조각으로 잘라져 공기를 가르고 있었다. 다행히 우리는 둘 다 살아 있었다. 병도 없었고 재난도 없었으며 HIV에 감염되지도 않았다. 우리는 여생을 잘 활용하고 싶었다. 사랑을 나누는 횟수도 줄여 우리의 은택이 다른 사람들에게도 미치게 하고 싶었다. 이것이 마지막 성자의 동경이었을까? 아니면 포부라고 할 수 있을까?

우리에게는 질서가 필요했다. 우리는 규범을 어긴 사람들이었기 때문이다.

펠리니는 이렇게 말했다.

"규범을 파괴할 수 있기 위해서는 스스로 엄격한 질서를 필요로 한다. 나의 모든 발걸음에 무수한 금기가 있었지만 도덕적 규범과 종교적 의식이라는 두 가지 송가(頌歌)가 양쪽에서 나를 보호해주었다."

이리하여 우리는 리미니에 도착했다. 겨울만 됐다 하면 리미니는 존재하지 않았다. 영화 〈나는 기억한다(Amarcord)〉에서 지독한 안개가 모든 것을 뒤덮어버리는 겨울의 리미니에서는 광장이 사라지고 시청도 보이지 않는다. 말라테스타수도원도 사라진다. 여름에는 엠마누엘극장의 그림자가 광장을 절반으로 가르지만 겨울에는 안개가 극장을 완전히 삼켜버린다. 학교 가는 길에 펠리니는 갑자기 눈앞에 소머리가 나타난 것을 보게 된다. 소도 놀라서 큰 눈을 더욱 커다랗게 뜨고 그를 바라본다. 얼마 후 이런 대치가 풀리면서 소와 펠리니는 각자의 길을 간다. 안개 속에서 소가 낮은 음으로 깊은 울음을 운다.

우리는 신주쿠(新宿) 서쪽의 초고층 빌딩 숲을 지나갔다. 신주쿠는 서로 이어져 하나의 덩어리가 되고 이내 도시가 되어 천불동(千佛洞)의 격자창을 이루었다. 우리는 어렴풋이 나일 강 좌안에 있는 왕들의 계곡을 지나면서 먼 산 중턱을 덮고 있는 동굴무덤들을 바라보고 있는 것 같았다. 이리하여 점심 휴식 시간이 되자 식사를 하기 위해 무수한 출구에서 쏟아져 나온 인파가, 한 무리씩 공중에서 육지로 연결되는 다리 위를 걷고 있었다. 남자들은 하나같이 양복에 넥타이 차림이고 여자들은 치마에 투피스 차림이었다. 우리는 마치 미래의 어느 우주정거장에 들어온 기분이었다. 이건 또 어쩌면 오웰의 『1984』인지도 몰랐다.

우리가 탄 기차는 거대한 바닷속으로 들어왔다. 부표와 기둥들이 멀고 가까운 별들처럼 흩어져 있었다. 물 위의 좁은 길이라 앞에서도 해안이 보이지 않고 뒤에서도 끝이 없었다. 조수가 조금만 불어나도 철도가 물에 잠길 것 같았다. 이렇게 우리는 베네치아에 도착했다. 고개를 돌려 보니 구십구 미터짜리 종탑이 구름을 뚫고 하늘로 치솟아 있었다. 빠르게 움직이던 구름이 종탑에 걸려 추락할 것만 같았다. 우리는 칠백 년 된 작은 마을 델프트에 도착한 것이라고 생각했다. 이곳에서도 구름이 시내 한가운데, 새로 지은 성당의 꼭대기를 위협할 정도로 빨리 지나갔다. 날이 어두워지면서 저녁 하늘이 파랗게 변했다. 델프트는 베르너 헤어초크의 작품 〈노스페라투〉의 배경이 된 마을이다. 드라큘라가 환한 대낮에 빛나는 대머리를 문밖으로 내민다. 신문에서 보았던 푸코의 마지막 사진과 똑같은 모습이다.

델프트의 밤은 동화에나 나오는 파란 바다색이다. 일본 산리오 (SANRIO) 회사가 1976년에 판매하여 큰 유행을 일으켰던 별 쌍둥이가 날던 하늘에 가까웠다. 나는 일본에서 아이들에게 선물을 사다주었다. 헬로우 키티(HELLO KITTY) 계열의 개구리 왕눈이, 엄마 토끼, 윙키 핑키 (WINKI PINKI) 등이었다. 여동생도 산리오(SANRIO) 제품을 샀다. 사실 그녀 자신도 이런 물건들을 좋아했다. 나는 이처럼 귀여운 장난감에 매료되어 갈수록 희소해지는 별 쌍둥이와 그 배경이 된 파란 하늘을 찾았다. 나는 혹시 그 별들이 기록에 나오는 형혹성(螢惑星)이 아닌가 하고 의심한 적이 있었다. 『비의소아전(緋衣小兒傳)』에서는 이 혹성의 외계인들이 "달이 뜨고, 해가 지면, 화살과 전동(箭筒)이 주(周)나라를 멸망시킬 것이다"라는 예언의 노래를 전파하러 지구에 온 것인지도 모른다고 했다. 당시엔 이 노래를 거의 모든 아이들이 따라 불렀었다.

우리는 산마르코 광장을 떠나 영화 〈베네치아에서의 죽음〉의 배경이 되었던 호텔 데스 바인스(DES BAINS)로 가기 위해 리도행 배를 탔다. 호텔 계단에서 아셴바흐는 미소년 타치오와 첫 대면을 한다. 십오 분간 배를 타는 동안 베네치아는 서서히 석양으로 사라져 평화로운 파란 물 위를 사뿐히 떠다닌다. 기반이 없이 떠다니는 이 도시는 공예품으로 가득하다. 백발의 노인이 작업대에 앉아 유리로 벌레와 거미, 개미, 소형 사슴을 만드는 데 여념이 없다. 이곳에는 향수병이 가득하고 비누거품 같이 생긴 꽃병이 지천에 깔려 있다. 천장에 걸린 섬뜩하지만 아름다운 가면들 사이에 서서 어린 소녀가 할로겐램프 불빛에 의지하여 은색 가루로 가면을 칠하고 있었다. 포도 덩굴로 덮인 돌길을, 벽 쪽에 바짝 붙어 조심스레 걸어갔다. 벽에서 사람들의 이야기가 들려왔다. 이 길을 나오자 따스한 식품 거리가 이어졌다. 피자와 소시지, 신선한 해산물 등 갖가지 음식이 가득 널려 있었다. 나무에 달린 과일처럼 가게에는 간판들이 매달려 있었다. 가파르게 치솟은 아치형 다리가 있고 그 다리에 올라서면 초승달을 손으로 만질 수 있을 것 같았다. 이 도시는 물에 떠 있어 햇빛이 드는 쪽에는 금빛 물결이 인다. 그늘 쪽의 물은 표면이 유리처럼 매끄럽다. 절반에 해당하는 응달쪽은 건물들이 에메랄드빛 초록과 자수정, 우거진 신록, 벨벳 검정, 주홍빛 붉은색 등으로 화려하지만 양달쪽은 모두 황금빛 단풍색이다. 이 도시는 이끼와 물 때문에 부식이 되어 매년 아주 조금씩 가라앉고 있다.

땅이 가라앉는 도시가, 일곱 가지 보석으로 화려하게 빛나네
『로바요(Robajo)집』의 탐미
오아시스 문명의 비관적 향락주의

용제의 작업팀은 우루무치(烏魯木齊)를 출발하여 투루판(吐魯番)과 옌치(焉耆), 쿠얼러(庫爾勒)를 거쳐 쿠차(庫車), 악수(阿克蘇), 카쉬(喀什), 샤처(莎車), 산차커우(三岔口) 등으로 갈 예정이었다. 용제는 전에도 두 차례에 걸쳐 실크로드를 여행한 적이 있었다. 지난번에는 시안(西安)과 란저우(蘭

州), 둔황(敦煌) 등을 방문했었다. 하지만 일이 바빠서 며칠 만에 돌아왔다. 둘이 침대에 누워 있으면서도 나는 용제가 사랑을 나누고 싶어 하는 것을 모르는 척하며 등을 돌리고 자버렸다. 다음 날 그는 곧장 짐을 꾸렸다. 침낭과 물병, 두꺼운 외투, 모래막이 안경, 터번, 고성능 전등, 피부 보호 로션, 그리고 각종 의약품을 챙겼다. 그가 멀리 여행을 떠날 때마다 나는 마음속으로 그가 이미 죽었다고 생각하면서 조용히 사망 통지를 기다렸다. 그래서 사랑을 나누지 않았다. 나는 그에게 뭔가 빚을 지고 싶었던 것이다. 그래야 우리 계약이 만료되지 않은 게 되고 의무를 다하라고 운명이 용제를 되돌려 보낼 것이기 때문이었다. 계약이 만료되면 우리는 서로에게 빚을 지게 해야 한다. 다음 생이란 없다. 죽을 때까지 함께 지고 갈 또 다른 죽음만이 있을 뿐이다.

한참 후에 그가 돌아왔다. 얼굴이 검게 타고 살이 빠지고 고생한 기색이 역력했다. 나이가 다섯 살은 더 들어 보였다. 하지만 다시 함께 있게 돼서 그런지 눈에서 반짝반짝 빛이 났다. 그는 내게 고동색 화염산과 당나라 고승 현장 법사가 돌기둥에 말을 매어 두었다는 절벽에 관해 얘기해주었다. 명사산(鳴沙山)의 모래 파도는 공중으로 수십 척이나 치솟고 사막의 바람 소리는 북소리에 가깝다고 했다.

맨 동쪽에 있는 첫 번째 오아시스 하미(哈密)에서 시작하여 서쪽으로 여행하게 되면 사막을 지날 때마다 하늘 가장자리에 초록빛이 보이고 거대한 고비사막을 지날 때마다 꽃향기와 새 울음소리 가득한 나라로 들어서게 된다고 한다. 이렇게 신장(新疆)을 통과하여 중앙아시아와 소아시아, 이집트, 북아프리카를 통과하면 카사블랑카에 이르게 된다. 사람의 흔적이 없는 수백 개의 사막과 수백 개의 오아시스 도시를 지나면서 황량함과 번화함, 적막함과 요란함을 번갈아 경험하여 마지막 성인은 이슬람 순례를 마무리했다. 그는 선조들의 자취를 생각해 보았다. 사막은 거대하고 끊임없이 변화했다. 별이 빛나는 하늘과 계획대로 진행되는 성인의 여정이 이 사막에 일신교를 창조했다. 그리고 오아시스는 신비로운 장미향이 기득한 『아라비안나이트』를 지어냈다.

일신교는 모든 우상을 타파하고 금욕주의를 강제했다. 인간의 모든 감각은 향기를 맡고 정원을 관리하고 자수를 놓고 모자이크와 레이스를 만드는 것으로만 만족해야 했다. 뜨거운 공기 속의 신기루여, 너는 가라앉는 땅의 도시였다.

우리는 옛 도시 가마쿠라(鎌倉)에도 갔었다. 한창 벚꽃이 만발해 있었다. 도처에 꽃 축제가 벌어지고 있었다. 도시 전체에 호롱불이 매달려 흔들렸고 사람들은 노래를 불렀다. 사람들이 있는 곳이면 어디든지 파리가 있었고 부처가 있었다. 활짝 핀 벚나무 아래에는 이방인이 없었다.

오후나(大船)영화사가 이곳에 있었고 오즈 야스지로(小津安二郞)의 영화 여러 편이 이곳에서 제작되었다. 우리는 그의 영화에 자주 나오는 시너리 숏(scenery shot)이 기억났다. 오 층짜리 탑과 풍경, 산언덕, 그리고 밀 수확기에 접어든 하치만궁(八幡宮)과 대불이 생각났다. 아버지와 딸, 오누이, 삼촌과 조카, 시아버지와 며느리 역으로 영화마다 조합이 달라지는 배역을 맡는 류치슈(笠智衆)와 하라 세츠코(原節子)는 오즈 감독 마음속의 이상적인 남자와 이상적인 여자였다.

원작 이론에 따르면 모든 감독은 평생 단 한 편의 영화를 찍는다고 한다. 그렇다면 오즈의 영화는 모두 딸의 결혼에 관한 것이라고 할 수 있다. 하나의 개체는 한 무리에서 분리되어 다른 개체와 합쳐진다. 세계의 건립과 유지를 위해 우리는 성경에도 쓰여 있듯이 언젠가 부모 곁을 떠나야 한다. 오즈는 아들의 결혼은 영화에 담지 않았다. 그에게는 딸의 결혼이 가장 절실한 분리이자 단절이요 이별이었다. 이 이별이 너무나 씁쓸한 실망과 동요를 일으켰기 때문에 오즈는 이 문제에 평생을 바쳤다. 심지어 예순의 나이로 죽어가면서도 그는 이 이별에 대해 다하지 못한 말이 남아 있었다. 그의 첫 번째 유성영화 〈외아들〉의 서두에서는 인생 비극의 첫 막은 부모와 자식 간의 관계에서 시작한다고 말한다.

오즈는 평생 결혼을 하지 않았다. 나는 그가 나의 감춰진 동족인지 아니면 승화된 동족인지 궁금했다. 그는 가마쿠라 북부에 있는 조치지(淨智寺) 근처에서 어머니와 함께 살았다. 우리는 그곳에 가서 가슴속에서 우러나오는 경의를 표했다. 오즈가 보통 사십 보를 걸어 통과했다는 터널을 지나갔다. 돌담 옆의 작은 길에는 감나무가 심어져 있었다. 아래쪽 대나무 오솔길에는 화가 오구라 유키(小倉遊龜)의 집이 있었다. 오즈는 종종 술에 취해 집으로 돌아가다가 이 대나무 오솔길에서 넘어지곤 했다. 우리는 오구라의 화집도 한 권 샀다. 오구라의 집 이 층으로 올라가는 계단 입구에는 타고르가 일본을 방문했을 때 붓으로 손수 써 주었다는 산스크리트어 시가 걸려 있었다. 오즈의 모친은 화가 오구라와 같은 모양의 안경을 썼다. 세상의 모든 어머니들의 영원한 이미지였다. 오즈는 종종 자신의 어머니가 살아계시는 동안은 절대로 결혼하지 않을 것이라고 농담처럼 말하곤 했다. 왜 결혼을 하지 않느냐는 기자들의 질문에 가정을 꾸려야겠다고 생각할 때 징병이 되는 바람에 결혼시기를 놓쳤다고 대답했다. 그 말은 진심이었다. 그는 루거우차오(蘆溝橋)사건[62]이 터지자마자 중국으로 배치되었다가 이 년 후에야 일본으로 돌아왔다. 그리고 다시 남태평양으로 출정하여 제2차세계대전이 끝날 때까지 그곳에서 지냈다. 그는 제대를 하고 나니 결혼이라는 문제가 너무 복잡하게 느껴진 데다 어머니와 함께 지내는 것이 좋아서 그렇게 되었다고 했다.

오즈는 감독이 되어 처음 찍은 처녀작 〈참회의 칼〉을 만들면서 시나리오 작가 노다 코고(野田高梧)를 만나게 되었고 그 뒤로 그의 사후에 발표된 마지막 영화 〈꽁치의 맛〉에 이르기까지 무려 삼십육 년을 쭉 그와 함께 일했다. 두 사람은 주당으로 널리 이름이 알려져 있었다. 매일 아침 일어나자마자 술을 한 잔씩 함께 마시는 것으로 일과를 시작할 정도였다고 한다. 영화 시나리오 중에는 두 사람이 만취할 때까지 술을 마시고 소리를 지르며 토론하는 과정에서 완성된 것도 적지 않다. 그의 영화에 가장 빈번하게 등장하는 대사는 "그래요?(そうですか)"였다. 〈동경 이야기〉에 등장하는 노부부는 대화 내내 이 말을 주고받는다. 의문을 제기하는 것이 아니라 동감한다는 의미의 이 표현은 노가쿠와 유사한 관상의 리듬과 분위기, 그리고 잠에서 막 깨어난 듯한 게슴츠레한 상태를 연출한다.

오즈의 촬영감독은 전반 십 년 동안은 시게하라 히데오(茂原英雄)가 맡았고 후반 십 년은 아츠타 유하루(厚田雄春)가 맡았다. 사람들은 항상 촬영감독을 오즈의 아내라고 놀렸다. 유성영화 시대로 접어든 뒤에도 오즈

---

62) 중일전쟁의 발단이 된 사건. 1937년 7월 7일 발포사건을 계기로 양국의 군대가 충돌했다.

는 고집스럽게 다섯 편의 무성영화를 더 제작했다. 태평양 건너편의 찰리 채플린에게 조금도 뒤지지 않는 영화들이었다. 이때 시게하라는 독자적으로 유성영화기계 연구에 몰두하고 있었고 오즈는 그에게 시간이 얼마나 걸리든지 기계를 다 완성할 때까지 기다리겠다고 약속을 한 상태였다. 이리하여 그는 조용히 무성영화 제작을 계속해야 했다. 왜 유성영화를 찍지 않느냐는 질문이 쇄도한 것은 당연한 일이었다.

촬영 현장은 이상할 정도로 조용했다. 오즈는 너무나 평화로운 사람이었다. 딱 한 번 오즈가 어설프게 과장된 연기를 한다는 이유로 배우를 호되게 꾸짖은 적이 있었다. 유행가 가사에 이런 구절이 있었다.

"얼굴은 웃고 있지만 가슴으로는 울고 있습니다. 행복할 때 기뻐 날뛰고 슬플 때는 구슬프게 우는 것은 동물원의 원숭이가 하는 행동이지요. 생각한 것과 반대로 말하고 느끼는 것과 반대의 감정을 표현하는 것, 그것이 인간입니다!"

오즈는 어깨가 넓고 코가 오뚝하며 콧수염이 아주 멋진 사람이었다. 웃지 않을 때 눈은 코끼리 눈 같았고 웃을 때는 더 그랬다. 그는 평생 소원한 상태에서 가정을 관찰했다. 그에게는 가족이 결여되어 있었기 때문에 무한한 관심과 변증법의 사고를 가지고 몰두해야 했다. 가족 가운데 세포 하나가 혼란에 빠져 자기의 역할을 제대로 못하게 되면 그 가족은 분열과 해체의 위기를 맞게 된다. 이럴 때 그는 자신의 우세한 입장을 이용해 가족 전체를 선명하게 바라볼 수 있는 위치에 섰다. 그는 지혜를 가진 사람이었고 사유하는 사람으로서 자신의 우화를 찍었던 것이다.

그는 인물이 렌즈에 대고 웃는 상반신 미디엄 숏이나 클로즈업을 좋아했다. 그리고 예의 바른 여성성, 일어의 남성 용어와는 분명한 차별성을 갖는 여성 용어를 좋아했다. 배우 하라 세츠코의 순진무구한 표정은 남성을 전혀 두려워하지 않는, 예측하기 어려운 정신을 대변한다. 그녀의 미소 짓는 얼굴은 제를 생각나게 한다. 그는 자기 새 애인의 기백을 "나는 어느 남자의 것도 아니야. 나는 이렇게 유유자적하게 살 거야"라는 말로 표현했었다. 또한 미야자키 하야오(宮崎駿)의 애니메이션 영화에 등장하는 소녀의 여성성도 있다. 〈붉은 돼지〉에서 유괴되었다가 구조되는 일본 아이들의 언어와 억양, 웃음은 정말로 자연스러워 칭찬을 자아낸다. 진정한 여인국이 아닐 수 없다.

우리는 우연히 벚꽃 축제 장소에 이르렀다. 일본은 이처럼 축제를 사랑하는 나라였다.

이처럼 꽃을 사랑하고 아름다움을 사랑하는 미술의 민족이었다.

하치만궁의 꽃 축제에 모란 축제와 청포 축제가 더해졌다. 꽃마다 축제가 있고 계절마다 축제가 열린다. 거의 모든 물건에 축제가 따라다닌다. 모든 사물이 신이고, 신은 곧 상징이기 때문이다. 눈에 보이는 모든 것은 존재하는 것이고, 그 외의 것은 존재하지 않는 것이다. 특히 여인들은 축제를 사랑한다.

문득, 고음의 피리 소리가 들리더니 이내 사라진다. 마치 허공에 음표를 그리려는 것 같다. 그 소리에 마음을 빼앗긴 우리는 음표를 해독이라도 하려는 듯 하늘을 쳐다보았다. 우리는 날마다 벚꽃 물결 속을 행진하는 악단을 따라다녔다. 천상의 북소리와 대지의 피리 소리, 공중의 음표가 우리에게 온갖 비밀을 속삭였다. 삼천의 대천세계, 천 명의 왕이 펼치는 정치, 갖가지 향의 나라, 인도의 여성성.

그랬다. 레비스트로스가 현신한 것이었다. 그는 이슬람 사회가 인도와는 정반대의 노선을 택해 남성적 취향을 따랐다고 지적했다.

그렇다. 이슬람은 추상적이고, 통합적이고, 일신교적인 사회였다.

우상의 파괴는 아브라함으로부터 시작되었다. 십계명이 등장하자 모든 신이 다 사라져버렸다.

우리는 북을 치는 악단을 포기하고 높은 무대 앞에 멈춰 섰다. 무대 위에서 진홍색 의상에 하얀 상의를 두르고 춤을 추는 신사의 무녀(巫女)들에게 푹 빠져 있었다. 무대 양쪽에는 고전 의상을 입은 연주자들이 둥그렇게 포진하여 피리와 북을 연주하고 있었다.

무녀들이 입은 진홍색의 옷은 인도 여성들이 눈썹 사이에 찍는 색상과 마찬가지로 일종의 신분 표시였다. 상의의 흰색은 은(殷)나라 수레의 색이고 흰색은 상(商)나라를 상징했다. 긴 옷과 머리 장식에 사용되는 흰색은 기원전 15세기 이집트 남북부 지역을 다스렸던 여왕 핫셉수트가 입었던 옷과 머리에 썼던 관의 색이었다. 이 진홍색과 흰색은 『겐지 이야기』에 나오는 진홍색 마차를 끄는 흰색 황소와 대비를 이룬다.

열일곱 살과 열여덟 살의 두 무녀는 나라(奈良) 시대의 궁중 복식을 하고 있었다. 소매가 넓은 흰색 상의에 진홍색 플레어스커트를 입고 금색 관을 쓰고 있었다. 그리고 머리를 삼베로 장식하고 있었다. 손에는 긴 손잡이에 넓은 리본이 달려 있는 종을 들고 있었다. 오른손에는 종을, 왼손에는 리본을 쥐고 학이 날개를 펴듯 두 팔을 벌리고 금방이라도 날아오를 것처럼 팔을 어깨높이로 들어올렸다. 꼿꼿하게 서서 날개를 펄럭이며 종을 흔들고 피리와 북소리에 맞추어 신을 향해 춤을 추기 시작했다.

치마와 상의의 넓은 소매가 소용돌이쳤다. 대지가 호흡하는 것처럼 너무나 단순한 몸짓이었다. 갑자기 두 무녀가 무대 아래 신도들 쪽으로 춤을 추며 다가왔다. 몰려오는 밀물이 점점 더 높아져 해면을 덮치는 것처럼 위협적으로 한 발짝, 한 발짝 다가왔다. 때는 중국의 남북조 북위(北魏)와 초당(初唐)에 해당하는 나라 시대였다. 화표(華表)에 천년 학이 돌아오고 있었다.

기둥이 바로 화표였다. 이 기둥으로 해 그림자를 측량했었다.

우리는 테베 강가에 있는 아몬신전에 갔다. 백서른네 개의 거대한 돌기둥이 체스판 같은 바닥에 세워져 있었다. 한 해가 시작하는 7월에 물이 범람하여 수 톤의 화강석과 석고가 홍수와 함께 밀려왔다. 아부심벨 축제는 범람기인 두 번째 달에 있었다. 거대한 기둥들은 나일 강에 자라는 파피루스 풀을 본떠 만들었다. 때문에 기둥 맨 위에 수련이나 꽃봉오리 장식이 있는 것이다.

수많은 오벨리스크 가운데 한 개가 나폴레옹에 의해 약탈되어 지금 파리의 콩코르드광장에 서 있다. 또 하나는 바티칸의 성베드로대성당 앞에 서 있다. 그곳에서 나와 용제가 결혼 예식을 올렸었다. 우리는 멀리 베네치아의 랜드마크인 산마르코성당을 바라보았다. 성당 건물에 달려 있는 파란색 시계가 보였다. 로마 숫자와 도금한 열두 개의 별자리가 선명했다. 시계 바늘과 눈금도 금색이었다. 종탑 위에는 두 명의 청동 무어인이 서 있어 한 치의 오차도 없이 오백 년 동안 정확한 시간을 알려주고 있다.

우리는 노가쿠를 보았지만 여기에 대해 아는 바가 거의 없었다. 유일하게 알고 있는 것은 노가쿠에 사용되는 인상적인 의상이 일본 헤이안 (平安) 시대의 의상으로서 같은 시기인 중국 송나라 시대에도 우아한 의상으로 유행했다는 사실이다. 그 뒤로 우리는 두 편의 가부키를 보았다. 〈단풍잎 장군〉과 〈16야정심(夜淸心)〉이라는 제목의 가부키였다. 남자가 연기하는 여주인공의 의상은 가장자리가 점점 좁아져 작은 연꽃이 된다. 이는 에도 시대 오사카 상인들이 절제된 미를 추구했던 것과 관련이 있다.

외롭고(佗), 조용하고(寂), 순수한(粹) 연극이었다. 매력을 더하기 위한 은밀한 만남이자 미학적 혼외정사였다.

우리는 왕들의 계곡을 지나 핫셉수트 여왕의 묘지로 향했다.

여왕의 아버지에게는 적자가 없었다. 그래서 여왕이 왕위를 이어받았다. 하지만 여자는 왕이 될 수 없었다. 여왕을 가리키는 설형문자가 없다는 것이 이를 뒷받침해준다. 결국 핫셉수트는 이복 오빠와 결혼을 했고 이 이복 오빠가 합법적인 왕, 파라오가 되었다. 그러나 왕은 젊은 나이에 죽었고 핫셉수트와 사이에는 아들이 없었다. 핫셉수트는 이번에는 왕의 첩들이 낳은 아들 가운데 한 명인 투트모세 3세를 택해 왕위를 계승하게 하고 이십이 년간 자신이 섭정을 했다. 그녀는 벌과 백합 무늬로 장식된 파라오의 의복을 입고 파라오의 가발과 수염을 달고 뱀과 독수리 모양으로 장식된 높다란 왕관을 쓰고 지냈다. 그 이후의 모든 서류에서 그녀는 파라오가 아닌 그냥 국왕으로 칭해지고 있다. 그녀는 전쟁을 반대했고 이국적인 물건과 보석을 좋아했다. 탐험대들이 세계 곳곳을 뒤져 이집트에서는 볼 수 없는 원숭이와 표범, 상아, 타조 털 등을 가지고 돌아왔다.

신전을 건축하는 것도 좋아했던 그녀는 아몬신전에 두 개의 오벨리스크를 세웠다. 투트모세 3세는 실권을 잡은 뒤로 열여섯 차례의 정벌전쟁을 감행하여 팔레스타인과 시리아까지 영토를 넓혔다. 원정을 마치고 테베로 돌아온 그는 이집트 신전에 있는 핫셉수트 여왕의 이름을 지우고 그 자리에 자기 할아버지의 이름을 새겨넣었다. 그리고 자신의 신전을 세우기 시작했다. 그 신전의 비밀의 방 벽에는 그의 정복을 자세히 기록한 연대기가 돌에 새겨져 있다.

여름날 밤에 우리는 아침에 들렀던 도시 카르나크로 돌아갔다. 카르나크는 소리와 빛의 장관으로 관광객을 끌어들이는 도시로서 나일 강 동쪽에 위치해 있다. 강가에서 시작된 어떤 소리가 흘러와 우리에게 백스물네 개의 스핑크스가 보호하고 있는 카르나크로 가라고 알리는 것 같았다. 그 소리가 말했다. 더 이상 앞으로 나아갈 필요가 없다. 당신들은 이미 도착했기 때문이다. 이곳이 바로 시간이 시작되는 곳이다.

이어서 플루트 소리는 그 목소리가 되어 말했다. 여기가 바로 카르나크이다. 아몬신전이 바로 저 산 언덕에 있다. 이곳이 바로 7월에 물이 차오르면 처음으로 물에 잠기는 곳, 강이 범람할 때 야생 오리들이 보금자리를 만드는 곳이다…….

목소리는 사방에서 들려왔다. 커다란 돌과 무너진 벽, 허물어지고 있는 도시의 담벼락과 파손된 기둥, 비밀통로와 강둑 건너편에서 들려왔다. 한 손에는 지팡이를 들고 다른 손에는 쇠사슬을 쥔 채 팔짱을 끼고 있는 파라오 상을 향해 빛이 이동했다. 그 목소리가 말했다. 나는, 이름을 잃어버린 파라오다. 사람들이 내 왕좌를 두고 다투었고 나는 이 거대한 조각상을 남겼다.

경쾌한 나팔 소리가 울리더니 한 노인의 목소리가 들려왔다. 나는, 람세스 2세, 제19왕조의 불꽃이다. 삼천 년 전 나는 너희들이 지나가게 될 두 번째 탑문(塔門)을 만들었다. 나는 남북 이집트의 통일을 상징하는 왕관을 썼다. 세 명의 왕비가 나와 침실을 함께 썼다. 세 번째 왕비는 소아시아의 패권을 쥐고 있던 히타이트 왕의 딸이었다. 그 뒤로 나는 나의 딸들 가운데 네 명과 결혼했다. 그리고 다 합쳐서 아흔세 명의 아들과 백여섯 명의 딸을 낳았다.

또 다른 목소리가 말했다. 나는, 기울어가는 고대 이집트의 왕 프톨레마이오스 3세다. 나는 이 문을 레바논산 전나무로 만들고 아시아의 청동으로 문양을 새겼다. 오늘 밤 이 문이 너희들을 경이롭게 움직이는 카르나크의 미로로 데려다 줄 것이다.

아주 젊은 목소리가 말했다. 나는 투탕카멘이다. 나는 방해석으로 된 스핑크스만을 정원에 남겼다.

열여덟 살의 젊은 나이에 죽은 투탕카멘은 이십 세기에 도적들이 그의 무덤을 파내 귀중한 보석과 프레스코 그림을 발굴해 달아나버린 뒤로 다른 파라오들보다 더 유명해졌다. 우리는 깊숙이 안으로 들어가, 그가 매장된 방으로 가서 그의 얼굴을 한참이나 바라보았다.

나는 북부 인도의 쿠시나가라로 갔다. 석가모니가 열반에 든 곳이었다. 나는 또 갠지스 평야를 건너 부다가야로 갔다. 석가모니가 깨달음을 얻은 곳이었다. 용제가 남부 실크로드를 촬영하기 위해 스촨과 윈난, 버마로 가는 바람에 우리가 가장 오래 떨어져 있어야 했던 그 시기에 나도 여

행을 떠났다. 마침 학교도 겨울방학 중이라 네팔과 인도를 방문하는 순
례여행에 참가한 것이다.

　지구의 고대 문명 유적지를 순례하는 도중 우리는 파르테논신전 앞에
앉아 소리와 빛이 만들어내는 장관을 감상했다. 올림피아 유적지에 피어
있던 자줏빛 민들레와 트로이 유적지의 바람에 깎인 돌도 보았다. 바람
에 날리는 올리브나무 오솔길과 짙은 녹음의 물결, 바람의 방향이 바뀌
면서 만들어지는 은회색의 바다를 보았다. 용제가 일 때문에, 그리고 열
정 때문에 구석구석 돌아다니고 있는 실크로드, 그 타이완 해협 너머의
땅을 나는 아직 한 번도 가 본 적이 없었다.

　어두운 산길에는 여행자의 발길이 가득했다. 하지만 나는 그곳에 가
본 적이 없다.

　그랬다. 나는 나의 세계지도에서 거대한 그 땅만 빠뜨린 것이었다.

　이제 그 땅이 그곳에 있다. 내 젊음이 벗어놓은 허물처럼, 사랑의 잔해
처럼 그곳에 있다. 나는 무관심하게 그곳을 지나쳐 가버렸다. 멀리 있는
다른 어느 나라보다도 낯설게만 느껴졌다. 나는 그곳에 가 보고 싶다는
생각이 눈곱만큼도 들지 않았다.

　나는 그곳의 문자를 사용한다. 지금 이 순간에도 그 문자로 글을 쓰고
있다. 그곳은, 바로 지금 여기다.

　그곳은 지금 이 문자에 담겨 이 순간 여기서 흐르고 있고 수만 년 후에
도 그럴 것이다.

　다른 기회는 전혀 없다. 나는 여기에 있을 뿐이다.

　마침내 나는 깨달았다. 과거에 내가 가장 가 보고 싶어 했던 곳, 그 화

려한 꿈이 이끌던 곳이 실재로는 존재하지 않는다는 것을 깨달았다. 그
곳은 문자 안에만 존재하는 곳, 영원히 도달할 수 없는 곳이었다.

14

펠리니의 말이었던 것 같다. 음악은 잔혹한 것이라 우리를 향수와 회한에 빠져들게 한다. 음악이 끝나면 나는 그 악곡이 어디로 가버렸는지 알지 못한다. 음악이 가버린 곳은 내가 쫓아갈 수 없는 곳이다. 그래서 더욱 슬픔에 빠지게 된다.

쫓아갈 수 없는 곳에서 돌아온 용제는 내게 산둥(山東)의 복숭아를 보았다고 말했다. 시골 들판을 온통 복숭아나무가 뒤덮고 있어 대단히 매력적이라고 했다. 이멍(沂蒙) 산구에서는 거의 모든 가정이 열사의 후손들이었다. 집집마다 전쟁터에서 죽은 군인이 하나씩 있는 게 아니라 전부 민간노역자들이었다. 이들이 전선에 나가 인산인해를 이루면서 줄을 지어 맨몸으로 지뢰를 제거하고 국민당 군대의 탄약을 몸으로 막아냈다. 용제는 그 복숭아 숲을 걸어가면서 다시는 나를 볼 수 없게 되면 어쩌나 하는 생각에 벌벌 떨었다고 했다.

그랬다. 그 복숭아나무 오솔길이었다. 삼천 년 전 주(周)나라 선왕(宣王)은 그곳에서 견융(犬戎)에게 크게 패했다. 선왕이 수도로 돌아오는 길에 아이들의 노랫소리가 들렸다. "달이 뜨고, 해가 지면, 화살과 전동이 주나라를 멸망시킬 것이다." 삼 년이 지나 황실의 제사 기간에 선왕은 아리따운 여인 하나가 서쪽에서 천천히 걸어와 조상들을 모신 사당으로 들어가는 모습을 보게 되었다. 그 여인은 세 번 웃고 세 번 구슬프게 울더니 칠

묘(七廟)의 신주(神主)를 한데 둘둘 말아 가지고는 천천히 동쪽으로 걸어 갔다. 선왕은 그 여인을 쫓아가다가 잠에서 깨어났다. 꿈이었다. 나중에 서야 그 꿈의 의미가 밝혀졌다. 세 번 웃은 것은 애첩 포사(褒姒)가 봉화로 제후들을 놀린 것[63]을 의미했고 세 번을 구슬프게 운 것은 유왕(幽王)의 태자가 견융에게 살해당한 것을 애도하는 의미였다. 또한 신주를 동쪽으로 가져간 것은 평왕(平王)이 수도를 낙읍(洛邑)으로 옮긴 것을 의미했다.

복숭아나무 숲에 얽힌 이야기였다. 전해지는 바에 따르면 애첩 달기는 참수에 처해졌으나 회자수가 세 번이나 팔을 들어 목을 베려고 해도 목을 벨 수가 없어 결국에는 주왕(紂王)의 아들 은교(殷交)가 소매로 달기의 얼굴을 가리고 형을 집행했다고 한다.

복숭아나무는 잡귀를 물리치고 복숭아 부적은 악귀를 막아준다. 복숭아 여인은 주공(周公)을 상대로 싸움을 걸었다.

여발(女魃)은 푸른 옷을 입고 다녔다. 그녀가 머무는 곳마다 비가 내리지 않아 가뭄이 들었다. 치우(蚩尤)가 병력을 보내 황제(黃帝)를 치려 하자 풍백(風伯)[64]과 우사(雨師)[65]가 치우를 도와 큰 비와 바람을 내렸다. 황제는 여발을 보내 비를 멈추게 하고 치우를 죽였다.

노란 개미가 싸우는 소리가 마치 우레와 같았다는 전설도 있다. 종남

---

[63] 웃지 않는 포사를 위해 유왕이 거짓으로 봉화를 올렸고 이 봉화를 보고 나라가 위험에 빠졌다고 생각한 제후들이 몰려들었다. 이 모습을 본 포사가 크게 웃었다고 전한다.
[64] 바람의 신.
[65] 비의 신.

산(終南山)의 석인(石人)이 울자 피비가 내렸다. 석인이 황소(黃巢)[66]의 이름을 암시하는 시를 읊었다.

천 년 동안 중국 남부에 세 개의 왕조가 나타났다. 남송(南宋)과 남명(南明), 남민(南民)[67]이 그것이다. 진(秦) 나라 때는 선비들을 기르지 않아 수천 마리의 호랑이와 늑대들이 강호(江湖)를 떠돌았다. 세상은 극도의 혼란에 빠졌고 지식인들은 글로 법을 어지럽히며 논쟁만 일삼았다. 서민들이 무술과 협의로 왕조를 무너뜨리기 위한 혁명을 시도했다. 관세음보살이 크게 울었다. 사회주의자들로부터 환경론자들에 이르기까지 동성애자들에게는 조국이 없었다.

그래서 가장 순결하게 유일한 진리를 믿었던 청년 시절에도 나는 끝내 애국자가 될 수 없었던 것일까?

나는 미시마 유키오(三島由紀夫)와 그의 다테노카이(楯之會)[68] 동지들의 나로드니키주의에 가깝든, "우리를 막지 마세요, 어머니, 당신 뒤에 있는 은행나무가 울고 있어요"라는 포스터를 붙이는 전공투(全共鬪) 소속 도쿄대학교 학생들에 가깝든 간에 모든 단체와 각종 주장을 그냥 어깨만 스치고 지나쳐버렸다. 어쩌면 내 외모가 천성적으로 남의 말을 잘 들어주는 사람 같아 보여서 사람들이 착각하고 내게 비밀을 털어놓으면서 내가 자신과 같은 생각을 갖고 있다고 확신한 것인지도 모른다. 하지만 그럴 경우에는 머지않아 서로의 차이점이 드러나고, 나는 자연스럽게 상대방

66) 중국 당나라 때 반란(황소의 난)을 일으켰던 인물.
67) 국민당 정부를 암시한다.
68) 극우단체이며 다른 말로 순지화라고도 한다.

이 실망했음을 알아차리게 된다. 때문에 나는 대개 상대방이 정신을 차리기 전에 내 쪽에서 먼저 거리를 두는 방법을 택한다.

당시에는 용제도 마찬가지였다.

특히 그 몇 년 동안 모든 사람들이 비디오카메라를 들고 산이나 강으로 다큐멘터리를 찍으러 다니던 시기에 용제는 명령을 받고 타이야족(泰雅族)[69]을 촬영하러 가야 했다. 촬영을 마칠 때쯤 그는 아페이(阿貝)라는 젊은 남자와 사랑에 빠져 반 년 이상 부족들과 함께 산에서 살았다. 아페이와 그의 부족 젊은이들은 호구정책에 따라 부족에서 원래 사용하던 이름을 쓰지 못하고 마음대로 중국 이름을 하나씩 가져야 했다. 용제는 부족 사람들과 함께 양을 치기도 하고 빈랑나무에 올라가 나무껍질을 벗기기도 했다. 그는 또 아페이의 할머니에게서 모시풀을 자르고 섬유질을 벗겨내 실을 만든 다음, 재와 함께 물에 삶아 노란 모시 천을 눈처럼 하얗게 탈색시키는 법을 배웠다. 고구마 뿌리와 옥수수, 가지, 삼나무, 인색화(印色花), 운트섬(UNTSUM)풀, 와야이 타시(WAYAI TASH)풀 등의 천연염료를 식별하는 법도 배웠다. 심지어 베틀을 이용해 여러 가지 색상의 마 실을 섞어 붉은색과 파란색, 검정색 직물을 짜는 법도 배웠다. 그는 아페이를 순수하게 사랑했다. 술에 흠씬 취했을 때 서로 껴안고 잠드는 것만이 육체적 접촉의 전부였다.

우리는 종종 주제에서 벗어나곤 한다. 온 길을 되돌아보면 줄곧 이런 갈림길을 무수히 거쳐 오늘에까지 이른 것을 알 수 있다. 우리의 성적 취

---

69) 타이완의 소수민족 가운데 하나.

향도 아주 어렸을 때 이미 우리를 다른 길로 인도하기 시작했다.

우리에게 없는 것이 어찌 조국뿐이겠는가. 우리는 규범을 위반했고 유랑자 기질이 있으며 비사회적인 데다 이교도들이었다. 어쩌면 우리는 조상이나 부모도 없는 존재들인지도 모른다.

그래서 아버지가 없는 사회가 되는 것일까? 폴 페던은 혁명이란 일종의 부친살해라고 말한 바 있다. 그렇다면 중국 당나라 때 오빠와 아버지를 죽인 여걸 판리화(樊梨花)는? 가족과의 끈을 없애려고 살점을 잘라내 어머니에게 보내고 뼈를 발라내 아버지에게 돌려보냈다는 네자(哪咤)는? 이들이 전부 그런 존재는 아닐 것이다.

아, 사라져버린 선인들이여.

십팔 년 전 어느 봄날의 축축한 저녁에 아야오와 나는 영사실에서 영화 〈자전거 도둑〉을 보았다. 그날 나는 학교 기숙사로 돌아가지 않고 아야오와 함께 그의 집으로 갔다. 우리는 간이침대에 누워 있었다. 아야오는 미군 방송에서 나오는 음악을 들었다. 밤 날씨는 짜증이 날 정도로 무덥고 축축했다. 그래서 신선한 바람도 좀 쏘일 겸 아래층으로 내려갔다. 우리는 뒷문으로 빠져나와 중산북로(中山北路) 쪽으로 걸어갔다. 바람 한 점 불지 않았고 어둠이 깊어 아무것도 보이지 않았다. 도둑고양이들이 배회하고 다니기에 아주 좋은 밤이었다. 갑자기 폭풍우가 몰아쳤다. 피할 곳이 없었던 우리는 재빨리 치러우(騎樓) 밑으로 들어갔다. 한 떼의 군용 트럭이 위안산(圓山) 방향으로 달려갔다. 비는 아주 음산하게 쏟아졌다. 어느새 우리는 닭살이 돋기 시작했다. 다음 날이 되어서야 우리는 위인이 붕어했다는 사실을 알게 되었다. 육류 조합에서는 사흘 동안 가축을 도축하지 않겠다고 선언했다.

내 여동생은 팔에 검정색 띠를 둘렀다. 세 텔레비전 방송사들은 저마다 한 달 내내 흑백방송만 내보냈다. 집에 가 보니 마을 입구에 사람들이 잔뜩 모여 있었다. 랴오(廖) 형이 나를 보자마자 다가오더니 날 꼭 껴안았다. 너무 꽉 안아서 눈물이 나올 지경이었다. 나는 친구들과 함께 있었다. 몇몇은 집으로 돌아가 잠시 머물렀다 다시 나오기도 했고 몇몇은 그냥 계속 돌아다녔다. 몇 년 전에 나는 처음으로 위인을 직접 보았다. 너무 멀어서 작은 점에 불과했지만 하얀 장갑 낀 손을 흔드는 그의 모습을 보았고 낭랑하지 않은 목소리도 들었다. 알고 보니 위인도 그저 사람일 뿐이었다. 그러나 그 휘황찬란한 평화의 비둘기와 풍선들, 그리고 수만 명의 소년 소녀들은 일시에 광장에 몰려와 있었다. 그들이 광장을 떠나 흩어질 때는 조수가 밀려나가는 것 같았다. 광장 근처의 골목길도 사람들로 꽉 메워졌다. 떠나기 아쉬워하는 소녀들은 길에서 수다를 떨었다. 그들이 가져온 종이 화환이 사방에 널려 있었다. 아야오는 다른 대오에 섞여 있다가 나를 찾아내 끌고 가서는, 제임스 딘처럼 생긴 소년을 가리키며 보라고 소리쳤다. 아야오는 그 소년이 어느 대학교 부속 고등학교에 다닌다고 말했다. 나는 아야오를 따라가려고 최선을 다했지만 정신이 혼란스러워지면서 아야오를 놓치고 말았다. 광장 쪽으로 들어오느라 어느 학교인지 모르겠지만 거리의 반을 메우고 있는 여학생 무리만 보일 뿐이었다. 여학생들은 마고(麻姑)가 서역의 여왕에게 복숭아를 바치기라도 하는 것처럼 하나같이 복숭아색 치마를 입고 꽃바구니를 들고 있었다. 나는 이 여학생들을 보고는 정신없이 그 마고들의 뒤를 따라갔다. 그러나 반대쪽에서 수많은 사람들이 고기 떼처럼 내 쪽으로 다가오는 바람에 나는 인간 조류를 거슬러 반대방향으로 가고 있었다. 길에 있던 모든 사람들이 나를 죽일 것처럼 노려보는 것 같아 황급히 몸을 돌려 도망쳤다. 주위에 눈을 돌릴 겨를도 없이 무작정 걸었다. 길가에 걸려 있던 깃발이 갈수록 줄어들더니 사람들도 점점 줄었다. 충분히 멀리 왔는데도 등 뒤로 광장에서 울리는 음악 소리가 끊이지 않고 들려왔다. 그 음악 소리는 공연이 끝난 뒤의 곡마단이나 겨울날의 황량한 놀이터처럼 내 마음을 뻣뻣하게 만들었고 이런 기분이 나를 몹시 지치게 했다. 그래서 화환을 들고 삼삼오오 짝지어 다니는 여학생들이 내 앞에 나타날 때마다 감동하여 그녀들에게 다가가 인사하고 싶었다. 그녀들도 나처럼 조수가 빠져나간 해변에 남겨진 사람들이라는 생각이 들었다.

이런 느낌 때문인지 마을 입구에 모여 있는 사람들이 더더욱 측은하게 여겨졌다. 어려서 함께 놀긴 했지만 일찌감치 각기 제 갈 길을 간 친구들인 데다 마을이 곧 국가주택 지역으로 개발될 예정이라 이미 여러 집이 이사를 가고 없었다. 위인의 죽음으로 마음이 심란해진 사람들이 다시 모여들었다. 우리는 서로를 부둥켜안고 위로해주었다. 아마도 이날 밤이 우리가 서로에게 사심 없이 마음을 연 마지막 날이었을 것이다. 내일이면 정말로 모든 것이 달라질 것이었다.

한 달 내내 마을 전체가 집단 최면 상태에 빠져 있었다. 잠시 오늘 밤이 어느 날 밤인지 잊고서 텔레비전에서 끊임없이 반복되는 위인의 일생과 이를 둘러싼 갖가지 기념 활동과 프로그램, 인터뷰를 들으며 전부 기억의 수면 속으로 빠져들었다. 위인의 이야기와 자기 자신들의 이야기가 중첩되면서 빠른 곡조의 송시와 애국 가곡을 반복하는 것이 우리 세대 마을 사람들 전체의 원향(原鄕)에 대한 고별식이 되었다.

신화와 망각.

연속성과 이러한 연속성의 파괴.

미래와 현재, 과거가 똑같이 기억 오류의 결과물이었다.

하지만 나는 살아 있는 사람들은 여전히 자신들의 추구하는 것으로 죽은 자들을 해석한다는 사실, 그래서 죽은 자의 삶이 산 사람들 사이에서 계속 변화하고 있음을 이미 목도하고 있었다. 죽은 자는 이미 죽었음에도 불구하고 그에 대한 정의가 바뀔 때마다 다시 살아 돌아올 것이었다.

나는 이런 명상을 통해 내 삶과 죽음의 의혹을 풀어 보려고 시도했다. 단지 이렇게 죽은 사람은 반드시 위인이어야 했다. 나 같은 동성애자들에게 산 사람들이 수정해나갈 만한 특별한 정의가 무엇이 있겠는가? 우리 같은 사람들을 한마디로 정의하여 묘비명에 쓴다면 "욕망을 추구한 사람, 욕망이 다하기 전에 먼저 죽다"라는 말로 충분했다.

그랬다. 실제로 우리는 욕망을 추구하는 무리였다. 미시마 유키오는 그의 마지막 소설 장편 4부작 『풍요의 바다』의 마지막 편에서 자신의 예정된 죽음을 외모와 언어, 시력, 청각 그리고 사고의 다섯 가지 몰락으로 나누어 연대기로 나타내고 있다. 그는 동료들과 함께 자위대 사령부가 있는 이치가야(市谷)에 가서 군인들에게 무사도 정신으로 일어나 사회를 개혁시키라고 열변을 토했다. 그런 다음 할복자살했다. 그는 육욕을 위해 목숨을 버린 우리의 위대한 순교자였다.

가장 전형적인 요절자는 바로 니진스키였다. 그는 뛰어난 팝핀 동작과 공중을 나는 독특한 방법으로 유명한 무용가다. 제는 그의 춤동작이 도약할 때보다 하강할 때 더 속도가 느리다고 말한 적이 있었다.

그는 〈목신의 오후〉에서 드뷔시 음악의 리듬에 맞춰 몸을 움직이다가 이어서 고대 그리스의 동상처럼 뭔가를 기다리는 듯한 정지 자세를 취한다. 이런 효과를 내기 위해 니진스키는 무릎을 굽히고 발꿈치로 내려와야 한다는 전통적인 규칙을 파괴했다. 니진스키는 무용수들에게 몸은 청중을 향하되 고개는 옆으로 돌리고 팔을 여러 각도로 굽힐 것을 요구했다. 이런 춤이 공연되자 사방에서 비난의 소리가 쏟아졌다. 첫 공연에서 대대적인 소동을 유발한 〈봄의 제전〉도 마찬가지였다. 결국 다음 세대 무용수들에게는 공연에 쓰인 음악만 남아 음악만으로 어떤 공연이었는지 평가하게 되었다.

그는 공개적인 무대 생활을 한 지 십 년이 채 안 된 스물아홉 살의 나이에 정신분열증 진단을 받고 예순한 살까지 병원에서 생활했다. 당시 그와 결혼한 지 오 년 밖에 안 됐던 그의 아내는 그가 어떤 불가사의한 힘에 의해 천천히 끌려가, 자신의 예술과 인생 그리고 아내인 자신에게서 멀어져갔다고 슬픈 어투로 술회했다. 그녀는 이 무서운 힘에 대항하여 힘들게 싸웠지만 그녀로서는 이 힘을 이해할 수도 없었고 설명할 수도 없었다. 남편은 여전히 그녀에게 친절하고 관대했으며 예전과 마찬가지로 사랑스러웠지만 그는 이미 완전히 다른 사람이 되어 있었다.

그래서 나중에는 제에 관해 아무것도 알고 싶지 않았다. 내 세계지도에 보이는 잿빛과 황색의 대륙에 가 보고 싶지 않은 것과 마찬가지였다.

아주 여러 해가 지나 용제는 나를 공연에 데리고 갔다. 나는 마음의 동요 없이 편안한 마음으로 제가 무대 위에서 춤추는 모습을 바라보았다. 나는 완전히 이해할 수 있었다. 신비감도 난해함도 없었다. 그에게 아무런 인연으로도 얽혀 있지 않은 나는 그가 무용수로서 이미 죽었다는 것을, 한때 강하고 신뢰를 주었던 그의 몸이 이제 그가 원하는 대로 움직여 주지 않는다는 것을 알 수 있었다.

무용수는 거울 앞에서 연습을 하고, 거울에 비친 그의 동작은 모든 사람에게 전달된다. 무용수는 숨길 수가 없다. 이렇게 오랜 세월이 흐르면 무용수는 자신의 몸을 믿게 되고 몸의 언어를 이용하여 세상과 소통하게 된다. 육체의 능력이 사라지면 그는 연어처럼 입을 다물고 살아야 한다. 다른 사람들과는 달리 무용수들은 두 번 죽는다는 게 어떤 의미인지 잘 알고 있다.

누구나 같은 부류의 사람에 대해서는 연민을 갖게 마련이다. 나는 뜨거운 눈물을 흘렸다.

용제는 나를 위로하면서 제가 안무를 할 수도 있을 것이라고 말했다.

하지만 나는 여전히 슬펐다. 제가 언젠가는 자기 몸으로 아무것도 직접 표현할 수 없으리라는 사실이 슬프기만 했다. 그는 원래 자기 자신의 창조물로서, 자신을 사람들에게 보여주고 있었던 것이다. 보여주는 것이 곧 존재이고 자기만족이었다. 그는 무용수이자 안무가였다. 그러나 머지않아 그의 몸이 먼저 죽을 것이고 그의 생각과 기술은 다른 사람에게 전수되어 표현될 것이다. 그때 그는 안무가의 역할과 자기의 운명을 받아들일 수밖에 다른 선택이 없을 것이다. 그가 나에게 자주 했던 말을 다시 그에게 돌려주고 싶었다.

"너도 이 모든 것에 익숙해져야 해."

그랬다. 그는 내가 경험한 모든 것을 경험할 것이었다.

제의 스승의 스승은 일흔여섯 살까지 춤을 추었다. 마지막으로 트로이의 여왕 역을 맡았다. 자신의 눈앞에서 한 명, 한 명 연인들이 다 죽어갈 때 이 나이든 여왕 헤카베는 무대에 작별을 고했다. 이는 행운이기도 하고 불행이기도 했다.

내가 그 나이까지 산다면 내가 사랑하는 모든 사람들이 존재하지 않을 것이다. 예컨대 10월이 되면서 펠리니 감독이 혼수상태에 빠져 벗어나지 못했다. 두 달 전에 이미 심장 발작이 있었다. 퇴원할 때 심장의 절반이 마비되어버렸는데 이번에 다시 입원하게 된 것이었다. 줄리에타가 매일 문병을 갔지만 펠리니는 의식이 없었다. 오늘 신문에는 줄리에타가 탈진하여 쓰러졌다는 기사가 났다.

지난해에는 사티야지트 레이가 죽었고 올해는 오즈 야스지로가 세상을 떠난 지 삼십 년이 되는 해이다. 최근에 나는 이른바 나의 세대라는 것이 어렸을 적 친구들, 결혼 첫날밤에 짓궂은 장난을 치는 친구들, 나의 장례식을 치러줄 친구들이라는 것을 이해하게 되었다. 내가 오래오래 살아서 마지막 친구의 장례식까지 치러야 한다면, 나는 차라리 장님이 되는 그리스신화의 테이레시아스가 되겠다.

테이레시아스는 신화에 나오는 인물 중 유일하게 남자이자 여자인 사람이다.

제우스와 그의 아내 헤라는 남자와 여자 중 누가 더 강한 오르가슴을 느끼는가 하는 문제를 놓고 논박을 벌였다. 둘 다 상대의 성이 더 큰 쾌락을 얻는다고 생각했고, 쾌락을 더 얻는 쪽에서 덜 얻는 쪽에 보상을 해야 한다고 믿었다. 한마디로 쾌락을 더 얻는 쪽이 채무자가 되는 것이었다. 둘 다 채무자가 되고 싶지는 않았다. 제우스와 헤라는 테이레시아스에게 심판을 해달라고 했다. 그는 정직하게 여성의 기쁨이 남자보다 아홉 배나 열 배쯤 더 크다고 말했다. 이 말에 분개한 헤라는 테이레시아스를 장님으로 만들어버렸다. 그러자 제우스가 그에게 장수와 예언의 능력을 주었다. 그 뒤로 테이레시아스는 테베 강의 예언자가 되었다.

선지자에게는 잠이 없다! 노인처럼 그는 한밤중에 일어났다. 인간의 아들은 머물 곳이 없는 법이었다. 그는 살 만큼 살았고 일이 일어나기도 전에 앞일을 볼 수 있다. 그래서 그는 미래의 일을 사람들에게 말했지만 아무도 듣지 않았다. 황야의 외로운 목소리였다. 그러나 들리지 않는 말은 아무도 해치지 않으므로 말이 막힐 때까지 그는 계속해서 중얼거렸다. 그렇지 않았다면 그는 그를 아는 모든 사람들이 죽고 없는 시대에 입을 막고 외롭게 혼자 죽어야 했을 것이다.

장수하는 게 서로를 사랑하기 위한 것이라면 먼저 죽은 사람은 어떻게 되는 걸까? 용제는 자기 턱이 더 뾰족하기 때문에 자신이 나보다 먼저 죽을 것이라고 했다.

나는 한참 동안 이 문제를 생각했다. 어느 날 밥을 먹다가 용제에게 말했다.

"내 심장이 너보다 강하니까 내가 더 오래 살 거야. 그래서 난 너를 오래오래 뚫어지게 쳐다볼 거야. 그리고 한순간도 놓치지 않고 네가 죽어가는 모든 과정을 기억할 거야."

나중에 나는 『대황동경(大荒東經)』이라는 책에서 말한 것처럼 동해 밖에 깊은 골짜기가 있음을 알게 되었다. 이 골짜기는 바닥이 없는 계곡으로서 '귀허(歸墟)'라고 불렸다. 나는 이 깊은 골짜기 위에 있는 절벽에 살면서 수많은 사람들과 세대들이 나를 지나 다시는 돌아오지 못할 이 골짜기로 들어가는 것을 지켜볼 것이다. 나는 날마다 조금씩 쪼그라들어 한 손에 펜을 들고 절벽에 웅크리고 앉은 미라가 될 것이다. 나는 쉬지 않고 계속 글을 쓸 것이다.

용제, 보이지? 이것이 이 세상에서의 내 마지막 모습이야. 바람에 깎여 돌로 변할 내 모습이라고.

세상을 떠난 아야오는 혼수상태에 빠지기 전에 주님을 믿고 축도를 받았다. 내가 훗사에 있는 병원으로 달려갔을 때 어머니는 기쁨에 들떠 그의 개종 소식을 내게 전했다.

내가 말했다.

"정말 다행이군요. 다행이에요!"

아야오와 나, 두 사람 모두 죽는 사람에게 개종은 아무 의미가 없음을, 단지 산 사람들에게 위로가 될 뿐임을 잘 알고 있었다. 그러니 개종하지 못 할 이유가 어디 있단 말인가? 아야오는 그렇게 마지막으로 어머니에게 성의를 보였다.

15

신화와 망각이었다.

나는 석가모니가 깨달음을 얻었다는 부다가야로 가는 성지순례 여행에 참가했다. 오래된 보리수가 가지를 우산처럼 펼치고 있었다. 아무리 의미를 부여해 보려고 해도 바니안나무와 사당이 있는 타이완의 시골 풍경과 별반 다르지 않았다. 바닥은 보리수 씨앗으로 덮여 있었다. 어쩌면 밟아 으깨서 펄프로 만드는 바니안나무 씨앗일 수도 있다. 이곳에는 정각대탑(正覺大塔)이 있었다. 11세기에 회교도들이 침입했을 때 불교도들이 이 탑을 흙으로 덮어 가린 것을 나중에 현장(玄奘)의『대당서역기』가 찾아냈다고 한다. 득도의 장소 근처 광장에는 인력거꾼들과 가난한 사람들이 잔뜩 모여 있었다.

나는 아무 목적도 없이 인도에 왔다. 단지 용제가 나를 떠나 있는 너무나 긴 시간 가운데, 이미 절반을 견뎠지만 아직 겨울방학과 음력설이 남아 있어, 외로움에 지쳐 죽지나 않을까 하는 두려움에 인도로 오게 된 것이다. 자동응답기에 용제에게 인도 여행을 떠나 언제쯤 돌아오는지 알리는 무덤덤한 메시지를 녹음해두었다. 여러 번 녹음을 했지만 말을 할 때마다 마지막 작별을 고하는 것처럼 들렸다. 마치 몸은 이 집에 남겨놓고 살아 있지 않을지도 모르는 용제에게 내 영혼을 보내는 것 같은 기분이었다.

그렇게 인도에 왔다. 마음속에 존재하는 적막한 모래땅에 도착한 것 같았다. 더 멀리, 내가 살고 있는 사회에서 더 멀리 벗어날수록 용제에게 더 가까이 다가가게 되는 것 같았다.

그리하여 그날 밤 나는 석가모니가 깊은 잠에 빠져 있는 아내와 아들 옆에서 부스스 일어나는 모습을 목도하게 되었다. 그는 달빛 아래로 아내와 아들의 얼굴을 물끄러미 쳐다보았다. 그 얼굴은 그가 최근 도시 밖을 여행하고 돌아온 뒤로 계속 숙고해왔던 바로 그것, 모든 중생의 얼굴이었다. 그는 중생이라는 집단적이고 전면적이며 기호적인 존재와 점점 더 깊은 사랑에 빠졌다. 하지만 중생은 태어나고 성장하여 가족을 형성하고 퇴락하여 공허한 상태로 돌아갔다. 중생은 한 편의 쇠망사였다. 피로와 엔트로피(ENTROPY), 열기를 쫓는 과정이었다. 수천 년이 지난 뒤 레비스트로스는 이렇게 말했다. "인류학은 엔트로피를 연구하는, 즉 최고의 단계에서 생물이 분해되는 과정을 연구하는 학문으로 바뀔 수 있다. 석가모니는 기호학적 존재인 중생에 대한 집착에서 벗어날 수 없었다. 그래서 달빛이 드리운 아내와 아들의 얼굴에 작별을 고하고 먼 곳으로 떠나려 했던 것이다."

나는 석가모니가 자신의 침궁을 빠져나와 시종 찬다카를 깨워 백마 칸타카를 준비시킨 다음, 자신의 도시를 떠나는 모습을 목격했다. 그는 화려한 의복과 장신구를 벗어 찬다카에게 건네주며 자신의 아버지에게 돌려드리라고 당부하고는 눈 덮인 설산을 향해 걸어갔다.

설산은 지금 저쪽 지평선이 있는 곳에 있었다. 가파른 등성이가 없이 두 개의 둥그스름한 봉우리만 있는 산이었다.

설산의 물이 흘러 나이란자나 강을 이루었다. 내 눈앞에는 넓은 사막만 남아 있었다. 폭이 일 리 남짓 되는 사막이었다. 건너편에는 마을이 있고 푸른 물결치는 밀밭과 나무들이 있었다. 나는 머리에 바구니를 이고 가는 이 지역 주민들과 나란히 걸어 마른 모래땅을 건넜다. 찌는 듯한 햇볕 아래서 모래는 금가루와 섞여 있는 것 같았다. 사막 한가운데에는 작은 물웅덩이가 있었고 누군가 그곳에서 옷을 헹구더니 바닥에 옷을 펼쳐놓았다. 옷들이 희고 뜨거운 사막을 몇 개의 붉은 점으로 장식했다. 내가 되돌아왔을 때는 젖은 옷들이 다 말라 있었다. 성지순례 여행의 단장이 모래 기둥 위에서 바이로카나라는 의식을 거행하는 법을 알려주었다. 태양을 마주하고 심상을 떠올리면서 태양의 에너지를 받아 이를 자신의 에너지로 변화시키는 의식이었다. 모두 이 의식을 끝내자, 단장은 모든 사람의 머리에 물을 뿌려주는 것으로 성스럽게 의식을 마무리했다. 이 성지순례 여행단은 여행하는 내내 바이로카나 의식을 수행했다.

나는 설산에서 육 년을 지낸 뒤 에이즈 환자처럼 뼈만 남은 석가모니의 모습을 목도했다. 오랜 수행에서도 얻은 게 아무것도 없자 석가모니는 형식적인 금욕수행을 단념하고 산에서 내려왔다. 그는 혼자 걸어가다가 강에 이르러서는 탈진하여 쓰러졌다.

나는 석가모니가 금식 의식을 거행한 뒤 열흘 동안 금욕 생활을 했다는 기록을 읽었다.

이 문자 기록은 금식 사흘째 되던 날 그가 의식을 잃은 과정을 자세히 설명하고 있었다. 닷새째 되던 날 그는 창문 가득 쏟아져 들어오는 햇살을 보고서 깨어났다. 점차 청각과 시각이 회복되었다. 엿새째 되던 날 그는 들녘에서 들려오는 아침 기도에 귀를 기울이다가 자신도 기도문을 중얼거리고 있음을 알게 되었다. 감각이 돌아오면서 엉킨 실타래에서 첫 번째 실 가닥을 찾아내듯 그의 정신도 서서히 풀리기 시작했다. 망망대해에서 배가 모습을 드러낼 때 처음에는 작은 점이 보이고 이어서 하얀 돛대와 밧줄, 돛에 난 구멍, 마지막으로 항해사들의 눈썹이 보이는 것처럼 그의 과거가 천천히 떠올랐다. 그 배는 그가 있는 쪽으로 항해하여 오다가 다시 먼 바다 쪽으로 방향을 돌리더니 물거품을 남기며 사라졌다. 슬픔인지 기쁨인지 구별할 수 없었다.

이레째 되는 날 아침, 그는 침낭에서 일어나 작은 테이블에 앉아 책을 한 권 꺼내서 열 쪽 정도 읽었다. 그날 밤 그는 푹 잘 수 있었다. 여드레째 되는 날, 그는 문을 열고 밖에 나가 조금 걸어도 보았다. 그 순간 그는 마음이 아주 맑아지는 것을 느낄 수 있었다. 열 하루째 되는 날, 이른 아침에 간디가 그를 위해 식사를 준비했다. 포도주스와 오렌지주스를 건네며 금욕 의식을 끝냈으니 이제 먹을 시간이라고 말했다.

나는 이 모든 것을 직접 보았다. 바로 여기 내가 서 있는 곳에서, 이 마을 양치기 소녀가 석가모니를 부축하여 그에게 우유를 먹였다. 그러자 의식이 돌아왔고 기운도 되찾았다. 그는 소녀에게 고맙다는 인사를 건네면서 모든 인간은 먹어야 한다고 말했다.

그래, 그랬다. 자고로 중생에게는 먹고 살 양식이 필요했다. 석가모니는 나이란자나 강을 건너 도시로 들어갔다. 보리수 아래 앉은 그는 그곳에서 우주의 마지막 방정식을 깨달았다.

나는 마을에 있는 작은 언덕의 꼭대기에 올라갔다. 소의 목에 달린 방울이 딸랑딸랑 소리를 냈다. 한 마리 한 마리 흰 소들이 내 옆을 지나갔다. 어제 나는 갠지스 평야를 지났다. 그곳은 도로가 수평선과 합쳐질 것처럼 곧게 뻗어 있었다. 차는 다섯 시간을 직선으로 달리다가 처음으로 방향을 틀었고, 삼십 분 후에 또 한 번 모퉁이를 돌아 목적지에 도착했다. 그곳에는 카시아나무가 무성했고 들에는 밀과 평지풀 그리고 수염 때문에 자줏빛 연기처럼 보이는 수수가 자라고 있었다. 소 떼가 검고 비옥한 토양에 선을 그리듯이 줄지어 서 있고 온통 사람들로 넘쳐났다.

도시가 없는 나라였다. 인도에서 나는 도시를 느낄 수 없었다. 그저 땅 위에 집들이 옹기종이 모여 있을 뿐이었다. 그나마 집들은 먼지 날리는 땅의 일부를 구성하는 것 같았다. 먼지가 뿌연 땅에 담요가 깔려 있고 그 한가운데에는 이마에 향가루를 묻히고 눈썹 사이에 붉은 점을 찍은 사람들이 앉아 있었다. 문명의 세계에서 볼 수 있는 모든 것이 여기에 다 있었다.

때문에 인도에는 골동품이나 유적도 없었고 인간이 건설한 건축물도 없었다. 물건이라 할 만한 것도 없었다. 가는 곳마다, 보이는 것은 오직 사람이었다. 사람 말고는 아무것도 없었다.

수천 년 전에 인도에서는 신분제를 만들어 인구문제를 해결하려 했다. 양을 질로 바꿔, 다시 말해서 인간을 몇 개의 계층으로 구별하여 평화롭게 살게 하려고 했다.

레비스트로스는 채식이 인도의 위대한 실험의 실패였다고 지적했다. 인간과 동물이 서로 부딪히는 것을 방지하고 인간과 동물에게 각자의 자유를 보장하기 위한 방법은 사람들에게 육식을 포기하고 동물과 충돌할 수 있는 자유를 포기하게 하는 것이었다.

그렇다면 석가모니는 부정의 부정, 존재의 부정 이후에 다시 시작한 것이 아닐까?

인도의 평원에는 뜨거운 먼지가 가득했지만 고원 위로는 맑고 시원한 하늘이 펼쳐졌다. 운명에 대한 소박한 체념과 끝이 없는 상상의 자유, 요란하고 부패한 욕망의 세계이자 그 정반대인 것이 바로 인도였다. 인도는 또 외로움의 땅이었다. 타고르가 세운 비스바-바라티대학교는 인도의 마지막 적막의 땅이었다.

또한 내가 찾아간 인도는 이미 불교의 흔적이 없는 곳이었다. 석가모니가 죽고 나서 천 년 후에 아랍인들이 인도를 침략했고, 그때 불교 승려들은 브라만교에 흡수되어버렸다. 그 후 오백 년 뒤에 인도에서는 불교가 사라졌다.

나는 바라나시에서 아주 이른 아침에 안개 낀 갠지스 강을 건넜다. 보리수 잎으로 싼 금잔화를 두 송이 샀다. 잎에는 방울방울 왁스가 묻어 있었다. 불을 붙인 다음 물에 띄웠다. 안개 속에서 작은 불이 보트를 떠나서 물 위를 떠다니다가 불이 꺼지고 노란 꽃만 물 위에 남았다.

성지순례단 단원들 가운데 일찍 일어난 사람들 몇 명도 함께 보트에 탔다. 매일 순례 단원들에게 바이로카나를 행하다 보니 단장은 몸이 안 좋아져 멀미를 했다. 단장은 구제품 점퍼와 우주 전사처럼 반질반질하게 꽉 끼는 바지에, 발목까지 올라오는 운동화를 신은, 예쁜 여자 신도 두 명을 양쪽에 데리고 나타났다. 순례 단원들은 모든 것에서 신의 계시를 구했고 사원을 방문할 때마다 기도를 올렸다. 심지어 단장이 쓰고 남은 물을 서로 차지하여 자신들의 물통에 담겠다고 다투기까지 했다. 나는 그들이 갖고 있는 현세에 대한 견고한 믿음이 부러웠다. 이국적인 장소와 신성한 지역을 여행하고 있는 그들은 어느 누구보다도 현실에 단단하게 뿌리를 둔 중류층 이상의 사람들이었다.

도처에 신상이 놓여 있는 힌두교의 성스러운 도시 바라나시를 나는 이미 사티야지트 레이의 영화에서 보았었다. 노란 테라스가 있는 난간과 신성한 강으로 이어지는 화장터 계단, 강물에 들어가 선 채로 목욕을 하는 사람들, 차양에 자리 잡고 있는 까마귀, 그리고 목욕을 마치고 강가에 담요를 깔고 앉아 기도문을 외우는 사람들을 보았었다. 화장터 계단은 거대한 화장터를 알리는 표지였고 강 건너편에는 해가 뜨는 것 말고는 아무것도 없었다.

향유를 바르고 엉성한 수의로 싼 시신을 이 신성한 강으로 옮겨와서는 다시 한 번 씻겨, 장작더미 위에 놓고 불에 태웠다. 여인의 시신은 오렌지 빛이나 복숭아 빛이 도는 붉은색 수의로 싸고 남자는 흰색, 아이들은 노란색 수의로 쌌다. 이런 화장터가 강가에 십 미터 내지 오 미터 간격을 두고 즐비하게 늘어서 있었다. 친척들은 화장터 주위에 서서 시신이 재가 될 때까지 기다렸다. 그러다 보니 이곳은 밤낮으로 하늘을 밝히는 불의 도시가 되었다. 장작더미를 세우고 화장을 하는 사람들은 룬지트라고 불리는 가족에게 돈을 내야 했다. 이는 세습제였고 정부와는 아무런 관련이 없었다. 도시 안과 강가에 사오 층짜리 빨간 벽돌 건물들이 서 있었다. 사람들은 이곳을 죽어가는 사람들을 위한 여관이라고 했다. 이곳은 무수히 많은 동굴로 이루어져 있어 생의 마지막 며칠을 보내기 위해 먼 곳에서 이곳을 찾는 사람들과 그들의 친척들이 따로 묵을 수 있었다.

산 사람들은 목욕을 하고 영혼을 깨끗이 하기 위해, 죽은 사람은 천국에 갈 준비를 하기 위해 이 성스러운 갠지스 강을 찾고 있는 것을 나는 목도했다. 이곳의 신은 단순한 상징이 아니라 진정한 신인 걸까? 신이 정말 이곳에 있는 것일까? 작은 불꽃과 꽃들이 죽은 자와 산 자의 영혼인 듯 안개가 자욱한 강 위를 떠다니고 있었다. 저 불꽃과 꽃들을 통해 영혼들은 눈에 보이는 사물이 된다. 그래서 이 강이 진정한 삶과 죽음의 장이 되는 것이다.

나는 아야오의 관이 담긴 판이 화로 안으로 들어가고 육중한 철문이 닫힐 때 어머니의 어깨가 들썩이는 것을 보았다. 한순간 내 몸에서도 뜨거운 피가 솟아올랐다. 놀란 마음을 다스리기 어려웠다.

우리는 이 층에 있는 다다미방으로 가서 차를 마시면서 조용히 아야오가 재로 변하기를 기다렸다.

화장장 일 층에는 온통 대리석으로 마감된 홀이 있었다. 샹들리에가 밝혀져 있는 것이 마치 고급 호텔의 로비 같았다. 그곳에는 윤이 나는 청동 손잡이가 달린 검은 문이 두 개 있었다. 그것이 바로 소각로였다.

그곳에 온 사람들은 전부 어머니의 교회에서 온 여신도들이었다. 자매들은 둥그렇게 앉아서 이런저런 얘기를 나누고 있었다. 너덧 명밖에 안되는 남자들 가운데 한 명은 어머니의 이종사촌으로 그곳에 온 유일한 친척이었다. 어머니의 이모와 결혼하여 데릴사위로 들어온 이모부가 어머니를 키웠다. 일본으로 돌아간 어머니는 그 이모를 보살펴야 했다. 그 집안 남자들이 모두 세상을 떠났기 때문이었다. 얼마 지나지 않아 어머니의 친어머니도 함께 살게 되었다. 친어머니와 이모 모두 치매에 걸려 벽에 똥을 칠하는 일이 많았고 이웃 마을로 산책을 나갔다가 도랑에 빠지는 일도 있었다. 이 두 어른이 돌아가신 뒤에 어머니는 상속받은 집을 팔아 지금 살고 있는 집, 핵가족들에게 인기 있는 서양식 주택으로 이사했다. 내가 어머니 가족의 대표가 되어 아야오를 화장했다.

어머니는 여러 차례 우셨다. 우실 때마다 영원히 정갈하게 접혀 있는 손수건으로 오른쪽 눈을 닦고 다음에 왼쪽 눈을 닦았다. 이렇게 세 번만 닦으면 눈물이 없어졌다. 어머니는 검정색 기모노를 입고 계셨다. 그녀의 눈물은 노가쿠 배우가 무대 위에서 하는 몸짓이자 춤이요, 상징이었다.

나는 어머니의 평화로운 얼굴에 곤혹감을 감출 수 없었다. 그레타 가르보의 사분의 삼 각도의 옆모습 같았다. 펠리니 세대의 사람이 그 얼굴을 보았다면 누구라도 최후의 심판을 생각하지 않을 수 없었을 것이다.

이십 분이 지나갔다. 우리는 아래층으로 내려갔다.

그날 바라나시의 공중 화장터에서는 커다란 단 위에 장작더미를 쌓았다. 대여섯 시간이 지나면 화장이 끝나고 대나무 손잡이가 달린 그릇에 재를 담아 다른 유물과 함께 강에 뿌렸다. 비위생적인 데다가 보기도 흉해 인도 정부에서 무료 화장터를 제공했지만 인도 사람들은 아무도 관심을 보이지 않았다.

우리는 아래층으로 내려가 화로 옆에서 기다렸다. 문은 열렸지만 화로는 아직도 벌겋게 달궈져 있었다. 판이 나왔다. 아야오의 재는 바닥에 납작하게 누워 있었다. 타버린 향 조각 같았다. 내가 생각했던 것보다 훨씬 적은, 너무나 적은 한 줌의 재였다.

간호사가 침대 커버를 걷어갈 때 보았던 죽은 아야오의 모습을 나는 결코 잊지 못할 것이다. 그에게는 별로 남은 것이 없었다. 에이즈로 쪼그라든 앙상한 몸에 남아 있는 것이라고는 뼈가 툭 튀어나온 두 무릎과 크고 주름이 잡힌 성기뿐이었다. 유일하게 남아 있는 살점이라 비정상적으로 커 보였다.

단정한 차림의 장의사가 재를 쓸어 반질반질 윤이 나는 네모난 철판에 담았다. 핀셋으로 반지 모양의 뼈를 집어내더니 목에서 나온 것이라고 말해주었다. 남은 뼈는 가부좌를 하고 앉아 명상을 하는 사람의 모양이었다.

우리는 두 명씩 짝을 지어 긴 젓가락으로 뼈를 집어 둥근 통에 담았다.

장의사가 둥근 통을 봉해 다시 네모난 나무상자에 넣었다. 그런 다음 두껍고 하얀 종이로 상자를 덮고 실로 묶었다. 이 과정이 끝나자 장의사는 경의를 표하기 위해, 유골함을 향해 모자를 살짝 기울였다.

나는 그 상자를 품에 안고서 훗사에 있는 집으로 돌아왔다.

아흔한 번의 겁이라는 긴 세월이 흐르는 동안 단 세 번의 겁에만 부처가 나온다. 나머지 겁에는 아무것도 없다. 얼마나 서글픈 사실인가. 부처와 같은 시대에 태어날 확률은 삼천 년 만에 꽃을 피운다는 우담발라 꽃을 만날 가능성만큼이나 희박하다. 부처의 출현은 드물고 게다가 사람들은 종종 그의 존재를 알지 못하고 지나치기 십상이다.

나는 아야오를 화장했다. 이는 시작에 지나지 않았다. 아야오는 첫 번째 대상자였다.

시간이 빠르게 흐르면서 나는 한 명 또 한 명 화장해 보내야 했다. 오늘 신문에 보도된 펠리니 감독의 사망 소식 같았다. 10월의 마지막 날, 타이베이, 맑은 가을 하늘이었다.

나는 잠시 쉬기 위해 펜을 내려놓고 산책을 나갔다.

모래바람으로 덮인 하늘 아래 마천루의 도시가 건설되고 있었다. 우리는 해를 본 지 오래였다. 잿빛 먼지에 휩싸인 허공을 뚫고 파란색과 흰색으로 칠해진 첩운 차량이 미끄러지듯 지나갔다. 용제와 나는 저 첩운이 정식으로 개통되더라도 절대 타지 않도록 서로를 일깨워주기로 약속했다. 불에 타 죽고 싶지 않기 때문이었다.

시간은 되돌릴 수 없다. 생명도 되돌릴 수 없다. 하지만 글을 쓸 때는 되돌릴 수 없는 모든 것들을 되돌릴 수 있다.

때문에 글쓰기는 계속되고 있다.

세기말의 지속

'십 년'은 무척 둔중한 함의를 갖는 시간의 단위다. 모든 것이 변화하기에 충분한 시간이다. 그래서 영어에도 '디케이드(decade)'라는 단어가 있고 우리나라에는 "십 년이면 강산도 변한다"라는 속담이 있다. 그렇다면 이 '십 년'의 '십 년'이라고 할 수 있는 '세기'는 어떤 함의를 갖는 시간의 체적일까? 아마 대부분의 사람들이 일생으로도 경험하지 못하는 시간이고, 필연적으로 역사의 장을 교체해야 하는 시간이고, 그래서 막연하게 어떤 혁명 같은 변화와 궤멸적인 종말을 두려움 속에 기다리게 되는 시간이고, 그럼에도 불구하고 인간과 자연의 불화나 부의 극단적인 편중 같은 물질적인 측면에서의 변화 말고는 크게 달라지는 것이 없고 갈수록 혼란스러워진 삶의 환경만 확인하게 되는 그런 시간일 것이다.

우리가 방금 지나온 마지막 '십 년의 십 년' 동안 인류의 모든 가치와 이념, 생활 방식이 그 이전의 아주 긴 시기에 비해 가히 혁명적이라 할 수 있을 만큼 많이 바뀌었다. 좀 더 과장하여 말하자면 인간의 존재 이유와 조건까지 다 바뀌었다고 할 수 있다. 그 거대한 흐름의 시작은 중세의 종교 권력에 종지부를 찍고 인간의 존재 가치와 의미를 회복하기 위한 근대화의 물결이었을 것이다. 특히 지난 백 년은 '근대'가 지배한 세기라고 해도 과언이 아니다. 그런데 그런 근대를 통해 인간은 중세에 비해 훨씬 자유로워지고 충분한 존엄과 가치를 확보했을까? 이상하게도 그렇지 못했다. '모더니티'라는 괴물은 삶의 형태만 바꿔놓았지 인간의 근본적인 문제들을 해결해주지 못했다. 그리고 그런 상태로 세기가 바뀌면서 세기말의 풍경은 지금도 계속되고 있다. 어떤 혁명적 변화가 없는 한 앞으로의 인류 역사는 송두리째 세기말일지도 모른다. 그래서 사람들은 근대를 부정하기 시작했다. 근대가 충분하게 가져다주지 못한 자유와 존엄, 보편적 합리성 같은 가치를 찾기 위해 근대를 부정하고 해체하기 시작했다. 이른바 포스트모던이 그것이다. 중국의 철학자 리저허우(李澤厚)는 해체를 주요 특징으로 하는 포스트모던의 위험성을 지적하면서, 해체 이후에 일정한 재건이 뒤따르지 않는다면 해체는 파괴 이상의 의미가 아닐 것이라고 말한 바 있다.

갖가지 이론이나 제도로 힘들게 건설한 세계가 무너져서 냄새와 색깔 같은 감각의 기억으로만 존재하게 되는 상황, 그래서 처음부터 다시 힘들게 세계를 건설해야 하는 상황이 이 소설의 시작이다. 자연이 해체되고, 성(性)이 해체되고, 그동안 유지해 온 모든 이론과 제도가 해체되고, 문명 전체가 송두리째 해체된 뒤에 우리가 갖게 될 서글픈 초상이 바로 이 소설일 것이다. 놀랍게도 그다지 길지 않은 이 소설은 그동안 우리가 자랑스럽게 생각해 온 인류 문명의 모든 것을 피부에 와 닿을 수 있는 충분한 실물감으로 수용해내고 있다. 신화와 종교, 철학과 미학을 유기적으로 결합하여 소설이 감당할 수 있는 지식의 풍경을 극대화하여 보여주고 있는 것이다. 동성애를 다룬 이 한 편의 소설에 일본과 로마, 베네치아, 그리스, 나일 강, 인도, 타이베이 등 인간의 빛나는 문명을 담지하는 수많은 공간들이 두루 등장하고 고대의 신화에서 시작하여 레비스트로스와 푸코, 로댕, 괴테, 오즈 야스지로, 펠리니, 미시마 유키오, 니진스키 등 철학과 문학, 미술, 음악, 영화에 일생을 바친 사람들의 빛나는 사유가 새롭게 해석된다. 동시에 그 배경으로 불교와 힌두교, 기독교 그리고 다양한 지역 종교가 인간의 삶에 투영된 구체적 방식과 유형이 재현된다. 영원히 지속될지도 모를 세기말의 화려함에 대한 거시적인 사유를 요구하는 소설임에 틀림이 없다.

스토리텔링을 위주로 하는 소설은 상대적으로 번역이 쉽다. 이야기의 흐름을 타고 작업에도 속도가 붙는다. 반면에 깊은 사유와 미려한 수사를 갖춘 소설의 번역은 정말 글쓰기보다 어렵다. 번역가가 된 것이 저주스러울 만큼 힘이 든다. 우리에게는 처음 소개되는 이 작품이 절대적으로 사유를 결여하고 있는 세기말의 독자들에게, 해체를 넘어서 재건의 단초를 제공할 수 있기를 기대한다.

2013년 4월 15일
김태성

작품 연보

1977년 소설집 『교태수신기(喬太守新記)』 출간(皇冠)

1979년 산문집 『담강기(淡江記)』 출간(三三書坊)

1981년 소설집 『전설(傳說)』 출간

1982년 시나리오 『샤오비(小畢) 이야기』 영화화(천쿤허우陳坤厚 감독)

1983년 산문집 『샤오비 이야기』 출간(三三書坊)

        시나리오 『펑꾸이에서 온 소년(風柜来的人)』 영화화(허우샤오셴侯孝賢 감독)

1984년 시나리오 『어린 아빠의 하늘(小爸爸的天空)』 영화화(천쿤허우 감독)

        소설집 『가장 그리운 계절(最想念的季節)』 출간(三三書坊)

        시나리오 『동동의 여름방학(冬冬的假期)』 영화화(허우샤오셴 감독)

1985년 산문집 『세 자매(三姉妹)』 출간(皇冠)

        시나리오 『타이베이 스토리(青梅竹馬)』 영화화(양더창楊德昌 감독)

        시나리오 『유년시절의 일들(童年往事)』 영화화(허우샤오셴 감독)

        시나리오 『가장 그리운 계절』 영화화(천쿤허우 감독)

1986년 시나리오 『연연풍진(戀戀風塵)』 영화화(허우샤오셴 감독)

1987년 시나리오 『나일의 딸(尼羅河女兒)』 영화화(허우샤오셴 감독)

1988년 시나리오 『외할머니댁의 여름방학(外婆家的暑假)』 영화화(커이정柯一正 감독)

1989년 시나리오 『비정성시(悲情城市)』 영화화(허우샤오셴 감독)

1990년	소설집 『세기말의 화려함(世紀末的華麗)』 출간(遠流)
1991년	작품집 『주텐원 영화소설집』 출간(遠流)
1992년	산문집 『오후차화제(午後茶話題)』 출간(麥田)
	소설집 『안안의 여름방학』 일본어판(일본, 筑摩書坊)
1993년	시나리오 『희몽인생(戲夢人生)』 출간(麥田), 영화화(허우샤오셴 감독)
1994년	장편소설 『황인수기(荒人手記)』 출간(麥田)
1995년	시나리오 『호남호녀(好男好女)』 출간(麥田), 영화화(허우샤오셴 감독)
1996년	소설집 『화억전신(花憶前身)』 출간(麥田)
	시나리오 『남국재견(再見南國, 南國)』 영화화(허우샤오셴 감독)
1997년	소설집 『세기말의 화려함』 일본어판 출간(일본, 紀伊國屋書店)
1998년	시나리오 『해상화(海上花)』 출간(遠流), 영화화(허우샤오셴 감독)
1999년	장편소설 『황인수기』 영어판 출간(미국 컬럼비아대학 출판부)
2001년	시나리오 『밀레니엄 맘보(千禧曼波)』 출간(麥田), 영화화(허우샤오셴 감독)
	산문집 『화억전신』 출간(중국, 上海文藝)
2003년	시나리오 『커피타임(咖啡時光)』
2004년	작품집 『주가선집(朱家選集)』 프랑스어판 출간(프랑스, Christian Bourgois)
2005년	시나리오 『쓰리 타임즈(最好的時光)』 출간(중국, 山東畵報), 영화화(허우샤오셴 감독)
2006년	장편소설 『황인수기』 일본어판 출간(일본, 國書刊行會)
2007년	시나리오 『빨간 풍선(紅氣球的旅行)』 영화화(허우샤오셴 감독)
2008년	장편소설 『무언(巫言)』 출간(INK)

주텐원 전집(전9권) 출간(INK)

2013년   장편소설『황인수기』한국어판 출간(아시아)

〈아시아 문학선〉을 펴내며

우리는 무엇보다 언어에 주목한다.

지난 오 백 년 동안, 우리에게 알려진 세계의 언어들 중 거의 절반이 사라졌다고 한다. 에트루리아어, 수메르어, 컴브리아어, 메로에어, 콘월어, 음바바람어 …… 지금 이 순간에도 지구 곳곳에서 수많은 언어들이 사라지고 있다. 소멸의 속도도 점점 빨라진다. 대신 그 자리를 영어와 또 하나의 언어, 그러나 기왕에 존재했던 어떤 언어와도 전혀 다른 종류의 기계어 '비트'가 메워 나가는 중이다.

한 가지 언어가 사라진다는 것은 무슨 뜻일까. 그것은 한 집단의 기억이 최후를 맞이한다는 뜻이다. 물론 성실한 언어학자들의 노력으로 운 좋게 몇몇 단어가 살아남을 수도 있다. 그렇지만 엄밀한 의미에서 그것은 살아 있는 언어가 아니다. 언어는 언어학자의 노트에 적히는 것만으로 생명을 보장받을 수 없다.

이제 우리는 이와 같은 일방통행의 역사에 작으나마 흠집을 내고자 한다. 그 출발이 바로 〈아시아 문학선〉이다.

우리는 서구가 주도했던 지난 시기의 근대화 과정에서 수많은 문명의 유전자가 흔적도 없이 사라졌고, 지금도 아시아 어딘가에서 어떤 기억의 보살핌도 받지 못한 채 속절없이 사라져가는 것들이 많다는 사실을 잘 알고 있다. 그러나 우리는 겸손해야 한다. 소멸은 대개 슬프지만, 때로는 자연스럽게 권장되어야 할 어떤 것이기도 하다. '불멸의 신화'가 지닌 폭력성을 흔히 목격하지 않았던가. 우리는 서구 근대의 가치를 대체하는 아시아 담론을 창출하겠다는 다부진 야심을 갖고 있지 않다. 우리는 다만 아시아의 수많은 언어가 제각기 품어 온 기억의 서사들을 존중하려 할 뿐이다.

특히 문학에 관한 한, 아시아는 이른바 세계화가 가장 덜 진척된 영토로 존재한다. 아시아 문학은 대다수 서구인들에게 여전히 낯설고 어색하면서도 이따금 신기하고 흥미로운 존재다. 가상공간과 더불어, 빈약한 서사를 보충해 줄 최후의 영토로 간주되기도 한다. 그런 시선 속에서, 지난 몇 세기 동안, 아시아는 수없이 발명되고 발견되었다. 그 결과 논과 밭, 구릉과 숲으로 이루어진 아시아의 주름진 대지는 이차원의 매끈한 평면으로 아주 쉽게 왜곡되었다. 거기에서 소수와 은유는 묵살되고, 틈과 사이는 간단히 메워졌다.

이제 우리는 다시 주름들을 기억하려 한다. 고속도로와 지름길이 길의 다가 아니듯, 표준어와 다수만 아시아의 입체를 구성하지는 않는다. 그러나 놀랍게도, 서구인에게 낯설고 어색한 것 이상으로, 우리 스스로 아시아를 얼마나 낯설고 어색하게 생각하고 있는지! 불행히도 우리 주변에는 읽고 싶어도 읽을 아시아조차 많지 않다. 우리의 기획은 이런 경이로운 무관심과 태만을 반성하는 데서 출발한다. 동시에 우리는 혹 '미지의 세계' 아시아를 또 하나의 개척영역, 흔히 말하듯 '미래의 먹거리' 쯤으로 상정하는 것은 아닌가, 우리 안의 유혹을 끊임없이 경계한다.

이렇게 경계선을 넘으려 한다.

바라건대, 저 너머에는 새로운 세계문학이!

<아시아 문학선> 기획위원회

〈아시아 문학선〉 기획위원

전승희(문학평론가, 미국 하버드대학교 한국학연구소)

김남일(소설가, 아시아문화네트워크)

자카리아 모하메드(팔레스타인, 시인·신화 연구)

A. J. 토마스(인도, 시인·번역가·영문학자·전 『인도문학』 편집장)

자밀 아흐메드(방글라데시, 연극연출가·평론가·다카대학교 교수)

하리 가루바(나이지리아, 문학평론가·남아프리카 케이프타운대학교 교수)

옮긴이 김태성

1959년 서울에서 출생하여 한국외국어대학교 중국어과를 졸업하고 동대학원에서 타이완문학 연구로 박사 학위를 받았다. 중국학 연구공동체인 한성문화연구소(漢聲文化研究所) 대표, 계간 《시평(詩評)》 기획위원으로 활동하면서 한국외국어대학교 중국어대학에 출강하고 있다. 『노신의 마지막 10년』 『굶주린 여자』 『인민을 위해 복무하라』 『목욕하는 여인들』 『딩씨 마을의 꿈』 『핸드폰』 『눈에 보이는 귀신』 『나와 아버지』 『사람의 목소리는 빛보다 멀리 간다』 등 90여 권의 중국 저작물을 한국어로 번역했다.

황인수기

세상 끝에 선 남자

2013년 4월 17일 초판 1쇄 찍음

2013년 4월 25일 초판 1쇄 펴냄

지은이 주톈원

옮긴이 김태성

펴낸이 방재석

펴낸곳 도서출판 아시아

편 집 정수인, 이윤정, 박신영

등 록 2006년 1월 31일

등록번호 제319-2006-4호

인쇄·제본 한영문화사

종 이 화인 페이퍼·화인 특수지

디자인 글빛

전화 02-821-5055 **팩스** 02-821-5057

주소 서울시 동작구 흑석동 100-16

이메일 bookasia@hanmail.net

홈페이지 www.bookasia.org

ISBN 978-89-94006-67-3 04830

　　　978-89-94006-46-8 (세트)

*값은 뒤표지에 표시되어 있습니다.

이 도서의 국립중앙도서관 출판시도서목록(CIP)은 서지정보유통지원시스템 홈페이지(http://seoji.nl.go.kr)와 국가자료공동목록시스템(http://www.nl.go.kr/kolisnet)에서 이용하실 수 있습니다.(CIP제어번호: CIP2013003778)